BASTEI
LÜBBE

[illegible]

Petra Hammesfahr

Heiß und Kalt

Roman zum
zweiteiligen Fernsehfilm
im
ZDF

BASTEI LÜBBE

BASTEI-LÜBBE-TASCHENBUCH
Band 12 717

Erste Auflage: Mai 1997

Taschenbuchausgabe 1997
by Bastei-Verlag Gustav H. Lübbe GmbH & Co.,
Bergisch Gladbach
Lektorat: Karin Schmidt
Titelbild: ZDF Enterprises,
Szenenfoto mit Peter Sattmann
und Mirijam Agisdewa
Umschlaggestaltung: Quadro Grafik, Bensberg
Satz: KCS GmbH, Buchholz/Hamburg
Druck und Verabeitung: Brodard & Taupin,
La Flèche, Frankreich
Printed in France
ISBN 3-404-12717-X

Der Preis dieses Bandes versteht sich einschließlich der gesetzlichen Mehrwertsteuer

1. TEIL

1

Zwischen den Bäumen flimmerte die Mittagssonne, zauberte Lichtreflexe auf den schmalen, gewundenen Weg zum See hinunter und schuf diese weiche, gelöste Stimmung, die alles veränderte. Noch stundenlang hätte Sandra Testroff so weiterschlendern können, über sich das gebrochene grüne Lichtspiel, neben sich den Mann, für den sie eine Menge mehr getan hätte, als nur hinunter zu dem kleinen Waldsee zu wandern.

Sie machte sich nichts aus dem trüben Gewässer auf der Waldlichtung. Ein schmutziger Tümpel, mehr war es in ihren Augen nicht. Aufgewachsen in der Großstadt und gewöhnt an den Komfort und die Bequemlichkeit, die das Leben dort bot, hatte sie keinen Blick für die versteckten Schönheiten der Natur, sah im Gegenteil überall nur Schrecken, Gefahren und Widerwärtigkeiten. Und in drei Stunden mußten sie aufbrechen. Sie hätte die Zeit lieber mit ihm in der Hütte genossen. Er wollte statt dessen einen Spaziergang machen.

Sie hätte ihn umstimmen können, das wußte sie. Sie kannte ihre Macht über ihn, hatte in unzähligen Situationen erlebt, wie leicht er mit Zärtlichkeit und Leidenschaft zu manipulieren war. Anfangs war es ein Triumph gewesen, nur ein Spiel mit dem Feuer, eine willkommene Abwechslung nach fünf tristen Jahren an der Seite eines Mannes, der es als seine vornehmste Aufgabe ansah, ihr das Leben so leicht und angenehm wie möglich zu machen.

Sandra Testroff war Anfang Dreißig und seit einem halben Jahr geschieden. Sie hatte nichts entbehrt in ihrer Ehe mit Uwe, genau daran war die Beziehung gescheitert. Uwe war vom ersten Tag an ein Ehemann der alten Schule gewesen, lieb und nett, pflichtbewußt und fürsorglich. Er ging morgens aus dem Haus, verbrachte den Tag in seiner Apotheke oder dem dazugehörigen kleinen Labor, in dem er sich seinem Traum von der Entwicklung diverser Wundermittel hingab. Abends kam er zurück und erwartete von ihr nicht mehr, als daß sie gut aussah und sich wohl fühlte.

Zeitweise hatte sie darum gebettelt, in irgendeiner Weise gefordert zu werden, mitarbeiten zu dürfen. Uwe verstand ihren Wunsch nicht und lehnte ab. Nicht etwa schroff, nur mit diesem: »Aber Schatz, das hast du doch nicht nötig. Mach dir lieber einen schönen Tag.«

Die schönen Tage waren ihrem Äußeren nicht schlecht bekommen. Eine attraktive Frau war sie immer gewesen. Die Jahre mit Uwe hatten sie zu einer Schönheit gemacht. Ihm schmeichelte es, wenn sie sein Geld in ihr Aussehen investierte. Friseur, Kosmetik, Fitneßcenter, teure Boutiquen. Es hatte nie einen Streit über eine Rechnung gegeben, nie ein lautes Wort, nur sein Verständnis, seine Güte, seine Großzügigkeit, seine unermeßliche Geduld mit ihren Launen, an der sie langsam, aber unerbittlich erstickte.

Und dann war er gekommen, Bernd Schwaiger, achtunddreißig Jahre alt, groß und schlank und gutaussehend. Und so hart wie die Juwelen, mit denen er handelte. Ein Mann wie ein Naturereignis, dem man nichts entgegensetzen konnte. An dem Abend, als es begann, hatte sie den halben Tag mit seiner Frau verbracht – ihrer Freundin. Es war kurz nach dem furchtbaren Tod von Judiths Mutter gewesen. Judith war mit ihren Nerven am Ende, unfähig, ihre Arbeit zu tun, außerstande, für Bernd die perfekte Frau zu sein, die er brauchte. Immer noch brach sie unvermittelt in Tränen aus, konnte sich nicht beruhigen, benötigte starke Medikamente, um wenigstens ein paar Stunden Schlaf zu finden.

Sandra Testroff hatte an jenem Abend dafür gesorgt, daß Judith zwei Tabletten einnahm, ihr ins Bett geholfen, bei ihr gesessen, bis sie endlich eingeschlafen war. Sie hatte es nicht unbedingt aus Anteilnahme getan, nicht aus dem Verständnis, daß Judith dringend Hilfe brauchte, mehr aus dem Gefühl, selbst gebraucht zu werden.

Dann wollte sie heimfahren, zu dem Zeitpunkt war sie noch verheiratet. Sie kam die Treppe hinunter genau in dem Moment, als Bernd Schwaiger das Haus betrat. Seinen sonderbaren Blick würde sie nie vergessen. Von Kopf bis Fuß hatte er sie taxiert mit diesem spöttischen Lächeln, in dem soviel Abfälligkeit steckte.

»Der Barmherzigkeit Genüge getan für heute?« Auch seine erste Frage hatte sich in ihr Gedächtnis gebrannt – und die zweite. »Hast du noch einen Moment Zeit?«

Sie hatte genickt, und er war mit zwei Schritten bei ihr gewesen, hatte nach ihrem Arm gegriffen, sie mit sich ins Eßzimmer gezogen, nach vorne über den Tisch gedrückt. Er war in ihr gewesen, noch ehe sie richtig begriff, was geschah. Anschließend sagte er, wieder mit diesem spöttischen Lächeln: »Das war mir seit langem ein Bedürfnis.« Dann erst erkundigte er sich: »Schläft die Trauerweide?«

Das Begreifen, daß es ihn nicht im geringsten gestört hätte, wäre Judith dazugekommen und Zeugin geworden, zuerst war es unfaßbar, sogar abstoßend. Aber es hatte in ihr etwas ausgelöst, für das es nur einen Ausdruck gab; Hörigkeit. Daran hatte sich nichts mehr geändert, obwohl inzwischen alles anders war.

Sie hatte sich von Uwe getrennt in der stillen Hoffnung, Bernd damit zur Scheidung von Judith zu bewegen. Er dachte nicht im Traum daran, war sehr darum bemüht, seine Affäre vor Judith zu verbergen. Dabei bedeutete seine Ehe ihm nichts mehr, davon war Sandra überzeugt. Ihm ging es nur um das Geschäft, diesen Prachtbau in bester Lage mit dem exklusiven Kundenstamm. Er hatte es zusammen mit Judith aufgebaut und wollte nicht teilen, so einfach war das.

Jede Manipulation endete an einem gewissen Punkt in seinen Armen. Weiter ließ er sie nicht kommen. Es war ein tiefes, manchmal schmerzhaftes Gefühl; ihn zu lieben und in jeder Minute zu wissen, daß er sich niemals entscheiden würde, mit ihr zu leben, solange Judith lebte. Die Frage war: Wie lange sollte Judith noch leben?

Es war sein Vorschlag gewesen, für zwei Tage in die Jagdhütte zu fahren. Bisher hatte er immer nur ein paar Stunden für sie gehabt und die kurze Zeit mit ihr in ihrer Wohnung verbracht. Und nun zwei Tage und eine Nacht in der Hütte. Das solide Blockhaus auf der Waldlichtung gehörte Uwe. Es war komfortabel eingerichtet mit allem, was den Aufenthalt angenehm machte.

Uwe hatte sich ein wenig gewundert, als sie ihn um den

Schlüssel bat. Sie hatte sich nie für seine Jagdleidenschaft begeistern können, hatte sich nur zu Beginn ihrer Ehe der Illusion hingegeben, daß ein Mann, der auf ein wehrloses Tier anlegen und abdrücken konnte, tief in seinem Innern eine gewisse Härte und Kälte haben mußte. Aber vermutlich hatte Uwe nie etwas anderes getan, als die Gewehre geputzt und hin und wieder in die Luft geballert.

Es gab drei Gewehre und die doppelläufige Schrotflinte. Sie standen, auf den ersten Blick unsichtbar, in einem Schrank. Bernd hatte sich den Schrank nach ihrer gestrigen Ankunft lange angeschaut, jedoch nicht den Versuch unternommen, ihn zu öffnen und eine der Waffen näher in Augenschein zu nehmen. Trotzdem! Sie hätte ein Vermögen gegeben für seine Gedanken.

Nun ging er neben ihr, ohne ein Wort. Am Abend wollte er wieder daheim sein. Er erwartete einen wichtigen Kunden. Mit jedem Schritt auf den Waldsee zu rückte der Abschied näher. Er hatte einen Arm um ihre Schultern gelegt, immer wieder blieb er stehen, küßte sie und vertrieb für einen Moment jeden Gedanken an seine Pläne für die Zukunft und die bevorstehende einsame Nacht aus ihrem Hirn. Schon als sie spürte, daß der Druck seiner Hand auf ihrer Schulter fester wurde, daß seine Schritte sich verlangsamten, schaltete sich etwas in ihr aus. So war es von der ersten Minute an gewesen, jede Berührung war wie ein kleiner Stromstoß. Sie hatte zuvor nie so empfunden und war nicht bereit, je wieder darauf zu verzichten.

Wieder blieb er stehen, drehte sie zu sich um, schob sie zurück, bis ein Baum in ihrem Rücken ihre Bewegung stoppte. Sie hätte nicht sagen können, um welchen Baum es sich handelte. Es spielte auch keine Rolle, wichtig war nur seine Nähe. Er preßte sie gegen den rauhen Stamm, seine Hand glitt langsam an ihrer Hüfte hinunter, strich über den Schenkel, schob sich unter den weit geschnittenen Rock.

Sie spürte seine Erregung, gab sich sekundenlang den eigenen Gefühlen hin, klammerte sich an ihn und erwiderte seine drängenden Küsse. Dann löste sie die Arme aus seinem Nacken, stemmte beide Hände gegen seine Schultern und schob ihn ein wenig zurück.

»Nicht hier.«

Er lächelte spöttisch. »Warum nicht? Ist doch hübsch hier.«

»Hübsch und unbequem«, sagte sie.

Er neigte den Kopf zur Seite, das spöttisches Lächeln verstärkte sich. Es war das gleiche Lächeln wie beim ersten Mal, als er das Haus betrat. Sie haßte es, haßte den Blick unter halb gesenkten Lidern, haßte den Ton seiner Stimme in solchen Augenblicken. »Judith mag das.«

Es tat entsetzlich weh, zerstörte mit einem Schlag die weiche Stimmung. Aber sie wußte, wenn sie jetzt heftig wurde, würde er sich umdrehen und einfach gehen, zurückfahren, nichts von sich sehen, nichts von sich hören lassen. Und in zwei oder drei oder vier Tagen würde sie es nicht länger ertragen, ihn anrufen, um eine Stunde betteln.

Der Spott in ihrer Stimme war erzwungen, ob er es registrierte, wagte sie nicht zu beurteilen. »Dann verstehe ich nicht, daß du Judith nicht mehr magst.«

Jetzt mußte er etwas sagen, vielleicht etwas über die Gewehre in der Hütte, über seine Pläne für eine gemeinsame Zukunft. Er lachte nur leise, zog sie erneut an sich und küßte sie.

2

Es war heiß in der kleinen Goldschmiede. Seit zwei Stunden saß Judith Schwaiger auf dem unbequemen Hocker am Werktisch, fühlte den Schweiß auf Stirn und Oberlippe perlen, den Nacken hinunterrinnen und die Bluse durchfeuchten. Der Schweiß gehörte dazu wie das Feuer in der Esse, das Zischen der Gasflammen und der Geruch geschmolzenen Goldes. Sie hatte sich gar nicht so lange aufhalten, nur den Entwurf abliefern wollen.

Seit sechs Jahren beschränkte sich ihre Arbeit offiziell auf die Entwürfe. Das rein Handwerkliche war für Bernd ein notwendiges Übel, das er lieber anderen überließ. Daß es ihr

Spaß machte, hatte ihn nie interessiert. Er konnte nicht nachvollziehen, was sie empfand, wenn sie einen ungefaßten Stein in der Hand hielt. Solch ein Stein war eine halbe Ewigkeit, es war, wie durch einen längst vergangenen Urwald zu laufen. Und solch einen Wald in eine kunstvolle Fassung bringen, ihm den edlen Rahmen geben, den er verdiente, das war mehr als Handwerk, es war eine Aufgabe.

Aber es war immer schwer gewesen, sich Bernd zu widersetzen. Und sie war keine Kämpfernatur. Irgendwann hatte sie kapituliert und sich an den Zeichentisch verbannen lassen. Seitdem holte sie sich in den Stunden beim Goldschmied wenigstens einen Hauch von Befriedigung. Wenn Bernd nicht in der Stadt war, gönnte sie sich eine Stunde mit den Werkzeugen.

Judith Schwaiger war vierunddreißig Jahre alt, eine aparte Erscheinung, die in einigen Männern verwegene Träume weckte. Sie hatte sich ihre natürliche Anmut bewahrt, obwohl sie ihre meisten Illusionen zerstört sah. Die Illusion von Familie gehörte dazu, Bernd wollte keine Kinder. Die Hoffnung, ihren Beruf eines Tages mit Bernds Einverständnis wieder so auszuüben, wie sie ihn erlernt hatte, hatte sie aufgegeben. Und den Traum, ihre Ehe eines Tages wieder so zu führen, daß man tatsächlich von einer Ehe sprechen konnte, hatte sie begraben.

Sie wischte sich den Schweiß von der Stirn, warf einen Blick auf ihre Armbanduhr und erschrak. Es war kurz vor sechs. Für acht Uhr wurden Herr und Frau Täuber erwartet. Bis dahin wollte Bernd aus Amsterdam zurück sein. Amsterdam! Judith wußte es nicht besser, hatte bisher keinen Verdacht geschöpft und keinen Gedanken daran verschwendet, daß Bernd sich bei einer anderen Frau holen könnte, was er ihr verweigerte.

Seit zwei Jahren schlief er nicht mehr mit ihr. Es war auch davor nicht alles eitel Sonnenschein und wahrhaftig keine romantisch zärtliche Beziehung gewesen. Aber es hatte doch eine gewisse Regelmäßigkeit gegeben. Dann war es damit vorbei, zu Anfang durch ihre Schuld, davon war sie fest überzeugt. Der Tod ihrer Mutter vor zwei Jahren hatte einen Bruch herbeigeführt. Sie hatte ihre Mutter sehr geliebt und dringend gebraucht. Ihre Mutter war der einzige Mensch gewesen, mit dem sie offen über alles reden konnte, was sie bedrückte. Und dann selbst nicht helfen zu können, sich dieses entsetzliche Sterben tatenlos anschauen zu müssen, hatte sie beinahe um den Verstand gebracht.

Bernd konnte sich damit nicht auseinandersetzen. Krankheit und Tod waren für ihn Dinge, die er zu ignorieren versuchte. Er war ihr so kalt erschienen damals. Sie hatte es oft nicht ertragen, mit ihm in einem Raum zu sein, war schließlich in eines der Gästezimmer gewechselt.

Seit langem verbrachte sie die Nächte wieder an seiner Seite, wie Bruder und Schwester lagen sie da. Er machte keine Anstalten, diesen Zustand zu ändern. Vor zwei Jahren hatte er sich in die Arbeit gestürzt, nun war er überarbeitet. Das betonte er häufig, wenn sie durchklingen ließ, daß sie mehr von ihm erwartete als ein sachliches: »Gute Nacht, Judith.«

Zwei Jahre waren eine verdammt lange Zeit, in der man lernte, vieles als unabänderlich hinzunehmen, auch wenn sich ständig etwas im Innern dagegen aufbäumte. Sie war zu jung, um völlig auf Zärtlichkeit zu verzichten, spürte die Sehnsucht oft wie einen Klumpen Blei in der Brust und stürzte sich dann ebenfalls in Arbeit, um den Mangel zu kompensieren.

Es wurde wirklich höchste Zeit, heimzufahren und sich frisch zu machen, um rechtzeitig im Geschäft zu sein. Auch wenn sie noch stundenlang am Werktisch hätte sitzen und über der Arbeit sämtliche Probleme hätte vergessen können. Sie stieg vom Hocker. Mit einem kräftigen Händedruck verabschiedete sie sich von dem älteren Mann, der sie ermuntert hatte, mit ihrem handwerklichen Geschick für kurze Zeit in ihre ureigenste Welt zu tauchen. »Bis zum nächsten Mal.« Noch einmal tief durchatmen, diesen unverwechselbaren Geruch einsaugen. Minuten später saß sie in ihrem Wagen.

Es herrschte dichter Verkehr in der Stadt, sie kam nur langsam voran und wurde ein wenig nervös beim Gedanken an das Ehepaar, das sich für acht Uhr angesagt hatten. Herr und Frau Täuber, anspruchsvolle Kunden, die eigens aus München anreisten. Vor zwei Monaten hatte Herr Täuber ein Smaragdset in Auftrag gegeben: Collier, Armband, Ohrstecker und ein Ring. Die Schmuckstücke lagen seit Tagen im Tresor, ein grünes Feuerspiel für zweihunderttausend Mark. Bernd hatte, als Herr Täuber den Auftrag gab, die Vermutung geäußert, da sei wohl ein schlechtes Gewissen im Spiel. Gut möglich, daß Herr Täuber seine Frau besänftigen mußte – zum Beispiel für ein Wochenende, das er mit seiner Sekretärin verbracht hatte.

Und bevor Bernd gestern aufgebrochen war, hatte er ihr eingeschärft, wie sie speziell mit Frau Täuber umzugehen habe, falls er nicht rechtzeitig zurück war. Er wußte, daß sie keinen allzugroßen Wert darauf legte, sich als Verkaufstalent zu beweisen. Nicht daß sie ungeschickt, unhöflich oder undiplomatisch im Umgang mit schwierigen Kunden gewesen wäre. Ihr fehlte nur diese besondere Überzeugungskraft, mit der Bernd solche Geschäfte abwickelte: seine zuvorkommende Höflichkeit, hinter der sich kühle Berechnung verbarg; sein Geschick, im geeigneten Augenblick das passende Kompliment anzubringen und die notwendigen Schmeicheleinheiten auszuteilen, die das Handgelenk lockerten für die Unterzeichnung eines Schecks.

Judith Schwaiger war ein geradliniger und offener Mensch, jede Art von Falschheit widerstrebte ihr. Sie hatte noch immer Schwierigkeiten, einer schlecht gelaunten Frau mit möglicherweise faltigem Hals und runzligem Dekolleté zu sagen, wie phantastisch das grüne Feuer der Steine auf ihrer Haut zur Geltung käme. Sie hatte auch nicht vor, etwas in dieser Art zu sagen. Das würde Bernd übernehmen, sie war sicher, daß er rechtzeitig zur Stelle war, um die Übergabe persönlich abzuwickeln.

Kurz vor achtzehn Uhr erreichte sie die Villa am Stadtrand, rief eben im Geschäft an. Martin Keil, ihr Geschäftsführer, war am Apparat. Bernd sei noch nicht zurück, sagte Martin. Momentan seien nur ihre Schwiegermutter und er da, aber es seien ja noch zwei Stunden bis zum Eintreffen der Täubers. »Ich bin in einer Stunde da«, erklärte sie rasch.

Sie wählte ein elegantes Kostüm, legte sich eine frische

Bluse und Wäsche auf einem Hocker bereit und eine Musikkassette ein. Dann drehte sie die Dusche auf und stieg in die Kabine. In das Wasserrauschen mischte sich die beschwörend sanfte Stimme von Bryan Adams. »Have you ever really loved a woman?« Sekundenlang summte sie die Melodie mit, genoß das lauwarme Wasser auf der Haut und spürte das wehmütige Ziehen im Innern. Sie rief sich zur Ordnung. Mit raschen Griffen begann sie sich einzuseifen. Und dann fühlte sie ihn!

In der linken Brust, etwa so groß wie eine Daumenkuppe. Ihr Entsetzen ging im Wasserrauschen und der schmeichelnden Männerstimme unter. »Nein, bitte nicht!« Sie schloß die Augen, legte den Kopf zurück und ließ die Fingerspitzen noch einmal über die Stelle gleiten. Kein Zweifel, da war ein Knoten. Ein anderer Knoten als der, den sie fühlte, wenn Bernd sich neben ihr auf die Seite drehte und gute Nacht sagte.

3

Wie lange sie nach ihrer Entdeckung noch in der Duschkabine gestanden hatte, unfähig, sich zu rühren, starr und steif vor Angst und verloren in Erinnerungen, wußte sie später nicht mehr. Nur die Bilder, die sie während dieser Zeit betrachtet hatte, blieben haften, als seien sie nicht bereits wie mit einem Brenneisen ins Hirn gedrückt. Das Klinikbett, das Schulterzucken der Ärzte, das Gesicht ihrer Mutter, zu Anfang aufgeschwemmt von den Medikamenten, zuletzt ausgemergelt und gezeichnet von der furchtbaren Qual.

Genauso hatte es bei ihrer Mutter begonnen, mit einem Knoten in der Brust. Die erste Operation, Chemotherapie, Strahlenbehandlung, nur drei Monate später der zweite Knoten, die zweite Operation, das gesamte Leiden in der Wiederholung. Aber Erlösung gab es nicht, nur Metastasen. Es war ein so grausamer Tod gewesen.

Sie fand erst zurück in die Duschkabine, als sie den

Schmerz in der Hand spürte. Auf den Fingerknöcheln hatten sich die Abdrücke ihrer Zähne eingegraben. Wie eine Marionette schob sie die Glastür der Duschkabine zur Seite, griff nach dem Frotteetuch und wickelte sich darin ein.

Wieder suchten ihre Finger die Stelle. Es war kein Irrtum, er war immer noch da. Unten im Haus klingelte das Telefon. Sie hörte es nicht. Die Musikkassette im Recorder hatte längst abgeschaltet, auch das registrierte sie nicht. Sie hörte nur das Stöhnen: »Ich kann nicht mehr.« Und die leeren Worte der Ärzte: »Wir tun, was wir können.« Niemand hatte etwas tun können.

Wie in Trance ging sie später zu ihrem Wagen, stieg ein und fuhr los – viel zu schnell. Der Verstand schien in den rechten Fuß gerutscht. Ihre Hände waren derart um das Lenkrad verkrampft, daß die Knöchel weiß und spitz hervortraten. Immer noch waren die Abdrücke ihrer Zähne als blutunterlaufene Punkte zu erkennen. Ihr Gesicht war blaß. Das zerlaufene Make-up hatte sie nur notdürftig abgewischt. Es neu aufzutragen, dazu hatte die Kraft nicht gereicht. Aus der Angst und dem Entsetzen der ersten Sekunde war Panik geworden, die ihr die Brust wie mit einer Stahlzange zusammenquetschte.

Sie konnte kaum atmen, biß sich die Lippen blutig und spürte es nicht. Weit vor ihr schaltete eine Fußgängerampel auf Rot. Sie bemerkte die Frau mit dem Kinderwagen erst in allerletzter Sekunde. Mit quietschenden Reifen kam der Porsche zum Stehen. Das entsetzte Gesicht der jungen Frau löste vorübergehend die grausamen Bilder vor dem inneren Auge ab. Sie wollte aussteigen, es ging nicht gleich. Die Knie verweigerten ihren Dienst. Lange Sekunden vergingen, ehe sie das Zittern unter Kontrolle brachte. Sie strich mit beiden Händen über ihre Augen und stieß die Tür auf.

Die junge Mutter hatte ihren Schock überwunden und funkelte sie wütend an. »Blinde sollten einen Hund haben und keinen Führerschein.«

Die erboste Stimme half ihr ein wenig. In einer hilflosen Geste breitete sie die Hände aus. »Entschuldigen Sie, ich ... Es tut mir leid ... ich war ...«

Sie wußte nicht, was sie sagen sollte. Die junge Frau vor

dem Porsche beugte sich über den Kinderwagen und murmelte ihrem Baby etwas zu. Als sie sich aufrichtete, winkte sie ab. »Ja, schon gut, ist ja nichts passiert. Aber passen Sie gefälligst in Zukunft besser auf. Das ist hier keine Rennstrecke.«

Sie schob den Kinderwagen weiter. Judith schaute ihr nach, unfähig, sich zu rühren. Hinter dem Porsche hatte sich bereits eine Schlange gebildet. Hupen ertönte. Sie schaffte es, den Porsche an den Straßenrand zu steuern. Dann kamen die Tränen.

4

Auf den Straßen herrschte das übliche Feierabend-Chaos. Martin Keil kämpfte sich verbissen von Ampel zu Ampel. Er hielt den Blick stur geradeaus gerichtet, um nicht auf die unerbittlich wandernden Zeiger der kleinen Uhr am Armaturenbrett und nicht in das mißmutige Gesicht neben sich schauen zu müssen.

Kurz vor sieben war Lisa Hohlstett im Geschäft aufgetaucht. Dabei hatte er ihr in den vergangenen Tagen mindestens zehnmal erklärt, daß er an diesem Abend nicht die Zeit hätte, sie ins Theater zu begleiten und sich die Aufführung anzuschauen. Aber auf dem Ohr war Lisa taub und um keinen Preis der Welt bereit, sich ein Taxi zu rufen.

Martin kannte ihre Hartnäckigkeit und die diversen Tricks, ihren Kopf durchzusetzen, zur Genüge. Sie war achtundzwanzig, bildhübsch und sehr talentiert. Schauspielerin am Theater und besessen von dem Ehrgeiz, vor einer Filmkamera zu stehen. Es gab Stunden, da betete Martin im stillen, daß sie ihr Ziel bald erreichte. Daß ein traumhaftes Filmangebot sie weit, weit weg schaffte, auf eine Insel in der Karibik oder in irgendeine Wüste, wo sie auf lange Monate zeigen durfte, was in ihr steckte. Wo sie vielleicht sogar einen überaus attraktiven Kollegen kennen und lieben lernte oder über den Aufbau ihrer Karriere vergaß, daß er, Martin, existierte.

Warum er sich nicht längst von ihr getrennt hatte, war ihm selbst ein Rätsel. Oder auch nicht! Die Beziehung hatte eine gute Seite. Sie hinderte ihn daran, einem Gefühl nachzugeben, das keine Zukunft haben konnte.

Zuerst war es Bewunderung gewesen, dann eine kleine Verliebtheit, eine, wie er anfangs noch glaubte, harmlose Schwärmerei für eine Frau, die im Vergleich mit Lisa immer um Längen besser abschnitt. Eine verheiratete Frau, die Frau seines Chefs. Inzwischen wußte er, daß es weit mehr war als eine harmlose Schwärmerei. Aber er hütete sich davor, mit Blicken, Gesten oder sonst etwas deutlich zu machen, was er empfand.

Zum einen wollte er Judith Schwaiger nicht in Verlegenheit bringen, zum anderen fürchtete er, sie völlig zu verlieren, wenn er auch nur eine Andeutung machte. Wie er sie einschätzte, gehörte sie nicht zu den Frauen, die sich geschmeichelt fühlten und es genossen, die Aufmerksamkeit anderer Männer zu erregen. Ihr wäre es wohl eher peinlich gewesen, täglich neben und mit einem Mann zu arbeiten, dessen Interesse an ihr über das Berufliche hinausging. Vielleicht würde sie ihm in einem solchen Fall sogar eine Kündigung nahelegen.

In dieser Situation war Lisa Hohlstett bestens geeignet, ihn daran zu hindern, einen Fehler zu machen. Manchmal allerdings wurde ihm unvermittelt bewußt, daß er sein Leben verschwendete, daß er sich von Lisa trennen und Judith aus seinen Gedanken verbannen mußte. Er war zweiunddreißig, und wenn er noch lange so weitermachte, war es irgendwann zu spät, noch die richtige Frau kennenzulernen.

Nur war er seinen Gedanken gegenüber machtlos – und Lisa Hohlstett keine Frau, die sich verabschieden ließ. Sie bestimmte, wann etwas anfing und wann es endete. Sie beherrschte sein Leben ebenso vollkommen wie ihre diversen Rollen. Manchmal ging sie ihm entsetzlich auf die Nerven mit ihren Ansprüchen und der Selbstverständlichkeit, mit der sie ihn für sich vereinnahmte. Wenn sie lächelte, hatte er zu hüpfen. Oder zu fahren!

Fast schon halb acht. Neben ihm setzte Lisa zur dritten

Strafpredigt an. Immer das gleiche Lied: »Du verstehst mich nicht.« Damit hatte sie recht. Er hörte gar nicht zu, war mit seinen Gedanken bereits eine halbe Stunde weiter. Bernd Schwaiger war noch nicht aus Amsterdam zurück gewesen, als er mit Lisa zum Auto ging. Judith war ebenfalls noch nicht eingetroffen. Es hatte ihm aus tiefsten Herzen widerstrebt, Bernds Mutter alleine im Geschäft zurückzulassen.

Anna Schwaiger war zweiundsiebzig, eine gepflegte Erscheinung mit hellwachem Verstand. Nach dem Tod ihres Mannes vor einigen Jahren war sie in die Stadt gezogen und half seitdem im Geschäft ihres Sohnes, um nicht nutzlos herumzusitzen. Sie tat es mit großer Begeisterung und konnte vermutlich ohne Probleme auch die schwierigste Kundschaft betreuen und für eine Weile unterhalten. Trotzdem! Er war der Geschäftsführer und zu pflichtbewußt, um einer alten Frau die gesamte Verantwortung zu überlassen.

Vor ihm tauchte das Theater auf. Er fuhr daran vorbei, bog in die schmale Seitenstraße und steuerte den Nebeneingang an. Lisa plapperte immer noch, dem Klang ihrer Stimme nach schiere Verzweiflung. Er ließ den Motor laufen, um ihr klarzumachen, daß jede weitere Diskussion Zeitverschwendung war. Lisa begriff es auch, stieß die Tür auf, warf ihm zum Abschied einen Blick zu, der enttäuscht wirken sollte und das auch tat. Aber sie hatte ihm in den sechs Monaten ein so breites Spektrum an Gefühlen geboten, und mehr als die Hälfte davon war so echt gewesen wie der graue Himmel, den sie als Bühnendekoration benutzen.

»Ich hole dich nach der Vorstellung wieder ab«, sagte er.

Sie stand bereits neben dem Wagen, hatte eingesehen, daß sie ihre Kunst an diesem Abend vor undankbarem Publikum bot, und machte sich nicht länger die Mühe, ihre wahren Gefühle zu verbergen. »Bloß keine Umstände«, fauchte sie. »Du wirst doch im Geschäft gebraucht.«

Er seufzte nachdrücklich. »Deshalb mußt du aber nicht so ein Theater machen. Es passiert nicht täglich, daß ich abends arbeiten muß.«

Er hatte sich wohl falsch ausgedrückt. ›Theater machen‹ war keine Formulierung, die man Lisa gegenüber verwenden sollte. Sie beugte sich noch einmal zu ihm in den Wagen und dämpfte die Stimme. Den Grund sah er im Rückspiegel. Auf der Straße näherten sich zwei ihrer Kollegen und der Regisseur.

»Arbeiten?! Einer alten Kuh eine Kette um den Hals hängen, das nenne ich nicht arbeiten. Und heute geben wir die letzte Aufführung, das weißt du genau. Ich dachte, wir wären uns einig, daß wir heute …«

Mit einem weiteren vernehmlichen Seufzer unterbrach er sie. »Zusammen sind, willst du das sagen? Das sind wir doch nicht. Wenn du auf der Bühne stehst und ich im Zuschauerraum sitze, nenne ich das nicht Zusammensein. Wenn du mich anschließend mitschleppst zum Umtrunk im Kollegenkreis, ist das auch nicht unbedingt das, was ich mir unter einem Abend zu zweit vorstelle. Und beklagen kannst du dich wirklich nicht. Ich war jeden Abend da. Ich kenne das Stück auswendig, da muß ich mir nicht auch noch die letzte Aufführung ansehen. Nächste Woche probt ihr ein neues Stück, und dann schaue ich mir das an. Jeden Abend, wenn du willst. Aber heute kann ich wirklich nicht.«

»Bisher habe ich noch keine Rolle in dem neuen Stück.«

»Das solltest du mit dem Intendanten oder dem Regisseur besprechen, nicht mit mir.«

Sie stampfte mit dem Fuß auf. »Es interessiert dich überhaupt nicht, was ich tue.«

Auch damit hatte sie recht. Im Augenblick interessierte es ihn wirklich nicht. Er wollte nur zurück, seine Arbeit tun. Er verdrehte die Augen, pfiff leise ein paar Takte und erklärte: »Ich muß los. Um zehn bin ich wieder hier.«

Das letzte Wort war noch nicht ausgesprochen, als sie mit einem Knall die Wagentür zuwarf. Martin setzte den Blinker, steuerte zurück auf die Straße. Im Rückspiegel sah er, daß sie ihm wütend nachschaute. Dann warf sie den Kopf in den Nacken und verschwand zusammen mit dem Regisseur im Nebeneingang.

Für den Rückweg in die Innenstadt brauchte er nicht gar so lange. Er kam dennoch zu spät. Die kleine Uhr am Armaturenbrett zeigte zehn Minuten nach acht, als er am breiten

Schaufenster des Juweliergeschäfts vorbeifuhr. Anna Schwaiger hatte am Nachmittag die Auslage neu gestaltet. Neben einer Kollektion von Armbanduhren lagen nur wenige, erlesene Schmuckstücke aus. Mit Zufriedenheit registrierte er die Passanten, die vor dem Schaufenster stehenblieben.

Der Ärger mit Lisa verblaßte. Er fuhr auf den kleinen Parkplatz neben dem Gebäude, hielt Ausschau nach dem BMW von Bernd Schwaiger und nach Judiths Porsche. Keiner der Wagen war zu sehen. Er fluchte leise, hetzte zur Eingangstür, schloß auf und atmete tief durch, ehe er sich der Wendeltreppe zuwandte, die hinauf in den Empfangsraum führte. Von oben hörte er Anna Schwaigers Stimme. »Meine Schwiegertochter und Herr Keil müssen jeden Augenblick kommen.«

5

Anna Schwaiger stand an der Bar im Empfangsraum, als Martin die Treppe hinaufkam. Herr und Frau Täuber saßen in der gemütlichen Sitzecke. Herr Täuber wirkte noch einigermaßen ruhig und schien gewillt, den Abend zu einem Erfolg werden zu lassen. Seine Frau dagegen machte den Eindruck, als habe sie saure Äpfel gefrühstückt und danach nur noch einen Schluck Wasser bekommen.

Anna stellte mit freundlichem Lächeln Champagnerschalen auf ein Tablett. Martin kannte sie gut genug, um zu sehen, daß sie nervös war. Sie beugte sich zum Kühlschrank unter der Bar, nahm die Champagnerflasche heraus. Er grüßte höflich zu den Täubers hinüber, entschuldigte sich für seine Verspätung und war mit zwei Schritten bei ihr, wollte ihr die Flasche aus der Hand nehmen.

»Lassen Sie mich das machen.«

Anna wehrte ab. »Holen Sie lieber den Schmuck.«

Während sie geschickt die Flasche öffnete, flüsterte sie ihm zu, Bernd habe angerufen, daß er irgendwo im Stau stecke und Judith nicht erreichen könne.

»Ich verstehe nicht, wo sie bleibt«, murmelte Anna. »Sie wollte sich doch nur ein bißchen frisch machen. Aber daheim ist sie nicht mehr, ich habe es versucht. Gleich nach Bernds Anruf. Das war kurz nach neunzehn Uhr, Sie waren gerade weg, Herr Keil.«

Sie stellte die Flasche zu den Gläsern und trug das Tablett zur Sitzgruppe hinüber. Herr Täuber gab sich redlich Mühe, seine Frau bei Laune zu halten, tätschelte ihre Hand und pries schon einmal in den höchsten Tönen, womit er sie beschenken wollte.

Mit einem resoluten Nicken bedeutete Anna, Martin solle sich endlich ins Büro bemühen. »Herr Keil wird Ihnen die Schmuckstück sofort vorlegen.«

Martin schaute verstohlen auf seine Armbanduhr, setzte sich endlich in Bewegung und spürte einen unangenehm dumpfen Herzschlag bis in die Fingerspitzen. Kurz nach neunzehn Uhr! Das waren fast anderthalb Stunden. Für die Fahrt von der Villa in die Innenstadt brauchte man kaum länger als eine halbe Stunde, selbst wenn der Verkehr sehr dicht war. Es war nicht Judiths Art, einen wichtigen Termin zu versäumen oder aus nichtigen Gründen zu spät zu kommen. Am liebsten wäre er die Strecke zur Villa abgefahren.

Allein die Vorstellung, daß sie einen Unfall erlitten haben könnte, preßte ihm die Kehle zusammen. Blechschaden, hämmerte er sich ein. Unfälle im Stadtverkehr enden meist mit einem Blechschaden. Mit einem Ohr horchte er hinunter in den großen Ausstellungsraum, der mit seinen großen Vitrinen und den Lithographien an den Wänden nicht wirkte wie eine reine Verkaufsfläche.

Das war er auch nicht. Es gab keine Laufkundschaft, niemand kam nur kurz herein, um eine Uhr, einen Ring oder sonst etwas zu kaufen. Manchmal geschah es, daß ein Passant ein besonderes Stück in der Auslage gesehen hatte und sich zum Kauf entschloß. Aber das waren die Ausnahmen im täglichen Geschäftsablauf. Bernd Schwaigers Kunden verteilten sich durch halb Europa, zwei lebten im nahen Osten und flogen im Privatjet ein, um ihre Wünsche zu äußern, einige kamen aus den USA.

Unten war es still. Martin warf einen unschlüssigen Blick zu dem Ehepaar hinüber und lächelte beiden noch einmal höflich zu. Dann betrat er das Büro. Der Tresor war hinter einer Holztäfelung angebracht. Er schob sie zur Seite, atmete tief durch und stellte die Kombination ein. Die schwere Tür schwang geräuschlos zur Seite. Vor ihm lagen die Tabletts mit den ungefaßten Steinen, ein Bündel Geldscheine und die Etuis mit fertigen Schmuckstücken, die auf ihre Abholer warteten.

Als er das Etui mit dem Smaragdset herausnahm, hörte er im Erdgeschoß die Eingangstür und gleich darauf Judiths eilige Schritte auf der Treppe. Mit einem Schlag wich die innere Spannung. Mit einem erleichterten Aufatmen schloß er die Tresortür und ging zurück in den Empfangsraum. Aber anscheinend hatte er zu früh aufgeatmet.

Mit dem wachsamen Blick eines Mannes, der sich seit Monaten bemüht, nicht zu genau hinzuschauen, registrierte er, daß Judith mühsam um Beherrschung rang. Blaß und angespannt verharrte sie für den Bruchteil einer Sekunde bei der Treppe. Ihre Schultern strafften sich, auf ihrem Gesicht erschien ein künstliches Lächeln. Mit raschen Schritten ging sie zur Sitzecke. »Verzeihen Sie meine Verspätung. Ich hoffe, Sie haben nicht zu lange warten müssen.«

Herr Täuber erwiderte ihr Lächeln und ließ sich zu einem großzügigen Kopfschütteln hinreißen, was ihm augenblicklich einen vernichtenden Blick seiner besseren Hälfte einbrachte. Seine Freundlichkeit ließ die ohnehin schlechte Laune seiner Frau auf den Nullpunkt sinken.

»Fast eine halbe Stunde. Ich würde mir den Schmuck jetzt gern anschauen.«

Das tat sie dann, aber nichts fand mehr Gnade in den Augen der frustrierten Frau. Martin fragte sich unwillkürlich, ob Bernd Schwaiger am Ende recht hätte mit seiner Vermutung, daß Täuber sich mit einem überaus großzügigen Geschenk den ehelichen Frieden nach einem kleinen Seitensprung zurückkaufen wollte. Wenn das seine Absicht gewesen war, hatte Judiths Verspätung den letzten Strich durch seine Rechnung gemacht.

Nach den enthusiastischen Beschreibungen ihres Mannes hatte Frau Täuber sich alles ganz anders vorgestellt. Beim Ring war ihr der Stein entschieden zu klein, bei den Ohrsteckern war die Fassung zu schlicht, das Armband gefiel ihr überhaupt nicht, mit Mühe und Not war sie dahin zu bewegen, wenigstens das Collier um den Hals zu legen.

Mit zitternden Händen hielt Judith ihr den Handspiegel hin. Martin ließ sie nicht aus den Augen, sah die blutunterlaufenen Kerben auf ihren Fingerknöcheln und die Spuren der Zähne auf ihrer Lippe. Irgend etwas mußte sie in den Grundfesten erschüttert haben. Sie wirkte, als sei sie mit ihren Gedanken am Ende der Welt.

Er hätte Frau Täubers herbe Kritik an ihrer Arbeit zurückweisen müssen, aber das vergaß er, war zu beschäftigt mit seinen Betrachtungen und Überlegungen. Anna versuchte zu retten, was zu retten war. Sie gab ihr Bestes, füllte die Champagnerschalen noch einmal auf, pries die von Frau Täuber bemängelte Schlichtheit der Kollektion als absolutes Muß, sprach von der Harmonie des Ganzen und erreichte damit immerhin, daß Frau Täuber letztendlich den Ring und die Ohrstecker zum Collier akzeptierte. Nur beim Armband bemühte sich auch Anna vergebens.

Herr Täuber schrieb einen Scheck aus. Eine wundervolle Arbeit im Wert von achtzigtausend Mark wanderte zusammen mit dem unscheinbaren Papier zurück in den Tresor. Judith schien es nicht zu bemerken, sie saß da mit dem Spiegel in der Hand und starrte ins Leere.

Anna Schwaiger rief ein Taxi für die werte Kundschaft, verabschiedete sie auch im Namen ihres Sohnes, richtete noch einmal Bernds herzliche Grüße und sein Bedauern aus, nicht persönlich zugegen gewesen zu sein. Martin begleitete das Ehepaar zur Tür und winkte höflich, als sie ins Taxi stiegen.

Als er zurück in den Empfangsraum kam, war Anna dabei, Gläser und Flasche wegzuräumen. Judith saß unverändert starr auf der Kante eines Sessels und beantwortete tonlos Annas drängende Frage.

»Nein, es ist nichts passiert. Ich hätte nur beinahe eine Frau überfahren – mit einem Kinderwagen.« Sie strich ihr Haar zurück, legte den Spiegel auf den Tisch und erhob sich.

»Ich …« Sie brach ab, schüttelte den Kopf. Dann ging sie zur Treppe. Martin folgte ihr rasch, holte sie im Ausstellungsraum ein, ehe sie die Tür erreichte. Er griff nach ihrem Arm und zwang sie, stehenzubleiben. Anna hatte ihre Erklärung akzeptiert, ihm reichte sie nicht. Fast jemanden zu überfahren, das mochte einen gehörigen Schock bewirken und die Hände zittern lassen. Aber sich Hände und Lippen zu zerbeißen, dazu brauchte es seiner Meinung nach entschieden mehr.

»Kann ich irgend etwas tun, Frau Schwaiger? Soll ich Sie heimfahren?«

Sie schüttelte nur den Kopf, betrachtete seine Hand an ihrem Arm, eine stumme Aufforderung, sie loszulassen. Er gab ihren Arm frei, fühlte sich dabei wie ein ertappter Sünder. Sie deutete zur Eingangstür. »Schließen Sie ab?«

Er nickte.

»Gut«, sagte sie. »Dann … fahre ich jetzt heim.«

6

Die Villa war der Gipfel der Träume gewesen, die Bernd Schwaiger sich verwirklicht hatte. Es war ein herrliches Anwesen. Zum Garten hin lag der große, elegante Wohnraum, breite Glastüren führten hinaus auf die Terrasse. Dahinter lag der Garten, fast ein Park mit einem Swimmingpool, der im Winter mit einer Abdeckung geschützt wurde.

Normalerweise genoß Bernd es, hinauszuschauen, auch spätabends. Bei eingeschalteter Außenbeleuchtung war noch der letzte Strauch am Ende des Gartens gut zu erkennen und machte ihm deutlich, daß er es geschafft hatte.

Jetzt hatte er keinen Blick für die Schönheit da draußen. Kurz nach elf war er heimgekommen, erheblich später als geplant. Es hatte unterwegs tatsächlich einen Stau gegeben, der ihn mehr als eine Stunde gekostet hatte. Außerdem hatte

Sandra darauf bestanden, daß er sie bis vor die Haustür begleitete. Angeblich nur, um sicher in ihre Wohnung zu gelangen. Er hatte gewußt, daß es ein Vorwand war, daß es in Wahrheit um nichts weiter ging als eine letzte halbe Stunde in seinen Armen. Und er hatte diese halbe Stunde ebenso genossen wie sie.

Er hatte damit gerechnet, daß Judith bereits zu Bett gegangen wäre, wenn er ins Haus käme. Daß sie ein Schlafmittel genommen hätte und tief und fest schlief. Statt dessen saß sie im Wohnraum, weiß wie die Außenmauern des Hauses, die Augen in dunklen Höhlen und die Hände im Schoß derart ineinander verschränkt und in ständiger Bewegung, daß er dachte, sie müsse sich die Finger brechen.

Es hatte ihn erschreckt. Sein erster Gedanke war gewesen, sie weiß es. Und während er gedanklich bereits in die Offensive ging, sich ein Dutzend Vorwürfe zurechtlegte, um ihr einen Großteil Schuld an seiner Affäre zu geben, begann sie von den Täubers zu sprechen.

Er hörte zu, hörte von dem nicht verkauften Armband und wußte, daß auch er selbst nicht unschuldig war am unglücklichen Verlauf des Geschäfts. Er hätte es schaffen können, rechtzeitig ins Geschäft zu kommen, wenn sie die Jagdhütte früher verlassen hätten, wenn er Sandras Bitte um Begleitung abgeschlagen hätte. Sie waren in zwei Wagen gefahren, es wäre kein Problem gewesen, sie das letzte Stück Heimweg alleine bewältigen zu lassen. Hätte! Er hatte nicht, und es war nicht mehr zu ändern.

Er hörte Judith in der Küche hantieren. Sie hatte sich widerspruchslos bereit erklärt, ihm ein spätes Abendbrot zu richten. Ohne Anzeichen von Zweifeln hatte sie ein paar Fragen zum Aufenthalt in Amsterdam gestellt und akzeptiert, daß er mit leeren Händen vom Juwelenhändler zurückkam. Es war eben diesmal nicht das Passende in van Teukens Angebot gewesen. Es kam öfter vor, daß er sich vergeblich bemühte.

Mit einem Tablett in der Hand sah er sie durch die Diele kommen. Immer noch bleich und zitternd stellte sie das Tablett vor ihm auf dem Couchtisch ab und setzte sich in einen Sessel. Wieder schlang sie die Hände ineinander, knetete ihre Finger, daß er förmlich darauf wartete, das Brechen der Knochen zu hören.

Das Armband im Tresor schien sie mehr zu belasten, als er erwartet hätte. Dabei war es zum Teil wohl seine Schuld. Er hatte sie angewiesen, kleinere Smaragde zu nehmen. Und er wunderte sich, daß sie sich nicht darauf berief. Sein Verstand sagte ihm, er solle die Sache abhaken. Aber so leicht war das nicht. Es ging um achtzigtausend Mark, das war kein Pappenstiel, auch für ihn nicht. Und es war eine Auftragsarbeit gewesen, angefertigt nach den exzentrischen Vorstellungen eines Großindustriellen, der sich einbildete, seine Frau mit einem protzigen Gehänge versöhnen zu können. Das kleine Spielchen mit der Sekretärin hatte tatsächlich stattgefunden. Täuber hatte ihm unter dem Siegel der Verschwiegenheit sein Techtelmechtel anvertraut.

»Ich hätte mir denken können, daß es Probleme gibt, wenn ich mich nicht persönlich um alles kümmere«, sagte er endlich.

»Ihr gefiel das Armband nicht. Daran hättest du auch nichts geändert.« Es klang matt und teilnahmslos.

Bernd nahm eine Scheibe Brot, obwohl er eigentlich keinen Appetit hatte. Mißmutig betrachtete er die Auswahl an Schinken und Käse, die sie ihm auf dem Tablett zusammengestellt hatte. »Ich hab' dich gewarnt, keine Experimente. Die Täuber ist extrem schwierig.«

Kaum hatte er es ausgesprochen, hätte er sich am liebsten auf die Zunge gebissen. Judiths Erinnerung in dieser Form auf die Sprünge zu helfen, war mehr als dämlich. Sie reagierte prompt.

»Ich wollte mich mit dem Entwurf an Täubers Vorstellung orientieren. Du hast gesagt, die Steine seien zu protzig.« Nach Vorwurf klang es nicht, eher so, als spräche sie über die Wassertemperatur im Swimmingpool.

Er fühlte sich augenblicklich besser. »Das waren sie auch. Und ich darf doch wohl erwarten, daß du überzeugend genug bist ...«

Sie sprang vom Stuhl auf und unterbrach ihn damit. »Schrei mich nicht an. Es ist doch nicht so tragisch. Ich habe ...«

Er hatte sie nicht angeschrieen, verstand ihren heftigen Ausbruch nicht, wurde erneut wütend und lauter. »Nicht so tragisch!« Er stieß verächtlich die Luft aus. »Eine Sonderanfertigung! Meinst du, das verkauft sich wie ein warmes Brötchen?«

Etwas in ihrem Blick irritierte ihn. Er hätte nicht sagen können, was es war. Sie schluckte heftig, öffnete den Mund, schloß ihn wieder, versuchte erneut, etwas zu sagen, und schaffte es wieder nicht. Erst beim dritten Ansatz brachte sie es über die Lippen. »Ich habe im Moment andere Sorgen. Ich habe ... einen ... Knoten in der Brust.«

Er glaubte, sich verhört zu haben, starrte sie mit gerunzelter Stirn an und erkundigte sich gedehnt: »Du hast *was*?«

Sie biß sich auf die Lippen und drehte ihr Gesicht zur Seite. »Du hast doch gehört, was ich sagte.«

Sekundenlang betrachtete er sie unsicher. Ein Knoten in der Brust! Damit erklärte sich einiges. Unbehaglich bewegte er die Schultern, wußte nicht, was er erwidern sollte. Er glaubte zu begreifen, was in ihr vorging, auch wenn er es nicht nachvollziehen konnte. Sie war nicht dumm, sie mußte wissen, daß ihre Mutter nur aus einem einzigen Grund diesen furchtbaren Tod gestorben war. Sie war viel zu spät zu einem Arzt gegangen. Hundertmal, tausendmal hatten die Ärzte es ihnen damals erklärt. Einige Monate früher, und die erste Operation wäre mit entsprechender Nachbehandlung ein Erfolg gewesen.

»Geh zum Arzt«, sagte er.

Sie kämpfte gegen die Tränen an und schüttelte den Kopf. »Ich habe Angst.«

Er legte ein wenig Nachdruck in seine Stimme. »Mach dich nicht verrückt. Vielleicht ist es harmlos.«

Erneut schüttelte sie den Kopf und verließ den Raum. Er sah sie mit hängenden, zuckenden Schultern durch die Diele zur Treppe schleichen und war überzeugt, daß sie in den nächsten Tagen zur Vernunft käme, einen Arzt aufsuchte, die Sache abklären ließ. Und wenn nicht, vielleicht konnte Sandra ihr klarmachen, was sie zu tun hatte. Sandra hatte sich im Verlauf ihrer Ehe mit diesem Apotheker ein beachtliches medizinisches Wissen angeeignet und vor Jahren auch ein paar Semester Psychologie studiert. Genau die richtige Mischung für solch eine Situation, fand er. Er nahm sich vor, gleich morgen mit Sandra zu reden und sie um Unterstützung zu bitten.

Als er wenig später das Schlafzimmer betrat, lag sie bereits im Bett. Die Decke hatte sie sich bis zum Hals gezogen, hielt sie dort krampfhaft mit beiden Händen fest. Er legte sich in seine Hälfte des Doppelbettes, zog sich ebenfalls die Decke hoch und schaltete die Lampe auf seiner Seite aus. »Gute Nacht, Judith«, sagte er.

Sie richtete sich auf, beugte sich über ihn. »Bernd, bitte! Ich kann nicht zum Arzt gehen, verstehst du das nicht?«

Er seufzte vernehmlich. »Du steigerst dich in etwas hinein, ehe du überhaupt weißt, was los ist. Und das verstehe ich wirklich nicht.«

Sie griff nach seiner Hand, zog sie zu sich hinüber und wollte sie auf ihre Brust legen. »Aber ich bilde mir das nicht ein. Da ist wirklich ein Knoten. Fühl doch.«

Er entzog ihr seine Hand wieder und drehte sich demonstrativ auf die Seite. »Was ich fühlen könnte, ändert auch nichts. Mach das Licht aus. Ich habe morgen einen harten Tag.«

Sekundenlang saß sie wie erstarrt. Dann legte sie sich langsam zurück und zog die Decke wieder bis zur Brust. Eine Weile betrachtete sie noch seinen Hinterkopf und seine Schulter, dann löschte sie das Licht.

7

Es war in der Nacht viel zu spät geworden, um Lisa noch vom Theater abzuholen. Martin hatte wie versprochen das Geschäft verschlossen und Anna Schwaiger zu ihrer Wohnung am Stadtrand gebracht. Dann war er heimgefahren und hatte sich die alte Fokker vorgenommen. Vor endlosen Jahren hatte sein Großvater ihm von der Fliegerei vorgeschwärmt, dann hatte er eines Tages auf einen Trödelmarkt das Modell entdeckt, genau der Typ, in dem sein Großvater gesessen hatte. Seitdem waren unzählige Stunden liebevoller Kleinarbeit hineingeflossen. Sie sah aus, als käme sie nicht mehr vom Boden hoch. Das war nur äußerlich. Technisch war sie auf dem neuesten Stand. Aber es gab immer etwas zu tun.

Bis um zwei in der Nacht hatte er gebastelt und seine Gedanken weniger um Lötkolben und Seitenruder als vielmehr um Judiths zerbissene Fingerknöchel kreisen lassen. Er kannte sie nun seit fünf Jahren und hatte sie, mit Ausnahme der schlimmen Zeit vor und nach dem Tod ihrer Mutter, immer ausgeglichen und ruhig erlebt. Vielleicht nicht völlig zufrieden mit ihrem Leben und nicht restlos glücklich. Aber in seinen Augen war sie immer eine Frau gewesen, die sich abfand und arrangierte mit Dingen, die man nicht ändern konnte.

Er wußte von den gestohlenen Stunden in der Werkstatt des Goldschmieds, von reservierten Tischen in Restaurants, an denen Bernd Schwaiger nicht Platz genommen hatte, weil er es wieder einmal nicht schaffte, rechtzeitig heimzukommen. Er wußte von Geburtstagsgeschenken, die Anna Schwaiger in allerletzter Sekunde besorgt hatte, damit ihr Sohn seiner Frau ein kleines Präsent überreichen konnte. Er wußte auch von Hochzeitstagen, an die Anna Schwaiger ihren Sohn erinnern mußte.

Vielleicht wußte er zuviel. Und jede Kleinigkeit nährte diese unsinnige Hoffnung *Eines Tages …* Wenn Anna dann noch in einer Anwandlung von Nostalgie von früher erzählte: Bernds Kindheit und Jugend, sein Durchsetzungsvermögen, seine Zielstrebigkeit. Da entstand rasch das Bild eines Mannes, der in erster Linie seine Pläne verwirklichte und sich erst viel später fragte, wie seiner Frau dabei zumute sein mochte.

Es hatte zahlreiche Momente gegeben, in denen Martin sich vorstellte, wie er an Bernd Schwaigers Stelle mit ihr leben würde. Ganz anders! Er hätte ihr damals Halt gegeben, sie getröstet, sie nicht so völlig mit ihrem Schmerz allein gelassen. Er wäre auch jetzt für sie dagewesen, hätte keine Ruhe gegeben, bevor sie ihm mehr offenbarte als diesen Beinaheunfall. Und egal, was sie bedrücken mochte, er hätte gemeinsam mit ihr nach einer Lösung gesucht.

Er fuhr am nächsten Morgen ins Geschäft, kurz nach ihm kam Anna Schwaiger, wenig später Bernd. Judith erschien nicht. Bernd entschuldigte sie mit einer Unpäßlichkeit, sprach im gleichen Atemzug von einem Geschäftsessen mit einem wichtigen Kunden und verließ das Geschäft kurz vor Mittag. Wenig später brach auch Martin auf, ein wenig plagte ihn das schlechte Gewissen. Er war halbwegs entschlossen, die Mittagspause zur Versöhnung mit Lisa zu nutzen, um sich nicht wieder in unsinnigen Vorstellungen zu verlieren. Unpäßlichkeit! Es gehörte nicht viel Phantasie dazu, sich auszumalen, wie die Nacht in der Villa verlaufen war. Und er wollte nicht in Versuchung geraten, hinauszufahren und nachzuschauen, ihr etwas aufzudrängen, was sie von ihm nicht wollte.

Er besorgte einen üppigen Blumenstrauß als Zeichen seines guten Willens, legte sich während der Fahrt die Entschuldigungen zurecht, die er vorbringen wollte. Einigermaßen zuversichtlich hielt er seinen Wagen am Straßenrand vor dem gepflegten Appartementhaus, nahm die Blumen und ging zügig zum Hauseingang.

Er drückte auf den Klingelknopf, beugte sich schon einmal zur Gegensprechanlage, das leicht zerknirscht klingende: »Hallo, ich bin's«, bereits auf den Lippen. In der Gegensprechanlage blieb es still. Merkwürdig! Er kannte Lisas Gewohnheiten, rein theoretisch hätte sie jetzt am Frühstückstisch sitzen müssen.

Er drückte noch einmal auf die Klingel, wieder rührte sich nichts. Mit einem flüchtigen Grinsen zuckte er die Achseln. Wenn es nicht sein sollte, wenn ein weiser Himmel oder ein gnädiges Schicksal ihm auf diese Weise ersparte, etwas auszusprechen, was ihm widerstrebte ... Er ging zurück zu seinem Wagen, warf auf halben Weg noch einen Blick zurück und sah die Bewegung hinter der Gardine. Lisas Schlafzimmer! Ohne Zweifel stand sie am Fenster. Er zwang sich zu einer schuldbewußten Miene, reckte den Arm mit dem Blumenstrauß und winkte ihr damit zu.

Die Gardine hinter dem Fenster schwang noch etwas weiter zur Seite. Er sah sie deutlich stehen und meinte auch, da wäre noch jemand. Doch ehe er sich auf die zweite Person in Lisas Schlafzimmer konzentrieren konnte, hob Lisa eine Hand, streckte den Mittelfinger hoch. Und dann fiel die Gardine zurück. Martin war zu verblüfft, um auf der Stelle reagieren zu können. Ungläubig starrte er hinauf zu dem Fenster, ließ endlich den Arm mit den Blumen sinken. Das war deutlich gewesen!

8

Zum selben Zeitpunkt saß Sandra Testroff auf der Terrasse eines Restaurants in der Sonne. Halb eins, hatte Bernd am Telefon gesagt, und daß es wichtig sei, daß er sie unbedingt sehen müsse. Er kam ein paar Minuten zu spät, nahm ihr gegenüber Platz.

Sie lächelte ihn an. »Die beiden Tage in der Hütte scheinen dir gut gefallen zu haben. Fahren wir nach dem Essen zu mir?«

»Soviel Zeit habe ich leider nicht. Hast du schon bestellt?«

Sie schüttelte den Kopf, griff über dem Tisch nach seiner Hand und zog sich die Handfläche an ihre Lippen. »Nur eine Stunde, bitte.«

»Tut mir leid, es geht wirklich nicht.«

Seine Stimme klang frostig, irgend etwas stimmte nicht. Sie spürte Furcht aufsteigen. Wenn seine wichtige Mitteilung darin bestand, ihr zu sagen, es sei vorbei, sie wußte nicht, was sie dann tun würde. Er entzog ihr seine Hand und winkte einem Kellner. Der Kellner brachte zwei Speisekarten, eine reichte er ihr. Sie griff mechanisch danach und legte sie vor sich auf den Tisch.

»Darf ich Ihnen schon etwas zu trinken bringen?« fragte der Kellner.

Bernd bestellte für sich ein alkoholfreies Bier, schaute sie auffordernd an.

»Einen Sherry medium« sagte sie rasch, »und ein Mineralwasser.«

Der Kellner nickte freundlich und entfernte sich. Sie hatte Mühe, zu schlucken, wollte etwas Unverfängliches sagen, nur fiel ihr nichts ein. Bernd zuckte bedauernd mit den Schultern. »Tut mir wirklich leid, aber ich muß zurück ins Geschäft. Judith hat mich heute morgen hängen lassen.«

»Hat sie was gemerkt?«

Bernd grinste unfroh. »Nein. Sie hat Krebs – bildet sie sich ein. Gestern hat sie einen Knoten entdeckt. Heute morgen war sie schon halbtot.«

Sandra machte sich nicht die Mühe, ihre Erleichterung zu verbergen. Seine Worte eröffneten eine ungeheure Perspektive.

»Na ja«, meinte sie gedehnt, »die Veranlagung ist erblich.«

Das Lächeln, das ihren Worten folgte, schien ihn zu irritieren. Er runzelte mißbilligend die Stirn. »Was gibt es da zu lachen?«

»Ich stelle mir gerade vor«, sagte sie versonnen, »wie es ohne Judith wäre. Keine Ausreden mehr, kein Versteckspiel, keine Angst vor Entdeckung, gemeinsame Nächte, gemeinsame Wochenenden. Nur wir beide.«

Sie wollte noch mehr sagen, brach jedoch ab, als der Kellner die Getränke an den Tisch brachte. Er blieb wartend neben ihnen stehen.

»Wir haben noch nicht gewählt«, erklärte Bernd unwillig.

Der Kellner zog sich mit einem entschuldigenden Lächeln zurück.

Bernd grinste spöttisch. »Wenn du dir einbildest, daß ich dich heirate ...«

»Habe ich etwas von Heirat gesagt?« Sie schüttelte bedächtig den Kopf. Tief im Innern bäumte sich etwas auf. Natürlich hatte sie gehofft, daß er sie heiratete. Nur dafür hatte sie ihre Sicherheit aufgegeben. Es ging ihr nicht schlecht. Uwe fühlte sich auch nach der Scheidung verpflichtet, ihr ein angenehmes und sorgenfreies Leben zu bieten. Aber das war nur die finanzielle Perspektive. Sie war nicht geschaffen für das kümmerliche Dasein einer Geliebten im Hintergrund. Sie brauchte ihn. Und für ihn war es nur ein Vergnügen ohne Verantwortung.

Er trank einen Schluck von seinem Bier, stellte das Glas zurück auf den Tisch und drehte es in Gedanken versunken zwischen den Händen. Dann griff er nach ihrer Hand und hielt sie auf der Tischplatte fest.

»Entschuldige!« Diesmal war sein Lächeln nicht spöttisch. »Es war nicht so gemeint. Hast du Lust, ein paar Tage auf Rügen zu verbringen?«

Sie zuckte nichtssagend mit den Schultern. »Kannst du das einrichten? Was willst du Judith erzählen?«

»Irgendwas. Im Moment spielt es kaum eine Rolle, was ich ihr erzähle. Sie ist vollauf mit sich selbst beschäftigt.«

Er schlug seine Speisekarte auf und vertiefte sich darin. Mit gesenktem Kopf erklärte er: »Eigentlich wollte ich dich bitten, mit ihr zu reden, ihr klarzumachen, daß sie zum Arzt gehen soll.«

Den Kopf hielt er immer noch über die Karte gesenkt. Ihr Lächeln sah er nicht. »Wenn du möchtest«, sagte sie harmlos. »Ich kann heute nachmittag zu ihr fahren. Zeit habe ich.«

9

Auf ihr Klingeln an der Haustür öffnete niemand. Sandra ging um das Haus herum zur Rückfront. Judith saß in einem der bequemen Korbsessel auf der sonnigen Terrasse. Vor ihr auf dem Tisch standen eine Kaffeetasse und ein Teller mit Gebäck. Sie schaute gedankenverloren über den Rasen zum Swimmingpool, hatte anscheinend weder den Wagen noch den Türgong gehört und reagierte auch nicht auf die Schritte, die sich näherten.

Sandra ließ sich Zeit. Länger als zwei Minuten stand sie reglos auf einem Fleck bei der Hausecke, den Blick auf die Frau im Korbsessel gerichtet. Es war nie so gewesen, daß sie Judith haßte. Beneidet hatte sie die Frau an Bernds Seite, um den Mann und die Aufgabe. Nun war da ein anderes Gefühl, immer noch kein Haß. Aber er hätte ihr nicht diese Hoffnungen machen dürfen, zwei Tage und eine Nacht in seiner Nähe mit den Gewehren im Schrank vor Augen. Das wäre keine gute Lösung gewesen. Schießen war in ihren Augen so ziemlich das Dümmste, nur für den äußersten Notfall geeignet. Eine Krankheit dagegen etwas völlig Natürliches, bei dem man gegebenenfalls nur ein wenig nachhelfen mußte ...

Endlich setzte sie sich in Bewegung, stieg rasch die Stufen zur Terrasse hinauf und war in diesem Moment ganz die besorgte Freundin. »Hier bist du! Bernd rief an und sagte, du fühlst dich nicht wohl.« Sie beugte sich über Judith, berührte flüchtig ihre Wange mit den Lippen, richtete sich wieder auf und betrachtete forschend das blasse Gesicht. »Du siehst wirklich nicht gut aus. Bekommst du eine Grippe?«

Statt einer Antwort zeigte Judith auf ihre Tasse. »Möchtest du auch einen Kaffee?«

»Ich möchte eine Antwort. Was fehlt dir?«

Sie zog einen Sessel vom Tisch weg und stellte ihn Judith gegenüber. Kaum hatte sie Platz genommen, beugte sie sich vor und griff nach Judiths Händen. »Was ist los mit dir? Warum antwortest du nicht?«

Judith entzog ihr eine Hand, legte sie auf ihre Brust und schaute über ihre Schulter hinweg ins Weite. »Ich habe einen Knoten – so groß wie eine Fingerkuppe. Ich verstehe nicht, daß ich ihn nicht früher ... Sie brach ab und atmete gepreßt ein und aus.

Sandra ließ zwei Sekunden verstreichen, sammelte sich für das Entsetzen. »O nein! Sag mir, daß das nicht wahr ist.«

Judith schwieg und betrachtete ihre Hand, die Sandra immer noch hielt.

»Das ist ja furchtbar. Warst du schon beim Arzt?«

Ein stummes Kopfschütteln war die Antwort. Sandra gab ihre Hand frei, lehnte sich im Sessel zurück. »Ich glaube, an deiner Stelle würde ich auch nicht gehen. Ich hätte zuviel Angst.«

Das war das Stichwort. Sie hatte gewußt, daß es funktionierte. Wie auf ein geheimes Kommando füllten sich Judiths

Augen mit Tränen, ihre Lippen begannen zu zittern, die Stimme war nur ein gebrochener Hauch. »Ich will nicht so sterben wie meine Mutter, Sandra.«

»Das wirst du nicht!« Sie erhob sich, zog Judith aus dem Sessel in ihre Arme. Ins Gesicht hätte sie ihr nicht schauen können in diesem Moment. Behutsam tätschelte sie ihren Rücken. »Ich verspreche dir, das wirst du nicht. Hast du Schmerzen?«

Sie spürte das Kopfschütteln an ihrer Schultern und sprach rasch weiter. »Wenn du Schmerzen bekommst, ich besorge dir etwas. Du mußt mir nur sagen, was du willst. Ob du zuerst nur etwas gegen die Schmerzen oder ob du lieber gleich ...« Sie brach ab und fügte nach einer winzigen Pause an. »Du weißt schon, was ich meine.«

Diesmal spürte sie ein Nicken an der Schulter. Judiths Haar verursachte ihr ein Kitzeln am Hals. Sie schob sie von sich ab und zurück in den Sessel, atmete tief durch. Der Anfang war gemacht.

Sie blieb bis zum frühen Abend. Es war nicht schwer, Judith mit entsprechenden Argumenten tiefer in das schwarze Loch zu treiben, in das ihre Entdeckung sie hatte stürzen lassen. Äußerst geschickt und jeder Satz unter dem Mantel der Anteilnahme verborgen, führte sie Judith drastisch vor Augen, wie unerfüllt und beschwerlich ihr Leben bereits jetzt war und wie grausam es werden könnte, wenn man es gewaltsam verlängerte.

An der Seite eines Mannes, der Perfektion verlangte, den ein simpler Schnupfen bereits störte, der sich nicht mit Verstümmelung und Leiden abgeben mochte. Gefangen in einer Ehe, die längst aufgehört hatte, eine Ehe zu sein, und die unter diesen Voraussetzungen nie wieder eine Ehe werden konnte. Als sie sich verabschiedete, war sie sehr zuversichtlich.

10

Den ganzen Abend wirkten Sandras Worte nach. Hätte Bernd nur ein anteilnehmendes Wort, ein wenig Verständnis, ein bißchen Zuspruch für sie gehabt, hätte sie sich nicht weiter damit beschäftigt, sich irgendwie mit der panischen Angst auseinandergesetzt und gewußt, wofür sie es täte. Nur ein Satz wie: »Wir beide schaffen das schon!« Oder stumm nach ihrer Hand greifen, sie in die Arme nehmen. Irgendeine kleine Geste, die ihr zeigte, daß er sie liebte und ebenfalls Angst hatte, sie zu verlieren.

Er kam unerwartet früh heim. Da dachte sie noch, er mache sich Sorgen um sie. Beim Abendessen saß er ihr zuerst schweigend gegenüber. Und plötzlich sagte er: »Es tut mir leid.«

Für zwei Sekunden lockerte die Stahlzange um ihre Brust den festen Griff, packte gleich wieder zu, als er weitersprach. Es ging nicht um sie, mit keinem Gedanken war er bei ihrer Furcht. Er sprach von einem wichtigen Termin, den zu erwähnen er bisher vergessen hatte. Morgen müsse er früh aus dem Haus, entsprechend früh wollte er zu Bett gehen. Die beiden Stunden bis dahin verbrachte er in seinem Arbeitszimmer, telefonierte sich quer durch die Kundenkartei. Dann ging er hinauf, sie folgte ihm.

Stunde um Stunde lag sie neben ihm, den Kopf voll mit Sandras Mitgefühl und den guten Ratschlägen, Schluß zu machen, ehe es unerträglich wurde. Unerträglich war es bereits. Sie hielt es nicht aus im Bett – mit seinem ruhigen, gleichmäßigen Atem, ging zur Tür, stand dort noch eine Weile und schaute zu, wie er schlief. Dann ging sie zur Treppe.

Erst in der Diele schaltete sie das Licht ein und gleich wieder aus. Im Dunkeln ging sie hinüber in den Wohnraum, holte das Kästchen aus dem Schrankfach. Die letzten Erinnerungen an ihre Mutter, eine Haarlocke, die Todesanzeige, einige Fotografien und das braune Medikamentenglas, dessen Inhalt ihrer Mutter zuletzt zu diesem Dämmerschlaf verholfen hatte, aus dem sie nicht mehr erwachte.

Sie öffnete das Glas, kippte sich die Tabletten in eine Hand und betrachtete sie unschlüssig. Es war eine merkwürdige Vorstellung, einzuschlafen und nicht mehr aufzuwachen, nicht unangenehm, nur unwirklich. Wie ein Versprechen, mit dem plötzlich alles leichter wurde, sogar der Abschied am nächsten Morgen.

In aller Eile packte Bernd seinen Koffer, hatte keine Zeit für ein Frühstück. Bevor er das Haus verließ, nahm er ihr das Versprechen ab, sich so bald wie möglich um einen Arzttermin zu bemühen. Das war alles! Dann trug er seinen Koffer zur Garage, die Tür fiel hinter ihm zu. Er hatte ihr nicht einmal die Hand gereicht, von einem Kuß ganz zu schweigen.

Sie öffnete die Tür noch einmal, sah den BMW die Einfahrt hinunter zur Straße fahren. Er verschwand aus ihrem Blickfeld, Sekunden später tauchte Frau Ruspers Fahrrad auf. Frau Rusper war weit in den Fünfzigern, eine resolute Person, der man nichts vormachen konnte. Sie kam an fünf Tagen in der Woche für jeweils vier Stunden und kümmerte sich um den Haushalt. Wie üblich trug sie bereits ihren Arbeitskittel unter dem leichten Mantel. Vom Lenker ihres Rades baumelte die braune Tasche, in der sie eine Unzahl von Utensilien mit sich schleppte, deren Sinn und Zweck nur sie selbst kannte.

Judith trat von der Tür zurück und beeilte sich, zur Treppe zu kommen, ehe Frau Rusper die Diele erreichte. Auf den ersten Stufen holte die burschikose Stimme der Haushälterin sie ein. »Ist er wieder auf Tour?«

Frau Rusper sprach, wie ihr der Schnabel gewachsen war, ein Blatt nahm sie nie vor den Mund und erlaubte sich zu jeder passenden und unpassenden Gelegenheit Verhaltensmaßregeln zu erteilen, die meist in dem Satz gipfelten: ›Dem würde ich was anderes erzählen.‹

»Ja«, sagte sie, stieg dabei weiter die Treppe hinauf. »Und ich muß auch gleich weg.«

»Fürs Geschäft ist es aber noch zu früh. Soll ich nicht erst mal 'nen Kaffee machen?«

»Nein, vielen Dank, das ist lieb gemeint, aber so viel Zeit habe ich nicht. Ich habe etwas Dringendes zu erledigen.«

Sie hatte das Obergeschoß erreicht und war damit weit genug entfernt. Kaum anzunehmen, daß Frau Rusper auf diese Distanz die Spuren der Müdigkeit entdeckte. Sie drehte sich zur Diele um. »Sie wissen ja, was zu tun ist.«

Frau Rusper war bereits auf dem Weg in die Küche. »Ich wollte mir heute die Fenster vornehmen. Soll ich für heute abend irgendwas einkaufen?«

»Nein, ich werde in der Stadt eine Kleinigkeit essen. Und mein Mann kommt erst in ein paar Tagen zurück.«

11

Das Frühstück nahm Bernd Schwaiger in Sandra Testroffs Wohnung. Sie ließen sich Zeit. Anschließend packte Sandra ihren Koffer. Bernd nutzte die Zeit, hinunter zum Wagen zu gehen und über das Funktelefon im Geschäft anzurufen. Es herrschte nicht viel Verkehr auf der Straße, das bißchen mußte genügen, um den Eindruck zu erwecken, daß er von unterwegs telefonierte.

Bernd liebte dieses Telefon. Es hatte nicht nur den Vorteil, daß man überall zu erreichen war. Man konnte auch an jedem Ort der Welt behaupten, anderswo zu sein. Er rief im Geschäft an. Martin war bereits im Büro. Bernd informierte ihn über die unerwartet notwendige Geschäftsreise und erinnerte ihn an die beiden Entwürfe, die unbedingt heute noch zum Goldschmied gebracht werden mußten.

Martin hatte die Mappe bereits aus dem Schreibtisch genommen und nur noch warten wollen, bis Judith kam. Er war sicher, daß sie die Fahrt übernehmen wollte.

»Ich glaube nicht, daß meine Frau heute ins Geschäft kommt. Sie fühlte sich nicht so besonders.«

In der Leitung blieb es still. Martin reagierte nicht auf die Auskunft. Aber eine Frage war es auch nicht gewesen. »Meine

Mutter wird für eine Stunde alleine zurechtkommen«, erklärte Bernd. »Und länger als eine Stunde werden Sie kaum brauchen.«

»Nein«, sagte Martin und wünschte noch viel Erfolg für die vermeintlichen Geschäfte. Damit war das Gespräch beendet. Bernd ging zurück ins Haus. Kurz darauf brachen sie auf. Während der langen Fahrt rief Bernd einmal daheim an. Frau Rusper kam ans Telefon und erklärte, seine Frau sei unterwegs, um etwas Dringendes zu erledigen. Er war mit dieser Auskunft zufrieden. Daß Judith ihrer Haushälterin nicht gesagt hatte, sie führe zum Arzt, sprach seiner Meinung nach für ihre Selbstbeherrschung.

Er fühlte sich erleichtert, hatte, als er das Haus verließ, doch so etwas wie ein schlechtes Gewissen empfunden. Er hätte die Tage mit Sandra auf Rügen um eine Woche verschieben können. Er hätte Judith vielleicht das Gefühl vermitteln sollen, ihr zur Seite zu stehen bei dem, was eventuell auf sie zukam. An einen harmlosen Knoten glaubte er selbst nicht so recht. Zwangsläufig mußte er Sandra zustimmen, die Veranlagung war erblich. Er hätte Judith davon überzeugen können, daß eine Operation nichts zwischen ihnen änderte. Er hätte nicht einmal lügen müssen. Er hätte eine Menge tun können, getan hatte er nichts. Aber wenn sie es alleine schaffte, um so besser. Er war überzeugt, daß sie es schaffte. Sie hatte einen sehr gefaßten Eindruck gemacht, als er seinen Koffer packte. Daß Judiths Ruhe möglicherweise andere Gründe hatte, erfuhr er erst am späten Nachmittag. Eng umschlungen schlenderten sie auf nackten Füßen durch den Sand, die Schuhe trugen sie beide in den Händen. Sandra schmiegte ihren Kopf an seine Schulter. Es war ein friedlicher Moment.

Bernd blieb stehen und schaute sehnsüchtig zum Wasser. »Eines Tages kaufe ich mir ein Boot. Eine große, weiße Yacht.« Er atmete tief durch. »Dann werde ich richtig leben und nur dort vor Anker gehen, wo es mir gefällt.«

»Nimmst du mich mit?«

Er lächelte, ohne sie anzuschauen. »Du wirst mich im Hafen erwarten. Und wenn ich ankomme, feiern wir ein rauschendes Fest an Bord.«

»Und dann stechen wir gemeinsam in See«, sagte sie, »und genießen jede Minute.« Sie zog seinen Kopf zu sich und küßte ihn. »Muß ich segeln lernen, oder kaufen wir eine Motoryacht?«

Er reagierte nicht auf ihre Frage, träumte noch einen Moment lang weiter den Traum, den er nie verwirklichen würde. »Das Geschäft wird Martin Keil führen. Er macht das gut. Und Judith ist ja auch noch da.«

»Das glaube ich nicht«, sagte sie langsam, aber sehr bestimmt. »Judith wird Tabletten nehmen. Wenn wir Glück haben, schon heute oder morgen.«

Seine sehnsüchtige Stimmung verflog. Ein Ausdruck von Unwillen huschte über sein Gesicht. »Das wird sie nicht tun.«

Sandra lächelte wissend. »Sie wird! Ich kenne sie.« Als er nachdrücklich den Kopf schüttelte, fügte sie hinzu: »Das ist Psychologie, Schätzchen, davon verstehst du nichts.« Sie schlang beide Arme um seinen Nacken und küßte ihn spielerisch auf die Mundwinkel. »Das mußt du aber auch nicht. Hauptsache, du verstehst etwas *davon*.« Mit dem letzten Wort beendete sie ihre Spielerei und wurde drängender.

Er ließ sie gewähren, verhielt sich passiv. Das ›Schätzchen‹ hatte ihm einen leichten Stich versetzt. Es hatte irgendwie abwertend geklungen. Aber das vergaß er dann. Der Funke sprang über wie immer, er riß sie an sich. Hinter seinem Rücken fielen ihre Schuhe in den Sand, auch er ließ die Schuhe fallen, zerrte ihren Pullover in die Höhe, ließ die Hände über ihren Körper wandern.

Sie stöhnte verhalten. »Und davon verstehst du wirklich etwas. Gehen wir zurück.«

Er dachte nicht daran, noch einen Schritt zu tun, drückte sie in den Sand. Es war kein Mensch in der Nähe. Er zerrte den Reißverschluß ihrer Jeans nach unten. »Nein, sofort. Hier stört uns niemand.«

Sie wand sich unter seinem Griff, drehte den Kopf zur Seite und versuchte aufzustehen. »Mich stört der Sand. Ich will mich nicht fühlen wie ein paniertes Schnitzel.«

Er kümmerte sich nicht um ihren Protest, kniete sich über sie. »Stell dich nicht so an. Judith war immer begeistert von einer zärtlichen Stunde am Strand. Nur ein romantischer Sonnenuntergang als Zeuge.«

»Fein«, zischte sie, stemmte beide Hände gegen seine Brust und hielt ihn auf Distanz. »Dann sollten wir eine Seebestattung ins Auge fassen. Wenn sie Glück hat, wird die Asche an Land gespült, und sie kann bis zum jüngsten Tag im Sand liegen und romantische Sonnenuntergänge genießen.«

Ihr Blick ließ ihn frösteln. Es war kein Scherz gewesen. Die Erkenntnis, daß sie meinte, was sie sagte, ernüchterte ihn.

»Sie wird sich nicht umbringen«, erklärte er, sehr überzeugend klang es nicht.

Sandra lächelte. »Nenne mir einen vernünftigen Grund, warum sie es nicht tun sollte. Ihre Ehe ist kaputt, sie will es nicht wahrhaben, aber sie weiß es. Ihren Beruf, an dem ihr soviel liegt, läßt du sie nicht ausüben. Kinder, für die sie sorgen müßte, hast du sie nicht bekommen lassen. Es ist weit und breit nichts zu sehen, für das es sich lohnt, weiterzumachen. Davon habe ich sie gestern überzeugt. Also mach dir keine Hoffnungen. Du wirst dir eine neue Designerin suchen müssen.«

12

Während der Fahrt war sie ruhig gewesen. Sie hatte sich Zeit gelassen. Da sie früh aufgebrochen war, kam sie gerade recht zum zweiten Frühstück. Ihr Bruder wunderte sich über den überraschenden Besuch, für den sie ihm keinen vernünftigen Grund nennen konnte.

Norbert Parring war fast zehn Jahre älter als Judith. Für ihn war sie immer die kleine Schwester gewesen. Groß gewachsen und kräftig gebaut, wie er war, reichte sie ihm kaum bis an die Schulter. Er war zur Zeit allein auf dem Hof, seine Frau Irene und die beiden Kinder machten einen Besuch bei den Großeltern.

Mit Irene wäre es leichter gewesen. Norbert fühlte sich überfordert von der merkwürdigen Stimmung, in der seine Schwester sich befand. In den letzten beiden Jahren war

Judith als Erwachsene zu ihm gekommen, hatte sich umgeschaut wie eine Erwachsene, gesprochen wie eine Erwachsene, gegessen wie eine Erwachsene.

Jetzt nippte sie wie ein Spatz an ihrem Omelett, sprach kaum ein Wort, schaute sich um wie ein Kind, das zum ersten Mal einen Bauernhof besucht. Er fühlte instinktiv, daß sie aus einem ganz besonderen Grund gekommen war, daß ihm mit ihrem Besuch eine immens große Aufgabe zufiel. Und hätte sie nur eine Andeutung gemacht, vielleicht hätte er die Aufgabe bewältigt. Aber sie schwieg, lächelte nur auf seine unbeholfenen Fragen, mit denen er ihrem Kummer auf den Grund zu gehen versuchte.

Den halben Vormittag schlich er um sie herum, zwei Zentner Unbehagen, angetrieben von diffusen Empfindungen, als ob er plötzlich eine Antenne für übersinnliche Schwingungen ausgefahren hätte. Und ständig tickte ihm das Signal zu, Abschied! Abschied! Abschied! Er schalt sich selbst einen Narren, glaubte nicht an Antennen, Signale oder sonst einen Quatsch.

Zu Mittag machte er ihr ein deftiges Gericht mit Speck und Eiern und allem, was er aufbieten konnte, was sie vermutlich seit ewigen Zeiten nicht mehr bekommen hatte. ›Ein gutes Essen hält Leib und Seele zusammen‹, während ihrer gemeinsamen Kinderzeit war das die Devise im Elternhaus gewesen. Und irgendwie schien es wichtig, sie mit einem gefüllten Teller daran zu erinnern. Während sie darin stocherte und einzelne Bissen zum Mund führte, erkundigte er sich vorsichtig, ob es Probleme mit Bernd gäbe.

Norbert Parring schätzte seinen tüchtigen Schwager nicht sonderlich. In seinen Augen war Bernd Schwaiger ein eiskalter Hund, immer freundlich, immer höflich, immer zuvorkommend, und dabei so glatt, daß er einem aus den Händen rutschte, ehe man ihn zu packen bekam. Er hatte nie begriffen, was Judith an diesem Mann so faszinierend fand, aber gegen Liebe war kein Kraut gewachsen. Da wurden sogar die eigenen Bedürfnisse auf ein Minimum zurückgeschraubt.

Er wußte, wie sehr Judith sich in den ersten Jahren ihrer Ehe ein Kind gewünscht hatte. Nur einmal angenommen, jetzt wäre sie schwanger, und ihrem werten Gatten paßte das nicht ins Geschäftskonzept. Unter aller Garantie würde Bernd sie zu einem Abbruch zwingen. Und sie wußte nicht, ob sie sich für ihren Mann oder ihr Kind entscheiden sollte. Das erschien Norbert die einzige und die einzig rationale Erklärung für ihr Verhalten.

Seine Frage beantwortete sie mit einem Kopfschütteln, dann schob sie ihren Teller zur Seite und begann mit ihrem Rundgang. Und wieder tickte das Signal in der Antenne. Sie fuhr ihr Auto in die Scheune und schlenderte durch den großen Raum, in dem sie als Kind so gerne getobt hatte. Sogar auf den Heuboden stieg sie, obwohl ihre Schuhe für die Leiter wahrhaftig nicht geeignet waren. Dann drehte sie drei Runden um das Haus, in dem sie aufgewachsen war. Schließlich verschwand sie im Schweinestall.

Vom Küchenfenster aus sah Norbert sie durch das offene Tor an der Zuchtbox stehen und auf die Muttersau und die Ferkel hinunterschauen. Beide Arme hatte sie auf die Umfassungsmauer der Box gelegt, das Kinn auf die Handrücken gestützt. Ihre Haltung und der starre Blick auf Mutter und Kinder bestärkte ihn in seinem Verdacht einer unerwünschten Schwangerschaft. Er entschied sich, bei seinen Schwiegereltern anzurufen und mit seiner Frau zu sprechen. Wenn Irene sich beeilte, konnte sie in zwei Stunden hier sein und ihrer Schwägerin bei der Entscheidung zugunsten eines hilflosen Wesens behilflich sein. Zum Teufel mit dem arroganten Hund, der sich seine Ordnung nicht durcheinanderbringen lassen wollte. Auf dem Hof war Platz genug, Judith könnte mit ihrem Baby heimkommen.

Doch ehe er dazu kam, seinen Entschluß in die Tat umzusetzen, hörte er einen Wagen auf den Hof fahren. Er spähte wieder durchs Küchenfenster. Sie rührte sich nicht von ihrem Fleck vor der Zuchtbox, stand mit ihren hochhackigen Pumps und dem eleganten Kostüm mitten im Dreck und schien nichts um sich herum wahrzunehmen.

Das Auto geriet in sein Blickfeld, er kannte es nicht. Aber den Mann, der ausstieg, kannte er, hatte ihn zweimal in ihrer Villa gesehen, besann sich nur nicht gleich auf den Namen.

Dann fiel er ihm ein: Martin Keil, der Geschäftsführer, von dem sein tüchtiger Schwager sich vertreten ließ, wenn er selbst durch Abwesenheit glänzte.

Norbert Parring verließ die Küche, ging hinaus auf den Hof. Martin Keil schaute ihm unsicher und verlegen entgegen. »Entschuldigen Sie die Störung, Herr Parring. Ich suche Frau Schwaiger. Daheim ist sie nicht.«

Norbert deutete mit einem Nicken zum Schweinestall und versuchte von dem jungen Mann die Antwort zu erhalten, die seine Schwester ihm verweigert hatte. »Ist irgendwas vorgefallen? Ich meine, hat's Krach gegeben?«

Martin Keil zuckte nur mit den Schultern.

»Seit einer Stunde steht sie da«, erklärte Norbert und fühlte sich erleichtert, nicht mehr mit ihr allein zu sein. »Man bringt kein Wort aus ihr raus. Gegessen hat sie auch so gut wie nichts.«

Auf die Idee, sich zu erkundigen, warum Martin Keil Judith suchte oder warum er nicht angerufen hatte, um zu erfahren, ob sie hier war, kam Norbert Parring nicht. Martin hätte ihm auch keine vernünftige Erklärung bieten können. Es war die Sorge, die sich in den vergangenen beiden Tagen zu irrationaler Furcht gesteigert hatte. »Fühlte sich nicht so besonders!« Angesichts der zerbissenen Fingerknöchel und der blutigen Lippen war das eine bodenlose Untertreibung.

Er hatte schon gestern, als Lisa ihm mit dem hochgereckten Finger deutlich machte, daß sie ihre Affäre als beendet betrachtete, hinaus zur Villa fahren wollen. Mit den Blumen in der Hand hätte er vorgeben können, nur als aufmerksamer Angestellter zu erscheinen, um sich nach dem Befinden der Chefin zu erkundigen. Getan hatte er es nicht, weil er genau wußte, daß er an seiner Rolle nicht lange hätte festhalten können. Daß er vielleicht vergessen hätte, wo seine Grenze war, wenn er mit ihr allein war. Aber nun … Anna Schwaiger hatte im Laufe des Vormittags zweimal in der Villa angerufen. Frau Rusper war am Apparat gewesen. Und Anna hatte gesagt: »Da stimmt doch etwas nicht. Tun Sie mir einen Gefallen, Herr Keil? Vielleicht weiß Judiths Bruder etwas. Leider habe ich seine Telefonnummer nicht.«

Er hätte Anna darauf hinweisen können, daß es Telefonbücher gab und eine Telefonauskunft. Aber ihre Bitte war ihm wie ein zweiter Wink des Schicksals erschienen, und nun war er hier. Norbert Parring betrachtete ihn abwägend, bemerkte die Nervosität und die Verlegenheit und meinte, plötzlich klarzusehen. An seinem Verdacht hielt er fest, nur ging er nicht mehr so unbedingt davon aus, daß sein Schwager verantwortlich zeichnete für das, was Judith bedrückte. Nicht auszuschließen, daß der Verursacher ihm gerade gegenüberstand und noch gar nichts von seinem Glück wußte.

Von Entrüstung über den vermeintlichen Treuebruch mit Folgen war er weit entfernt. Er grinste und beschied: »Versuchen Sie mal Ihr Glück. Mir will sie nicht sagen, was sie hat. Aber ich kann's mir denken. Zu alt ist sie nun wirklich noch nicht für ein Kind, sagen Sie ihr das.«

Martin setzte sich zögernd in Bewegung. Die Erklärung ihres Bruders beruhigte ihn, gleichzeitig schmerzte es. Das Quieken der Ferkel tönte ihm entgegen. »Hallo«, sagte er, um auf sich aufmerksam zu machen. Sie reagierte nicht. »Ihr Mann rief an und sagte, Sie fühlen sich nicht wohl. Da dachte ich …«

Er brach ab. Es schien sie nicht zu interessieren, was er gedacht hatte. Sie schaute ihn nicht an, hob nicht einmal den Kopf, stand nur da wie eine Statue. Er ging zu ihr, griff nach ihrem Arm, zog sie von der Box weg und hinaus ins Freie. »Gehen wir ein bißchen spazieren, es ist ja schönes Wetter.«

Ein blöder Satz, aber ein besserer fiel ihm nicht ein. Augenblicklich fiel ihm überhaupt nichts mehr ein. Er spürte nur den Drang, sie in die Arme zu nehmen. Nicht mehr und nicht weniger! Sie nur halten, bis sie wieder so war, wie er sie kannte – ruhig und ausgeglichen. Es hätte ihn beruhigt, und nur darum ging es, selbst wieder ruhig und ausgeglichen sein zu können.

13

Sie ließ sich mitziehen bis zu einem Feldweg mit tief ausgefahrenen Spuren. Dort entzog sie ihm ihren Arm, schlenderte am Rand eines Weizenfeldes entlang. Mit ihren Pumps hatte sie Mühe, auf dem unebenen Boden das Gleichgewicht zu halten. Martin blieb dicht hinter ihr.

Einmal bückte sie sich, pflückte eine Mohnblume, betrachtete sie im Weitergehen mit einem langen Seufzer. »Früher gab es mehr davon.«

Martin atmete auf, der erste Satz, gespickt mit Wehmut, aber es war ein Anfang. Sie drehte den milchigen Blumenstengel in der Hand, zeigte mit der freien Hand nach vorne. Hinter dem Weizenfeld lag ein unbestellter Acker, daran schloß sich eine Wiese mit wild wucherndem Unkraut an. Mitten auf der Wiese stand ein windschiefes Gebilde aus verwitterten Brettern mit einem Dach aus Wellblech. Es war nach einer Seite offen.

»Für die Tiere«, erklärte sie, als führe sie eine Gruppe Schulkinder umher. »Wenn es regnet, stellen sie sich unter. Sie mögen den Regen genauso wenig wie wir. Früher habe ich mich dort verkrochen, wenn ich ...«

Sie brach ab, ging weiter, knickte mit dem linken Fuß um. Martin griff erneut nach ihrem Arm und hielt ihn diesmal fest, obwohl sie sich ihm erneut entziehen wollte. Früher! Sie sprach, als gebe es kein Morgen mehr. Ihm war kalt vor Unbehagen. Sie ging nun schneller und zielstrebig auf den alten Unterstand zu, kämpfte sich quer durch das kniehohe Unkraut der Wiese, schien weder die Nesseln noch die Disteln zu spüren.

Unvermittelt sagte sie: »Ich kann nicht mit meinem Bruder reden. Ich wollte, aber es geht nicht. Er hat wie ich erlebt, wie unsere Mutter ... Und jetzt ich.«

Martin hielt sie zurück und zwang sie, stehenzubleiben. »Was heißt das?«

Er hatte es sehr wohl verstanden. Er hatte es so gut verstanden, daß sein Puls sich automatisch beschleunigte und er sekundenlang das Gefühl hatte, etwas schnüre ihm die Luft ab. Sie senkte den Blick, schabte mit einem Fuß durch das Unkraut. »Ich habe einen Knoten in der Brust.«

Sekundenlang war es still, so furchtbar still, daß er den eigenen Herzschlag in den Ohren hörte. Er starrte sie an, fühlte sich entsetzlich hilflos und wurde heftig. »Warum sind Sie dann hier und nicht bei einem Arzt?«

Sie reagierte mit der gleichen Heftigkeit. »Arzt! Was soll ich da? Mir anhören, was sie alles tun können? Einen Dreck können sie. Sie machen es nur noch schlimmer.«

»Unsinn«, fuhr er sie an. »Die Chancen auf Heilung sind gut, man muß nur früh genug etwas unternehmen.«

Sie schaute über seine Schulter ins Weite und fauchte ihn an wie eine Katze. »Ja, natürlich. Das hat Bernd auch gesagt. Ein Mann kann sich kaum vorstellen, was es in solch einem Fall bedeutet, etwas zu unternehmen. Wofür soll ich mir das antun?«

Sie war wütend auf ihn, sehr wütend. In dem Moment war er nicht Martin Keil, der nette, liebenswürdige junge Mann, der ihr so gerne beim Zeichnen auf die Finger schaute, der sie bewunderte für das, was sie auf den Block zauberte. In dem Moment war er nur ein Schnösel, der sich nachts mit einer Schauspielerin amüsierte, morgens unausgeschlafen ins Geschäft kam, keinen blassen Schimmer von Schmerzen, Sehnsucht und Enttäuschung hatte. Der sich vermutlich im schlimmsten Alptraum nicht vorstellen konnte, wie eine Frau nach solch einer Behandlung aussah, sich trotzdem erdreistete, ihr einen medizinischen Vortrag zu halten.

»Für Ihren Mann«, sagte er ruhig. »Er braucht Sie!«

Sie lachte hysterisch auf, das war genau das richtige Argument gewesen. »Wofür braucht er mich denn? Fürs Geschäft! Für alles andere ist er zu müde. Ich weiß gar nicht, wann er mich das letzte Mal angefaßt hat. Doch, ich weiß es noch ganz genau, vor zwei Jahren, auf dem Friedhof. Da hat er mich vom offenen Grab weggezogen. Das war's dann.« In der Erregung ging sie zum Du über, ohne es zu bemerken. »Misch dich nicht in Dinge ein, von denen du keine Ahnung hast. Oder weißt du, wie eine Frau sich fühlt, wenn sie auf einen Mann wirkt wie Magenschmerzen?«

Sie beruhigte sich ein wenig, legte den Kopf weit in den Nacken und blinzelte die aufsteigenden Tränen fort. »So hatte ich mir mein Leben nicht vorgestellt. So nicht. Ich kann nicht mehr, verstehst du? Ich will auch nicht mehr.«

Unvermittelt entriß sie ihm ihren Arm, stolperte in den alten Unterstand und drehte ihm den Rücken zu. Sie preßte die Stirn gegen eines der Bretter, ihre Schultern zuckten. »Verschwinde«, murmelte sie.

Martin brauchte ein paar Sekunden, um zu verarbeiten, was sie gesagt hatte. Seit zwei Jahren! Es war unfaßbar. Er schluckte trocken, ging langsam zu ihr, zog sie von der verwitterten Wand ab, drehte sie um und nahm sie in die Arme. Sie weinte heftiger, preßte die Stirn nun gegen seine Schulter.

Er hielt sie einfach fest. Ihre Stimme zuckte ihm noch durch den Kopf. Zu müde! Magenschmerzen! Sein Hemd wurde feucht, das spürte er deutlich. Ein Jackett trug er nicht, das lag im Wagen. Er hatte es ausgezogen für die Fahrt, es war zu warm gewesen. Jetzt wurde ihm noch wärmer.

Bernd Schwaiger mußte krank sein oder verrückt. Und es war auch verrückt, sie im Arm zu halten und sich nur auf den feuchten Stoff an der Schulter zu konzentrieren. Er spürte weit mehr von ihr als ihre Tränen, dachte nicht länger darüber nach, was er tun und was er besser lassen sollte, griff unter ihr Kinn, hob ihr Gesicht an und küßte sie.

Sekundenlang ließ sie es einfach geschehen. Dann endlich kam eine Reaktion, sie klammerte sich an ihn. Er wollte ihre Verzweiflung nicht ausnutzen und gab sie frei. Sie hatte die Augen geschlossen, schüttelte heftig den Kopf. »Nicht aufhören«, murmelte sie.

Viel später lag er auf einem Rest Heu am Boden, die Arme im Nacken verschränkt, und schaute zu, wie sie ihre Kleidung zusammensuchte. Die Strümpfe ballte sie zu einem Knäuel zusammen, zupfte ein paar lose Halme von ihrem Rock, erhob sich und zog sich an. Ihre raschen Bewegungen zeigten deutlicher als jedes Wort, daß sie die letzte Stunde bereute.

»Tut es dir leid?« fragte er.

Sie schüttelte nur den Kopf.

»Gut«, sagte er.

Sie knöpfte ihre Bluse zu und schüttelte erneut den Kopf. »Nein, es war schön, aber nicht gut. Es war ein Fehler.«

Er hob die Schultern an, ließ sie wieder sinken. »Manche Fehler muß man machen, weil man eine Menge aus ihnen lernt.«

Sie schaute nachdenklich auf ihn hinunter. »Na schön, dann habe ich jetzt etwas gelernt. Aber eine Lektion reicht mir, verstehst du? Ich will keine Wiederholung.«

Er lächelte. »Ich verstehe ziemlich viel. Muß ich wieder Frau Schwaiger sagen?«

Sie wurde verlegen, schlüpfte in ihre Schuhe und murmelte: »Unsinn. Aber ich habe im Augenblick genug Probleme. Da brauche ich nicht noch zusätzliche Komplikationen. Wenn Bernd erfährt, daß wir …«

Als sie mitten im Satz abbrach, erklärte er mit unbewegter Miene: »Von mir wird er es nicht erfahren, unter einer Bedingung. Du gehst morgen zum Arzt.«

»Das ist Erpressung.«

»Ich weiß. Aber ich hab' nicht viel zu verlieren dabei.«

»Sei dir da nicht sicher. Bernd wird dich feuern, wenn du ihm sagst, du hättest mit mir geschlafen.«

»Wenn du zum Arzt gehst, muß ich es ihm nicht sagen. Gehst du?« Er richtete sich auf und begann zu betteln. »Du kannst es doch wenigstens abklären lassen.« Als ihm sein Ton bewußt wurde, stockte er kurz, räusperte sich und erklärte so neutral wie möglich: »Ich meine, wenn sich herausstellen sollte, daß es tatsächlich bösartig ist, kannst du immer noch die Notbremse ziehen.«

Sie schaute ihn ungläubig an, nach einer Weile nickte sie zögernd.

14

Durch das Schlafzimmerfenster fiel die Sonne in breiten Streifen auf das Bett. Es war kurz nach neun am Morgen. Trotz der häßlichen Worte am Strand war es eine schöne Nacht gewesen. Erst nach zwei waren sie eingeschlafen, erschöpft und zufrieden. Sandra lag eng an seine Brust geschmiegt. Im Schlaf hielt Bernd sie mit einem Arm an sich gepreßt.

Das Fenster stand offen. Ein leichter Wind strich über ihre Köpfe und das dünne Laken. Schwach war die Brandung zu hören. Das Haus lag nicht weit vom Wasser entfernt in den Dünen.

Ein unangenehm schriller Ton drang in Bernds Bewußtsein, brach ab und wiederholte sich. Er blinzelte verschlafen ins Licht, noch nicht wach genug, um die Störung auf Anhieb zu identifizieren. Das Handy auf dem Nachttisch klingelte. Als er es endlich begriff, hielt Sandra das Telefon bereits in der Hand.

»Gib her«, verlangte er, machte eine fordernde Geste mit der Hand und richtete sich auf. Es klingelte erneut. Sandra lächelte spöttisch. Er griff nach ihrem Arm, wollte ihr das Telefon aus der Hand nehmen. Sie sprang mit einem Satz aus dem Bett.

»Soll ich rangehen?«

»Gib her!« wiederholte er unwillig.

Sie tänzelte spielerisch einige Schritte zurück und hob das Telefon ans Ohr. »Warum, ich kann auch rangehen.«

Er stand auf, ging auf sie zu. Sie wich zurück, streckte die Hand mit dem Telefon weit vom Körper ab. Das unermüdliche Klingeln zerrte an seinen Nerven. »Du sollst das Ding hergeben.«

Ihr Lächeln verstärkte sich. »Vielleicht ist es Judith. Dann sollte besser ich reden. Damit schaffen wir klare Verhältnisse.«

Ihre Finger bewegten sich über der Tastatur, als wolle sie das Telefon einschalten. Gleichzeitig lief sie nackt, wie sie war, zur Tür.

»Verdammt noch mal!« Er hetzte hinter ihr her, bekam ihren Arm zu fassen, umklammerte mit festem Griff ihr Handgelenk und zerrte sie zurück ins Zimmer. Ihre Finger spielten immer noch über die Tasten.

»Wag es!«

Sie stieß einen abfälligen Laut aus und reichte ihm endlich das Telefon. Er versetzte ihr einen Stoß, so heftig, daß sie rückwärts taumelte und auf das Bett fiel. Wütend funkelte sie ihn an. Er kümmerte sich nicht um sie, schaltete das Handy ein, meldete sich mit einem verärgerten: »Ja?« Im nächsten Moment verdrehte er die Augen und verzog genervt den Mund. »Was ist denn, Mutter? Ich bin gerade in einer wichtigen Besprechung.«

Sandra beobachtete ihn in einem Gemisch von Wut und Faszination. Was immer seine Mutter ihm mitteilte, es versetzte ihm einen tüchtigen Schock. Sie sah das Zucken in seinem Gesicht, sah, wie er trocken schluckte, hörte ihn zischend die Luft einziehen.

»Und wo ist sie?« fragte er hektisch, dann horchte er wieder mit wachsender Besorgnis der Stimme seiner Mutter.

»Was ist los?« erkundigte Sandra sich gedämpft.

Er winkte unwillig ab, erklärte ins Telefon: »Schon gut, Mutter. Nein, darum kümmere ich mich selbst.« Dann schaltete er das Handy aus und hob seine Hose vom Boden auf. Ohne ein Wort der Erklärung begann er sich anzuziehen.

»Was ist los?« fragte sie noch einmal. Er antwortete nicht, ging zum Schrank, öffnete ihn und nahm seinen Koffer heraus. Ungläubig schaute sie zu, wie er seine Sachen packte.

»Willst du mir nicht endlich erklären, was passiert ist?«

»Judith ist wieder nicht ins Geschäft gekommen«, sagte er. »Daheim ist sie auch nicht. Sie ist gestern früh weggefahren, hat die Rusper meiner Mutter erzählt, aber nicht zurückgekommen. Kein Mensch weiß, wo sie ist.«

Sie hütete sich davor, ihm mit einer Bemerkung ihre Zufriedenheit zu zeigen, sogar das Lächeln verkniff sie sich. Mit nichtssagender Miene stand sie vom Bett auf, zog mit ein paar Handgriffen das Laken zurecht und ging ins Bad. Sie duschte, trug wie gewohnt ihr Make-up auf, ließ sich Zeit mit allem.

Mehrfach drängte er sie zur Eile, aber hetzen ließ sie sich nicht. Wenn geschehen war, was sie glaubte und erhoffte, kam es auf eine Stunde nicht an.

Schließlich warf er ihre Sachen in ihren Koffer. Sie nahm alles wieder heraus, faltete jedes Teil ordentlich zusammen. Es war halb elf vorbei, als sie ihm endlich zum Wagen folgte. Er raste los, als könne er damit noch irgend etwas ändern. Nicht einmal auf der Fähre war er bereit, aus dem Wagen zu steigen.

Am späten Nachmittag erreichten sie die Stadtgrenze. Der Verkehr wurde dichter, gezwungenermaßen drosselte er die Geschwindigkeit. Mürrisch und verständnislos saß sie neben ihm. Während der letzten beiden Stunden hatte er kaum noch ein Wort mit ihr gesprochen.

»Ich verstehe nicht, worüber du dich aufregst«, sagte sie endlich. »Ich habe dir gestern gesagt, Judith wird Tabletten nehmen. Wenn sie dir nichts mehr bedeutet, wie du immer behauptest, ist es doch ...«

Vor ihnen tauchte ein Taxistand auf. Sie brach ab, als er den BMW an den Straßenrand steuerte. Ohne auf ihre Worte einzugehen, zog er seine Brieftasche aus dem Jackett und nahm einen Fünfzigmarkschein heraus.

Er deutete nach vorne. »Nimm dir ein Taxi.«

Sie nahm ihm das Geld aus der Hand, nie zuvor hatte er sie dermaßen gedemütigt. »Meinen Koffer hätte ich auch gerne«, sagte sie kühl.

Er stieg aus, ging zum Heck des Wagen, nahm ihren Koffer heraus und stellte ihn ihr vor die Füße. Er stieg gleich wieder ein, fuhr los und verschwand im Gewühl der anderen Wagen.

15

Es erschien ihm sinnlos, heimzufahren, wenn die Rusper sagte, Judith sei nicht da. Aber es gab Räume, die die Rusper nicht regelmäßig betrat. Und wenn Judith das Haus nur verlassen hatte, um ihren Wagen außer Sichtweite zu schaffen und damit einen bestimmten Eindruck zu wecken …

»Das ist Psychologie, Schätzchen, davon verstehst du nichts!« Dieser Satz spukte ihm durch den Kopf wie von einem Endlosband abgespult. Und wenn dieses verfluchte Weib recht hatte? Er war verrückt nach ihr. Sie hatte etwas an sich, das ihn um den Verstand brachte, wenn er in ihre Nähe kam oder nur daran dachte, in ihrer Nähe zu sein. Mit Liebe hatte es nichts zu tun. Mit Liebe hatte auch seine Ehe nichts mehr zu tun. Früher war er verliebt gewesen in Judith. Es war lange her.

Mit den Jahren hatten sich die romantischen Anwandlungen ebenso verloren wie das Bedürfnis nach ihrer Zärtlichkeit und körperlichen Nähe. Trotzdem war Judith seine Frau! Sie gehörte zu ihm wie das, was sie gemeinsam aufgebaut hatten. Seiner Meinung nach bot er ihr ein angenehmes und erfülltes Leben – und die gemeinsame Sorge um das Geschäft. Judith konnte ihn nicht verlassen, gleich auf welche Art.

Die letzten beiden Kilometer raste er durch breite, stille Straßen. Dann tauchte endlich die Grundstückszufahrt vor ihm auf. Mit quietschenden Reifen kam der BMW vor dem Haus zum Stehen. Er stieg aus, warf die Wagentür hinter sich zu und rannte zur Tür, den Schlüssel bereits in der Hand. Er steckte ihn ein, drehte ihn, stieß die Tür auf. Die Anspannung machte sein Gesicht steif und schlug sich auf seiner Stimme nieder. Er rief nach ihr, räusperte sich, rief erneut und lauter. Antwort bekam er nicht.

Er ging einige Schritte in die Diele hinein und schaute unbehaglich zur Treppe. Er hätte hinaufgehen müssen, den Dachboden kontrollieren, in den Gästezimmern und im Keller nachschauen. »Das ist Psychologie, Schätzchen!« Wenn eine Frau sich mit Schlaftabletten umbringen wollte, legte sie sich nicht unbedingt ins eigene Bett, suchte sich nur ein Plätzchen, an dem sie ungestört und sicher vor frühzeitiger Entdeckung war. Er schaffte es nicht, zur Treppe zu gehen, rief noch einmal ihren Namen in die Stille des Hauses.

Als wieder keine Antwort kam, drehte er sich um und ging zurück ins Freie. Zwei Stunden später erreichte er den Hof seines Schwagers. Er war sicher, daß Judith sich zu ihrem Bruder geflüchtet, daß sie sich dort ausgeheult und neuen Mut gefaßt hatte. Norbert war ein vernünftiger Mann, der seiner Schwester unter aller Garantie rasch begreiflich gemacht hatte, was zum Leben unbedingt notwendig war und was nicht.

Als Bernd in die Einfahrt bog, kam Norbert auf einem schweren Traktor aus der Scheune und geradewegs auf ihn zu. Dicht vor dem BMW hielt er den Traktor an, stieg jedoch nicht ab. Der starke Motor brummte unheilvoll im Leerlauf. Von seinem hohen Sitz aus beobachtete Norbert mit unbewegter Miene, wie sein Schwager ausstieg und näherkam.

Neben dem Traktor blieb Bernd stehen, er mußte zu Norbert aufschauen.

»Ist meine Frau hier?«

»Nein.«

»War sie hier?«

Norbert schwieg und grinste verächtlich, das war eigentlich schon Antwort genug. Bernd drängte noch einmal: »War sie hier, verdammt?«

»Ja,« sagte Norbert Parring knapp.

»Und wo ist sie jetzt?«

Norbert hätte ihm das sagen können. Sie hatten am vergangenen Abend und beim Frühstück lange gesprochen. Er hätte Bernd sogar sagen können, daß er sie in ein oder zwei Stunden zurückerwartete, daß sie die Nacht im Elternhaus verbringen wollte, weil ihr davor graute, allein in der Villa zu sein. Daß sie fürchtete, einen großen Fehler zu machen.

»Vielleicht gerate ich in Versuchung, Martin zu bitten, über Nacht bei mir zu bleiben«, hatte sie gesagt. Und er hatte nicht verstanden, was daran so furchtbar wäre. Es war wirklich ein sehr langes und sehr ausführliches Gespräch gewesen zwischen Bruder und Schwester. Norbert Parring hatte eine Menge auf einmal begreifen müssen, nur eines entzog sich immer noch seinem Begreifen, warum Judith an ihrer Ehe festhalten wollte.

»Ich kann zehn Jahre nicht so einfach aus meinem Gedächtnis streichen«, hatte sie gesagt. Das mochte sein, nur fand er, sie hätte in den vergangenen beiden Jahren mehr als genug Zeit zum Streichen gehabt.

Bernd Schwaiger wartete immer noch auf eine Auskunft. Norbert zuckte nur mit den Schultern, schaute zum Wagen seines Schwagers und ließ den starken Motor des Traktors ein wenig lauter brummen. Beiläufig erkundigte er sich: »Fährst du zur Seite, oder soll ich ihn wegschieben?«

Bernd warf ihm einen wütenden Blick zu, ging zum Wagen und stieg ein. Mit aufheulendem Motor fuhr er rückwärts vom Hof.

16

Es war alles so schnell gegangen, viel zu schnell, um sich darüber klar werden zu können, ob es richtig war. Die Stunde mit Martin war ein Fehler gewesen, das wußte sie mit Sicherheit. Alles war durcheinandergeraten. Es war von ihrer Seite keine Liebe gewesen, nicht einmal Verliebtheit, nur eine Reaktion wie ein Dammbruch. Es hatte sich eben zuviel aufgestaut hinter diesem Damm, eine winzige Erschütterung hatte gereicht. Ein Kuß! Und sie hatte ihn aufgefordert, weiterzumachen.

»Nicht aufhören!« Das klang ihr noch in den Ohren. Hätte sie die Möglichkeit gehabt, die Zeit zurückzudrehen, noch einmal an genau diesen Punkt zu kommen, vor der Wahl zu stehen, »Laß das!« oder »Nicht aufhören!‹ zu sagen – sie hätte es wieder getan. Sie würde es noch einmal sagen und jede Sekunde fühlen. Es war ein sehr intensives Empfinden gewesen. Sie erinnerte sich nicht, daß sie bei Bernd einmal genauso gefühlt hatte.

Dann die Stunden in der Küche ihres Bruders. Martin war bereits fort und Norbert so wachsam. Sie hatte reden müssen; daß er es verstand, half ihr jedoch nicht weiter. Er hatte ihr angeboten, über Nacht zu bleiben. Geschlafen hatte sie kaum, war zu aufgewühlt, schwankte zwischen der Furcht, ihr Versprechen einzulösen und etwas hören zu müssen, was sie nicht hören wollte, und der Angst, daß Bernd erfuhr, was sich draußen im Unterstand abgespielt hatte.

Nach dem üppigen Frühstück, das Norbert ihr servierte, rief sie ihre Ärztin an und bekam einen Termin für den frühen Nachmittag. Ingrid Schmidtbauer war in ihrem Alter, eine resolut wirkende Frau mit einer beruhigenden Ausstrahlung. Ein wenig davon übertrug sich auf sie. Vielleicht war es eher Martins Hinweis auf die Notbremse, die sie immer noch ziehen könnte. Solch einen Satz hatte sie von ihm nicht erwartet.

Der Tastbefund war nicht eindeutig. Ingrid Schmidtbauer bestand darauf, daß sie sofort zur Röntgenuntersuchung fuhr. Den Termin machte sie persönlich. »Kommen Sie danach wieder zu mir, Frau Schwaiger. Dann sehen wir weiter.«

Kurz nach fünf am Nachmittag saß sie zum zweitenmal vor dem Schreibtisch ihrer Ärztin. Auch der Röntgenbefund hatte keine Klarheit gebracht. Sie verließ die Praxis wieder und wußte nicht, wohin. Daß Bernd bereits von seiner angeblichen Geschäftsreise zurück war, ahnte sie nicht. Und zurück zu ihrem Bruder fahren, ihn mit der Ungewißheit zurück in die schreckliche Zeit treiben, das wollte sie nicht. Zuerst mußte sie ruhiger sein, zuversichtlich wirken. Eine Weile fuhr sie ziellos durch die Stadt, hielt schließlich an einer Telefonzelle und rief im Geschäft an. Martin war am Apparat.

»Ich habe mein Versprechen eingelöst«, sagte sie.

»Und?« Er klang ein wenig atemlos.

»Nichts und«, sagte sie.

»Ich wollte gerade abschließen«, sagte Martin. »Kann ich …« Er stockte kurz, sprach rasch weiter: »Wir könnten einen Spaziergang machen. Nur einen Spaziergang und ein bißchen reden. Bitte!«

Wenig später schlenderte er neben ihr am Flußufer entlang. Die Hände hielt er auf dem Rücken verschränkt, als müsse er ihr auf diese Weise deutlich machen, daß sie nichts zu befürchten hatte. Er ließ sie reden, hörte geduldig und aufmerksam zu. Nach einer anfänglichen Scheu ging es flüssig über die Lippen. »Zuerst hieß es, nach der Mammographie sehen wir klar. Und dann drängte sie mich zu einer Gewebeentnahme.«

»Das ist doch nur ein kleiner Eingriff«, sagte er.

Sie warf ihm einen raschen, gequälten Blick zu und schaute gleich wieder nach vorne. Kleiner Eingriff! Er hatte wirklich keine Ahnung! Sie schlang die Finger ineinander und versuchte, ihm die Folgen dieses kleinen Eingriffs zu erklären. »Ich soll vorher unterschreiben, daß ich mit der Operation einverstanden bin. Ich werde gar nicht mehr erfahren, was los ist. Ich darf nur hoffen.«

Er blieb stehen, griff nach ihren Händen und hielt sie fest. »Dazu können sie dich nicht zwingen. Aber du mußt einverstanden sein, anders geht es nicht.«

Sie schaute an ihm vorbei auf den Fluß. »Und wenn ich aus der Narkose aufwache ...«

»Bin ich da«, unterbrach er sie, zog sie an sich und fügte an: »Und schlimmstenfalls suchen wir dann in ein paar Monaten das Modell aus, um das dich bis an den Rest deiner Tage viele Frauen beneiden werden. Mein Gott, Judith, es ist doch heute nicht mehr so, daß sie eine Frau verstümmeln und dann ihrem Schicksal überlassen. Was sie wegschneiden, bauen sie auch wieder auf. Nicht sofort, es dauert eine Weile, und Voraussetzung ist auch, daß sie rechtzeitig operieren können.«

Für ein paar Sekunden gab sie sich dem Gefühl von Wärme hin, drückte die Stirn gegen seine Schulter. Es tat gut, einfach nur gehalten zu werden und seinen Worten nachzuhorchen. Es war soviel Zuversicht darin. Und er schien auch gut informiert zu sein. Sie wünschte sich, Bernd hätte das gesagt, und es wären Bernds Hände gewesen, die ihr Gesicht umschlossen und anhoben. Und Bernds Lippen, die kaum spürbar über ihre Wange glitten, den Mund erreichten.

Er war so sanft, daß sie es zuerst nicht schaffte, ihn zurückzuschieben. Erst nach ein paar Sekunden schob sie ihn ein wenig von sich ab. »Du verstößt gegen die Abmachung. Keine Wiederholung, das hatten wir vereinbart.«

»Das war nur eine kleine Auffrischung«, sagte er und gab sie frei. Langsam schlenderten sie weiter. Nach einer Weile fragte sie: »Warum tust du das?«

»Was tue ich denn?«

»Das hier«, sagte sie. »Und gestern. War es nur eine Laune? Ich meine, war es nur etwas, was sich eben so ergeben hat?«

»Nein.« Er lachte leise. »Wenn ich geahnt hätte, daß Bernd sich aufs Altenteil zurückgezogen hat, hätte ich schon vor Monaten einen Versuch unternommen.«

»Und was ist mit Lisa?«

Er seufzte vernehmlich. »Keine Ahnung. Das letzte, was ich von ihr gesehen habe, war das.« Mit einem winzigen Lachen streckte er den Mittelfinger der rechten Hand in die Höhe. »Und vorher war es auch nicht so berauschend. Lisa braucht Publikum. Ich glaube, für sie war es kein Unterschied, ob sie auf der Bühne stand oder mit mir zusammen war. Ich mußte ihr nur anschließend sagen, sie sei einsame Spitze, dann war sie zufrieden. Aber eine Beziehung von Dauer wollte sie nicht. Das vereinbart sich nicht mit ihren Karriereplänen.«

Judith blieb stehen, schaute verlegen zu Boden und schabte mit der Schuhspitze über den Weg.

»Wenn es dich stört, daß du mir nicht gleichgültig bist«, sagte er, »ignoriere es einfach.«

Sie hob den Blick, schaute ihm direkt in die Augen. »Es stört mich nicht, es ist nur ... Was passiert ist, war ... Ich war verzweifelt, und du warst da. Und ich bin dir dankbar, daß du da warst. Aber ich glaube, mit Liebe hat es nicht viel zu tun. Und jetzt!« Sie versuchte zu lächeln, es gelang ihr nicht. »Jetzt habe ich einfach nur Angst.«

»Schon gut«, murmelte er.

Unvermittelt wurde sie heftig. »Nein, es ist nicht gut. Ich habe nicht nur Angst vor der Operation und vor dem, was danach kommen könnte. Ich habe ... Warum stehe ich hier mit dir? Warum versuche ich nicht, mit Bernd zu reden?« Eine Antwort wartete sie nicht ab, atmete zitternd durch und sprach weiter mit der gleichen Heftigkeit: »Weil er mir nicht zuhört. Das wird er auch nach der Operation nicht tun. Er wird mich nicht mehr anfassen. Er wird weiter behaupten, er sei überarbeitet. Er wird von mir erwarten, daß ich mich damit abfinde. Es wird sich nichts ändern.«

»Das hoffe ich«, sagte er ruhig.

Sie starrte ihn verblüfft an, begriff, daß er ernst meinte, was er sagte, und beruhigt sich. »Laß mich das in Ruhe hinter mich bringen«, bat sie. »Dann sehen wir weiter.«

Er lächelte und nickte zufrieden. »Einverstanden. Aber ich werde dich bei Gelegenheit daran erinnern.«

Sie lächelte ebenfalls. »Einverstanden.«

Er warf einen Blick auf seine Armbanduhr. »Was hältst du von einem netten Abendessen?«

»Einverstanden«, sagte sie noch einmal.

17

Nach dem erfolglosen Besuch bei seinem Schwager und der Rückkehr in die verlassene Villa stand Bernd Schwaiger vor der Wahl, in einigen Krankenhäusern nach dem Verbleib seiner Frau zu forschen. Er war überzeugt, daß sie sich inzwischen in ärztliche Behandlung begeben hätte. Und die Vorstellung, was ihr für den nächsten oder übernächsten Tag bevorstand, behagte ihm nicht. Noch viel weniger behagte ihm die Vorstellung eines Besuchs am Krankenbett. Sie war vermutlich in einer elenden Verfassung, und er war nicht der Mann, der tröstend ihre Hand halten und ihr Mut zusprechen konnte.

Nach einem einsamen Abend stand ihm auch nicht der Sinn. Er verfluchte Judith für ihr eigenbrötlerisches Vorgehen. Wenigstens seine Mutter hätte sie informieren können. Ihren Bruder hatte sie informiert, da war er sicher. Norbert Parrings Verhalten war ihm Beweis genug. Und hätte seine Mutter gewußt, daß Judith sich zur Zeit in einem Krankenhaus befand, hätte sie es kaum gewagt, ihn anzurufen, wo er in vermeintlich wichtigen Geschäftsangelegenheiten unterwegs war.

Er bedauerte den übereilten Aufbruch und hoffte, Sandra rasch versöhnen zu können. Mit einer Flasche Champagner machte er sich auf den Weg zu ihrer Wohnung. Ihr Wagen stand vor dem Haus, also war sie daheim. Erleichtert atmete er auf, stellte seinen BMW gleich hinter ihrem Wagen ab, nahm die Flasche und ging zügig zur Haustür.

Sandra Testroff stand auf Strümpfen vor dem großen Spiegel im Schlafzimmer und überprüfte mit letzten Griffen kritisch ihr Aussehen. Die Demütigung, die Bernd ihr am Nachmittag zugemutet hatte, hatte sie rasend gemacht. Sie war so außer sich gewesen, daß sie aus einem Reflex ihren Mann angerufen hatte.

Natürlich hatte Uwe sich gefreut und war nach einigen geschickt angebrachten Seufzern über die Einsamkeit nicht davon abzubringen gewesen, sie zu einem Essen in ein exklusives Restaurant einzuladen.

Wo der Abend enden sollte, wußte sie noch nicht genau. Uwe Testroff und Bernd Schwaiger, man konnte beide Männer nicht miteinander messen. Niemand wäre auf die Idee gekommen, einen Wolkenbruch mit einem Rasensprenger zu vergleichen. Aber Feuchtigkeit spendeten beide. Und wenn es nur darum ging, dem Naturereignis zu zeigen, daß es nicht unbedingt gebraucht wurde, kam ein Rasensprenger gerade recht.

Es war nichts als das unbändige Verlangen nach Rache. Und wenn nichts weiter geschah, als daß Uwe beim Dessert von seinen Entwicklungen berichtete. Er experimentierte ständig im eigenen Labor, hatte schon etliche Wässerchen zusammengemischt, harmlose ebenso wie brandgefährliche. Und wenn Judith getan hatte, was sie ihr eingehämmert hatte, wenn Bernd sich mit der Heimfahrt nur beeilt hatte, um der Polizei oder sonst wem den erschütterten Hinterbliebenen vorzuspielen, dann durfte er sich damit noch eine Weile weiter vergnügen. Sie war fest entschlossen, ihn glauben zu lassen, daß dieser Abend für sie in den Armen ihres Exmannes geendet hatte.

So weit war sie mit ihren Gedanken, als der Türgong anschlug. Im ersten Moment stutzte sie. Uwe konnte es nicht sein. Sie hatten verabredet, sich im Restaurant zu treffen. Und sonst erwartete sie niemanden mehr um diese Zeit. Es war kurz nach neun.

Ohne Hast ging sie in die Diele und betätigte die Gegensprechanlage. Gleich darauf hatte sie seine Stimme im Ohr. »Ich bin's.«

Sie antwortete nicht, drückte nur den elektrischen Türöffner, öffnete die Wohnungstür einen Spalt und ging zurück ins Schlafzimmer. Auf dem Glastisch neben dem Bett lag ein Paar Ohrstecker. Uwes Verlobungsgeschenk, bestellt im Hause Schwaiger, gefertigt nach einem Entwurf von Judith. Damals hatte alles begonnen, die Freundschaft mit Judith, der unterschwellige Neid auf ihren vermeintlichen Erfolg und später auf alles andere.

Sie schob den ersten Stecker in ihr linkes Ohr, als er in der Tür auftauchte. Mit schuldbewußt verlegener Miene lächelte er sie an, hob die Hand mit der Champagnerflasche und überspielte die Unsicherheit mit seiner typischen Überheblichkeit. »Hast du geahnt, daß ich komme?«

Das Schuldbewußtsein und die Verlegenheit verschwanden von seiner Miene und machten Platz für einen anerkennend bewundernden Blick, in dem sich bereits das Verlangen spiegelte.

Sie antwortete ihm nicht, schob den zweiten Stecker ins rechte Ohr und schlüpfte in die bereitgestellten Pumps. Er wurde mißtrauisch. »Wo willst du hin?«

»Nur testen, ob ich einen finde, der mich für hundert Mark aus dem Wagen wirft«, sagte sie und ging an ihm vorbei in die Diele.

Er schluckte trocken. »Es tut mir leid. Es war nur ...«

»Erzähl Judith, was es war«, sagte sie kühl, nahm im Vorbeigehen ihre Handtasche von der Garderobe und öffnete die Tür.

Er machte einen raschen Schritt in die Diele hinein. »Sandra, bleib hier, bitte. Es tut mir leid. Was soll ich denn noch sagen?«

Sie verhielt bei der Tür. »Was ist mit Judith?«

Er zuckte mit den Schultern, kam siegessicher einen Schritt näher. »Keine Ahnung, wahrscheinlich ist sie im Krankenhaus.«

Sie schürzte die Lippen. »Dann sag, daß du dich von ihr trennst.«

Unwillig schüttelte er den Kopf. »Mach doch keinen Quatsch. Du weißt, daß das nicht geht.«

Sie trat ins Treppenhaus. »Mach's dir gemütlich. Was zu trinken hast du ja dabei.«

Mit dem letzten Wort zog sie die Tür hinter sich zu. Er stand mit der Flasche in der Hand da wie ein Idiot und schaute fassungslos auf die geschlossene Wohnungstür.

18

Für Lisa Hohlstett hatte der Abend, an dem Martin sich weigerte, sie ins Theater zu begleiten, ein überraschend angenehmes Ende genommen. Unter den Zuschauern war Georg Schröder gewesen, äußerlich eher unscheinbar. Wäre sie ihm auf der Straße begegnet, hätte sie keinen Blick an ihn verschwendet. Aber Georg Schröder hatte andere Qualitäten, hauptsächlich waren sie beruflicher Natur.

Er produzierte Filme, war fünfundvierzig Jahre alt, hatte einen leichten Bauchansatz, schon recht schütteres Haar, unangenehm kurze und dicke Finger. Doch all das wurde ausgeglichen von der Chance, die er ihr bot. Eine Rolle in seiner neuen Produktion. Es war nicht unbedingt die Hauptrolle, nur eine der wichtigen Nebenrollen. Aber niemand konnte auf der obersten Sprosse der Leiter beginnen. Für den Anfang zählte nur, daß es ein guter Film wurde. Davon war Georg Schröder überzeugt.

Eine romantische Liebesgeschichte mit einem Hauch Komödie sollte es werden. Für das neue Stück am Theater hatte man ihr nur eine unbedeutende Nebenrolle geboten. Daß sie Schröder in ihrem Schlafzimmer von ihren Fähigkeiten hatte überzeugen müssen, war schon fast vergessen. Es war auch von Schröders Seite her nicht so berauschend gewesen. Er hätte in seinem Film keine gute Figur abgegeben.

Nun wollte sie Martin mit der freudigen Überraschung beglücken. Sie hatte ihren Besuch am Nachmittag telefonisch angekündigt, Martin nicht persönlich erreicht, nur ein paar Worte auf den Anrufbeantworter gesprochen. Wie sie Martin kannte, hatte er daraufhin alles vorbereitet für ein paar gemütliche Stunden zu zweit, in denen sie den Rest Schröder vergessen konnte.

Sie hatte sich sogar den Luxus geleistet, ein Taxi zu nehmen, sich während der Fahrt einige Entschuldigungen zurechtgelegt für den Fall, daß Martin auf den bezeichnenden Finger zu sprechen kam. Zwar war er nicht nachtragend, aber auszuschließen, daß er gelinde Vorwürfe erhob, wäre zuviel Optimismus gewesen.

Sie entlohnte den Fahrer und stieg aus. Daß Martins Wagen nirgendwo zu sehen war, spielte keine Rolle, er hatte einen Platz in der Tiefgarage gemietet. Zögernd ging sie auf das gepflegte Wohnhaus zu, ein wenig unsicher bei der Erinnerung an ihre Geste. Aber sie hätte ihn, als er mit seinem Blumenstrauß ankam, kaum in die Wohnung lassen können. Schröder war noch dagewesen, ohne Hemd und Hose herumgelaufen, und das hätte sich nicht erklären lassen.

Es war kurz nach neun und im Freien noch hell genug. In der Wohnung mußte es jedoch dämmrig sein. Daß hinter Martins Fenstern kein Licht brannte, machte sie stutzig. Sie ersparte es sich, auf die Klingel zu drücken, zog einen Metallring mit zwei Schlüsseln aus der Handtasche und steckte einen der Schlüssel in die Haustür.

Zwei Minuten später betrat sie die Diele. Es war still. Kein Laut aus der Küche, aber ein Essen in einem Restaurant würde ihr ebenso angenehm sein. Im Vorbeigehen warf sie einen Blick durch die offene Tür ins Schlafzimmer. Wenn Martin daheim war, lag meist sein Jackett auf dem Bett. Das war nicht der Fall. Sie vermutete, er sei unterwegs, um das Abendessen zu besorgen.

Sie ging hinüber zum Wohnraum. Dort hatte Martin seine Bastelecke eingerichtet. Die alte Fokker stand auf der Startbox am Boden vor der großen Arbeitsplatte. Auf der Platte lagen die Funksteuerung und ein kleiner elektrischer Lötkolben zwischen einem Gewirr von Kleinteilen. Er hatte sich mehrfach die Mühe gemacht, sie für sein Hobby zu begeistern.

Aber es war ihm nie gelungen, ihr Interesse für Reichweite, Fluglage oder technische Details zu wecken.

Der Eßtisch war nicht gedeckt. Nirgendwo lag eine Nachricht für sie. Der Anrufbeantworter war noch eingeschaltet. In der Hoffnung, er hätte ein paar erklärende Worte auf Band gesprochen, drückte sie die Gesprächswiedergabe und hörte ihre eigene Stimme. »Martin, ich bin's. Ich komme heute abend vorbei. Ich habe eine umwerfende Neuigkeit. Du wirst begeistert sein. Den Sekt kannst du schon mal kalt stellen.«

Das hatte er offensichtlich nicht getan. Sie wußte nicht, ob sie wütend oder enttäuscht sein sollte. Natürlich war es ein starkes Stück gewesen, das sie sich mit Schröder geleistet hatte. Aber einerseits hatte alles im Leben seinen Preis, und andererseits mußte Martin nicht unbedingt die richtigen Schlüsse aus ihrem Verhalten gezogen haben. Aufgeben wollte sie ihn nicht, weder für einen Georg Schröder noch für eine traumhafte Filmkarriere. Martin war ihr ruhender Pol, ein stets zuverlässiger und berechenbarer Faktor und ein ausgezeichneter Liebhaber. Irgendwann würde er einen zuverlässigen und berechenbaren Ehemann und ausgezeichneten Vater abgeben.

Zwar hatte sie in den Monaten mit Martin immer wieder betont, sie wolle sich nicht binden. Aber das hatte nur einen Grund gehabt. Ihrer Überzeugung nach durfte man einem Mann nicht zuviel Sicherheit geben, sollte er nicht nachlässig werden. Sie träumte nicht von Heirat in absehbarer Zeit. Doch irgendwann wollte sie dieses kleine, private Stück heiler Welt mit Mann und Kind und komfortablem Eigenheim. Wenn man sehr erfolgreich war, brauchte man solch eine Oase. Und wenn der Erfolg sich launisch zeigte, brauchte man die Sicherheit eines Mannes mit hohem Einkommen erst recht.

19

Die Terrasse des Cafés lag im Schein der Nachmittagssonne. Judith saß allein vor einem Kaffee an einem Tisch. Nach dem Spaziergang mit Martin war sie ruhig genug gewesen, zurück zu ihrem Bruder zu fahren. Sie hatte die Nacht in ihrem früheren Jugendzimmer verbracht, am Vormittag den Termin für das Krankenhaus vereinbart. Morgen früh! Sie hatte bis dahin bei Norbert bleiben wollen, sich ein wenig mehr Mut holen aus den Wänden des Elternhauses, aus der Erinnerung an die friedliche Zeit dort.

Nun war sie wieder in der Stadt. Norberts Anspannung hatte sie früher als beabsichtigt zurückgetrieben. Vielleicht war es besser so, die Nacht im eigenen Bett zu verbringen, morgen früh in aller Ruhe das Köfferchen für den Krankenhausaufenthalt zu packen. Daß Bernd von seiner Reise zurück war, wußte sie immer noch nicht. Norbert hatte den Besuch seines Schwagers mit keinem Wort erwähnt.

Sie war kurz daheim gewesen, Frau Rusper hatte das Haus schon verlassen, als sie hereinkam. Und Anzeichen von Bernds Anwesenheit gab es nicht. Ins Geschäft fahren mochte sie nicht. Sie fühlte sich nicht in der Verfassung, Martin wie tausendmal zuvor gegenüberzutreten, fürchtete, sich in Annas Gegenwart durch ein Wort, eine Geste oder einen Blick zu verraten. Sie hatte kurz anrufen wollen, um zu sagen, daß sie wieder daheim sei. Statt dessen hatte sie Sandras Nummer gewählt.

Für sechzehn Uhr hatten sie sich verabredet, es war zehn Minuten über die Zeit, als Sandra endlich auftauchte. Sie kam rasch näher und nahm ihr gegenüber Platz, ohne die übliche Begrüßung. Kein erfreutes Hallo, nicht der flüchtige Kuß auf die Wange, kein anteilnehmendes: »Wie fühlst du dich?«

Statt dessen fragte Sandra: »Was ist denn so dringend, daß ich dafür einen Friseurtermin absagen mußte?«

»Ich gehe morgen früh in die Klinik.«

Sandra zog irritiert eine Augenbraue hoch, um ihren Mund zuckte etwas, das nach Ablehnung aussah. Es zuckte nur ganz kurz und kaum wahrnehmbar. »Hast du dir das gut überlegt?« Auch in Sandras Stimme schwang etwas mit, das nicht unbedingt Zustimmung war. Aber plötzlich spielte es keine so große Rolle mehr, wie Sandra darüber dachte. Viel wichtiger war, was Martin gesagt hatte.

»Es ist ein harmloser kleiner Eingriff.«

Sandra lächelte, ein wenig mitfühlend, ein wenig verständnislos und ein wenig überheblich. »Wenn es dabei bleibt.«

Judith schaute in ihre Tasse. Der Rest Kaffee darin hatte keine Antwort, aber Martin hatte gesagt: »Vielleicht habe ich Glück, und es ist nur ein harmloser Knoten.« So wie er es ausgedrückt hatte, klang es, als hinge sein Leben von diesem Eingriff ab und nicht ihres. Sie sagte es mit genau seinen Worten.

Eine Serviererin kam an den Tisch und unterbrach ihr Gespräch. Sandra bestellte für sich ebenfalls Kaffee und dazu ein Stück Obsttorte ohne Sahne. »Willst du nichts essen?« erkundigte sie sich. Judith schüttelte den Kopf.

Als die Serviererin außer Hörweite war, lehnte Sandra sich im Stuhl zurück und betrachtete sie nachdenklich. »Dir ist der Appetit vergangen, was? Kann ich verstehen. In deiner Haut möchte ich jetzt nicht stecken.«

»Das tust du ja auch nicht«, erwiderte sie ruhig. »Ich stehe das schon durch, irgendwie.«

Sandra seufzte schwermütig. »Hoffentlich nicht auf die gleiche Weise wie deine Mutter.« Sie beugte sich vor, sprach mit beschwörendem Unterton weiter: »Judith, warum willst du dir das antun? Ich meine, wenn es harmlos ist, ist es nicht nötig, sich unters Messer zu legen. Und wenn es bösartig ist ...« Sie brach ab, um den Ausdruck wirken zu lassen. Als Judith darauf nicht reagierte, erkundigte sie sich: »Was sagt denn Bernd dazu?«

Judith trank den Rest Kaffee, er war fast kalt, so kalt wie Bernd an dem Morgen gewesen war, als er zu seiner dringenden Geschäftsreise aufbrach und ihr nur das Versprechen abverlangte, sich untersuchen zu lassen.

»Er hat, ehe er abfuhr, darauf bestanden, daß ich zum Arzt gehe. Nun bin ich gegangen. Und um ehrlich zu sein, es interessiert mich nicht, wie er darüber denkt. Es ist mein Leben, nicht seines. Ich weiß, daß er sich mit Krankheiten nicht auseinandersetzen kann und mit solch einer Operation gewiß nicht. Aber andere können es. Und mir wird schließlich nicht der Unterleib amputiert. Obwohl Bernd den Unterschied vermutlich nicht bemerken würde.«

Die Serviererin kam mit Kaffee und Torte an den Tisch. Sandra zahlte sofort und gab ein großzügiges Trinkgeld. Nachdem die junge Frau wieder im Hintergrund verschwunden war, hob Sandra bedächtig ihre Tasse zum Mund. Sie trank nicht, schaute Judith nur über den Rand hinweg versonnen an. »Was heißt das, andere können es?« fragte sie gedehnt.

Judith hob die Schultern an. Sie hatte das nicht sagen wollen. Es war eine Sache, bei der sie noch nicht wußte, wo sie stand. Auf der einen Seite eine langjährige Ehe und ein Mann, der sich darauf verließ, daß sie ihm im Geschäft zur Seite stand. Auf der anderen Seite die Sehnsucht und ein Mann, der sie eine Stunde lang hatte fühlen lassen, wie es sein konnte, geliebt zu werden. Ob es tatsächlich bereits Liebe gewesen war, was Martin in dieser einen Stunde für sie empfunden hatte, war nicht so wichtig. Er hatte es sie glauben lassen. Und er hatte ihr damit etwas gegeben, was Bernd nicht vermitteln konnte, Hoffnung.

Sie nahm unter Sandras forschendem Blick die leere Tasse hoch, führte sie kurz an die Lippen, stellte sie zurück und begann zögernd: »Bernd ist so viel unterwegs. Du weißt, wie oft ich allein bin. Und er hatte in den vergangenen Monaten ... Wann hat er mir denn noch einmal gezeigt, daß ich ihm etwas bedeute?«

Sandra zuckte mit den Schultern. »Ich bitte dich, Judith, du hast ihm einmal sehr deutlich gesagt, daß du nicht mit ihm schlafen kannst. Was sollte er dir da zeigen?«

Sie winkte ab. »Das ist zwei Jahre her. Und es hätte mir gereicht, in den Arm genommen zu werden. Gerade in dieser Situation. Ich hätte ihn gebraucht, und er war nicht da.«

Sandra nickte verstehend. »Und wer war da?«

Sie hatte das Gefühl, einen Fehler zu machen, wenn sie es aussprach. Sie war noch nicht soweit, offen darüber reden zu können. »Ich weiß nicht, ob du es verstehst.«

Sandra lächelte spöttisch. »Ich verstehe fast alles. Und ich verstehe ganz bestimmt, daß eine Frau in gewissen Situationen schwach wird. Nun mach es nicht so spannend. Wer ist es? Kenne ich ihn?«

Sie senkte den Kopf und murmelte: »Martin Keil.«

Sandras Verblüffung war echt. Martin Keil, ein gutaussehender und, soweit sie mitbekommen hatte, sehr lebenslustiger junger Mann. Unvorstellbar, daß er mit Judith ... »Das glaube ich nicht.«

Judith lächelte unsicher. »So ganz verstehe ich es selbst nicht. Es ist einfach passiert, und jetzt weiß ich nicht, wie ich mich verhalten soll.«

Das war typisch Judith, fand Sandra. Was gab es zu wissen, wenn man als Frau zwei Jahre lang auf Eis gelegen hatte und dann über einen kleinen Vulkan stolperte? Sie lachte leise. »Wie schon! Genieße es, mach dir noch ein paar schöne Stunden.«

Judith starrte sie an und schluckte trocken. »Stunden?«

»Tage, Wochen. Wie man das halt so sagt.« Ihr Lächeln wurde intensiver. »Paß nur auf, daß Bernd nichts erfährt. Ich könnte mir vorstellen, daß er nicht erfreut reagiert, wenn er dahinterkommt, daß du einen Trost für einsame Stunden gefunden hast.«

Sie griff nach ihrer Kuchengabel, stach ein Stück von der Torte ab, schob es sich in den Mund und kaute mit Genuß. Auf Bernds Reaktion war sie mehr als gespannt.

20

Es war ein häßlicher Abend. Zuerst Bernds Vorwürfe, was ihr in den Sinn gekommen sei, sich so einfach aus dem Staub zu machen, keinem Menschen zu erklären, wo sie sich aufhielte, seine Mutter in Panik zu versetzen und zu veranlassen, ihn aus einer vielversprechenden Verhandlung zurückzuholen. Er ging so weit, zu behaupten, durch ihr Verschulden sei ihm ein großer Auftrag entgangen.

Mehrfach setzte sie zu einer Entschuldigung an. Jedesmal fiel er ihr ins Wort. Der Frust über die Zurückweisung, die er von Sandra erfahren hatte, entlud sich über ihrem Kopf. Ein Anruf aus Amsterdam machte seinen Vorwürfen schließlich ein Ende. Van Teuken machte ein großartiges Angebot und stimmte Bernd damit etwas versöhnlicher. Er wollte auf jeden Fall hinfahren und sich die Steine ansehen – gleich morgen früh.

Er telefonierte auch sofort, anscheinend mit einem Kunden. Einen Namen nannte er nicht, erklärte nur, was van Teuken ihm offeriert hatte, meinte, es sei wohl genau das, was ihnen beiden vorschwebe. Dann fragte er noch, ob der Kunde ihn begleiten möchte. Falls die Steine nicht ganz seinen Erwartungen entsprächen, van Teuken habe unter aller Garantie das Passende.

Nachdem er das Gespräch beendet hatte, wollte er wissen, ob sie ihren Termin im Krankenhaus eventuell um ein paar Tage verschieben könne. Zwei Kunden hatten sich angemeldet, Welling und Burgstett. Es wäre ihm lieb gewesen, sie hätte sich um beide gekümmert. Außerdem, behauptete er, wäre er gerne in ihrer Nähe, wenn sie diesen Eingriff vornehmen ließe. Als sie ablehnte, war er erneut verstimmt. »Was hast du es denn auf einmal so eilig damit? Auf zwei Tage kommt es doch nicht an.«

»Jeder Tag ist wichtig«, sagte sie.

»Das sind Welling und Burgstett auch. Ich hatte mir überlegt, daß du Welling das Armband vorlegen könntest.«

»Das kann Martin tun.«

Er zuckte mißmutig mit den Schultern. »Es macht aber keinen guten Eindruck, wenn wir beide nicht da sind.«

Am nächsten Morgen saßen sie sich am Eßtisch gegenüber, er vor einem üppigen Frühstück, sie vor einem Glas Mineralwasser. Sie betrachtete es nachdenklich. »Ich weiß gar nicht, ob ich etwas trinken darf. Nüchtern, haben Sie gesagt.« Sie hob unschlüssig das Glas an den Mund, setzte es wieder ab. »Ich lasse es lieber.«

»Ein Schluck Wasser wird nicht schaden«, meinte er. Dann hob er den Kopf, schaute sie an. »Es tut mir leid, daß ich gestern abend ein bißchen grob geworden bin. Ich mache mir eben auch Sorgen, und ich wäre wirklich gerne bei dir gewesen.«

»Ich komme schon zurecht«, sagte sie leise. »Und ich will es hinter mich bringen, verstehst du?«

Er nickte. »Du hast ja bestimmt Telefon am Bett. Ruf mich an, wenn du weißt, was los ist.«

Diesmal nickte sie. Er legte die angebissene Brötchenhälfte auf seinen Teller. Dann stand er auf und verließ das Zimmer. Sie hörte seine Schritte auf der Treppe, erhob sich ebenfalls und folgte ihm.

Er war bereits im Schlafzimmer, als sie die Tür erreichte. Auf dem Bett lag geöffnet und gepackt sein Koffer. Mit einem Kulturbeutel in der Hand kam er aus dem Bad.

»Du mußt keine Angst haben«, sagte sie und ging langsam auf ihn zu. »Selbst wenn da etwas ist, es ist nicht das Todesurteil. Wir schaffen das schon, wenn wir …«

Er legte den Kulturbeutel in den Koffer. Sie streckte die Hand aus, um sie ihm auf die Schulter zu legen. Doch in diesem Moment schloß er den Koffer, nahm ihn vom Bett und ging hinaus auf den Flur. Im Hinausgehen sagte er: »Ja, das denke ich auch. Wir haben bisher so ziemlich alles geschafft, was wir uns vorgenommen hatten. Ich muß jetzt los.«

Dann verschwand er aus ihrem Blickfeld. Sie hörte seine Schritte erneut auf der Treppe und schloß gequält die Augen. Seine Worte am Eßtisch hatten ihr das Gefühl vermittelt, es könne sich doch noch etwas ändern. Unten fiel die Haustür ins Schloß. Es war schlimmer als sein übereilter Aufbruch vor einigen Tagen. Ihr war zum Weinen. Sie strich mit einer Hand über ihr Gesicht, atmete mehrfach ein und aus. Dann ging sie zum Schrank und nahm ein paar Nachthemden und Unterwäsche heraus, legte die Sachen aufs Bett, ging weiter ins Bad, suchte ihre Toilettenartikel zusammen, kämpfte dabei mühsam gegen die Tränen an.

Die Haustür wurde wieder geöffnet. Rasch lief sie aus dem Schlafzimmer zur Treppe, beugte sich über das Geländer. »Bernd, ich wollte dir noch sagen, daß ich …«

Sie wußte gar nicht, was sie ihm noch sagen wollte. Vielleicht, daß sie ihn liebte. Aber jetzt wäre es eine Lüge gewesen. Es war vorbei, es mußte vorbei sein. Deutlicher hätte er ihr seine Gleichgültigkeit nicht zeigen können. Draußen heulte der Motor des BMW auf, unten in der Diele stand Frau Rusper.

»Ich bin's nur«, rief sie hinauf.

Sie nickte und ging mit hängenden Schultern zurück ins Schlafzimmer.

21

Mit dem Wissen um Judiths Affäre war es Sandra nicht schwergefallen, seinen Vorschlag, ihn nach Amsterdam zu begleiten, begeistert anzunehmen. Als er an ihrer Tür klingelte, war ihr Koffer bereits gepackt. Sie beeilte sich, nach unten zu kommen. Er verstaute ihr Gepäck im Wagen, hielt ihr galant die Tür auf. Nachdem er selbst eingestiegen war, küßte er sie.

Anschließend vergewisserte er sich: »Alles wieder in Ordnung?«

»Ja«, sagte sie.

Er atmete tief durch, startete den Wagen und reihte sich in den Verkehr ein. »Amsterdam wird dir gefallen.«

Sie lehnte sich entspannt im Sitz zurück, betrachtete ihn von der Seite. »Ich bin sicher, daß es mir gefällt. Hoffentlich gefällt es dir auch.«

Er stutzte, warf ihr einen raschen Blick zu. »Wie meinst du das?«

»Wenn du mich lieb bittest«, erklärte sie genüßlich, »verrate ich dir ein süßes Geheimnis.«

Er zuckte so heftig zusammen, daß er das Steuer verriß. Mit ein paar raschen Lenkbewegungen brachte er den Wagen wieder unter Kontrolle, fuhr an den Straßenrand und hielt an. Seine Stimme hatte einen drohenden Unterton. »Erzähl mir nicht, du bist schwanger!«

Sie lächelte ironisch. »Habe ich gesagt, daß ich dich erschrecken will?«

»Es klang so.«

»Du hast kein Ohr für feine Zwischentöne, Schätzchen.«

Er lachte kurz auf. »Ich habe keine Ahnung von Psychologie, kein Ohr für feine Zwischentöne. Was findest du eigentlich an mir?«

Sie legte eine Hand auf sein Bein, strich leicht über seinen Schenkel nach oben. »Das zeige ich dir, wenn wir in Amsterdam sind. Fahr weiter, worauf wartest du?«

»Auf das süße Geheimnis«, sagte er. »Ich mag keine Rätsel. Also, was hast du auf dem Herzen?«

Ihr Lächelnd wurde intensiver, die Finger spielten kaum spürbar auf seinem Schenkel. »Hast du dich noch nicht gefragt, was Judith plötzlich so mutig gemacht hat, den Kampf um ihr trostloses Dasein aufzunehmen?«

Er betrachtet sie ungeduldig. »Nein.«

»Das solltest du aber. Es könnte dich nämlich ein kleines Vermögen kosten.« Sie wiegte bedenklich den Kopf. »Sagen wir lieber ein großes Vermögen nach zehn Jahren Ehe. Deine liebe Frau hat einen feurigen Ersatz für dich gefunden.«

Sekundenlang starrte er sie verblüfft an, dann wurde er wütend, tippte sich heftig an die Stirn. »Du spinnst doch! Judith würde nie …«

»Und wie sie würde!« Sie ahmte Judiths Stimme nach. »Es ist einfach passiert.« Mit einem leisen, abfälligen Lachen sprach sie in normaler Tonlage weiter. »Sie konnte es sich selbst nicht erklären. Es hat sie offenbar völlig verwirrt. Das spricht für eine heiße Affäre, wenn du mich fragst. Ich meine, sie ist kein unerfahrenes Gänschen. Nach den Jahren mit dir kann sie das nicht sein.« Wieder ließ sie die Finger über seinen Schenkel wandern. »Wenn dann jemand auftaucht, der sie dermaßen aus der Fassung bringt, kann er nicht viel schlechter sein als du.«

Mit einem festen Griff packte er ihr Handgelenk und schob ihre Hand in ihren Schoß. Seine Kiefer mahlten, die Wut ließ seine Stimme gepreßt klingen. »Wer ist es?«

Sie betrachtete aufmerksam ihre sorgfältig lackierten Fingernägel. »Nehmen wir an, ich wüßte es. Was wirst du tun, wenn ich dir einen Namen nenne? Die Scheidung einreichen?«

Er stieß verächtlich die Luft aus. »Ich bringe ihn um.«

Sie nickte versonnen. »Das habe ich mir fast gedacht. Nur hatte ich es mir so nicht vorgestellt.«

»Wer ist es?« wiederholte er kalt.

Sie hielt den Blick auf ihre Fingernägel gerichtet. »Das sage ich dir, wenn du dich beruhigt hast. Jetzt fahr endlich.«

Er schaltete den Motor aus. »Ich fahre keinen Meter, ehe ich nicht weiß, mit wem Judith fremdgeht.«

»Sie geht nicht fremd, mein Lieber«, erklärte sie spöttisch. »So gut solltest du sie kennen«

22

Kaum daß Martin an diesem Morgen das Geschäft betreten hatte, bekam er fürchterliche Zahnschmerzen. Punkt neun wurde Judith in den Operationssaal gebracht. Sie hatte ihn kurz angerufen, ehe er seine Wohnung verließ. Er hatte keine genaue Vorstellung, wie lange der Eingriff dauern konnte, aber auf keinen Fall wollte er auch nur zwei Minuten zu spät kommen.

Bernds erneute Fahrt nach Amsterdam machte die Sache einfach. Anna Schwaiger wäre gerne selbst bei Judith gewesen, wenn sie aus der Narkose aufwachte. Aber sie bestand darauf, daß Martin sich augenblicklich auf den Weg zu seinem Zahnarzt machte. Für elf Uhr war Welling angemeldet. Wenn Martin bis dahin nicht zurück sein sollte, dann, so sagte Anna, würde sie allein zurechtkommen. Sie wollte dann über Mittag zu Judith fahren.

Ein klein wenig plagte ihn das schlechte Gewissen, ihre Gutmütigkeit derart schamlos auszunutzen. Aber er hätte ihr kaum erklären können, daß er ihrer Schwiegertochter versprochen hatte, bei ihr zu sein. Das wäre Aufgabe ihres Sohnes gewesen, hatte Anna bereits erklärt und zaghaft anklingen lassen, sie verstehe beim besten Willen nicht mehr, was in Bernds Kopf und in seiner Ehe vorginge.

Statt zum Zahnarzt, den er wahrhaftig nicht brauchte, fuhr Martin zu einer Blumenhandlung. Ihm war danach, einen Strauß Rosen zu kaufen. Das tat er dann doch nicht, es wäre zu kitschig gewesen, fand er, und zu auffällig. Dunkelrote Rosen hätten überflüssige und peinliche Fragen aufgeworfen.

Am besten wäre vermutlich gewesen, ohne Blumen zu ihr zu fahren, einfach nur dazusein, wenn sie aufwachte. Aber ein hübscher Strauß wertete seiner Meinung nach jedes Krankenzimmer auf. Er ließ ein Gebinde zusammenstellen, besorgte noch etwas frisches Obst und zwei Flaschen Saft. Kurz vor zehn erreichte er den großen Parkplatz bei der Klinik.

Sie schlief noch, als er ihr Zimmer betrat. Er suchte nach einer Vase für die Blumen, arrangierte Obst und Saft auf dem schlichten Nachttisch neben ihrem Bett, dann machte er sich auf die Suche nach einem Arzt. Er fand keinen, die Stationsschwester gab ihm die gewünschten Auskünfte, nachdem er dreist behauptet hatte, Frau Schwaigers Bruder zu sein.

Dann saß er neben ihrem Bett, saß einfach nur da und schaute sie an. Irgendwann griff er nach ihrer Hand, hielt sie fest. Später beugte er sich über sie, stützte sich mit einem Arm auf dem Bett ab und brachte sein Gesicht nahe an ihres heran. Die Auswirkungen der Narkose machten es leichter. Zu wissen, daß sie ihn nicht bewußt hörte, daß er vielleicht trotzdem einen Teil von ihr erreichte, den Teil, auf den er hoffte, den Teil, der sich nicht verstandesmäßig an eine Ehe klammerte, die längst aufgehört hatte, eine Ehe zu sein, den Teil, der ihm eine Chance gab.

Er war sich seiner Gefühle sehr sicher, es gab keine Zweifel, kein Schwanken, niemanden, dem er Rechenschaft oder Erklärungen schuldete. Es gab nur noch sie. Und egal, wie ihre Entscheidung ausfallen sollte, er war nicht gewillt, kampflos zu verzichten.

Nach einer Weile wurde sie unruhig, die Augenlider flatterten leicht, sie bewegte den Kopf auf dem Kissen. Er richtete sich auf und wartete, strich ihr behutsam eine Haarsträhne aus der Stirn, zog ihre Hand an die Lippen und hielt sie dort fest. Sie blinzelte benommen ins Licht. Er beugte sich erneut über sie.

Zuerst sah sie sein Gesicht nur wie eine helle, verschwommene Fläche, dann wurden die Konturen allmählich schärfer, und sie begriff, wer bei ihr war. »Du bist wirklich da«, murmelte sie, fuhr sich mit der Zungenspitze über die trockenen Lippen. »Ich habe entsetzlichen Durst.«

Er ließ ihre Hand los, füllte ein Glas mit Saft, schob die Hand in ihren Nacken und hob den Kopf an. Dann hielt er ihr das Glas an die Lippen. Sie trank in kleinen Schlucken. Er ließ sie zurück auf das Kissen sinken. »Besser?«

Sie nickte.

»Bist du schon wach genug für die Diagnose?«

Sie blinzelte müde und benommen und nickte erneut.

»Du bist gesund«, sagte er, »völlig gesund. Es war ein harmloser Knoten. Wenn ich die Schwester richtig verstanden habe, nennt sich das Mastopathie.«

Sie schloß die Augen, ihre Mundwinkel begannen zu zucken.

»Nein, nein«, sagte er rasch und beugte sich wieder über sie. »Jetzt wird nicht geweint. Mit dir ist alles in bester Ordnung. Jetzt sehen wir zu, daß wir auch den Rest in Ordnung bringen. Du hast versprochen, weiterzusehen, wenn du das überstanden hast.«

Die Augen hielt sie geschlossen, hob einen Arm und legte ihn um seinen Nacken, zog seinen Kopf tiefer herunter. »Habe ich schon«, flüsterte sie. »Ich habe sehr weit gesehen heute früh, ehe ich herkam.«

23

Für Lisa Hohlstett begann der Morgen im Studio. Georg Schröder wollte ein paar Probeaufnahmen machen. Einen Blick ins Drehbuch hatte er sie noch nicht werfen lassen. Angeblich mußten noch Änderungen vorgenommen werden.

Von ihrer Euphorie war nicht viel übrig, im Gegenteil, sie fühlte sich alles andere als wohl in ihrer Haut. Georg Schröder hatte ihr erklärt, daß er die große Liebesszene mit ihr proben wollte. In der Ecke des Studios stand ein breites Bett. Das Gewirr der Lampen und Kabel und die beiden Kameras wirkten professionell. Georg Schröder war ein Profi, soviel stand fest. Er hatte sein Team im Griff.

Er schickte sie in einen winzigen Raum, Garderobe und Maske. An einem Ständer hingen ein paar geschmacklose Dessous. Sie dachte nicht daran, etwas davon anzuziehen, setzte sich vor den beleuchteten Spiegel und besserte ihr Make-up nach. Sie war noch nicht ganz fertig, als Georg erschien und zur Eile drängte.

»Nun mach schon, wir haben nicht ewig Zeit.« Er deutete auf ihre Jeans und die Bluse. »Zieh den Kram aus.« Der nächste Wink ging in Richtung des Ständers. »Und such dir davon was Hübsches aus.«

»Da ist nichts Hübsches dabei.«

Er zuckte lakonisch mit den Schultern. »Na, von mir aus, wir können auch ohne drehen. Ist vielleicht sogar besser.«

»Heißt das etwa, ich soll nackt ...«

»Hemmungen?« unterbrach er sie. »Mädchen, das hättest du vorher sagen müssen. Ich hab' dir doch erklärt, was wir drehen. Wenn du dir das nicht zutraust, bist du hier falsch.«

»Nein, nein«, murmelte sie rasch. »Das geht schon in Ordnung.«

Sie zog die Bluse aus. Er verließ den kleinen Raum wieder. Draußen hörte sie ihn seine Anweisungen brüllen. Er schrie unbeherrscht auf einen der jungen Männer ein. Sie beeilte sich, ihre Jeans und die Unterwäsche auszuziehen, schaute sich nach einem Bademantel oder etwas Ähnlichem um. So völlig nackt mochte sie nicht hinausgehen. Aber es gab nichts, also huschte sie hinüber ins Studio und schlüpfte unter das dünne Laken auf dem breiten Bett. Unbehaglich beobachtete sie das Treiben der Männer um sich herum. Keiner von ihnen schenkte ihr übermäßig viel Beachtung, alle waren sie beschäftigt.

Scheinwerfer wurden auf das Bett gerichtet und eingestellt. Das grelle Licht blendete sie ein wenig. Schröder brüllte nach Jonni. Irgend jemand erklärte, Jonni sei noch nicht da. Schröder tobte und fluchte, weil Jonni wieder einmal keine Vorstellung von Pünktlichkeit habe. Seine Starallüren gingen ihm allmählich furchtbar auf den Keks.

Es schien sich um ihren Partner für die Szene zu handeln. Sie kannte niemanden, der Jonni hieß. Aber es gab so unendlich viele Schauspieler, man konnte nicht jeden kennen.

Schröder ließ die beiden Kameras in Position bringen und nahm vor einem kleinen Monitor Platz. Von dort gab er weitere Anweisungen.

Endlich tauchte ein gutaussehender, athletisch gebauter Mann auf. Er mochte etwa in ihrem Alter sein, trug sein langes Haar im Nacken gebunden. Sein Gesicht war ihr völlig fremd, aber Schröder verwandelte sich auf der Stelle vom Berserker in ein unterwürfig schmeichelndes Häufchen, um seinen Star nicht zu verärgern.

Jonni verschwand für ein paar Minuten in einem anderen kleinen Raum. Als er zurückkam, trug er einen Bademantel und hatte sein Haar gelöst. Er kam rasch zum Bett, lächelte geschäftsmäßig auf sie hinunter, ließ ein knappes »Hallo« vernehmen und dabei den Bademantel von seinen breiten Schultern gleiten.

Seine Figur war traumhaft und sprach für regelmäßiges Bodybuilding. Muskulöse Arme, muskulöse Beine, schmale Hüften, eine Brust wie von einem Bildhauer gemeißelt, ein flacher Leib. Aber was da vor seinem Leib in die Höhe ragte, war alles andere als flach. Jonni hatte eine Erektion und machte sich nicht die Mühe, es zu verbergen. Fassungslos und entsetzt registrierte sie, daß er sich neben sie kniete und seinen Unterleib kameragerecht vor ihrem Gesicht ausrichtete.

»Nimm endlich den Fummel weg«, rief Schröder. »Schnapp ihn dir und dann Action.«

Was sie sich schnappen sollte, daran konnte es nicht den geringsten Zweifel geben. Jonni half mit einer Hand ein wenig nach, schob sie in ihren Nacken und hob ihren Kopf an, zog ihn zu sich herüber. Sie versetzte ihm einen heftigen Stoß gegen den Leib, schrie gleichzeitig: »Spinnst du, Georg? Was soll das? Ich dachte,wir drehen eine Liebesszene.«

»Genau, genau«, brüllte Schröder. »Hilf ihr mal auf die Sprünge, Jonni.«

Und Jonni griff nach dem Laken, zerrte daran. Sie hielt es mit einer Hand vor ihre Brust, mit der anderen Hand schlug sie ihm hysterisch auf die Finger und fauchte: »Faß mich bloß nicht an.«

Der Beleuchter grinste. Genervt drehte sich Jonni zu Schröder. »Georg, du bist ein Scheißkerl. Was soll ich mit einer Anfängerin ...«

Weiter kam er nicht. »Sie ist keine Anfängerin«, erklärte Schröder, und zu ihr sagte er: »Jetzt hör auf mit dem Theater. Jede Minute kostet Geld.«

Für einen Moment war sie abgelenkt. Jonni schaffte es, ihr das Laken von der Brust zu ziehen. Sie schoß förmlich im Bett hoch, entriß ihm das Laken und wickelte sich darin ein.

Schröder verdrehte die Augen. »Führ dich nicht auf wie die heilige Jungfrau. Bei mir hast du doch auch keine Zicken gemacht.«

Sie sprang aus dem Bett, das Laken wie eine Pelle um den Leib gewickelt, funkelte ihn wütend an. »Du hast mich reingelegt.«

Dann lief sie auf den kleinen Raum zu, in dem ihre Jeans und die Bluse lagen. Jonni schaute ihr frustriert und kopfschüttelnd nach, bückte sich nach seinem Bademantel und fischte eine Zigarettenschachtel aus einer Tasche. Sie stolperte über ein Kabel, stürzte der Länge nach hin. Hinter ihr brach der Beleuchter in wieherndes Gelächter aus.

Nie in ihrem Leben war sie dermaßen gedemütigt worden. Wie ein grünes Landpflänzchen auf einen schmierigen Pornohai hereingefallen. Mit hochrotem Gesicht rappelte sie sich vom Boden auf, raffte das Laken erneut um ihren Körper und ging nun etwas langsamer zu dem kleinen Raum hinüber. Erst als sie die Tür hinter sich geschlossen hatte, ließ sie der Wut und den Tränen freien Lauf.

24

Kurz vor Mittag kam Bernd ins Geschäft. Martin war erst einige Minuten vorher zurückgekommen und erfand für Anna Schwaiger gerade eine lange Wartezeit beim Zahnarzt und eine aufwendige Behandlung, die ihn von sämtlichen Schmerzen befreit hatte.

Das Öffnen der Eingangstür unterbrach ihn. Er zuckte zusammen wie ein ertappter Sünder. So fühlte er sich auch in diesem Moment. Anna schaute erstaunt in das mürrische Gesicht ihres Sohnes.

»Ich dachte, du mußt nach Amsterdam.«

»Ich war unterwegs«, erklärte Bernd. »Aber im Moment habe ich nicht die Nerven. Hast du schon was von Judith gehört?«

Anna schüttelte den Kopf. Bernd ging hinauf ins Büro, um van Teuken zu informieren, daß er den Besuch um eine Woche verschieben müsse. Anna folgte ihm, berichtete kurz vom Besuch Wellings und dessen Wünschen. Für das Smaragdarmband hatte sie ihn leider nicht begeistern können. Dann erkundigte sie sich zögernd: »Willst du ins Krankenhaus fahren?«

Ihre Stimme war im Ausstellungsraum gut zu verstehen, ebenso Bernds knappe Antwort. »Nein.«

»Warum nicht?« fragte Anna verständnislos. Antwort bekam sie nicht, anscheinend machte Bernd nur eine Geste, über die sie sich aufregte. Martin hörte ihre sonst so sanfte Stimme mit einem deutlichen Ton von Unwillen. »Ich verstehe dich nicht. Wirklich, ich begreife nicht mehr, was in dir vorgeht. Du brichst eine Geschäftsreise ab, weil du dir anscheinend Sorgen um Judith machst. Und warum fährst du dann nicht zu ihr? Denkst du nicht auch, daß sie dich jetzt braucht?«

Sekundenlang war es still im Büro. Martin trat näher an die Treppe heran. Endlich erwiderte Bernd mit gequält klingender Stimme: »Ich kann das nicht, Mutter. Ich hatte mit ihr vereinbart, daß sie mich anruft, sobald sie das Ergebnis erfährt. Daß sie sich bisher weder bei mir noch bei dir gemeldet hat, ist kein gutes Zeichen. Allein die Vorstellung, daß sie ernsthaft erkrankt ist ...«

Anna unterbrach ihn heftig: »Ist erschreckend, und gerade deshalb solltest du bei ihr sein.«

»Ich bekomme Zustände, wenn ich eine Klinik betrete.«

»Sie ist deine Frau, da solltest deine Antipathie gegen Krankenhäuser für eine halbe Stunde vergessen können. Nur eine halbe Stunde, das ist doch nicht zuviel verlangt.«

»Vielleicht fahre ich heute abend mal vorbei.«

Martin schluckte an der Enttäuschung. Er hatte am Abend noch einmal zu ihr fahren wollen, hatte es ihr fest versprochen. Bernd klang, als mache er sich tatsächlich Sorgen. Mehr noch, als bringe ihn diese Vorstellung um den Verstand. Judith hatte von seinem Aufbruch am frühen Morgen erzählt und gesagt: »Wenn er nur noch einen Funken für mich empfinden würde, hätte er sich anders verhalten. Ich bin ihm völlig gleichgültig.«

Vielleicht irrte sie sich. Bernds überraschende Rückkehr schien dafür zu sprechen. Im Büro oben war es still. Und Martin fragte sich, wie Judiths Entscheidung ausfiele, wenn sie ihren Irrtum erkannte. Zehn Jahre Ehe gegen eine Stunde in einem alten Viehunterstand.

Was zwischen ihnen war, war noch zu frisch, um sich vermeintlichen Verpflichtungen zu widersetzen. Und vielleicht waren es nicht nur Verpflichtungen. Da war dieses Geschäft und die Villa da draußen. Da waren ein beachtliches Vermögen und ein erfolgreicher Juwelier auf der einen Seite. Und auf der anderen Seite eine Etagenwohnung und ein Angestellter. Martin glaubte, sie gut genug zu kennen, um zu wissen, daß sie ihre Entscheidung nicht an materielle Werte knüpfte. Ebenso sicher glaubte er zu wissen, daß das Pendel wieder voll zu Bernds Gunsten ausschlagen würde, sobald ihr Mann ihr das Gefühl vermittelte, sie zu lieben und sie zu brauchen, nicht nur als Designerin, sondern als Frau.

Sekundenlang fühlte er die Erkenntnis wie ein Messer in der Brust. Er liebte sie wirklich, es war ein heftiges, ein sehr tiefes Gefühl. Er wollte, daß sie glücklich war. Aber er war kein Übermensch. Wenn Liebe bedeuten sollte, zu verzichten, sie loszulassen, dann liebte er sie nicht genug.

Oben schabte die Holztäfelung, Bernds Stimme klang wieder auf, anders als zuvor, nicht mehr gequält, eher ein wenig lauernd.

»Ich habe nicht nur Angst vor ihrer Krankheit, Mutter. Da ist noch etwas anderes, ich fühle das.«

»Was soll denn da sein?« Anna klang immer noch unwillig.

»Ich weiß es nicht. Aber es gefällt mir nicht, daß sie so einfach weggefahren ist. Angeblich war sie bei ihrem Bruder. Nur denke ich, Norbert würde jederzeit für sie lügen. Sie kann überall gewesen sein.«

Am Fuß der Treppe wartete Martin gespannt auf Annas Reaktion. Sie mußte überzeugt sein, daß Norbert Parring für seine Schwester gelogen hatte. Martin hatte ihr nach seinem Besuch auf dem Hof erklärt, er habe Judith nicht bei ihrem Bruder angetroffen. Doch Anna widersprach ungehalten: »Unsinn! Was redest du dir da ein?«

»Ich rede mir nichts ein, Mutter. Ich bin leider sehr oft unterwegs und bekomme nicht mit, was sich daheim abspielt. Ich dachte, dir wäre vielleicht etwas aufgefallen.«

Martin hielt den Atem an. Was Bernd gerade gesagt hatte, klang nach einem Verdacht.

»Was soll mir denn aufgefallen sein?« fragte Anna verständnislos.

»Was weiß ich! Anrufe, Besuche, irgendein Kunde, der in letzter Zeit öfter als sonst aufgetaucht ist?«

»Hier im Geschäft?« fragte Anna. Und Martin glaubte ihr entrüstetes Kopfschütteln zu sehen. »Du bist ja verrückt. Aus dir spricht das schlechte Gewissen. Du weißt genau, wie sehr du sie in letzter Zeit vernachlässigt hast. Ist dir nun endlich aufgegangen, welche Folgen das auf Dauer haben könnte?«

25

Den halben Nachmittag wurde Martin von Bernds Äußerungen verfolgt. Es drängte ihn, sie anzurufen und vorzuwarnen. Aber bis zum Geschäftsschluß ergab sich keine Gelegenheit. Das Telefon stand im Büro, und dort saß Bernd am Schreibtisch. Mit düsterer Miene erledigte er schriftliche Arbeiten, sehr konzentriert war er nicht bei der Sache.

Mehrfach fand Martin Gelegenheit, ein paar unverfängliche Worte mit ihm zu wechseln. Danach war er überzeugt, daß Bernd zwar einen Verdacht hatte, aber nicht wußte, in welche Richtung er suchen sollte.

Pünktlich um halb sieben verließ Martin das Geschäft, fuhr auf direktem Weg in seine Wohnung. Auf dem Anrufbeantworter war eine Nachricht gespeichert. Ehe er sie abhörte, rief er im Krankenhaus an.

Judith wartete auf ihn, klang nach Sehnsucht und schluckte tapfer an ihrer Enttäuschung. Bernds unerwartete Rückkehr schien sie nicht sonderlich zu berühren. Erfreut klang sie jedenfalls nicht, aber auch nicht besorgt, als er kurz umriß, wie das belauschte Gespräch zwischen Mutter und Sohn verlaufen war.

»Wenn er sich einbildet, mein Bruder hätte ihn belogen, ist das nicht mein Problem«, sagte sie.

Er hätte nicht genau sagen können, welche Antwort er erwartet hatte. Oder doch! Ein ruhiges und beherrschtes: »Wenn Bernd gleich kommt, werde ich offen mit ihm reden.« Aber so weit war sie wohl noch nicht.

Er wünschte ihr eine gute Nacht. Sie bedankte sich, er wollte schon auflegen, da sagte sie: »Wenn er da ist, kannst du wohl auch morgen und übermorgen nicht kommen.«

»Ich glaube nicht. Ich könnte es höchstens am Abend versuchen, ganz unverfänglich. Ich meine, niemand kann mir verbieten, meiner Chefin gute Besserung zu wünschen.«

»Lieber nicht«, sagte sie. »Wenn er bei mir sitzt, dann ...« Sie brach ab, setzte neu an. »Ich wäre lieber allein mit dir, verstehst du?«

Und ob er das verstand. Es waren mindestens drei Steine, die ihm vom Herzen fielen. Er hüpfte ein wenig auf der Stelle, es schaute ihm ja niemand dabei zu. »Es sind doch nur zwei Tage«, tröstete er. »Und dann wird sich schon eine Möglichkeit bieten, das Alleinsein nachzuholen.«

»Das hoffe ich«, sagte sie. »Schlaf gut.«

»Mach' ich.« Er legte auf, dann hörte er den Anrufbeantworter ab. Das Band hatte Lisas Stimme aufgezeichnet. Sie erzählte ein wenig von ihren geplatzten Filmträumen, mußte ihn unbedingt sehen, es war furchtbar wichtig. Er rief sie auf der Stelle zurück, fest entschlossen, sofort klare Verhältnisse zu schaffen.

Eine knappe Stunde später saß er Lisa an einem Restauranttisch gegenüber. Die Preise auf der Speisekarte bewegten sich in den oberen Sphären, aber das war ihm der letzte Abend mit Lisa wert. Sie widmete sich mit Genuß ihrem Hummer und plapperte irgend etwas. Er hörte nur mit halbem Ohr zu, war in Gedanken an Judiths Bett, versuchte sich auszumalen, wie Bernd sich verhielt, wie sie sich verhielt, wie sie miteinander sprachen, wie sie sich voneinander verabschiedeten. Nach ihren Schilderungen war kaum mit einem Kuß zu rechnen. Aber wenn Bernd plötzlich den Wert seiner Ehe entdeckt hatte …

»Hörst du mir überhaupt zu?« erkundigte sich Lisa.

»Natürlich«, versicherte er. »Was ist denn schiefgelaufen bei deinen Probeaufnahmen?«

Soviel hatte er mitbekommen. Sie ließ für einen Moment von ihrem Hummer ab. Ihr Gesicht verzog sich in gelindem Ekel. Dann winkte sie ab. »Differenzen mit dem Regisseur. Die Einzelheiten würden dich nur langweilen.«

»Da hast du recht«, sagte er trocken.

Sie stutzte, fragte irritiert: »Was heißt das?«

»Es interessiert mich nicht mehr, was du tust oder läßt.«

Ihre Miene spiegelte Verständnislosigkeit. »Warum hast du mich dann zum Essen eingeladen?«

Er zuckte mit den Schultern. »Weil ich es für unfair halte, am Telefon zu sagen, es ist vorbei.«

Sie starrte ihn aus zusammengekniffenen Augen an,

schluckte trocken und fragte mit heiserer Stimme: »Was heißt das? Hast du eine andere?«

»Ich hoffe es.«

Wieder fragte sie: »Was heißt das, du hoffst es?«

Er grinste. »Die Einzelheiten würden dich nur langweilen.«

Sekundenlang saß sie da wie vom Donner gerührt. Dann griff sie plötzlich ihren Teller und warf ihn in hohem Bogen in den Raum. Etliche Meter von ihrem Tisch entfernt schlug er auf und zersprang in tausend Scherben. Die Reste des Hummers schlitterten über den Fußboden und verschwanden unter einem anderen Tisch, an dem ein älteres Paar saß. Die Frau quiekte vor Verblüffung und zog automatisch die Füße an, als liefe eine Maus quer durchs Lokal.

Martin lachte auf, es war ein zu komischer Anblick. Die Gäste an den umliegenden Tischen schauten teils aufgebracht, teils sensationslüstern zu ihnen herüber. Lisa war noch nicht fertig. Halb über den Tisch gebeugt funkelte sie ihn wütend an, schnappte sich ihr Weinglas. Es war noch gut zur Hälfte gefüllt. Mit Schwung kippte sie den Inhalt in seine Richtung. Er duckte sich und bekam nur einige Spritzer ab. Lisa schmetterte auch das leere Glas zu Boden. Aus dem Hintergrund näherte sich eilig ein Kellner.

Martin griff nach seiner Serviette und wischte sich die Spritzer aus dem Gesicht. Er hatte Mühe, das Lachen zu unterdrücken. »Bist du fertig, oder willst du mit meinem Teller weitermachen?«

»Das wirst du bereuen«, zischte sie. »Mir gibt keiner so einfach einen Tritt.«

»Weiß ich«, sagte er lakonisch. »Du teilst lieber Tritte aus. Oder meinst du, ich hätte das bereits vergessen?« Er zeigte ihr die Geste, mit der sie ihn vom Fenster aus verabschiedet hatte.

»Und ich habe auch deutlich gesehen, daß du nicht allein warst«, fuhr er fort. »Ich kann mir nicht vorstellen, daß du ein Obdachlosenasyl eröffnet hast. Aber ich will gar nicht wissen, wer bei dir war. Es geht mich nichts mehr an.«

Sie drehte sich auf dem Absatz um, warf den Kopf in den Nacken, wollte zur Tür und lief dem aufgebrachten Kellner direkt in die Arme. Er wollte sie aufhalten, sie riß sich los und war Sekunden später verschwunden. Der Kellner kam an den Tisch und schaute mit unbewegter Miene auf Martin herunter. Trotz aller Reglosigkeit schaffte er es, strafend dreinzublicken. Martin zückte seine Brieftasche und zuckte bedauernd mit den Schultern.

»Tut mir leid. Ich habe das Temperament meiner Begleiterin unterschätzt. Wenn ich geahnt hätte, wie sie reagiert, wäre ich mit ihr in den Boxring gestiegen.«

Am Nebentisch lachte eine Frau glucksend auf. Die ältere Dame, die ihre Füße vor dem Hummer in Sicherheit gebracht hatte, lächelte ebenfalls.

Martin schaute den Kellner auffordernd an. »Nun sagen Sie schon, was kostet mich der Spaß?«

Er zog seine Kreditkarte aus der Brieftasche, mußte erneut lachen und konnte es sich nicht verkneifen, leise die Melodie eines Werbespots zu singen. »Lisa, die Freiheit nehm' ich mir.« Er fühlte sich sehr wohl dabei.

26

Bernd blieb nur zehn Minuten an ihrem Bett. Sie hatte nach Martins Anruf die Blumen in den Schrank gestellt. Es gab nichts Auffälliges zu entdecken, aber damit hatte er auch nicht gerechnet. Und wie er sie da im Bett liegen sah, war er halbwegs überzeugt, daß Sandra nur eine haltlose Behauptung aufgestellt hatte, um ihn zur Trennung zu bewegen.

Erfreut hörte er sich an, daß alles in Ordnung sei, daß sie bereits in zwei Tagen entlassen wurde und sich darauf freute, wieder ins Geschäft zu kommen. Dann verabschiedete er sich.

Zwei Tage, das waren auch zwei Nächte. Er verbrachte keine davon im eigenen Bett, fuhr nur morgens in aller Frühe hinaus zur Villa und verpaßte Kissen und Laken die Form einer unruhigen Nacht, damit die penetrant neugierige Rusper keine unnötigen Fragen stellte.

Sandra genoß die Nächte mit ihm. Aber sie war nicht bereit, ihm einen Namen zu nennen. So oft er auch drängte, jedesmal reagierte sie mit einem mysteriösen Lächeln. Ihrer Meinung nach konnte ein anderer Mann in Judiths Leben für ihn nicht von Bedeutung sein, wenn Judith ihn als Frau nicht mehr interessierte.

Dann wurde Judith aus dem Krankenhaus entlassen, fuhr nur heim, um ihren Koffer abzustellen. Kurz nach zehn war sie bereits im Geschäft, begrüßte Anna mit einem Kuß auf die Wange, schenkte Martin ein unverfänglich freundliches Lächeln, setzte sich an den Zeichentisch und nahm ihre Arbeit wieder auf.

Bernd beobachtete sie argwöhnisch, war bei jedem Klingeln des Telefon entweder in ihrer unmittelbaren Nähe oder persönlich am Apparat, ehe sie abheben konnte. Er hätte unbedingt mit van Teuken einen neuen Termin vereinbaren müssen. Burgstett hatte ein Perlencollier in Auftrag gegeben und für die Schließe drei Rubine gewünscht. Sie sollten nicht zu protzig sein. Es gab keine Rubine in der erforderlichen Größe im Tresor. Aber er konnte sich nicht aufraffen, sie jetzt allein zu lassen, ihr die Möglichkeit zu geben, sich mit irgend jemandem zu treffen.

Es war merkwürdig. Er verspürte nicht das geringste Bedürfnis, mit ihr zu schlafen. Aber er wußte noch genau, wie sie war in solchen Momenten. Und die Vorstellung, daß ein anderer sie so sah, machte ihn verrückt.

Am frühen Nachmittag erschien Sandra. Martin überprüfte gerade die Bestände der Bar im Empfangsraum. Judith hatte einen Entwurf fertiggestellt und wollte ihn zum Goldschmied bringen. Auf einem Weg wollte sie die Vorräte ergänzen. Sie stand dicht bei Martin und notierte, was gebraucht wurde. Es war ein gewohnter und harmloser Anblick.

Durch die offene Bürotür sah er sie beisammenstehen, wie sie schon tausendmal beisammengestanden hatte. Er sah, daß sie miteinander sprachen. Worüber, war für ihn nicht zu verstehen. Es konnte auch nicht wichtig sein. Als Sandra auf der Treppe auftauchte, drehte Judith den Kopf zu ihr. Sandra war mit wenigen Schritten bei ihr, nahm sie in die Arme und reichte ihr ein aufwendig eingewickeltes Päckchen aus einer Parfümerie. Für ihn hatte sie nur ein flüchtiges Winken durch die offene Bürotür.

Das hatte er immer so bewundert an ihr, daß sie sich in Judiths Nähe bewegen konnte, als sei er nur der Ehemann ihrer Freundin. Martin nahm Judith den Notizblock aus der Hand und schrieb etwas auf, während sie sich mit Sandra unterhielt.

Sie sprachen laut genug, er verstand jedes Wort. Überschwenglich betonte Sandra: »Ich kann dir gar nicht sagen, wie erleichtert ich bin, daß es harmlos war.«

Falsches Biest dachte er und bewunderte sie auch dafür.

Sandra legte den Kopf ein wenig zur Seite, musterte Judith skeptisch. »Aber wie das blühenden Leben siehst du nicht aus. Du solltest dich noch ein wenig schonen.«

Judith beteuerte: »Es geht mir gut, wirklich.« Sie warf Martin einen verstohlenen Blick zu. Er schrieb weiter auf ihren Notizblock. Aus ihrer Position sah es nicht so aus, als handle es sich um eine Spirituosenmarke oder etwas Ähnliches.

»Du solltest trotzdem ein paar Tage ausspannen«, riet Sandra. »Was hältst du von einem verlängerten Wochenende in unserer Jagdhütte?« Sie warf einen raschen, kalten Blick ins Büro hinüber, zwinkerte Judith verschwörerisch zu.

»Ich weiß nicht«, meinte Judith zögernd. »Es ist viel Arbeit liegengeblieben, und Bernd ...«

»Bernd«, unterbrach Sandra sie, schaute erneut zu ihm hin. Ihr Blick signalisierte, daß er zu schweigen hatte, »wird bestimmt keine Einwände erheben, wenn du am Wochenende fährst.«

Sie dämpfte die Stimme, den Rest verstand er nicht. »Die Jagdhütte liegt romantisch abgeschieden und ist besser geeignet, sich zu erholen, als euer Ferienhaus, wo er unvermittelt auftauchen könnte, wenn du verstehst, was ich meine.«

Ehe Judith reagieren konnte, schickte Sandra einen bezeichnenden Blick zu Martin hinüber. Dann kam sie langsam und siegessicher lächelnd zu ihm ins Büro. Er beugte sich über die Unterlagen auf dem Schreibtisch, kritzelte wahllos ein paar Zahlen auf den Rand eines Kostenvoranschlags.

Sie trat dicht an ihn heran. »Rechnest du aus, was dich die Scheidung kostet?«

Er schwieg, der Spott in ihrer Stimme stach wie mit Nadeln in seine Kopfhaut. Angespannt betrachtete er sie, vergewisserte sich mit einem Blick durch die offene Tür, daß Judith sich erneut den Barbeständen zugewandt hatte. Sie nahm den Block, kontrollierte Martins Notizen und sprach leise mit ihm. Martin griff nach dem Block in ihrer Hand.

Sandra nickte unmerklich mit dem Kopf in Richtung Empfangsraum. »Du wolltest einen Namen hören? Hast du keine Augen im Kopf?«

In dem Moment sah er es. Judiths Hand mit dem Notizblock, Martins Hand, die ebenfalls den Block zu halten schien. Und dabei streichelten seine Fingerspitzen ihren Handrücken. Bernd richtete sich kerzengerade auf. »Das ist nicht wahr!«

Es mußte wahr sein! Wenn sie sich nur über fehlende Flaschen unterhielten, hätten sie nicht flüstern müssen, wäre Judith zögerndes Kopfwiegen überflüssig gewesen, und Martins Blick … Es sah aus, als rede er beschwörend auf sie ein.

»Vielleicht überzeugt dich das Wochenende«, flüsterte Sandra neben ihm. »Jede Wette, daß sie mein Angebot annimmt und er ihr folgt.«

In diesem Moment löste sich Judith von der Bar und kam langsam zum Büro. Bei der Tür blieb sie stehen, schaute unsicher zu Sandra.

»Und du meinst, dein Mann hätte nichts dagegen, wenn ich ein paar Tage in der Jagdhütte verbringe?«

Unter dem Schreibtisch stieß Sandra mit einem Fuß gegen sein Bein. »Uwe ist nicht mehr mein Mann, Liebes. Und er hat bestimmt nichts dagegen. Ihn interessiert die Hütte nur zur Jagdsaison.«

Judith schürzte unschlüssig die Lippen, schaute ihn an. »Und du – hast auch nichts dagegen, wenn ich für zwei oder drei Tage …«

Ehe sie es aussprechen konnte, erklärte er unwirsch: »Von mir aus.«

Judith nickte, atmete tief durch. »Gut, dann fahre ich jetzt zum Goldschmied. Martin wird die Einkäufe übernehmen, das schaffe ich wahrscheinlich nicht.«

Sie drehte sich um und ging zurück zur Bar. Er hätte sehr viel dafür gegeben, den Blick zu sehen, den sie Martin zuwarf. Ausgerechnet Martin Keil!

Judith ging zur Treppe. Martin folgte ihr mit dem Notizzettel in der Hand.

»Ich bringe ihn um«, murmelte Bernd.

»Nein«, widersprach Sandra leise. »Das wirst du nicht tun. Ich habe andere Pläne, und dafür brauchen wir ihn.«

Er starrte sie an, schwankend zwischen maßloser Wut und einem Gefühl von Ohnmacht. Sie lächelte auf ihn hinunter, spöttisch, wissend und mit einem Hauch von Zärtlichkeit. Es war niemand in der Nähe, von unten drangen die Stimmen von Martin und Judith zu ihnen hinauf. Seine Mutter lachte über irgendeinen Scherz und rief: »Fahrt vorsichtig.«

»Natürlich«, rief Judith zurück. Dann hörte er die Eingangstür klappen.

Sandra beugte sich über ihn, legte eine Hand unter sein Kinn und zwang ihn, sie anzusehen. »Hey«, flüsterte sie. »Verlier jetzt nicht die Nerven. Wenn du ihn aus dem Weg räumst, ist das Problem damit nicht aus der Welt. Ich weiß eine bessere Lösung. Ruf mich an, wenn sie weg ist. Dann komme ich zu dir, und wir reden in Ruhe.«

2. TEIL

1

Martin steuerte seinen Wagen die schmale, gewundene Straße hinauf. Die Straßendecke war in schlechtem Zustand und erlaubte ihm nicht, so schnell zu fahren, wie er gerne gewollt hätte. Aber die Luft war herrlich, ebenso die Aussicht, obwohl nicht viel zu sehen war. Zu beiden Seiten der Wald, das Unterholz wuchs bis dicht an den Straßenrand, darüber erhoben sich die Stämme und Baumkronen. Zweimal fuhr er an verborgen im Gehölz liegenden Wirtschaftswegen vorbei, dann endlich tauchte die kleine Lichtung vor ihm auf.

Judiths Porsche stand vor dem massiven Blockhaus. Sie war am Morgen vorausgefahren und wollte bis Montag bleiben. Er mußte schon am Sonntag abend zurück. Es waren nur anderthalb Tage und eine Nacht. Zwei Nächte, wenn er sich entschloß, um vier oder fünf Uhr am Montag morgen aufzubrechen. Er wußte es noch nicht genau, es hing von ihrem Verhalten ab.

Die letzten Tage waren zwiespältig gewesen. Nur wenige Momente, in denen sie unbeobachtet waren. Versteckte Berührungen unter Bernds Augen. Martin hatte das Gefühl gehabt, es sei ihr unangenehm. Er fürchtete, daß sie sich von ihm zurückzog, wußte nicht, was abends in der Villa vorging. Sie sprach nicht darüber. Vielleicht wollte sie das Wochenende nutzen, um ihm klarzumachen, daß sie ihm nach wie vor dankbar sei für seine Zärtlichkeit und den Mut, den er ihr damit gemacht hatte. Daß sie andererseits jedoch begriffen habe, daß sie zu ihrem Mann gehörte. Daß sie Bernd eine Chance geben wollte, geben mußte nach zehn Jahren Ehe. Es tat entsetzlich weh, sich so etwas vorzustellen. Aber bei allem Willen, um sie zu kämpfen, er konnte sie nicht zwingen, sich von Bernd zu trennen und bei ihm zu bleiben.

Er steuerte seinen Wagen neben ihren Porsche. Und kaum hatte er den Motor abgestellt, als sie die Tür des Blockhauses öffnete. Sie trat ins Freie, kam bis an die Brüstung der Veranda und legte beide Hände auf das Geländer. Er stieg aus, erhoffte sich einen Wink, eine Regung, irgendeine Geste, die verriet, ob sie ihn sehnsüchtig oder fest entschlossen erwartet hatte. Sie stand nur da, schaute zu, wie er seine Reisetasche aus dem Wagenfond nahm und langsam auf sie zukam. Es waren drei Stufen zur Veranda hinauf, dann stand er vor ihr, ließ die Tasche fallen, nahm sie in die Arme.

Sekundenlang schaute er ihr in die Augen. Sie hielt seinem Blick stand, reckte sich langsam auf Zehenspitzen und brachte ihr Gesicht näher an seines. Ihre Lider senkten sich, die Konturen wurden unscharf, als ihre Lippen seine Wange berührten. Er packte fester zu und küßte sie.

»Nicht aufhören«, murmelte sie. »Nicht aufhören. Das habe ich so vermißt.«

Wie lange sie eng umschlungen auf der Veranda standen, wußten sie später beide nicht mehr. Irgendwann standen sie im großen Wohnraum der Hütte, seine Reisetasche lag noch draußen. Es war nicht wichtig. Wichtig waren nur ihre Haut, ihr Mund, ihre Arme in seinem Nacken, der kleine Verband auf ihrer Brust. Er fürchtete, ihr weh zu tun, und begriff erst nach einer Weile, daß seine Vorsicht sie fast um den Verstand brachte.

»Was hast du denn? Nicht aufhören.« Ihre Stimme klang heiser vor Erregung, und er war immer noch ein wenig unsicher. Sie zog ihn zum Kamin hinüber, davor lag ein flauschiger Teppich. »Zeig mir, daß ich lebe.«

Später wollte sie ihm unbedingt einen See zeigen, der ganz in der Nähe lag. Er folgte ihr hinaus, stellte nur rasch seine Tasche ins Innere und nahm eine leichte Jacke vom Haken neben der Tür. Auf dem Weg zum See sprachen sie nicht viel. Er wollte sie nicht drängen, und irgendwann begann sie von selbst zu reden.

Sie lag dicht an ihn geschmiegt im Ufergras, den Kopf an seine Schulter gelegt, und zeichnete mit einem Finger Kreise und Linien auf seine Brust. »Laß mir ein bißchen Zeit, bitte. Ich werde mit Bernd reden – aber ich weiß noch nicht, wie ich es ihm sagen soll.«

»Ich helfe dir dabei.«

»Nein«, sagte sie rasch. »Das muß ich alleine tun.«

Sie richtete sich auf, zog die Beine an und umschlang sie

mit beiden Armen. Dann legte sie ihr Kinn auf die Knie und schaute zum See. »Ich tue es auch – in den nächsten Tagen. Aber es ist nicht so einfach, wie du es dir vielleicht vorstellst. Wenn Bernd vernünftig reagiert, können wir uns vielleicht arrangieren. Ich würde gerne weiterarbeiten, nicht unbedingt im Geschäft, lieber in der Schmiede. Dann müssen wir auch überlegen, was du machst. Ich glaube nicht, daß er dich weiterbeschäftigen wird.«

»Du hast schon sehr weit gedacht«, stellte er fest.

Sie deutete mit dem Kinn auf den Knien ein Nicken an. »Noch nicht weit genug, fürchte ich. Man kann keine Pläne machen, wenn man nicht weiß, wie der andere sie aufnimmt. Er war so komisch gestern abend und heute morgen. Ich bin sicher, er weiß es.«

»Das macht die Sache doch einfacher«, meinte er.

Sie seufzte nachdrücklich. »Das hoffe ich.«

2

Es war nicht der erste Sonntagnachmittag, den Sandra Testroff in der Villa verbrachte. Aber es war der erste, an dem sie sich fühlte wie daheim. Nicht mehr lange, und es wäre ihr Daheim. Auch wenn er sie nicht gleich nach Judiths Abreise angerufen hatte, sondern erst vor einer Stunde, was im Grunde zeigte, daß er mit ihren Plänen, wie immer sie auch aussehen mochten, nicht einverstanden war. Er mußte zustimmen. Er mußte einsehen, daß es nur eine Lösung gab. Alles war sorgfältig durchdacht, es gab keine Haken und keine Fallstricke.

Augenblicklich saß er dumpf brütend auf dem Rand des Swimmingpools. Seine Beine baumelten im Wasser, neben ihm standen zwei gefüllte Gläser auf dem Beckenrand. Sie beobachtete ihn aufmerksam, während sie in gleichmäßigen Bahnen durch das Wasser zog. Es war angenehm temperiert. Sie schwamm zum Rand, stemmte sich hoch, setzte sich neben ihn und griff nach ihrem Glas. Nach einem langen, durstigen Schluck erkundigte sie sich spielerisch. »Wo sind deine Gedanken?«

Er antwortete nicht.

Sie lächelte spöttisch. »Nun gönn ihnen die paar Stunden. Du kommst doch ebenfalls auf deine Kosten.«

Sie ließ sich zurück ins Wasser gleiten, paddelte vor ihm auf der Stelle. »Komm zu mir. Ich weiß ein gutes Mittel gegen schlechte Laune.« Als er nicht reagierte, umfaßte sie seine Beine und zog ihn mit einem Ruck zu sich hinunter. Er tauchte ein, kam prustend wieder in die Höhe. Sie schlang ihre Beine um seine Hüften, die Arme um seinen Nacken und küßte ihn. Einen Moment lang verhielt er sich passiv, beinahe abwehrend. Sie preßte sich dichter an ihn und fühlte seine Erregung wachsen. Endlich erwiderte er den Kuß mit einer Heftigkeit, die ihr den Atem nahm.

»Siehst du«, stieß sie atemlos hervor, als er sie freigab. »Und so kann es bleiben. Du behältst das Haus, mußt Judith nicht ihren Anteil aus dem Geschäft auszahlen. Wenn sie tot ist, gehört alles dir allein. Eine neue Designerin findest du schnell. Und wenn du jemanden brauchst fürs Geschäft, ich bin ja auch noch da. Mir wird das bestimmt Spaß machen.«

Er stieß sie zurück. »Hör auf«, verlangte er unwirsch.

Sie sprach ungerührt weiter. »Habe ich dir eigentlich schon erzählt, daß es in letzter Zeit mehrere Einbrüche in Jagdhütten gegeben hat?«

Er zuckte ohne Interesse mit den Schultern. Sie löste sich von ihm, schwamm ein Stückchen, kehrte zurück und bewegte sich träge vor ihm auf der Stelle. Er zog sich zurück auf den Beckenrand, setzte sich wieder auf die Randsteine, legte sich ein Badetuch um die Schultern und hörte ihr mit unbewegter Miene zu.

»Aber wir müssen nicht auf einen Einbrecher hoffen, der überrascht wird und die Nerven verliert«, erklärte sie. »Wir haben Martin Keil. Wir haben einen Mann, der seit langem scharf auf eine Frau ist, der zufällig hört, daß sie ein Wochenende allein in einer einsamen Jagdhütte verbringt. Er wird selbstverständlich die Gelegenheit nutzen.«

»Worauf willst du hinaus?«

Sie drehte sich auf den Rücken, sprach mit dem wolkenlosen Himmel über sich weiter. »Es ist ganz einfach. Wenn du Judith in der Jagdhütte umbringst, nachdem Martin bei ihr war, muß jeder glauben, er wäre der Täter. Er hat überall seine Spuren hinterlassen.« Sie lächelte genüßlich. »Sogar in der Leiche, nehme ich an. Sie werden bestimmt nicht bloß Händchen halten.«

Bernd stieß verächtlich die Luft aus.

»Ich muß dann nur noch der Polizei erzählen«, fuhr sie fort, »daß Judith mir anvertraut hat, er hätte sie mehrfach belästigt, wenn du nicht in der Nähe warst. Natürlich habe ich ihr dringend geraten, offen mit dir zu reden, damit du ihn feuerst. Aber das wollte sie nicht. Sie hatte Angst vor ihm und befürchtete, daß er ihr etwas antut, wenn er wegen dieser Vorfälle seinen Job verliert.«

Sie drehte sich zurück, um seine Miene betrachten zu können. Er zeigte keine Regung. »Und ich«, sagte sie langsam, »will weder geheiratet werden noch sonst etwas. Ich will nur, daß du nicht teilen mußt, was du dir aufgebaut hast, und daß du zufrieden bist.«

Er legte sich zurück und verschränkte die Arme im Nacken. Sie schwamm zum Rand, zog sich aus dem Wasser und kniete sich neben ihn.

»Und ich kann dich zufrieden machen, das weißt du. Ich kann dich so zufrieden machen, wie du es bei Judith nie warst.« Sie beugte sich über ihn, küßte seine Brust, die Schultern und den Hals, murmelte dabei: »Ich habe alles genau überlegt. Du mußt nur ja sagen. Oder willst du warten, bis sie dir die Scheidung vorschlägt? Dann ist es zu spät. Wenn bekannt wird, daß sie ein Verhältnis mit ihm hat, können wir nichts mehr unternehmen.«

Er ließ ihre Zärtlichkeit ohne Reaktion über sich ergehen. Mit angespannter Miene schaute er zum Himmel hinauf. Ein tiefer Atemzug hob seine Brust, ehe er fragte: »Okay! Was soll ich tun?«

Am frühen Abend brachen sie auf. Er wirkte immer noch angespannt, aber es war alles geklärt. Er hatte ein paar Fragen gestellt. Wann Uwe zuletzt in der Hütte gewesen war. Das wußte sie nicht. Ob der Gewehrschrank immer verschlossen war. Das wußte sie auch nicht, aber sie nahm es an. Uwe war immer sehr vorsichtig mit seinen Waffen gewesen.

Und Bernd mußte die Finger von den Gewehren lassen, wenn Martin Keil als Täter glaubwürdig sein sollte. Ein Mann, der einer Frau seit langem nachstellte, der ihre Hilflosigkeit in einer einsamen Jagdhütte nutzen wollte, drohte nicht mit einer Waffe, die er nicht kannte, die er erst aus einem Schrank nehmen mußte. Solch ein Mann schlug zu, um sich die Frau gefügig zu machen und seine Gier zu befriedigen. Anschließend benutzte er ein Messer, eine Schnur, irgend etwas, das gerade zur Hand war. Und Judith würde den Gewehrschrank auf keinen Fall mehr erreichen. Judith würde erschöpft und zufrieden schlafen und gar nicht begreifen, was mit ihr geschah.

3

Sie wollten den Sonntag abend im Dorfgasthof verbringen. Die Küche dort war ausgezeichnet, das hatten sie bereits samstags festgestellt. Nur von Luft und Liebe wurde man nicht restlos satt. Nach einem langen Spaziergang kamen sie am späten Sonntag nachmittag zurück in die Hütte, beide zufrieden und zuversichtlich.

Es war am vergangenen Nachmittag, in der Nacht und noch vor weniger als einer Stunde gewesen, als müsse Judith die Versäumnisse der letzten beiden Jahre ausgleichen. Zwischendurch hatten sie Pläne geschmiedet und waren manchmal ein wenig albern wie übermütige Kinder gewesen. Es tat ihr gut, in den Jahren mit Bernd hatte es das nicht gegeben. Nie einen Scherz, nur Geschäfte. Und die Leidenschaft der ersten Jahre. Er war sehr leidenschaftlich gewesen zu Anfang – und sehr besitzergreifend. Oft hatte er ihre Hände festgehalten, es nicht geduldet, daß sie ihn berührte. Wenn er erst diesen gewissen Punkt der Erregung erreicht hatte, bestimmte er jede Bewegung und verlangte von ihr völlige Hingabe. Zwei- oder dreimal war die Erinnerung in der vergangenen Nacht aufgeflammt, weil es so anders war. Mit der Erinnerung war ein wenig Furcht aufgestiegen.

Bernds zu erwartende Reaktion ließ sich nicht abschätzen. Ihr Verstand und die Hoffnung sagten, es könne keine Schwierigkeiten geben. Sie habe schließlich nicht vor, ihn unter Druck zu setzen oder ihm etwas abzuverlangen, was er nicht geben konnte. Er müsse rasch einsehen, daß es für sie beide die beste Lösung wäre, sich zu trennen. Aber ein diffuses Gefühl sprach dagegen und zwang ihr weitere Erinnerungen auf, an die sie in den letzten Jahren kaum noch einmal gedacht hatte.

Den Tag kurz nach ihrer Hochzeit, an dem sie sich das Geschäft angeschaut hatten. Ein günstiges Angebot, hatte er gemeint und sie abends zum Essen ausgeführt, um den ersten Schritt in die erfolgreiche Zukunft gebührend zu feiern. Es war ein gutes Restaurant gewesen, ein ausgezeichnetes Menü, höflich zuvorkommende Kellner und dieser junge Mann, offensichtlich noch in der Ausbildung. Ihm war ein kleines Mißgeschick passiert. Als er ihr das Dessert vorstellen wollte, tropfte Himbeersoße auf ihre Bluse. Reflexartig hatte der junge Mann nach einer Serviette gegriffen und versucht, den Fleck abzuwischen. Und Bernd war vom Stuhl hochgeschossen wie ein Verrückter. »Fassen Sie meine Frau nicht an.«

Damals hatte seine Eifersucht ihr suggeriert, daß er sie über alles liebte. Es war lange her, ähnliche Zwischenfälle hatte es danach nicht mehr gegeben. Aber da war die Sache mit dem Wagen, den er verkaufen wollte. Es lag drei Jahre zurück. Bernd hatte den Wagen ein Jahr lang gefahren und wollte nun ein neues Modell. Das Autohaus hatte ihm ein gutes Angebot unterbreitet. Zwei Tage vor der Übergabe wollte er abends noch rasch einen Kunden besuchen, der gerade in der Stadt war. Auf dem Weg ins Hotel fuhr ihm jemand in den Wagen.

Sie war dabeigewesen, hatte miterlebt, wie er von einer Sekunde zur nächsten die Beherrschung verlor. Daß er keinen

Verlust erlitt, spielte für ihn keine Rolle. Die Versicherung kam für den Schaden auf, das Autohaus blieb bei dem Angebot, er hatte diesen Wagen ohnehin nicht mehr fahren wollen. Aber da hatte jemand gewagt, etwas zu beschädigen, was sich in seinem Besitz befand, und er vergaß seine Höflichkeit, seine guten Manieren, vergaß alles, was er sonst zur Schau stellte.

Und dieses diffuse Gefühl vermittelte ihr, sie habe für ihn die gleiche Bedeutung wie dieser Wagen. In den letzten beiden Stunden hatte sie versucht, die Furcht zu verdrängen. Es war ihr gelungen. Mit dem Arm um Martins Taille schlenderte sie auf die Veranda zu. Er schob sie die Stufen hinauf, öffnete die Tür und schob sie weiter in den großen Wohnraum auf den Kamin zu.

»Nein«, sagte sie energisch. »Das Dessert nehmen wir später. Jetzt ziehe ich mich um, dann gehen wir runter und nehmen zuerst den Hauptgang.«

Er schaute ihr mit entsagungsvoller Miene nach, als sie zur Treppe ging. Sie stieg hinauf, betrat das Schlafzimmer, zog die Jeans und den Pullover aus. Von unten hörte sie ihn rufen: »Gibt's hier auch so was wie ein Weinregal? Zu einem Abend am Kamin gehört ein guter Tropfen.«

»Ich weiß nicht«, rief sie zurück. »Schau nach.«

Während sie im Schlafzimmer ein Kleid überzog, öffnete Martin den massiven Holzschrank neben dem Kamin. Die schweren Türen ließen sich ohne Mühe aufziehen. Sein Blick fiel auf zwei Jagdgewehre und die doppelläufige Schrotflinte.«

»Sandras Mann hält wohl nicht viel von Vorsicht«, rief er in Richtung Treppe und hörte sie lachen.

»Hat er seinen Wein nicht gut versteckt?«

»Den schon, aber seine Artillerie steht jedermann offen.«

Sie erschien wieder auf der Treppe, mit beiden Händen im Rücken versuchte sie, den langen Reißverschluß hochzuziehen. Er hatte sich in halber Höhe im Stoff verhakt. Sie kam zu ihm, drehte ihm den Rücken zu.

»Hilf mir mal.«

Er löste den verklemmten Reißverschluß und zog ihn nach unten.

»Hoch«, sagte sie, »nicht runter.«

Er küßte sie auf die Schulter. »Das sieht aber besser aus.«

»Du bist unersättlich. Wenn du so weitermachst, ist die Küche geschlossen, ehe wir im Dorf sind.«

»Ich überlege gerade, ob ich das Abendessen ausfallen lasse.«

»Nichts da. Jetzt zieh den Reißverschluß hoch, dann ist Abmarsch.«

Mit einem vernehmlichen Seufzer schloß er ihr Kleid und gab ihr einen Klaps. »Raus mit dir, bevor ich es mir anders überlege.«

Das war es, genau das! Dieses Spielen, die Leichtigkeit dabei. Das wollte sie nicht mehr aufgeben. Lachend nahm sie ihre Jacke, schaltete die Außenbeleuchtung ein und überließ es ihm, die Tür zu verschließen.

4

Bernd fuhr mit viel zu hoher Geschwindigkeit. Die Straße wand sich in sanften Kurven zwischen bewaldeten Hängen. Er starrte stur geradeaus. Seine Haltung gefiel Sandra nicht, immer wieder schaute sie ihn besorgt von der Seite an. Ihr schien, er knirsche mit den Zähnen. Zu hören war es nicht. Das Motorgeräusch verschluckte leise Töne.

»Du brauchst nicht zu rasen«, mahnte sie. »Wir sind ohnehin viel zu früh da. Wenn wir Pech haben, fährt Martin erst gegen Morgen.«

»Das sehe ich nicht als Pech.«

»Ich aber! Wir können nichts unternehmen, solange er bei ihr ist.«

Minutenlang schwieg er, dann meinte er: »Ich könnte es aussehen lassen wie einen Einbruch. Wenn es in letzter Zeit Einbrüche in Jagdhütten gegeben hat ...«

»In unbewohnte Jagdhütten«, unterbrach sie ihn.

Er zuckte mit den Schultern. »Eben. Wenn überraschend

doch jemand da ist, gerät ein Einbrecher schnell in Panik und schießt.«

Sie seufzte gequält. »Vergiß die Gewehre. Wahrscheinlich sind sie nicht geladen. Und soviel Zeit, das nachzuholen, hast du nicht.«

Statt einer Antwort stieß er schnaubend die Luft aus. Seine Miene spiegelte grimmige Entschlossenheit. Allmählich begann sie, sich Sorgen zu machen.

»Bernd, sei vernünftig bitte. Tot nutzt Martin uns nichts.«

»Warum soll Judith sterben und er davonkommen?«

»Er kommt nicht davon, er kommt ins Gefängnis.«

Er lachte rauh und unfroh. »Wo er erklären kann, daß er es nicht war. Irgendwann glaubt ihm einer. Er braucht nur einen guten Verteidiger.«

»Der beste Verteidiger nutzt ihm nichts«, erklärte sie beschwörend, »wenn die Indizien gegen ihn sprechen. Wer eine Frau vergewaltigt, schießt nicht.« Sie legte ihm eine Hand auf den Arm. »Wenn du schießt, findet die Polizei ein totes Liebespaar. Sie werden den betrogenen Ehemann gründlich unter die Lupe nehmen!«

»Na und? Ich habe ein Alibi. Ich war bei dir.«

»Und wie willst du der Polizei erklären, warum du bei mir warst? Dann sind wir beide dran. Die Tatwaffe ist ein Gewehr meines Exmannes. So dumm ist die Polizei nicht. Sie werden rasch eins und eins zusammenzählen. Bernd, es funktioniert nur, wenn du es so tust wie geplant.«

Er preßte die Lippen aufeinander und schwieg. Vor ihnen tauchte das Dorf auf. Endlich drosselte er die Geschwindigkeit. Aber immer noch zu schnell fuhr er in die Hauptstraße ein. Die Häuser standen zu beiden Seiten dicht an den Straßenrand gebaut. Rechts war nur ein schmaler Gehweg.

Genau zu diesem Zeitpunkt erreichten Judith und Martin die Hauptstraße. Sie kamen aus einem schmalen Seitenweg und gingen dicht an den Häusern entlang. Etwa fünfzig Meter vor ihnen leuchtete die Lichtreklame des Gasthofes. Von hinten näherte sich ein Wagen und kam mit weit überhöhter Geschwindigkeit auf sie zu. Im letzten Moment riß Martin sie zur Seite. Das Auto brauste vorbei. Vier junge

Männer saßen darin, eine Schnapsflasche ging von Hand zu Hand.

Kopfschüttelnd schaute Martin dem Wagen nach und fluchte leise, um den Schreck zu überwinden. »Idioten! Die sollten noch ihre Dreiräder putzen, statt die Gegend unsicher zu machen.«

Vor ihnen schleuderte der Wagen in eine Seitenstraße und verschwand. Martin schob Judith an seine andere Seite und legte ihr den Arm um die Schultern. »Komm ein bißchen näher, dann sind wir beide sicher.«

Sie legte ihren Arm um seine Taille und lachte leise. »Du suchst doch nur einen Vorwand, um auf Tuchfühlung gehen zu können.«

Er blieb stehen und protestierte in scherzhafter Entrüstung: »Wenn du jetzt noch behaupten willst, ich hätte den Amokfahrer bestochen ...«

Sie lachte erneut, schlang beide Arme um seinen Nacken, zog seinen Kopf zu sich herunter und küßte ihn. Eng umschlungen standen sie neben einer Hauswand auf dem schmalen Gehweg. Wieder näherte sich von hinten das Geräusch eines Motors. Sie beachteten es nicht.

Im Licht der Scheinwerfer waren sie für Bernd deutlich zu sehen. Sandra hielt unwillkürlich den Atem an. Aber sie kam nicht mehr dazu, etwas zu sagen oder zu tun. Er steuerte den BMW direkt auf Judith und Martin zu und trat das Gaspedal durch. Der starke Motor reagiert mit kaum verändertem Geräuschpegel.

Sandra saß wie erstarrt, sah das eng umschlungene Paar in rasender Geschwindigkeit größer werden. In letzter Sekunde schlug sie Bernd auf den rechten Arm und erreichte damit, daß er das Steuer verriß. Der BMW schlingerte zurück in die Straßenmitte.

»Bist du verrückt geworden?« keuchte sie.

Er antwortete nicht, schaute wutentbrannt in den Rückspiegel, in dem das Paar neben der Hauswand kleiner wurde.

Sie waren erschreckt auseinandergefahren und starrten dem davonrasenden BMW nach. Mit konzentriert gerunzelter Stirn versuchte Judith, das Kennzeichen zu entziffern.

Doch der Wagen war bereits zu weit entfernt. Auch andere Details waren nicht auszumachen. Nur den Wagentyp erkannte sie, ehe er um die nächste Ecke bog und verschwand.

Martin stieß die Luft aus. »Das war verdammt knapp. Veranstalten die heute ein Chaotenrennen?«

Sie schluckte trocken. »Das war ein BMW.«

»Hab' ich gesehen.«

»Hast du das Kennzeichen erkannt?«

Er schüttelte den Kopf.

»Könnte das Bernd gewesen sein?«

»Nein«, sagte er. »Ich meine, es hätten zwei Leute drin gesessen.«

Sie schaute weiter in die Richtung, in die der BMW verschwunden war.

»Bist du sicher, daß es zwei Leute waren?«

»Sicher bin ich nicht. Es ging zu schnell, und durch die Kopfstützen kann man das schlecht erkennen.«

Sekundenlang betrachtete er sie nachdenklich. Ihr Verdacht war nicht aus der Luft gegriffen. Er nahm ihre Hand und zog sie rasch weiter auf den Gasthof zu. »Komm. Die haben Telefon. Ruf an, und wenn er daheim ist ...«

Den Rest ließ er offen. Er drückte die Tür zum Gastraum auf, ließ sie an sich vorbei. Einige Tische waren mit Einheimischen besetzt, am Tresen standen zwei Männer und unterhielten sich angeregt mit dem Gastwirt. Im Hintergrund lief gedämpfte Musik.

Judith ging zum Tresen und bat um das Telefon. Der Gastwirt stellte es vor sie hin. Sie wählte die Nummer der Villa, zweimal ertönte das Freizeichen, dann schaltete sich der Anrufbeantworter ein. Sie legte auf, schaute Martin an und schüttelte den Kopf.

5

Mit geringer Geschwindigkeit steuerte Bernd den BMW über die holprige, ansteigende Straße durch den Wald den Hügel hinauf. Sandra schaute angestrengt zur Seite, um die Zufahrt zum Wirtschaftsweg nicht zu verpassen. Und um ihm nicht ins Gesicht schauen zu müssen! Sie hatte seit dem Vorfall im Dorf kein Wort mit ihm gesprochen, er schwieg ebenfalls.

Zwischen den Büschen erkannte sie die Einmündung des Wirtschaftsweges. Dahinter begann eine langgezogene Kurve. Sie atmete tief durch, zeigte nach vorne. »Fahr da rein. Dort können wir warten.«

Er tat, wie geheißen, fuhr etwa zwanzig Meter in den Weg hinein, schaltete Motor und Scheinwerfer aus. In die Stille hinein fragte sie: »Hat das überhaupt noch Sinn?«

»Ich bin die Ruhe selbst«, erwiderte er mürrisch.

Dann schwiegen sie wieder und warteten. Die Luft im Wagen wurde stickig. Er ließ die Scheibe auf seiner Seite hinunter, hängte den linken Arm aus den Wagen und begann, mit den Fingerspitzen von außen gegen die Tür zu trommeln. Mehrfach schien es, als trommele er einen bestimmten Rhythmus, dann wieder wirkte es wie der mühsam Kampf um Selbstbeherrschung. Es machte sie nervös und unsicher, aber sie wagte nicht, ihn noch einmal anzusprechen.

Eine Viertelstunde verging. Sie polierte vor Anspannung den Nagel ihres Daumens mit einem Finger, meinte endlich: »Vielleicht sollten wir doch lieber zurückfahren.«

»Nein«, sagte er knapp und trommelte weiter auf das Wagenblech.

Noch eine Viertelstunde verging, ehe sie fragte: »Was hast du dir dabei gedacht?«

»Nichts«, sagte er und trommelte weiter. Es machte sie verrückt. Es war zu dunkel, um zu erkennen, wieviel Uhr es war. In sein Trommeln mischten sich die Geräusche des nächtlichen Waldes. Ständig knackte es irgendwo. Das leise Pochen unter der Motorhaube war längst verstummt, der Motor inzwischen kalt.

»Dir muß doch klargewesen sein, daß die Polizei dich augenblicklich am Wickel gehabt hätte. Es hätte Unmengen von Spuren am Wagen gegeben. Die Absicht wäre auch eindeutig gewesen.«

»Halt den Mund«, verlangte er und schaltete das Autoradio ein. Sie schaltete es wieder aus. Man hätte es in der Stille des Waldes von weitem hören können. Nun hörte sie seinen gepreßten Atem.

»Bernd, bitte.«

»Nichts bitte«, preßte er hervor. »Du wolltest es so, und jetzt bringe ich es zu Ende!« Er pochte sich gegen die Brust. »Ich muß es zu Ende bringen, sonst werde ich den Anblick nie im Leben los. Steht auf der Straße und knutscht wie ein Teenager.« Er stieß verächtlich die Luft aus. Dann schwieg er wieder.

Sie schwieg ebenfalls, horchte auf die undefinierbaren Geräusche, lehnte den Kopf gegen die Stütze und schloß die Augen. In der Dunkelheit verlor sie jedes Zeitgefühl, irgendwann stellte er seine Trommelei gegen das Wagenblech ein und richtete sich steil auf. Im nächsten Moment hörte sie das Lachen ebenfalls.

Judith! Und Martins gedämpfte Stimme. »Schon als Dreijähriger wollte ich unbedingt Pilot werden. Wenn mein Großvater davon erzählte, klang das nach Abenteuer. Da habe ich mir immer vorgestellt, eines Tages einen Jumbo zu fliegen oder wenigstens eine Cessna.«

Im Schein einer Taschenlampe kamen sie die Straße herauf. Der Lichtkegel hüpfte bei jedem Schritt über Schlaglöcher und die Büsche am Straßenrand. Martin hielt die Lampe in der linken Hand, sein rechter Arm lag um Judiths Taille. Mit dem Kopf an seiner Schulter hörte sie ihm zu. Kleine Geschichten, nette, belanglose Episoden. Er wollte sie damit beruhigen, das wußte sie. Und es tat gut, nur beruhigte es nicht völlig.

Bernd war auch auf dem Handy nicht zu erreichen gewesen. Und sie wußte nicht, ob das ein gutes oder ein schlechtes Zeichen war. Normalerweise schaltete er das Funktelefon nur ab, wenn er nicht gestört werden wollte, wenn er zum Beispiel mit einem betuchten Kunden beim Essen saß. Er hatte nichts erwähnt von einem Termin am Sonntag abend. Gerade das stellte die Wahrscheinlichkeit eines Geschäftsessens auf einen glaubwürdigen Boden. Wenn er es besonders betont hätte ...

Sie hatten im Gasthof eine Kleinigkeit gegessen. Dabei waren sie übereingekommen, daß es unmöglich Bernd gewesen sein konnte. Er mochte in gewissen Situationen ein aufbrausendes Naturell zeigen, aber so dumm wäre er nicht gewesen, sie mit seinem eigenen Wagen überfahren zu wollen.

»Leider hat es nur für ein Modell gereicht«, erzählte Martin weiter und geriet ins Schwärmen. »Zuerst ein kleiner Segelflieger. Dann habe ich eines Tages auf einem Flohmarkt die Fokker entdeckt. Sie war in einem miserablen Zustand. Ein Junge bot sie zum Verkauf an. Er war vielleicht zehn oder elf, da kannst du dir vorstellen, wie viele Bruchlandungen sie hinter sich hatte. Ich habe Monate gebraucht, ehe ich sie das erste Mal starten konnte. Und sie flog.« Er atmete tief durch, es klang nach einem Seufzer. »Nur wollte mein Großvater nicht glauben, daß ein Spielzeug oben bleibt.«

Martins Stimme war im BMW gut zu verstehen. Bernd saß steif und aufrecht hinter dem Steuer. Zwischen seinem Rücken und der Sitzlehne waren einige Zentimeter Spielraum. Den Blick hielt er auf den Rückspiegel gerichtet. Sandra drehte sich nach hinten und sah kurz den Lichtkegel der Taschenlampe hüpfen.

»Er riß mir die Funksteuerung aus der Hand«, sagte Martin. Das Licht schwenkte zur Seite, fiel in den Wirtschaftsweg und streifte für den Bruchteil einer Sekunden den Wagen, als Martin eine weit ausholende Bewegung machte.

»Sie ging runter wie eine Bleiente, beide Tragflächen brachen. Und er schaute mich zufrieden an und sagte: ›Ich wußte, daß es runterfällt.‹«

Judith lachte erneut. Dann waren sie an der Einmündung des Weges vorbei, Martins Stimme wurde leiser.

Bernds Atem war nur noch ein Keuchen. Sandra legte ihm beschwichtigend eine Hand auf den Arm. Er schüttelte sie unwillig ab und stieß die Fahrertür auf.

»Nein«, flüsterte sie beschwörend. »Warte.«

Er achtete nicht auf sie, warf die Tür zu. Der Schlag war in der Stille weit zu hören.

Martin stutzte, blieb stehen und drehte sich um. Er ließ den Lichtstrahl die Straße hinunterwandern. Bedingt durch die Kurve sah er nur Büsche und Bäume. Judith spähte angestrengt in die Dunkelheit. »Was war das?«

Martin legte einen Finger an die Lippen. Wieder war ein dumpfer Schlag zu hören.

Bernd war mit drei großen Schritten zum Kofferraum gehastet, hatte ihn aufgerissen und den Wagenheber gegriffen. Der dumpfe Schlag, den Martin hörte, war der Kofferraumdeckel, den Bernd zuknallte, ohne einen Gedanken an den Geräuschpegel zu verschwenden. Was er beim Anblick des Paares auf der Straße empfunden hatte, verhinderte jeden klaren Gedanken.

Er wollte nur noch eines, den Mann vernichten, der seine Hände nach Judith ausgestreckt hatte. Und nicht nur ausgestreckt! Sandra hatte verhindert, daß er ihn wie eine Wanze an der Hauswand zerquetschte. Er wollte sich nicht auch noch daran hindern lassen, ihm den Schädel einzuschlagen. In großen Sprüngen hetzte er auf die Straße zu. Unter seinen hastigen Schritten brachen auf dem Waldboden liegende Äste und Zweige. Das Knacken war weit zu hören.

Martins Stimme schallte ihm entgegen: »Wer ist da?« Er besaß noch genug Verstand, nicht zu antworten, hetzte nur weiter.

Die schnellen Schritte kamen rasch näher, auch Martin dachte nicht länger nach. Er griff nach Judiths Hand, rannte los und zerrte sie hinter sich her die Straße hinauf. Das Geräusch der Schritte hinter ihnen veränderte sich, als Bernd die asphaltierte Straße erreichte. Martin schaute im Laufen über die Schulter zurück, doch wegen der Kurve war nichts zu sehen. Vor ihnen tauchte die kleine Lichtung auf. Der helle Schein der Außenbeleuchtung nahm der Situation ein wenig von ihrer Bedrohlichkeit, als ob das Licht bereits Sicherheit wäre. Sie hetzten über den freien Platz, vorbei an den beiden Wagen, die Stufen zur Veranda hinauf.

Er ließ ihre Hand los, tastete in seiner Hosentasche nach dem Schlüssel. Sie drehte sich um und schaute konzentriert auf die Stelle, wo die Straße begann. Seltsamerweise empfand sie keine Furcht. Die eilige Schritte waren immer noch zu hören, kamen näher und näher. Und das war real. Es war nicht nur eine endlose Grübelei über ›Was könnte geschehen, wenn …‹ Jetzt geschah es!

Es schien eine Ewigkeit zu dauern, ehe Martin den Schlüssel im Schloß gedreht und die Tür aufgestoßen hatte. Er zerrte sie an sich vorbei in den Wohnraum, sprang hinterher, warf die Tür hinter sich zu und lehnte sich schweratmend mit dem Rücken dagegen. Der Schlüssel hatte er in der Eile außen in der Tür stecken lassen.

»Scheiße«, fluchte Martin, als es ihm bewußt wurde. »Verdammte Scheiße.«

Sie fühlte sich immer noch ruhig, gespannt und wachsam, nicht nervös oder ängstlich. Martin strich sich über die Stirn, als könne er mit dieser Geste einen rettenden Einfall heraufbeschwören. Sie trat ans Fenster, schaute hinaus. Im Schein der Außenbeleuchtung war jede Einzelheit auf der Lichtung deutlich zu erkennen. Sie sah ihren Porsche und Martins Wagen, die Büsche und Baumstämme rundum und die dunkle Öffnung zur Straße, sonst nichts.

»Komm da weg«, verlangte Martin energisch.

»Das ist Bernd.«

»Kannst du ihn sehen?«

»Nein, aber wer soll es sonst sein?«

»Ich weiß es nicht, Judith.«

»Er war das auch im Dorf«, meinte sie. »Da bin ich sicher. Dann ist er zur Vernunft gekommen, und jetzt versucht er es hier.«

Was Bernd versuchen wollte, sprach sie nicht aus. Das war auch überflüssig. Es ging bestimmt nicht nur darum, sie zu erschrecken. Ihn fröstelte, gehetzt schaute er sich im Raum um.

»Das hat er sich aber ein bißchen zu einfach vorgestellt. Wir werden ihm einen Strich durch die Rechnung machen.« Weiterhin mit dem Rücken gegen die Tür gelehnt, vielmehr gestemmt, um zu verhindern, daß sie von außen aufgestoßen werden konnte, zeigte er auf den Gewehrschrank und bewegte fordernd die Hand. »Gib mir eins. Das große mit dem Doppellauf.«

Sie starrte ihn entsetzt an. »Willst du etwa auf ihn schießen?«

»Nicht, wenn es nicht nötig ist«, sagte er. »Jetzt mach schon, der Schrank ist nicht abgeschlossen.«

Sie ging zögernd auf den Schrank zu, öffnete die beiden Türen und nahm die Schrotflinte aus der Halterung. Martin riß ihr die Waffe förmlich aus den Händen, als sie nahe genug war, verlangte er: »Mach das Licht aus!« und öffnete die Tür. Er trat zwei Schritte auf die Veranda hinaus, richtete die Gewehrläufe drohend auf die dunkle Stelle zwischen den Büschen.

»Laß dich sehen, du feiger Hund!« rief er. »Na los, komm näher und sag, was du willst. Und glaub nicht, ich hätte Hemmungen, abzudrücken.«

Nichts rührte sich, alles blieb still.

6

Bernd stand hinter einem dicken Baumstamm am Rand der Lichtung. Er sah ihn deutlich in der Sekunde, ehe das Licht ausging. Er sah auch das Gewehr in seinen Händen, hörte ihn seine Beleidigung und seine Drohung rufen und fluchte in Gedanken auf die Frau, die ihn zu diesem Wahnsinn veranlaßt hatte.

Irgendwie brachte das Gewehr ihn zur Vernunft, jedenfalls kam er zu der Erkenntnis, daß er momentan nichts unternehmen konnte. Auf das Risiko, festzustellen, ob das Gewehr geladen war oder nicht, wollte er sich nicht einlassen. An der maßlosen Wut änderte sich nichts. Er schlug sich mit dem Wagenheber gegen das Bein, ohne es zu spüren. Zu sehen war nichts mehr in der Dunkelheit.

Nach ein paar Minuten hörte er das Geräusch der Tür. Sie wurde geschlossen. In der Stille war sogar zu vernehmen, wie sich der Schlüssel im Schloß drehte. Er wartete noch einen Moment, dann wandte er sich der Straße zu und stampfte den Weg zurück.

Bei jedem Schritt drosch der Wagenheber gegen seinen Schenkel, allmählich spürte er den Schmerz und hieb auf die Büsche am Wegrand ein. Bei der Einmündung des Wirtschaftswegs kam Sandra ihm entgegen.

»Was hast du dir dabei gedacht?« Sie klang, als bewahre sie nur mühsam die Beherrschung. Er beachtete sie nicht, stampfte an ihr vorbei, versetzte dem dünnen Stamm einer jungen Birke einen Hieb, der Fetzen aus der Borke riß. Sandra griff nach seinem Arm. Er riß sich los und gab ihr einen Stoß gegen die Brust, so heftig, daß sie zurückstolperte und zu Boden stürzte.

Er hörte einen gedämpften Schmerzlaut, kümmerte sich nicht darum, ging auf den Wagen zu und riß die Fahrertür auf. Den Wagenheber schleuderte er einfach in den Fond. Dann warf er sich hinter das Steuer und startete den Motor.

Ohne Licht trieb er den BMW im Rückwärtsgang auf die Straße zu, fuhr an Sandra vorbei und glaubte, trotz der Dunkelheit ihre fassungslose Miene zu erkennen. Es war nur Einbildung, er sah nicht mehr, als daß sie sich mühsam vom Boden aufrappelte und mit einer Hand an ihr linkes Bein griff. Anscheinend hatte sie sich verletzt. Es berührte ihn nicht. Am liebsten hätte er sie einfach in dieser Wildnis zurückgelassen.

Er wußte, daß sie den Wald haßte, daß die freie Natur für sie ein unüberschaubares Dickicht mit allen nur denkbaren Gefahren darstellte. Giftpilze, Dornen, Nesseln und die Algen im See, Zecken, Würmer, von größerem Getier ganz zu schweigen. Sie hätte notgedrungen zur Hütte humpeln und um Einlaß betteln müssen. Die Vorstellung erfüllte ihn mit Genugtuung. Nachdem er gut hundert Meter die Straße hinuntergefahren war, hielt er noch einmal an und schaltete endlich die Scheinwerfer ein.

Er sah ihre helle Bluse wie einen verwaschenen Fleck näherkommen, legte den Rückwärtsgang ein und stieß einige

Meter zurück, direkt auf sie zu. Entsetzt sprang sie zur Seite. Dann hielt er erneut und wartete, bis sie den Wagen erreichte. Sie riß die Tür auf und stieg ein. Noch ehe sie die Tür wieder zugezogen hatte, raste er los.

»Wenn du einen Ton sagst«, erklärte er, »werfe ich dich raus.«

Sie schwieg, angelte mit einer Hand nach dem Sicherheitsgurt, preßte die andere gegen ihren linken Oberschenkel.

»Er hatte eins von den Gewehren, mit denen dein Exmann so vorsichtig ist«, höhnte er.

Sie antwortete nicht, befestigte den Gurt, klopfte Schmutz von ihrem Rock und hob dann den Rocksaum an. Mit einem vernehmlichen Zischen betastete sie ihren Oberschenkel.

»Er hat mich einen feigen Hund genannt«, sagte er. »Ich werde ihn abknallen wie einen tollwütigen Hund. Und vorher lasse ich ihn ein bißchen winseln. Dann werden wir feststellen, wer von uns beiden der Feigling ist.«

Sie biß sich auf die Lippen, kniff die Augen zusammen und drückte sich die Fingernägel tief in den Handballen, um nicht zu schreien. *Ich liebe dich! Ich liebe dich! Ich liebe dich!* Und er liebte Judith! Anscheinend immer noch! Sie begriff nur nicht, auf welche Art. Was lag ihm an einer Frau, die er seit zwei Jahren nicht mehr berührt hatte?

Obwohl sie tapfer kämpfte, verlor sie das Gefecht gegen die Tränen. Zuerst liefen sie noch ohne Laut – an der Nase entlang zu den Mundwinkeln. Sie leckte sie mit der Zungenspitze auf, einige liefen weiter zum Kinn, tropften auf die Bluse. Dann kam das Schluchzen. Sie war überzeugt, daß er sie in seiner Verfassung tatsächlich aus dem Auto werfen würde. Doch inzwischen war es egal. Sie hatten das Dorf bereits hinter sich gelassen, rasten in höllischem Tempo über die Landstraße. Wenn er so weiterfuhr, brachte er sie noch beide um. »Was willst du denn noch von ihr?«

Die Worte klangen zerhackt, vom Weinen gebrochen. Er registrierte es und stutzte. »Hey, weinst du?«

»Nein«, schluchzte sie, »ich lach' mich halbtot.«

Er drosselte die Geschwindigkeit, wandte ihr das Gesicht zu und betrachtete sie in der Dunkelheit. »Hast du ...« Er brach ab, räusperte sich. »Du hast dich verletzt, nicht wahr? Tut mir leid.«

»Das muß es nicht.« Sie beruhigte sich ein wenig. »Das war nur ein Stein, der zufällig da lag, wo ich mich hinlegen wollte. Es wird einen blauen Fleck geben, den verkrafte ich. Ich verkrafte eine Menge, weißt du, aber ich schlucke nicht alles. Fahr rechts ran und wirf mich raus. Das war ja schon mehr als ein Ton, den ich jetzt gesagt habe.«

Er lenkte tatsächlich an den Straßenrand, bremste ab. Als der Wagen zum Stehen kam, zog er die Handbremse, schaltete die Innenraumbeleuchtung ein und drehte sich ihr zu. »Laß mich mal sehen.«

Er griff an ihr Bein, schob ihren Rock in die Höhe. Sie packte sein Handgelenk und hielt es fest. »Bemüh dich nicht. Ich kann mich von meinem Mann verarzten lassen. Er hat ein Dutzend Mittelchen gegen blaue Flecken, egal, ob sie sich auf einem Bein befinden oder woanders.«

»Es tut mir leid«, murmelte er.

»Mir nicht!« Sie schluckte die letzten Tränen hinunter. »Ich war bisher der Meinung, daß ich dir etwas bedeute. Und daß ich irgendwann ein bißchen von dem zurückbekomme, was ich für dich tue. Jetzt weiß ich es besser. Und ich glaube, das ist eine Menge wert. Besser eine späte Einsicht als gar keine, nicht wahr?«

Ehe er antworten konnte, ließ sie sein Handgelenk los, löste den Sicherheitsgurt und stieß die Tür auf. Einen Moment lang schien er nicht zu glauben, daß sie es ernst meinte und tatsächlich auf freier Strecke aussteigen wollte. Mit ihrem verletzten Bein war sie nicht so schnell. Aber als sie auch das ins Freie geschoben hatte und sich aus dem Sitz stemmen wollte, griff er nach ihr.

»Bleib hier, verdammt!«

Er bekam den Kragen ihrer Bluse zu fassen und ein Büschel Haare, riß sie daran zurück in den Wagen und mit dem Oberkörper in seinen Schoß. Ihr Hinterkopf kam gegen seinen linken Arm zu liegen. In der nächsten Sekunde war sein Gesicht über ihr. Und plötzlich war er anders, weich und behutsam. Sie hatte ihn so noch nie erlebt und nicht gewußt, daß er so sein konnte. Mit den Lippen strich er an den Tränenspuren entlang, murmelte: »Hey, es tut mir wirklich leid. I ch habe die Beherrschung verloren. Es wird nicht wieder vorkommen. Verzeih mir.«

Seine Lippen erreichten ihren Mund. »Bitte«, flüsterte er. »Ich brauche dich.«

»Wofür?«

Statt einer Antwort küßte er sie. Und auch dabei war er so weich, wie sie ihn bis dahin nicht erlebt hatte. Nach ein paar Sekunden gab er sie frei und lächelte mysteriös. »Laß dich überraschen. Die Sache hier zu erledigen, war kein schlechter Plan. Aber ich habe einen besseren.«

Er löste die Handbremse und steuerte zurück auf die Straße.

7

Im Schlafzimmer warf Judith ihre Sachen in den Koffer. Martin stand mit der Schrotflinte neben dem Fenster und lugte vorsichtig durch einen Gardinenspalt hinaus. Sie hatten ein Auto gehört, das sich anscheinend entfernte. Völlig sicher, daß es fort war, waren sie nicht. Es konnte ein Täuschungsmanöver sein, nur dazu gedacht, sie in Sicherheit zu wiegen.

Judith schloß ihren Koffer, suchte Martins Sachen zusammen und stopfte sie in seine Reisetasche. Mit einem kleinen, vernehmlichen Atemzug verkündete sie: »Fertig. Ich glaube, ich hab' alles.«

Er verließ seinen Platz am Fenster, nahm ihren Koffer vom Bett, die Waffe hielt er mit der rechten Hand an den Läufen. Er ging hinaus auf die Galerie. Sie folgte mit seiner Tasche. Im Wohnraum stellte er kurz den Koffer bei der Tür ab, drehte den Schlüssel und öffnete die Tür vorsichtig einen schmalen Spalt breit.

»Mach das Licht aus«, verlangte er.

»Meinst du, er ist noch da?«

»Das werden wir gleich sehen.«

Sie schaltet das Licht aus. »Willst du das Ding etwa mitnehmen?«

Er grinste verlegen. »Sicher ist sicher.«

»Ist es überhaupt geladen?«

Zögernd trat er auf die Veranda hinaus und zuckte mit den Schultern. »Keine Ahnung. Aber es wirkt.«

Dann nahm er den Koffer wieder auf und stieg die Stufen hinunter. Er ging zügig auf seinen Wagen zu. Judith verschloß die Tür und folgte ihm mit seiner Reisetasche. Er streckte seine Hüfte vor. »Der Autoschlüssel ist in der linken Hosentasche.«

Sie fand den Schlüssel und öffnete den Kofferraum. Während sie ihr Gepäck hineinlegte, schaute er sich aufmerksam um. Das Gewehr hielt er im Anschlag. Als sie die Beifahrertür öffnete, meinte er grinsend: »Wie im wilden Westen. Nun retten sich die Siedler ins sichere Fort.«

Sie stieg ein, beugte sich über den Fahrersitz und öffnete die Tür für ihn. »Mir ist nicht nach Witzen zumute«, sagte sie leise.

Er setzte sich hinters Steuer, das Gewehr legte er sich quer über die Beine. »Mir eigentlich auch nicht«, gestand er, »aber manchmal hilft's.« Er startete den Wagen und fügte ernst hinzu: »Mach dir keine Sorgen. Wir finden heraus, ob es Bernd war. Und dann übernehme ich das offene Wort. Und so deutlich, das kannst du mir glauben, hat noch nie ein Mensch mit ihm gesprochen.«

Die Scheinwerfer leuchteten auf und tauchen die Lichtung in Helligkeit. Langsam steuerte er auf die Straße zu. Ihr Porsche blieb vor der Jagdhütte zurück. Es war ihm zu riskant erschienen, in zwei Wagen zu fahren. Auf der Straße hinunter ins Dorf konnte alles mögliche geschehen. Und auch später noch auf der Landstraße. Es war eine einsame Gegend.

Als sie die Autobahn erreichten, atmete er auf. »So«, sagte er. »Wir haben ein Gewehr und eine Vermutung. Ich schlage vor, wir fahren zur Villa. Wenn er daheim ist, ich meine, wenn sein Wagen in der Garage steht und wenn er tatsächlich hinter uns her war, kann er auf keinen Fall lange daheim sein. Wenn wir Glück haben, ist der Motor noch nicht kalt.«

»Glück?« fragte sie tonlos.

»Na ja«, räumte er ein, »Glück ist vielleicht der falsche Ausdruck. Aber wir wüßten wenigstens, woran wir sind.«

»Ich weiß gar nicht, ob ich das wissen will«, sagte sie leise und hatte dabei den jungen Kellner von damals vor Augen und diesen unaufmerksamen Autofahrer, der einen Wagen rammte, den Bernd gar nicht mehr wollte. »Was wollte er da draußen?«

»Mir eins auf die Nase geben«, vermutete Martin lakonisch. »Du hättest vielleicht auch ein wenig Prügel beziehen sollen. Betrogene Ehemänner tun so etwas.«

»Aber nur, wenn sie noch etwas für ihre Frauen empfinden«, sagte sie.

Er wiegte bedenklich den Kopf. »Manchmal liegt etwas jahrelang in einer Ecke, und man hat schon vergessen, daß es überhaupt noch da ist. Dann interessiert sich plötzlich ein anderer dafür, und mit einemmal ist es wieder wertvoll und unersetzlich.« Er lächelte sie von der Seite an. »Verstehen kann ich ihn irgendwie. Ich würde auch zum rasenden Roland, wenn mir jetzt noch einer in die Quere käme.«

Um zwei in der Nacht erreichten sie die Villa. Die Garage war leer, das Schlafzimmer ebenso. Martin brachte sie in seine Wohnung. Sie war erschöpft, und er fand, sie habe ein wenig Ruhe nötig. Sie schlief rasch ein. Eine Weile lag er neben ihr, schaute ihr beim Schlafen zu. Dann erhob er sich lautlos und schlich auf Zehenspitzen aus dem Raum.

8

Kurz vor zwei in der Nacht, als Judith und Martin die Villa ansteuerten, saß Bernd in einer Bar. Er hatte Sandra in ihre Wohnung gebracht, sich redlich Mühe gegeben, sie restlos zu versöhnen. Er meinte auch, es sei ihm gelungen. Obwohl er mit seinen Gedanken keine Sekunden lang bei ihr gewesen war, als er sie liebte. Wie ein Computer, der routinemäßig sein übliches Programm abspielt, hatte er seine Hände, seine Lippen, seine Potenz eingesetzt.

Und dabei ging er im Geist seine Möglichkeiten durch. Kühl und geschäftsmäßig wog er sorgfältig sämtliche Risiken ab. Insgeheim leistete er ihr Abbitte, vielleicht war er nur deshalb so zärtlich. Sie hatte vollkommen recht gehabt mit ihren Vorwürfen. Er hatte sich da draußen benommen wie ein hirnloser Idiot. Als er sie verließ, schlief sie schon fast, und sie wirkte zufrieden wie immer.

Von der Bar hatte ihm vor Jahren ein Kunde erzählt. Ein nicht eben seriöser Mann, der mit zwielichtigen Geschäften ein Vermögen verdiente und seine Freundin mit Pretiosen überhäufte. Er war der Meinung gewesen, daß er einen besonderen Schutz brauchte, und den hatte er sich in eben dieser Bar beschafft.

Bernd Schwaiger wußte nicht, ob es nach all den Jahren noch funktionierte. Er war überaus vorsichtig. Die erste halbe Stunde ließ er mit Beobachtungen verstreichen. Er hielt deutlich Abstand zu den anderen Gästen, trank etliche Gläser von einem ausgezeichneten Whisky und registrierte, daß der Barmann mit dem Namen Freddie angesprochen wurde. Es schien, daß er Glück hatte. Freddie war der Mann, den er suchte.

Als Judith in Martins Bett einschlief, sprach Bernd den Mann hinter der Bar an. Er deutete auf sein leeres Glas. »Noch einen, Freddie.« Er begann ein unverfängliches Gespräch, in das er mehrfach den Namen seines früheren Kunden einfließen ließ. Dann beugte er sich ein wenig vor und erkundigte sich: »Kann ich hier auch etwas Stärkeres bekommen als Whisky?«

Freddie grinste mokant. »Wie wäre es mit einem Rum? Mild und weich.«

Bernd schüttelte den Kopf. »Mild und weich ist nicht mein Geschmack. Ich dachte an etwas Härteres, zweiunddreißig oder achtunddreißig.«

»Prozent?« fragte Freddie.

»Kaliber«, sagte Bernd.

Während Martin sich aus dem Schlafzimmer schlich, sich im Bad ankleidete, die Wohnung verließ und zur Villa hinausfuhr, ließ Bernd sich von Freddie ein Taxi rufen. Er war sehr zufrieden und sehr betrunken, obwohl er davon kaum etwas spürte. Aber die Polizei hätte bei einer Verkehrskontrolle nicht danach gefragt, was er spürte. Er wollte nicht das geringste Risiko eingehen und ab sofort noch den unwahrscheinlichsten Zufall einkalkulieren.

Er ließ den Taxifahrer etwa hundert Meter vor der Zufahrt zur Villa halten und entlohnte ihn. Das letzte Stück wollte er zu Fuß gehen. Die Nachtluft war frisch und angenehm kühl, und im Wagen war es stickig gewesen. Er ging langsam und bemüht aufrecht, um das Schwanken zu kompensieren. Als er die Zufahrt erreichte, sah er Martins Wagen vor dem Haus stehen.

Martin hatte die Garage noch einmal kontrolliert. Sie war leer. Folglich war Bernd noch nicht daheim. Wo er sich aufhalten könnte, war Martin schleierhaft – vielleicht doch noch in der Nähe der Jagdhütte. Aber irgendwann mußte er feststellen, daß sich dort niemand mehr aufhielt, und heimfahren.

Er machte es sich hinter dem Steuer so bequem wie eben möglich, spürte die Müdigkeit in sämtlichen Gliedern und lehnte den Kopf gegen die Nackenstütze. Nach einer Weile schloß er die Augen. Einschlafen wollte er wahrhaftig nicht. Es war nur so anstrengend, unentwegt in die Dunkelheit zu starren.

Das Haus und die Doppelgarage lagen wie ein grauer Klotz vor ihm. Hinter ihm fiel der gelbe Lichtschein einer Straßenlaterne in die Zufahrt. Ein leichter Wind ließ das Laub der umstehende Bäume und Sträucher rascheln wie feines Papier. Ansonsten war es still. Halb vier nachts.

Irgendwann näherte sich auf der Straße ein Wagen, dem Geräusch nach zu urteilen ein Dieselmotor. Der Wagen hielt – irgendwo weit entfernt – eine Tür schlug, dann war es erneut still. Mit den geschlossenen Augen schien ihm sein Gehör schärfer als sonst jeden Laut zu registrieren. Jedenfalls bildete er sich das ein. Die Schritte hörte er nicht.

Es waren zwei aufregende und auch anstrengende Tage gewesen. In der Nacht zum Sonntag hatte Martin nur wenig Schlaf bekommen. Die Erschöpfung forderte ihren Tribut. Er schlief ein, ohne es zu bemerken.

9

Ein Klopfen gegen die Seitenscheibe riß ihn aus Judiths Armen. Das überreizte Gehirn sorgte auf seine Weise dafür, daß er ein wenig Ruhe und Entspannung fand, hetzte ihn nicht noch einmal durch den Wald hinauf zur Hütte, mit einem blindwütigen Verfolger dicht auf den Fersen. Es hatte ihn statt dessen an Judiths Seite ins eigene Bett gelegt und ihm einen friedlichen Moment gegönnt, der in ferner Zukunft spielen mochte. Ein erholsamer Traum, mehr war es nicht.

Er blinzelte ins Licht. Das Haus vor ihm war wieder weiß, die Büsche neben der Zufahrt und der Rasen grün, auf dem Betonband zur Garage verursachte die Morgensonne ein unangenehm helles Gleißen.

Neben der Seitenscheibe hing das fragende Gesicht von Frau Rusper. Sie hielt ihr Fahrrad am Lenker, stand vorgebeugt und spähte neugierig zu ihm in den Wagen.

»Ja, Herr Keil, was machen Sie denn hier so früh?«

Die kleine Uhr am Armaturenbrett zeigte wenige Minuten nach acht. Martin öffnete die Tür, nachdem Frau Rusper ihr Rad einen Meter weiter geschoben hatte. Er stieg aus und reckte die verspannten Glieder.

»Ich warte auf Herrn Schwaiger.«

Frau Rusper schaute irritiert zum Haus hin. »Ist er nicht da?«

»Sieht nicht so aus. Sein Wagen ist auch nicht da. Ich habe durchs hintere Fenster in die Garage geleuchtet.«

Seine kleine Lüge fiel nicht weiter auf und änderte auch nichts an den Tatsachen. Frau Rusper schob ihr Rad weiter auf das Haus zu, lehnte es gegen die Seitenbegrenzung der Stufen, die zur Tür hinauf führten, und beschied: »Na, dann kommen Sie mal mit rein. Ich mache Ihnen einen Kaffee. Sie sehen aus, als könnten Sie einen brauchen.«

Sie ging gleich in die Küche. Er wollte ihr folgen und sich unter einen Vorwand so rasch wie möglich verabschieden. Kaffee trinken konnte er mit Judith in seiner Wohnung. Wenn sie inzwischen aufgewacht war ... Er hatte ihr keine Nachricht hinterlassen, hatte gedacht, um diese Zeit längst wieder bei ihr zu sein.

»Vielleicht ist er seiner Frau nachgefahren«, spekulierte Frau Rusper. »Sie ist für ein paar Tage zur Erholung in irgend so ein Kaff. Nun fragen Sie mich aber nicht, wie es heißt. Das habe ich mir nicht merken können. Die Testroff, ich weiß nicht, ob Sie sie kennen. Das ist die Freundin von Frau Schwaiger. Also die, vielmehr ihr geschiedener Mann hat, wenn ich das richtig mitbekommen habe ...«

Sie sprach, ohne Atem zu holen, stellte dabei ihre Tasche ab, füllte eine Kanne mit Wasser, häufte Kaffee in einen Filter und ließ Martin nicht die Chance zu einer Entgegnung.

Er war bei der Küchentür stehengeblieben. Schräg gegenüber lag die Tür zum Wohnraum. Sie stand offen. Er schaute hinüber, sah ein Stück von der Couch und die Schuhe, die über die Armlehne hinausragten. Langsam ging er zum Wohnraum hinüber, umrundete die Couch.

Bernd lag vollständig bekleidet und dem Anschein nach fest schlafend vor ihm. Sekundenlang betrachtete er ihn unschlüssig. Dann beugte er sich über ihn und rüttelte ihn an der Schulter.

Bis dahin war Bernd ruhig gewesen, immer noch ein wenig betrunken, besonnen und vernünftig. So besonnen und vernünftig wie in der Nacht, als er eine geschlagene Viertelstunde neben dem Mauerpfeiler der Zufahrt gestanden und den Wagen betrachtet hatte. Als die Wut ihn fast um den Verstand zu bringen drohte, bis er schließlich diese Kälte fühlte. Rache mußte man kalt genießen, sonst unterliefen einem schwerwiegende Fehler, die sich am Ende wie eine Schlinge um den eigenen Hals legten.

In der Nacht hatte er es geschafft. Seinen Posten bei der

Zufahrt verlassen, das Grundstück in weitem Bogen umrundet und von der Rückseite aus betreten. Ins Bett hatte er sich nicht legen können, er hatte die Treppe nicht bewältigt, war erschöpft, aber hellwach gewesen. Er hatte sich auf der Couch ausgestreckt, nicht eine Sekunde lang geschlafen, nur gedacht, geplant, es wollte alles sorgfältig überlegt sein, so daß auf ihn nicht der geringste Verdacht fiel.

Er hatte sie kommen hören, das dämliche Plappermaul Rusper und ihn! Und er war immer noch ruhig gewesen, hatte genau gewußt, was er zu sagen, wie er sich zu verhalten hatte, um die Scharte des vergangenen Abends auszuwetzen. Doch als er blinzelte und das verhaßte Gesicht so dicht über sich sah, war es vorbei mit der eisernen Beherrschung. Es kam für ihn selbst überraschend, verhindern konnte er es nicht. Seine Arme schossen in die Höhe, seine Hände schlossen sich um Martins Hals, die Daumen drückten den Kehlkopf nach innen.

Martin begann zu röcheln, bekam keinen Laut mehr durch die zusammengepreßte Kehle, umfaßte Bernds Handgelenke und zerrte vergeblich daran. Er versuchte seine Finger unter die Daumen zu schieben, auch das gelang ihm nicht. Erst Frau Ruspers Stimme beendete den Spuk. »Ja, um Gottes willen! Herr Keil, was ist denn?«

Die entsetzte Stimme brachte ihn zur Vernunft. Er ließ Martins Hals los und schaffte einen verschwommenen, leicht glasigen Blick. Martin richtete sich auf, strich über den Kehlkopf, hustete und sog gierig die Luft in seine Lungen. Bernd verzog schmerzlich das Gesicht und tastete sich mit einer Hand über Stirn und Schläfen.

Er blinzelte noch einmal, stöhnte: »Grundgütiger Himmel, was war das? So einen scheußlichen Traum habe ich noch nie gehabt. Ich dachte, die bringen mich um. Wie die Irren haben sie auf mich eingedroschen.« Er richtete sich auf, preßte beide Hände gegen die Schläfen. »Ich brauche einen Kaffee und zwei Aspirin. Mir platzt der Schädel.«

Martin hatte Mühe, ruhig zu bleiben. Seine Stimme kratzte durch die Kehle. »Wo waren Sie in der vergangenen Nacht?«

Bernd grinste gequält. »Fragen Sie mich was Leichteres. Wie spät ist es?«

Als Martin auf die Frage nicht reagierte, antwortete Frau Rusper: »Kurz nach acht.«

Bernd warf ihr einen raschen Blick zu, schaute Martin an. »Warum sind Sie hier? Ist was Besonderes?«

Die harmlos und verständnislos klingende Frage brachte Martin in Verlegenheit. Er wußte nicht mehr, was er denken und glauben oder was er von Bernds Gebaren halten sollte.

Bei der Tür zur Diele sagte Frau Rusper: »Dann mache ich mal die Kaffeemaschine an.«

»Machen Sie den Kaffee etwas stärker, bitte.« Bernd strich sich mit beiden Händen durchs Gesicht, schaute wieder zu Martin hin. »Ich fürchte, mir fehlen ein paar Stunden. Ich war in einer Bar, das weiß ich noch. Aber wie ich heimgekommen bin …« Er brach ab und runzelte die Stirn.

Martin schwieg. Bernd stemmte sich schwerfällig von der Couch in die Höhe, leicht schwankend stand er vor ihm. »Kommen Sie heute allein zurecht im Geschäft? Sonst müßte ich sehen, daß ich meine Mutter erreiche. Sie wollte für ein paar Tage ausspannen. Ich weiß nicht, ob sie es Ihnen gesagt hat. Meine Frau kann ich leider nicht anrufen. Sie ist mitten in der Wildnis, da gibt es kein Telefon.«

»Ich schaffe das schon«, sagte Martin.

Bernd nickte und ging mit schleppenden Schritten auf die Dielentür zu. Martin schaute ihm zweifelnd nach.

10

Das Telefon im Wohnzimmer weckte Judith. Da war es kurz nach neun und Martin bereits im Geschäft. Daß er die Nacht nicht bei ihr verbracht hatte, war ihr nicht aufgefallen. Martin berichtete kurz von seinem Besuch in der Villa und seinen Eindrücken. Er wußte immer noch nicht, was er von Bernds Behauptungen und dem Angriff halten sollte.

»Ich war in einer Bar!« Das ließ sich nicht überprüfen. Daß Bernd getrunken hatte, bewies die Whiskyfahne, die ihm entgegengeschlagen war. Aber den Whisky konnte er sich auch daheim einverleibt haben. Aus Frust vielleicht. Weil das, was er am Abend hatte tun wollen, nicht nach seinen Vorstellungen verlaufen war.

Martin war nicht naiv genug, das Schmierentheater für bare Münze zu nehmen. Dafür hatte er sich zu lange mit einer Schauspielerin auseinandersetzen müssen. Judith hörte ihm schweigend zu. Als er endlich schwieg, sagte sie: »Dann rufe ich mir jetzt ein Taxi, fahre heim und rede mit ihm.«

»Das wirst du nicht tun«, widersprach er. »Wir warten erst einmal ab. Bleib in meiner Wohnung, und ...«

»Unsinn«, unterbrach sie ihn. »Ich habe nicht vor, ihm aus dem Weg zu gehen. Ich wollte mit ihm reden, das werde ich auch tun. Aber zuerst werde ich mir mein Auto holen.«

»Das können wir heute abend oder morgen tun«, schlug er vor. »Vielleicht glaubt er, du wärst noch draußen. Dann solltest du lieber nicht allein ...«

»Allein komme ich gar nicht hin«, unterbrach sie ihn. »Mach dir keine Sorgen. Ich werde Sandra bitten, mich zu fahren.«

Eine halbe Stunde später stand sie vor Sandras Wohnungstür. Sandra öffnete, sie trug einen Morgenmantel, wirkte verschlafen, als sei sie gerade aus dem Bett gestiegen. Sie ging vor Judith her in den Wohnraum, meinte dabei: »Ich dachte, du wolltest noch ein paar Tage in der Hütte bleiben.«

»Wir sind überfallen worden.«

Sandra fuhr zu ihr herum. »Was? Sag das noch mal!«

Sie zuckte verlegen mit den Schultern. »Na ja, überfallen ist vielleicht ein bißchen zu kraß ausgedrückt. Es war jemand hinter uns her, und wir haben gemacht, daß wir wegkamen. Mein Auto ist noch da. Kannst du mich fahren?«

»Natürlich.« Sandra schüttelte entsetzt den Kopf. »Aber erzähl erst mal, was passiert ist. Habt ihr die Polizei gerufen? Habt ihr gesehen, wer es war? Hat man die Kerle geschnappt?«

»Es war nur einer. Ich fürchte, es war Bernd. Wir sind zu Martin gefahren, das Gewehr ist noch in seiner Wohnung. Können wir es auf dem Weg holen?«

Sandra nickte. In Windeseile war sie komplett angezogen, auf das Frühstück verzichtete sie, schob Judith förmlich aus ihrer Wohnung und drängte während der Fahrt auf Einzelheiten. Judiths Hinweis auf Bernd war ihr wie ein Stromschlag in die Glieder gefahren. Aber sicher schien Judith nicht zu sein. Sandra gab sich redlich Mühe, den Verdacht zu entkräften, erwähnte die Einbrüche, bedauerte unendlich, davon erst erfahren zu haben, als Judith bereits unterwegs gewesen sei.

»Du weißt ja, wie Uwe ist, ein Trottel, wie er im Buch steht. Er hatte mir nichts davon gesagt. Und ich selbst war ja lange nicht mehr draußen. Ich war am Sonntag nachmittag bei ihm, und da fing er plötzlich von dieser Einbruchserie an. Zuerst wollte ich zu dir rauskommen, aber dann dachte ich …« Sie brach ab und lachte leise. »Ich wollte nicht stören und dachte, wenn die Hütte bewohnt ist, werden die Kerle es nicht wagen. Du warst ja nicht allein.«

Judith atmete tief durch. »Zum Glück nicht.«

Sandra ließ sich Zeit für die Fahrt, hielt unterwegs bei einem Gasthof und bestand darauf, daß sie ein kräftiges Frühstück nahmen. Erst kurz vor Mittag erreichten sie die Jagdhütte. Der Porsche stand unversehrt auf der Lichtung.

Sandra stieg aus, nahm das Gewehr von der Rückbank und betrachtete Judiths Wagen. »Also ich weiß nicht«, sagte sie nachdenklich, »vielleicht haben euch nur ein paar Jungs aus dem Dorf einen Streich gespielt. Uwe sagte, die Polizei geht bei diesen Einbrüchen von einer Bande aus dem Osten aus. Aber diese Leute wären gewiß zurückgekommen und hätten deinen Wagen mitgenommen.«

11

Als sie am späten Nachmittag zurück in die Villa kam, war Bernd nicht da. Sie war kurz beim Geschäft vorbeigefahren, hatte mit Martin über Sandras Ansicht gesprochen. Was Sandra gesagt hatte, klang wahrscheinlich und vernünftig, und sie war nur zu gerne bereit zu glauben, sie habe sich in etwas hineingesteigert.

Es war in den letzten Wochen zu viel auf sie eingestürmt. Die panische Furcht vor Krankheit und Tod, Martins Geständnis und seine Zärtlichkeit, die eigenen Gefühle, das Bedürfnis, sich diesen Zustand zu bewahren, und das schlechte Gewissen. Es war nicht leicht, einen Mann zu lieben und einem anderen sagen zu müssen, es sei vorbei. Gleichgültig war Bernd ihr nicht. Nach zehn Jahren Ehe konnte er das nicht sein.

Sie versuchte sich abzulenken, packte ihren Koffer aus, und mit jedem Teil, das sie beiseite legte, waren Erinnerungen verbunden. Das Kleid mit dem verklemmten Reißverschluß. Die Jeans, die sie am Seeufer getragen hatte. Der Pullover, unter den Martin seine Hände schob. Es war immer noch zu neu und ungewohnt. Es war traumhaft, solange er in ihrer Nähe war. Aber in diesem Schlafzimmer, in dem sie zwei Jahre lang gewartet und gehofft hatte, in dem sie manchmal an ihrer Sehnsucht beinahe erstickt war, war es unfaßbar und unwirklich. Wie ein Traum eben, aus dem man erwachte. Und mit dem Erwachen war es vorbei.

Sie ging hinunter in die Küche. Nach dem üppigen Frühstück im Dorfgasthof hatte sie nichts mehr zu sich genommen. Sie war auch nicht hungrig, wollte sich nur beschäftigen. Frau Rusper hatte eingekauft, der Kühlschrank war prall gefüllt. Nur konnte sie sich nicht entscheiden. Es gab nichts zu tun, nur warten und denken und sich erinnern.

Das Frühstück mit Martin gestern morgen in der Hütte! Sie hatte einige Lebensmittel mitgenommen, aber nicht an Brot gedacht. Martin hatte eine Suppe heiß gemacht, und sie hatten darüber gelacht. Bernd hätte kaum lachen können, wenn nicht alles so gewesen wäre, wie es seiner Meinung nach sein mußte. Ohne es richtig zu bemerken, begann sie den Tisch im Eßzimmer zu decken, genau so, wie es für ihn sein mußte. Dann stand sie am Herd, hantierte mit Töpfen und Pfannen. Frau Rusper hatte frischen Spargel besorgt. Bernd liebte frischen Spargel mit zerlassener Butter, dazu nur Baguette und etwas Bauernschinken.

Er kam kurz vor sieben. Sie stand in der Küche und schnitt den Schinken in hauchdünne Scheiben, so wie er ihn geschnitten haben wollte. Warum sie das für ihn tat, wußte sie nicht. Sie fühlte sich dabei wie die Köchin, die eine Henkersmahlzeit für den Delinquenten zubereitet. Sie hörte den BMW die Zufahrt hinaufkommen und wußte nicht, wie sie es ihm sagen sollte. Ich werde mich von dir trennen. Ich möchte die Scheidung. Es gab viele Möglichkeiten der Einleitung. Ich liebe Martin! Das wäre ehrlich gewesen.

Er fuhr nicht in die Garage, hielt vor dem Haus an und stieg aus. Und er kam, wie er immer gekommen war, mit weit ausgreifenden Schritten auf die Haustür zu. Dann hörte sie den Schlüssel in der Tür. Er kam herein und stutzte.

»Du bist schon wieder hier? Ich dachte, du wolltest noch ein paar Tage bleiben. Was hat dich denn so früh zurückgetrieben?«

Es klang irgendwie lauernd. Sie hörte das auch, zuckte nur mit den Schultern. Er schnupperte, spähte an ihr vorbei zum Herd. »Spargel? Wenn ich das gewußt hätte.« Er lächelte, wie er zigtausend Mal gelächelt hatte. »Tut mir leid, daß du dir soviel Mühe gemacht hast. Aber ich hatte nicht damit gerechnet, daß du schon wieder daheim bist. Ich habe in der Stadt gegessen. Und ...« Er stockte, für den Bruchteil einer Sekunde huschte ein seltsamer Zug um seinen Mund. Es sah fast aus, als lächle er immer noch. Aber sie kannte ihn gut genug, um zu wissen, daß es etwas anderes gewesen war.

»Jetzt muß ich leider noch mal weg«, sagte er.

»Wohin?«

Er zuckte mit den Schultern. »Nur ins Geschäft. Die Unterlagen für den Steuerberater müssen zusammengestellt werden.«

Das konnte nicht sein, die Steuerunterlagen waren in seinem Arbeitszimmer. Das wußte sie. Er ging auch ins Arbeitszimmer, aber nicht zum Schreibtisch, wo er die Unterlagen aufbewahrte. Er öffnete den kleinen Wandsafe, nahm etwas heraus oder legte etwas hinein, sie konnte es von der Küche aus nicht sehen und wagte es nicht, ihm zu folgen und auf die

Finger zu schauen. Er verließ das Haus gleich wieder. Sie blieb zurück mit dem unangenehmen Gefühl, daß etwas nicht so war, wie er ihr vorgaukeln wollte. Und plötzlich war alles wieder einfach. Er war nur noch der Mann, von dem sie sich trennen wollte, und Martin war die Zukunft. Sie ging zum Telefon und rief ihn an. Er war bereits daheim und sofort am Apparat.

»Was tust du gerade?« fragte sie.

»Fummeln.« Er lachte leise. »Aber nur an ein paar Drähten. Ich sitze hier mit der Fernsteuerung und dem Lötkolben.«

»Hast du eine Stunde Zeit für mich?«

»Auch zwei oder drei«, sagte er. »Wieviel Zeit hast du?«

»Ich weiß es nicht. Er war hier und ist schon wieder weg.«

»Kommst du zu mir?«

»Lieber nicht. Ich hab' so ein dummes Gefühl. Er sagte, er muß ins Geschäft.«

Sekundenlang war es still in der Leitung. Dann fragte Martin: »Du hast wohl noch nicht mit ihm gesprochen?«

»Nein. Es ging so schnell … Ich …«

»Schon gut, Judith. Ich habe doch gesagt, ich übernehme es. Setz dich ins Auto und fahr zum Friedensengel. Ich bin in einer halben Stunde da.«

»Bis gleich«, sagte sie und legte auf.

Auch Martin legte den Hörer zurück, zog den Stecker des Lötkolbens aus der Dose und legte den Kolben auf eine hitzebeständige Unterlage. Dann schaltete er den Anrufbeantworter ein, holte seine Jacke aus dem Schlafzimmer, ging zur Wohnungstür.

Als er die Tür öffnete, sah er Lisa die Treppe hinaufkommen. Den Metallring mit den beiden Schlüsseln in ihrer Hand sah er nicht. Er dachte gar nicht mehr daran, daß er ihr zu Beginn ihrer Affäre die Schlüssel zu seiner Wohnung gegeben hatte. Sie hatte kaum einmal Gebrauch davon machen müssen.

Lisa lachte ihm strahlend entgegen, ließ den Metallring samt Schlüssel in einer Tasche ihrer Jeans verschwinden, kam eilig die letzten Stufen hinauf. »Wolltest du gerade weg? Da habe ich wohl Glück gehabt.«

»Würde ich nicht so ausdrücken«, sagte er kühl. »Ich dachte, wir hätten alles geklärt.«

Sie erreichte ihn, schlang beide Arme um seinen Hals, legte den Kopf in den Nacken und setzte eine zerknirschte Miene auf. »Ich habe mich blöd benommen neulich. Es tut mir leid.« Sie hauchte einen Kuß auf seine Wange. »Nun sag schon, daß du mir verzeihst.«

Er zog ihre Arme herunter und erklärte bestimmt: »Es gibt nichts zu verzeihen, Lisa. Es ist vorbei.«

»Das kann nicht dein Ernst sein. Wir hatten eine so schöne Zeit.«

»Du hattest eine schöne Zeit, Lisa. Jetzt habe ich eine«, sagte er. »Das heißt, noch habe ich sie nicht ganz. Es gibt da noch ein paar Kleinigkeiten zu regeln, aber das wird schon klargehen.«

12

Der Platz war unüberschaubar und finster. Bernds BMW stand in einer schmalen Gasse zwischen hochgetürmten Autowracks und anderem Gerümpel. Der Schein der Innenraumbeleuchtung fiel auf das Bündel Geldscheine in seiner Hand.

»Fünftausend«, hatte der Barmann gesagt und diesen Platz als Treffpunkt vorgeschlagen. Für Punkt zehn hatte Freddie ihn herbestellt und gebeten, pünktlich zu sein. Er war pünktlich gewesen, es war bereits zehn Minuten über die vereinbarte Zeit und von Freddie nichts zu sehen.

Er überlegte, ob er aussteigen und sich ein wenig die Beine vertreten sollte. Aber Freddie hatte ausdrücklich von ihm verlangt, daß er im Wagen warten solle. Hinter den Bergen aus altem Blech huschten von Zeit zu Zeit Scheinwerfer vorbei. Viel Verkehr herrschte nicht auf der Straße. Er war nervös, aber es war eine angenehme Art von Nervosität.

Freddie hatte bedauert, ihm leider keine nicht registrierte

Waffe besorgen zu können. »Was so in Umlauf ist, ist meist schon mal irgendwo zum Einsatz gekommen.«

»Das stört mich nicht«, hatte er geantwortet, und das entsprach den Tatsachen. Wenn sie später die Kugel aus der Leiche holten und feststellten, daß mit dieser Waffe schon einmal irgendwo ein Verbrechen verübt worden war, mußten sie davon ausgehen, daß es sich um denselben Täter handelte. Er wollte es aussehen lassen wie einen Raubmord. Martin die Uhr vom Handgelenk zerren, ihm die Brieftasche aus der Jacke nehmen, und diese Dinge ebenso verschwinden lassen wie die Waffe, die er nicht mehr brauchte, wenn Martin nicht mehr existierte. Er hatte alles sorgfältig durchdacht, es konnte nichts schiefgehen.

Endlich tauchte in der schmalen Gasse hinter ihm ein Scheinwerferpaar auf. Er konnte nicht erkennen, um welchen Wagen es sich handelte, schaltete die Innenraumbeleuchtung aus, steckte das Bündel Geldscheine zurück ins Jackett und beobachtete gespannt, wie die Scheinwerfer näherkamen.

Etwa fünf Meter hinter ihm hielt der Wagen an, das Motorgeräusch erstarb. Zwei Männer stiegen aus und kamen rasch auf ihn zu. Ihre Gesichter waren in der Dunkelheit nicht zu sehen. Der erste erreichte den BMW und klopfte gegen die Seitenscheibe. Der zweite hielt sich im Hintergrund.

Er ließ die Scheibe herab und versuchte, hinter dem ersten den zweiten Mann zu erkennen.

Der erste beugte sich zu ihm in den Wagen. »Nach einer Panne sieht Ihr Schlitten nicht aus, Meister. Können wir trotzdem helfen?«

Er antwortete nicht, starrte den Fremden mißtrauisch an. Der Mann mochte etwa in seinem Alter sein, hatte ein hageres Gesicht und dichtes, dunkles Haar. Er grinste. »Warum denn so schüchtern, Meister? Sie haben doch gestern eine Bestellung aufgegeben, oder täusche ich mich?«

»Wo ist Freddie?«

Der Hagere grinste erneut. »Hat zu tun.«

Der zweite stand einfach nur da, als langweile er sich. Der Hagere zog eine Pistole aus dem Hosenbund und hielt sie mit dem Lauf nach unten in den Wagen. »Kaliber 38. Gut so?«

Er atmete erleichtert auf, betrachtete fasziniert die Waffe. »Perfekt. Ist sie geladen?«

»Klar!«

Er wollte die Pistole nehmen, doch in dem Moment zog der Hagere sie zurück. Das Grinsen auf seinem Gesicht erlosch, er trat einen Schritt zur Seite, seine Stimme klang mit einem Mal scharf und befehlsgewohnt. »Aussteigen. Papiere.«

Es kam zu überraschend. Er brachte nur ein entgeistert verblüfftes »Was?« über die Lippen.

Einen knappen Meter vom BMW entfernt begann der zweite Mann monoton: »Sie haben das Recht, die Aussage zu verweigern. Wenn Sie von Ihrem Recht keinen Gebrauch machen, kann alles, was Sie sagen ...«

»Verdammt!« fluchte er und hob beschwichtigend die Hände. »Moment, ich kann das erklären. Ich brauche die Waffe nur zum persönlichen ...«

»Aussteigen, habe ich gesagt«, wiederholte der Hagere.

Und der zweite Mann sagte: »Sie sollten tun, was er sagt. Und lassen Sie die Hände von sämtlichen Taschen. Zu Ihrer eigenen Sicherheit, sonst könnte bei meinem Kollegen der Eindruck entstehen, Sie wollten ihn angreifen.«

»Schon gut, schon gut!«

Er stieg aus, hielt die Hände vom Körper weg. Die Gedanken überschlugen sich. Und ehe ihm auch nur ein Satz einfallen konnte, der die Situation für ihn entschärfte, traf ihn der erste Hieb seitlich am Kopf. Während er ausstieg, hatte der Hagere die Waffe beim Lauf gepackt. Mit dem Griff schlug er zu. Er hieß Brings, war zweimal rechtskräftig wegen Raub und schwerer Körperverletzung verurteilt worden. Auch sein Komplize Holzmann war polizeibekannt.

Unter dem ersten Hieb platzte Bernds Haut über der Schläfe auf. Blut rann ihm ins Auge. Er blinzelte benommen, taumelte gegen den BMW und erhielt einen weiteren heftigen Schlag auf den Hinterkopf, der ihn in die Knie brechen ließ.

Brings riß ihn an der Jacke herum, warf ihn auf den Rücken und drosch ihm die Faust ins Gesicht. Bernds Nase brach. Er spürte die fremden Hände in den Taschen seines Jacketts. Brings zerrte das Geldbündel heraus, suchte mit flinken Fingern die restlichen Taschen ab und bekam die Brieftasche zu fassen, die ebenfalls Geldscheine, Schecks und Kreditkarten enthielt.

Brings pfiff leise durch die Zähne und hielt seine Beute hoch. Holzmann grinste zufrieden. »Freddie hat ein gutes Auge. Vergiß die Uhr nicht.«

Brings tat, was Bernd hatte tun wollen, zerrte ihm die Uhr vom Handgelenk, steckte sie zusammen mit dem Geldbündel und dem Inhalt der Brieftasche ein, warf die leere Brieftasche neben ihn in den Dreck und versetzte ihm noch einen Tritt in die Seite.

Dann gingen beide zurück zu ihrem Auto, stiegen ein. Der Motor heulte auf, mit quietschenden Reifen fuhr das Auto vom Platz.

Er wälzte sich stöhnend auf die Seite, richtete sich auf Händen und Knien auf und zog sich mühsam in den Wagen. Sein Anzug war von Staub verschmutzt, das Hemd mit Blut beschmiert. Die Umgebung verschwamm ihm vor den Augen. Er tastete zur Ablage, bekam das Handy zu fassen und wählte Sandras Nummer.

13

Sandra schleppte ihn mühsam die Wendeltreppe hinauf. Er war nur halb bei Bewußtsein, konnte sich kaum auf den Beinen halten. Als sie endlich den Empfangsraum erreichten, knickte er ein und rutschte ihr aus dem Arm.

Auf Händen und Knien hockte er vor ihr am Boden – wie ein Hund, den man getreten hatte. Er stöhnte erbärmlich, sah furchtbar aus, verdreckt und blutverschmiert und schwach. Es machte sie ganz kalt im Innern, ihn so zu sehen. Sie zerrte ihn wieder hoch. »Komm«, verlangte sie. »Die paar Schritte schaffst du noch. Hoffentlich ist dir das eine Lehre.«

Während der Fahrt hatte sie bröckchenweise aus ihm herausgeholt, was geschehen war. Einen wahrhaft perfekten Plan hatte er da gefaßt! Nachts in eine Bar gehen, den Barkeeper fragen, als beabsichtige er, nur eine Flasche aus dem Barsortiment zu kaufen. Nicht auszudenken, wenn dieser Freddie ihm tatsächlich die Polizei auf den Hals gehetzt hätte. Am Ende mußte man noch dankbar sein, daß er nur ein paar Ganoven in die Hände gefallen war.

Sie hatte ihn in seinem Wagen hergebracht. Ihr Auto stand noch beim Schrottplatz. Wenn sie alles hergerichtet hatte, wollte sie sich ein Taxi rufen, um wieder dorthin zu kommen. Einige hundert Meter vom Geschäft entfernt stand eine Telefonzelle.

Nach seinem Anblick hatte sie nicht lange gebraucht, um zu erkennen, welche großartige Chance ihnen dieser Überfall bot. Sie hatte auch begriffen, daß er nicht eher Ruhe gab und nicht eher bereit wäre für etwas anderes, bis Martin aus dem Weg war. Wenn er ihn unbedingt vernichten wollte, er sollte seinen Willen haben.

Sie zerrte ihn vom Boden hoch, schleppte ihn durch den Empfangsraum ins Büro, bugsiert ihn um den Schreibtisch herum und ließ ihn in den Sessel dahinter gleiten. Er sackte in sich zusammen. Kopfschüttelnd betrachtete sie seine verschmutzte Kleidung. »Das können wir so nicht lassen.«

Sie ging in den Waschraum und holte ein trockenes Tuch. Er blinzelte ihr benommen entgegen, nahm wohl an, sie wolle seine Wunden säubern, und drehte den Kopf ein wenig zur Seite. Sie beachtete die Geste nicht, machte sich daran, mit dem Tuch seinen Anzug vom trockenen Schmutz zu reinigen.

»Ein Glück«, murmelte sie. »Das ist nur loser Dreck. Es geht ab – einigermaßen. Steh auf und beug dich über den Tisch.«

Er begriff nicht, was sie von ihm wollte. Sie faßte nach seinen Handgelenken, wollte ihn aus dem Sessel ziehen und stutzte. »Wo ist deine Uhr?«

Er starrte sie nur an, murmelte etwas, das sie nicht verstand. Sie winkte ungeduldig ab. »Vergiß es, ich hol dir eine neue.« Mit einem Kopfschütteln fügte sie an: »Das war eine verdammt teure Pistole, wenn du mich fragst. Und das hättest du besser vorher getan.«

Erneut griff sie nach seinen Armen und zog ihn hoch, drückte ihn nach vorne über den Schreibtisch und reinigte Hose und Jacke von hinten.

»Was machst du?« Er war kaum zu verstehen, lallte wie ein sinnlos Betrunkener. Allmählich bekam sie Angst, seine Kopfverletzung könne schwerer sein, als es auf den ersten Blick schien.

»Schon fertig.« Sie legte das Tuch auf den Tisch. »Sieht nicht aus wie frisch gebügelt. Aber wenn wir Glück haben, achtet niemand darauf.«

Dann half sie ihm zurück in den Sessel und untersuchte rasch noch einmal seine Kopfwunden. Gebrochen schien nichts. Die Haut war aufgeplatzt und klaffte weit auseinander. Angewidert verzog sie das Gesicht. »Scheußlich. Das muß genäht werden.«

Er reagierte nicht. Sie ging rasch hinunter, suchte in den Vitrinen und hatte Glück. Es gab im Sortiment eine, die völlig identisch war mit der, die er getragen hatte. Daß seine Uhr auf der Rückseite eine Gravur hatte, wußte sie nicht. Sie war zwar mehrfach bei ihm gewesen, wenn er die Uhr zum Duschen ablegte. Nur hatte sie sich dann ausschließlich auf ihn konzentriert. Wieder im Büro, legte sie ihm die Uhr an. Mit geschlossenen Augen und seltsam pfeifendem Atem ließ er es über sich ergehen. Erst als sie den Verschluß zudrückte, blinzelte er.

»Ruf endlich … einen Arzt«, verlangte er stockend.

Sie beugte sich über ihn. »Nein, das mußt du selbst tun. Ich habe es dir doch erklärt. Weißt du nicht mehr, was du sagen sollst?«

Sie wiederholte noch einmal, was sie ihm während der Fahrt eingehämmert hatte. Ob er tatsächlich alles verstand, konnte sie nicht beurteilen. Aber als sie ihm die Kombination des Tresors abverlangte, nannte er ihr die Zahlen in der richtigen Reihenfolge.

Sie schob die Holztäfelung nicht wieder völlig zurück, ließ einen kleinen Spalt, der einem aufmerksamen Beobachter sofort ins Auge stechen mußte. Dann nahm sie seine Hand, legte sie um den Telefonhörer und führte ihm den Arm. Die drei Tasten drückte sie mit einem Stift. Eins, eins, null. Schwach hörte sie das Freizeichen, dann eine Männerstimme.

»Los«, hauchte sie.

Er brachte kein vollständiges Wort mehr über die Lippen, murmelte nur unverständliche Silben, die sich mit sehr viel gutem Willen zu Worten formen ließen. Sie hoffte, daß der Polizist am Ende der Leitung diesen guten Willen aufbrachte und nicht von einem Scherz ausging. Als sie seinen Arm losließ, fiel er kraftlos neben der Sessellehne herunter. Der Telefonhörer entglitt seiner Hand und baumelte an der Schnur dicht über dem Fußboden. Daß sie ihn verließ, bemerkte er nicht mehr. Sie stand noch einen Moment bei der Tür zum Empfangsraum, schaute zu, wie er aus dem Sessel rutschte und zu Boden fiel. Aus dem baumelnden Telefonhörer drang undeutlich eine drängende Männerstimme. Sie ging zur Treppe und hoffte, daß sie den Anruf rasch zurückverfolgten und sich beeilten.

Aus sicherer Entfernung beobachtete sie wenig später, wie ein Streifenwagen mit Blaulicht und Martinshorn heranraste. Er näherte sich einer roten Ampel, bremste im Kreuzungsbereich nur kurz ab und raste weiter. Im Hinausgehen hatte sie die Beleuchtung im Schaufenster und im Ausstellungsraum eingeschaltet, damit sie ihr Ziel auf Anhieb fanden. Der Wagen fuhr direkt auf das helle Fenster zu, kam zum Stehen, zwei Uniformierte sprangen heraus. Einer von ihnen zog seine Waffe, ehe sie beide durch die Eingangstür verschwanden.

Sandra Testroff schloß für einen Moment erleichtert die Augen, atmete tief durch und ging rasch in Richtung der Telefonzelle.

14

In einer halben Stunde, hatte Martin gesagt. Judith wartete am vereinbarten Treffpunkt bis halb elf. In zunehmender Unruhe schlenderte sie über den großen, leeren Platz. Auf der Straße vor der Zufahrt herrschte spärlicher Verkehr. Bei jedem Wagen, der sich näherte, hielt sie unbewußt den Atem an. Martin kam nicht. Schließlich ging sie seufzend zurück zu ihrem Wagen. Sie spielte kurz mit dem Gedanken, zu Martins Wohnung zu fahren und nachzuschauen, warum er nicht erschien. Aber sie war zu stolz, ihm nachzuspionieren und sich anzubieten. Außerdem ging sie davon aus, Bernd sei in der Zwischenzeit heimgekommen. So fuhr sie zurück.

Kurz nach elf erreichte sie die Villa, fuhr den Wagen in die Garage. Halbwegs erleichtert stellte sie fest, daß der BMW noch nicht an seinem Platz stand. Das ersparte ihr die Lüge, sie sei bei Sandra gewesen. Ein wenig enttäuscht ging sie hinauf ins Schlafzimmer. In diesem Moment klingelte unten im Wohnraum das Telefon. Mit kurzer Verzögerung schlug auch der Apparat neben dem Bett an. Sie nahm an, es sei Martin, hob den Hörer ab und hatte eine fremde Männerstimme am Ohr. Polizei!

Es war schon im ersten Augenblick eine Nachricht, die ihr wie ein Messer zwischen die Rippen fuhr, obwohl ihr Gefühl sich hartnäckig weigerte, die beiden Tatsachen miteinander zu verbinden. Martin war nicht gekommen, und Bernd war schwer verletzt. Ein Überfall im Geschäft, in dem er sich normalerweise nicht zu so später Stunde aufhielt. Und sie hatte Martin gesagt, wo Bernd hinwollte.

Knapp zwanzig Minuten später hetzte sie den Korridor der Notaufnahme entlang. Vor der Tür des Behandlungsraumes stand ein uniformierter Polizist mit einem Mann in Zivilkleidung beisammen. Der Zivilist war ein großer, schlanker Mann mit schütterem Haar, er mochte Mitte Vierzig sein.

Im Näherkommen hörte sie den Uniformierten sagen: »Nach Einbruch oder Raub sah das nicht aus. Wenn Sie mich fragen, war das eine persönliche Geschichte.«

Sie stockte unwillkürlich, spürte das Blut aus dem Gesicht weichen. Der Zivilist wandte sich ihr zu, erkundigte sich: »Frau Schwaiger?«

Sie nickte, schluckte das Entsetzen hinunter. »Ich bekam einen Anruf, mein Mann ...«

Er lächelte beruhigend. »Kein Grund zur Sorge. Eine Gehirnerschütterung, gebrochene Nase, Platzwunden und zwei angeknackste Rippen. Das wird er überleben.« Mit einem Wink zum Behandlungsraum fügte er an: »Sie verarzten ihn gerade.« Dann stellte er sich vor, Hauptkommissar Schneider.

»Was ist denn passiert?« erkundigte sie sich stockend.

Schneider lächelte bedauernd. »Viel hat Ihr Mann uns noch nicht erzählt.«

Er schaute zur Tür des Behandlungsraumes. Sie wurde von innen geöffnet. Eine Krankenschwester erschien und zog rückwärts gehend eine fahrbare Krankenliege hinter sich her. Bernd lag darauf, seine Augen waren geschlossen, um seinen Kopf ein Verband gewickelt, auf seiner Nase klebte ein breites Pflaster. Bis zur Hüfte war er mit einem Laken zugedeckt, sein nackter Oberkörper war stramm bandagiert. Ein Arzt half der Schwester, die Liege hinaus auf den Korridor zu bugsieren. Nachdem das geschafft war, wandte er sich an Schneider, zeigte auf Bernd und verlangte: »Machen Sie es kurz.«

Sie hatte Mühe zu atmen, blickte scheu auf ihn hinunter. Seine Lider flattern, er blinzelte, schaute benommen von einem zum anderen, bis sein Blick auf Schneider haften blieb.

»Der Kerl stand plötzlich vor mir«, murmelte er.

Schneider beugte sich interessiert und aufmerksam über ihn.

»Hatte eine Eisenstange. Wollte, daß ich den Tresor öffne. Schlug einfach zu, immer wieder.« Seine Stimme klang matt und benommen, aber er war gut zu verstehen.

»Nur einer?« fragte Schneider. »Wie ist er reingekommen? Haben Sie ihm geöffnet?«

Bernd drehte erschöpft den Kopf zur Seite und schloß die Augen wieder. »Keine Ahnung, er war plötzlich da.«

»Haben Sie ihn erkannt?«

Bernd gab einen verneinenden Laut von sich und murmelte etwas von einer Mütze über dem Gesicht.

»Lassen Sie es gut sein«, verlangte der Arzt. »Morgen früh wird er Ihnen mehr sagen können.« Er drehte sich der Krankenschwester zu und befahl: »Bringen Sie ihn rauf.«

Die Schwester setzte sich mit der Liege in Bewegung. Judith wollte ihr folgen. Schneider hielt sie am Arm zurück. Harmlos und freundlich meinte er: »Hier können Sie im Moment nichts tun, Frau Schwaiger. Ihr Mann sollte erst einmal schlafen. Aber mir können Sie helfen.«

Sie nickte mechanisch, schaute der Krankenliege nach, bis die Schwester sie in den Aufzug schob.

Wenig später stand sie neben Schneider bei der Eingangstür des Geschäfts. Der uniformierte Polizist erklärte etwas. Sie verstand nur die Hälfte, wurde den Anblick nicht los, den monströsen Kopfverband und die Bandage um den Oberkörper. Es war unmöglich, es war völlig ausgeschlossen, daß Martin ...

Schneider untersuchte aufmerksam die Schlösser, betrat den Ausstellungsraum und schaute sich dort aufmerksam um. Er stimmte dem Polizisten zu. »Sie haben recht, nach Einbruch sieht es wirklich nicht aus. In dem Fall wäre wohl auch die Alarmanlage losgegangen. Entweder hat er die Tür nicht hinter sich verschlossen, oder der Täter kam mit den Schlüsseln rein. Was wollte ihr Mann so spät noch hier, Frau Schwaiger?«

Sie registrierte erst, daß er mit ihr sprach, als er sie am Arm berührte.

»Entschuldigung, ich habe Sie nicht verstanden.«

Schneider wiederholte seine Frage. Sie biß sich auf die Lippen, zuckte mit den Schultern. »Ich weiß nicht. Er wollte Papiere holen, sagte er.«

»Fährt er oft abends noch ins Geschäft?«

Sie schüttelte den Kopf.

Schneider begann eine Wanderung durch den Ausstellungsraum, schlenderte vorbei an den Vitrinen, betrachtete die ausgelegten Schmuckstücke. »Es sieht nicht aus, als hätte es jemand darauf abgesehen.« Er deutete über die Vitrinen, lächelte. »Sonst ständen wir hier in einem Scherbenhaufen. Was ist im Tresor?«

»Ungefaßte Steine«, sagte sie. »Und Auftragsarbeiten.«

»Bargeld?« wollte er wissen.

»Etwas.«

Schneider nickte gedankenversunken, schaute zur Wendeltreppe. Der Polizist neben ihm sagte: »Der Tresor war zu.«

Schneider warf ihm einen unwilligen Blick zu, zeigte zur Treppe. »Gehen wir mal rauf.«

Sie konnte nicht denken, reagierte wie eine Maschine, setzte automatisch einen Fuß vor den anderen, stieg die Wendeltreppe hinauf. Schneider und der Polizist folgten. Schneider ließ den Blick nicht von ihr, beobachtete wachsam jede Regung. Im Empfangsraum ließ er anerkennend den Blick wandern. Sie ging ins Büro, die Holztäfelung hinter dem Schreibtisch war völlig zur Seite geschoben, der Tresor gut sichtbar, die Tresortür geschlossen. Auf dem Teppich neben dem Schreibtisch waren Blutflecke.

»Wie ich gesagt habe«, erklärte der Polizist, »der ist zu. Das habe ich gleich kontrolliert, weil die Wand ein bißchen zur Seite geschoben war.«

Mit einem unwilligen Wink brachte Schneider ihn zum Schweigen, lächelte ihr freundlich zu. »Können Sie ihn öffnen, Frau Schwaiger?«

Sie nickte nur, ging hin und stellte die Kombination ein. Lautlos schwang die schwere Panzertür zur Seite. Schneider trat neben sie und ließ den Blick wandern. Im oberen Fach stapelten sich die Etuis mit den Schmuckstücken. Daneben lag ein Bündel Geldscheine. Im unteren Fach lagen Kaufbelege, Rechnungen und ähnliches. Im mittleren Fach stand das mit Samt ausgeschlagene Tablett, auf dem Bernd die Steine präsentierte. Normalerweise war es leer. Wenn ein Kunde seine Wahl getroffen hatte, wurden die ausgewählten Steine für den Transport zum Goldschmied in einen kleinen Beutel, die restlichen in eine Kassette gelegt.

Martin schien das am Nachmittag versäumt zu haben. Im Licht der Deckenbeleuchtung funkelten drei Halbkaräter und ein gutes Dutzend kleinerer Diamanten auf schwarzem Samt.

Schneider pfiff leise durch die Zähne, ließ sie den Inhalt des kleinen Beutels kontrollieren und die Kassette öffnen. Dann schüttelte er den Kopf.

»Machen Sie das Ding wieder zu, Frau Schwaiger. Da hat niemand reingegriffen, sonst lägen die Steinchen nicht so hübsch beisammen. Die vom Tablett hätte sich jeder als erstes geschnappt. Das Geld auch.«

Sie schloß den Tresor wieder, schob die Holztäfelung zurück. Schneider setzte sich auf eine Kante des Schreibtisches, ließ ein Bein baumeln und betrachtete sie versonnen.

»Wer wußte, daß Ihr Mann um die Zeit hier war?«

Sie spürte, daß ihre Hände zu zittern begannen, biß sich auf die Lippen.

»Ich«, sagte sie.

Er nickte bedächtig, als habe er keine andere Antwort erwartet. »Und wer hat Schlüssel zu der Tür da unten?«

Sie atmete tief durch und zählte auf: »Mein Mann, meine Schwiegermutter, sie ist zur Zeit in Urlaub. Ich und ...« Sie stockte unwillkürlich. »Unser Geschäftsführer Herr Keil.«

Schneider seufzte vernehmlich und strich sich über das Kinn. »Ja«, meinte er gedehnt. »Dann warten wir mal ab, ob Ihr Mann uns morgen früh etwas mehr erzählen kann.« Er erhob sich von der Schreibtischkante und deutete einladend auf die Tür zum Empfangsraum.

15

Geschlafen hatte Sandra keine halbe Stunde lang. Sie hatte es versucht, war jedoch zu aufgewühlt gewesen, um Ruhe zu finden. Wieder und wieder zog der Abend durch ihr Hirn, unentwegt klopfte sie die Einzelheiten ihres Arrangements auf Schwachstellen ab. Es gab keine, sie war sicher, daß ihr Plan aufging.

Es war ganz einfach und sehr perfide: junger Mann mit gutem Gehalt und anspruchsvoller Freundin. Der junge

Mann kann seiner Freundin zwar ein nettes und angenehmes Leben bieten, aber sämtliche Wünsche kann er ihr nicht erfüllen. Und sein Arbeitsplatz weckt Begierden in ihr.

Judith hatte ein wenig erzählt über das unerfreuliche Ende der Affäre zwischen Martin Keil und Lisa Hohlstett. Es war nicht von Wünschen und Begierden die Rede gewesen. Aber kein Polizist der Welt, wenn er auch nur ein bißchen Verstand in seinem Hirn hatte, würde davon ausgehen, daß Martin Judith die Wahrheit gesagt hatte. Jeder Polizist mit ein bißchen Grips müßte sich auf das Naheliegende stürzen. Und naheliegend war: Martin kann die Wünsche seiner Geliebten nicht restlos erfüllen und entwickelt einen gemeinen Plan.

Er hat im Laufe der letzten beiden Jahre mitbekommen, daß es in der Ehe seines Chefs kriselt. Nun macht er sich an die Chefin heran, gaukelt ihr Zärtlichkeit und gemeinsame Zukunft vor. In ihrer Einsamkeit und Naivität fällt Judith auf seine Masche herein und gibt die Kombination des Tresors preis. Die Kombination des Tresors war der einzige Schwachpunkt in Sandras Plan. Sie ging davon aus, daß Martin sie kannte, aber völlig sicher war sie nicht. Nur mußte er sie kennen, wenn ihre Rechnung aufgehen sollte.

Er greift in den Tresor, um seine Freundin mit einem kostbaren Geschenk zurückzugewinnen. Um die Sache zu vertuschen, lauert er dem Chef auf und täuscht einen brutalen Überfall vor.

Es gab noch eine zweite Möglichkeit. Liebhaber der Chefin versucht, Ehemann aus dem Weg zu räumen. Sandra gab ihrer ersten Version den Vorzug, weil sie Judith erneut den Boden unter den Füßen entziehen mußte und sie vielleicht dazu brachte, das zu tun, was sie nach der Entdeckung des Knotens in ihrer Brust hätte tun sollen.

Welche Möglichkeit die Polizei zuerst ins Auge faßte, hing weitgehend von Bernd ab. Falls er sich nicht an ihre Anweisungen hielt, war sie gewillt, ein wenig nachzuhelfen. Sicherheitshalber hatte sie Martin den Griff in den Tresor abgenommen.

Ein Smaragdarmband im Wert von achtzigtausend Mark!

Ein Ladenhüter, den so rasch niemand vermißte. Eine Verlockung. Es war wirklich ein prachtvolles Stück. Sie hatte es sich um den Arm gelegt, saß seit Stunden im Bett und betrachtete es teils zufrieden, teils angespannt. Warten und den Dingen ihren Lauf lassen, ohne direkt eingreifen und sie steuern zu können, war noch nie ihre Stärke gewesen.

Als es kurz nach fünf an ihrer Tür klingelte, war sie fast erleichtert. Ohne Eile nahm sie das Armband ab und ließ es unter ihrem Kopfkissen verschwinden. Mit beiden Händen zupfte sie ihre Haare in Unordnung, schlüpfte in ein Negligé und ging in die Diele.

Es klingelte Sturm. Sie betätigte die Gegensprechanlage, hatte augenblicklich Judiths leicht verzerrt klingende Stimme im Ohr.

»Ich bin's. Mach auf, Sandra.«

Mit einem zufriedenen Lächeln drückte sie den elektrischen Türöffner, fuhr noch einmal mit beiden Händen durchs Haar. Dann öffnete sie die Wohnungstür. Ihr Blick fiel auf den Lift gegenüber. Die Leuchtanzeige blinkte und erlosch. Die Lifttüren glitten auseinander. Judith stürzte förmlich aus der Kabine auf sie zu.

»Tut mir leid, ich weiß, wie spät es ist. Aber ich wußte nicht ...«

»Es ist nicht spät«, unterbrach Sandra sie. »Es ist sehr früh.« Sie gähnte demonstrativ, betrachtete Judith prüfend. »Was ist denn los? Komm erst mal rein.« Sie trat zur Seite und ließ Judith in die Diele.

Judith rang nervös die Hände. »Bernd ist überfallen worden. Im Geschäft. Aber es fehlt nichts. Ich habe fast zwei Stunden auf Martin gewartet.«

Sandra hatte Mühe, den Triumph im Innern festzuhalten. Das nervöse Stammeln klang nach einem geplatzten Rendezvous. Es lief besser als erwartet, es lief reibungslos. Kein Alibi für den Tatverdächtigen! Sie faßte nach Judiths Schulter, schob sie behutsam in den Wohnraum und drückte sie in einen Sessel. Dann ging sie zu einem Barschrank und füllte zwei Cognacschwenker. Judith nahm ihr Glas und betrachtet es, als hielte sie einen unbekannten Gegenstand.

»Nun trink einen Schluck, und dann erzähl noch mal in Ruhe.«

Judith machte keine Anstalten, das Glas an die Lippen zu setzen, rutschte verkrampft auf der Sesselkante hin und her. Sandra nahm auf der Couch Platz.

»Wahrscheinlich bin ich verrückt«, stammelte Judith. »Martin hat nur gesagt, er übernimmt es. Daß er nicht gekommen ist ...« Sie brach ab, zuckte hilflos mit den Schultern. »Es gibt bestimmt eine harmlose Erklärung.«

Sandra nippte an ihrem Cognac. »Was wollte Martin übernehmen?«

Judith starrte in ihr Glas. »Mit Bernd reden. Nur reden. Ich hatte ihm gesagt, daß Bernd ins Geschäft fahren wollte.«

Sandra verdrehte in gekonntem Entsetzen die Augen. »Großer Gott!«

»Warum sagst du das?« fuhr Judith auf.

Sandra stellte ihren Schwenker auf den Tisch, leicht vorgebeugt erklärte sie: »Ach, komm. Du denkst doch auch, daß Martin zugeschlagen hat. Warum sonst bist du so aufgelöst?«

Judith schüttelte heftig den Kopf. »Nein! Das kann nicht sein. Bernd sagte etwas von einer Mütze und einer Eisenstange.«

Sandra verzog den Mund. »Wie brutal. Das klingt nach Vorsatz.«

»Martin hat das nicht getan. Warum hätte er das tun sollen?«

Sandra seufzte bedauernd. »Das solltest du ihn fragen. Was sagt er denn dazu?«

Judith hob nur die Schultern, ließ sie wieder sinken und biß sich auf die Lippe. Sandra nickte verstehend. »Mit anderen Worten, du warst auch zu feige, mit ihm zu reden. Das würde ich aber tun an deiner Stelle. Du mußt ja nicht mit der Tür ins Haus fallen. Ihr wart verabredet, er hat dich versetzt. Da darfst du zumindest fragen, warum.« Sie zeigte auf das Telefon. »Ruf ihn an.«

Judith schüttelte den Kopf.

16

Sie rief ihn an, aber erst, als sie wieder daheim war. Bei Sandra hatte sie sich nicht lange aufgehalten, bereute fast, überhaupt zu ihr gefahren zu sein. Sie hatte etwas anderes erwartet und nicht, daß Sandra aussprach, was sie nicht denken wollte. Persönliche Geschichte, hatte der Polizist gesagt. Martin war mit dem Gewehr so schnell bei der Hand gewesen. Und seine Worte ... »So deutlich hat noch kein Mensch mit ihm gesprochen.« Wieder und wieder zuckte ihr dieser Satz durch den Kopf.

Martins Telefon klingelte einmal, zweimal, dreimal. Nach dem fünften Freiton hörte sie seine Stimme. »Hier ist Martin Keil, leider nicht persönlich.«

Der Anrufbeantworter! Im ersten Reflex wollte sie auflegen. Sie hätte zu ihm fahren müssen statt zu Sandra. Ihn fragen. »Hast du Bernd niedergeschlagen? Hast du ihn so verletzt?«

Ihr wurde nicht bewußt, daß sie es laut aussprach, als die Bandansage zu Ende war und der Pfeifton signalisierte, sie könne sprechen. Sie sagte noch mehr, ohne es zu registrieren, stellte Fragen, machte ihm Vorwürfe, bis er sie unterbrach. »Judith? Um Himmels willen, was ist los?«

»Komm sofort her«, sagte sie und legte auf. Dann lief sie durchs Haus, bis sie seinen Wagen vorfahren hörte. Sie riß die Haustür auf, er kam ihr mit raschen Schritten entgegen, blieb vor ihr stehen und betrachtete sie forschend und ungläubig.

Wortlos trat sie von der Tür zurück und ließ ihn an sich vorbei, schloß die Tür und lehnte sich mit dem Rücken dagegen. Er ging ein paar Schritte auf den Wohnraum zu. Als er bemerkte, daß sie ihm nicht folgte, blieb er stehen, drehte sich um und preßte die Lippen aufeinander.

»Wenn du wirklich glaubst, ich hätte Bernd zusammengeschlagen ...« Seine Stimme klang rauh, empört und ehrlich.

Sie schluchzte auf. »Das tu ich doch nicht. Ich dachte nur ... Die Tür war in Ordnung. Es ist nichts gestohlen ...«

Er kam zurück und nahm sie in die Arme. »Weil Bernd ein

sturer Kopf ist«, meinte er. »Weil er sich lieber den Schädel einschlagen läßt, als den Tresor zu öffnen.«

Sie löste sich aus seinen Armen und ging in den Wohnraum. Als er die Tür erreichte, saß sie bereits auf der Couch, hatte beide Hände vor ihr Gesicht gelegt und weinte. »Was ist los mit mir? Zuerst denke ich, Bernd will uns umbringen. Dann denke ich, du hast ihn ...«

Er setzte sich neben sie und nahm sie erneut in die Arme, hielt sie nur fest und ließ sie weinen.

»Vielleicht ging alles zu schnell. Ich weiß überhaupt nicht mehr, woran ich bin und was ich will. Vor ein paar Wochen warst du für mich noch unser Geschäftsführer, nicht mehr und nicht weniger. Ich mochte dich, aber ich hätte nie gedacht ... Dann sagst du, du liebst mich. Und als Sandra sagte, wir könnten in die Jagdhütte ...

Sie brach ab und zuckte hilflos mit den Schultern. »Ich war achtzehn, als ich Bernd kennenlernte. Ich kannte nur Kühe und Schweine, und er war so ... Ich weiß nicht, wie ich es ausdrücken soll. Er war schon überall gewesen. Ich hatte nie einen anderen. Mein Bruder sagte, drum prüfe, wer sich ewig bindet. Wir haben sechs Jahre lang geprüft, und ich war sicher, daß es für die Ewigkeit wäre. Ich war auch in den letzten beiden Jahren noch sicher. Es war nicht leicht, aber ich war immer überzeugt, daß ich ihn liebe. Und dann kommst du, und plötzlich habe ich das Gefühl, daß ich nicht gelebt habe.«

»Tut es dir leid?«

Sie schüttelte den Kopf.

»Aber du hast ein schlechtes Gewissen«, stellte er fest.

Sie nickte.

»Warum, Judith? Du hast nichts Schlechtes getan.«

Er schob sie ein wenig von sich ab, um ihr ins Gesicht schauen zu können. Sie hielt den Blick gesenkt. »Ich wäre euer Geschäftsführer geblieben, wenn Bernd sich benommen hätte wie ein Mann, der etwas für seine Frau empfindet. Das hat er nicht. Ich hab's nicht verstanden, und manchmal hätte ich ihn verprügeln können, wenn ich sah, wie er dich behandelte.«

Er legte eine Hand unter ihr Kinn und zwang sie, ihn anzuschauen. »Aber ich habe ihn nicht verprügelt, Judith, nicht in den letzten Monaten und nicht in der vergangenen Nacht. Es tut mir leid, daß ich nicht kommen konnte. Ich wollte dich anrufen. Getan habe ich es nicht, weil ich nicht wußte, ob er inzwischen wieder daheim war.«

Er suchte in ihren Augen nach einem Zeichen, daß sie ihm glaubte. Sie hielt seinem Blick stand, mehr tat sie nicht.

Er seufzte. »Lisa tauchte plötzlich bei mir auf. Es war ein Fehler, sie hereinzulassen, das wußte ich. Aber eine Szene im Treppenhaus war auch nicht nach meinem Geschmack.«

Sie weinte nicht mehr, hörte nur zu. Er strich mit einem Finger die Tränen von ihren Wangen, lächelte verlegen. »Lisa war immer schwer von Begriff, wenn etwas nicht so lief, wie sie sich das vorstellte. Aber diesmal hat sie sich selbst übertroffen. In vier verschiedenen Fassungen habe ich ihr erklärt, daß ich eine andere Frau liebe ...«

»Sag es noch mal«, flüsterte sie.

»Ich liebe dich.«

»Noch mal.«

»Ich liebe dich.«

Sie schloß die Augen und nickte.

17

Bis zum Nachmittag hatte Hauptkommissar Manfred Schneider die wesentlichen Fakten zusammengetragen, im Grunde gar nichts. Bernd Schwaiger hatte ihm auch am Vormittag nicht viel mehr sagen können als in der Nacht. Er hatte bestätigt, was seine Frau zum Grund seiner späten Anwesenheit in den Geschäftsräumen angegeben hatte. Er habe Unterlagen holen wollen. Und er sei absolut sicher, die Eingangstür hinter sich verschlossen zu haben. Er sei nach oben gegangen, dann sei auch schon dieser Kerl aufgetaucht.

Manfred Schneider wußte nicht, was er von der Sache halten sollte. Restlos überzeugt von Bernd Schwaigers Angaben war er nicht. Wenn er tatsächlich die Eingangstür hinter sich verschlossen hatte und nur vier Personen über Schlüssel verfügten ... Die Mutter des Opfers, eine zweiundsiebzigjährige Frau, die sich zur Zeit nicht in der Stadt aufhielt! Die Ehefrau, bei der Schneider noch nicht wußte, wie er ihre Nervosität beurteilen sollte. Und der zweiunddreißigjährige Geschäftsführer. Ein kräftiger junger Mann, rein theoretisch wäre er als Täter in Frage gekommen. Nur schien es für ihn kein Motiv zu geben, statt dessen gab es ein Alibi für die Zeit des Überfalls.

Schneider hatte Martin Keil über Mittag im Geschäft aufgesucht und erfahren, daß er bis dreiundzwanzig Uhr mit einer jungen Schauspielerin in seiner Wohnung zusammen gewesen war. Das zu überprüfen war reine Routine. Schneider war gleich vom Geschäft aus zu Lisa Hohlstetts Wohnung gefahren, hatte sie jedoch nicht angetroffen. Nun versuchte er sein Glück im Theater, um den Punkt abhaken zu können.

Der Haupteingang war noch verschlossen. Es gab eine Klingel, aber niemand reagierte darauf. Er ging um das Gebäude herum zum Nebeneingang. Die Tür war offen und führte auf einen langen Korridor. Rechts und links lagen irgendwelche Nebenräume, um die er sich nicht kümmern mußte. Es folgte nur dem Klang der Stimmen.

Auf der Bühne standen zwei junge Schauspieler mit einem Mann in den Dreißigern zusammen, der ungeduldige Anweisungen gab und das überraschende Auftauchen eines Fremden nicht eben erfreut registrierte.

»Wer sind Sie denn, und wie sind Sie reingekommen?«

»Durch die Tür«, sagte Schneider freundlich, zückte seinen Dienstausweis und erklärte: »Ich suche Frau Hohlstett.«

»Ist noch in der Garderobe«, sagte der Ungeduldige und schickte einen der Schauspieler: »Sieh mal nach, wo sie bleibt.«

Zwei Minuten später stand sie Schneider in ihrem Kostüm gegenüber und bestätigte Martin Keils Angaben. Nur bezüglich der Uhrzeit gab es einen kleinen Widerspruch. Schneider wiederholte noch einmal, um sicherzustellen, daß er sich nicht verhört hatte.

»Sie waren also kurz vor zwanzig Uhr bei Herrn Keil. Und wie lange waren Sie bei ihm?«

»Habe ich doch gesagt«, erklärte sie gereizt. »Die ganze Nacht. Worum geht's überhaupt?«

»Bis fünf? Bis sechs? Bis sieben?« forschte Schneider.

Lisa Hohlstett verdrehte genervt die Augen. »Ich habe nicht auf die Uhr geschaut.«

Er blieb unverändert freundlich. »War es schon hell oder noch dunkel, als Sie seine Wohnung verließen?«

»Hell genug für die Sonnenbrille«, behauptete sie schnippisch und zeigte zur Bühne. »Kann ich jetzt weitermachen, oder haben Sie sonst noch Fragen?«

Schneider lächelte. »Weitermachen? Sie hatten doch noch gar nicht angefangen.« Er strich sich übers Kinn. »Eine Frage hätte ich noch. Aus welchem Grund könnte Herr Keil erklärt haben, Sie wären um dreiundzwanzig Uhr gegangen?«

Sie starrte ihn wütend an. »Keine Ahnung. Ich war die ganze Nacht da. Ich werde ja wohl wissen, wo ich geschlafen habe.«

»Das sollte man annehmen«, sagte Manfred Schneider trocken, bedankte sich für die Auskünfte und verabschiedete sich nachdenklich. Schien so, als hielte der junge Keil zwei Eisen ins Feuer. Und Schneider fragte sich, wer nicht erfahren sollte, daß er in der vergangenen Nacht sein Bett mit einer kleinen Katze geteilt hatte. Interessant an dieser Frage war der Aspekt, daß außer ihm als Ermittler nur noch vom Fall Schwaiger persönlich Betroffene Wind von einer heißen Nacht bekommen konnten.

Die nervöse Ehefrau des Opfers zum Beispiel. Judith Schwaigers Stocken bei der Auszählung der Schlüsselbesitzer war ihm in lebhafter Erinnerung. Und er meinte auch, es hätte eine sonderbare Betonung auf ihrem ›Herr Keil‹ gelegen. Als sei es ihr ungewohnt, den jungen Mann mit ›Herr‹ anzusprechen. Er wollte sich noch einmal ausführlich mit ihr unterhalten und fuhr weiter zur Villa Schwaiger.

Es erging ihm wie beim Theater. Auf sein Klingeln am Haupteingang rührte sich nichts. Aber er mußte nur den Stimmen folgen, ging um das Haus herum und sah Judith Schwaiger zusammen mit einem sehr großen und sehr kräftigen Mann beim Swimmingpool stehen. Sie fischte hektisch mit einem Köcher ein wenig Laub aus dem Wasser, sprach auf den Mann ein.

Da er seinen Dienstwagen auf der Straße geparkt hatte, waren sie nicht aufmerksam geworden und gaben ihm Zeit, ihrer Unterhaltung zu folgen. Er verstand nicht jedes Wort, nur soviel, daß sie Martin glaubte und überzeugt war, er könne so etwas nicht tun. Sehr aufschlußreich, fand er.

Der Mann schüttelte verständnislos den Kopf und ließ gelinde Vorwürfe anklingen, sie solle nichts überstürzen, erst zusehen, daß sie zur Ruhe käme. Mit einer Trennung sei er mehr als einverstanden, hellauf begeistert sei er davon. Doch von einem Arm in den anderen, das bringe nur neue Komplikationen.

Sie wurde heftig, verbat sich jede Bevormundung. Sie sei alt genug, allein zu entscheiden. »Ich bin kein Kind mehr«, erklärte sie, »das mit jedem Problem zum großen Bruder flüchtet. Das solltest du endlich begreifen.«

Der große Bruder also. Manfred Schneider hatte genug gehört, ging weiter und machte sich bemerkbar. Sie schaute ihm angespannt entgegen und stellte rasch vor. »Das ist Hauptkommissar Schneider, mein Bruder, Norbert Parring.«

Norbert Parring streckte ihm die Hand entgegen. Schneider schüttelte sie und ließ den Blick über den Pool schweifen. »Macht viel Arbeit, so ein Becken, was?«

»Nein«, sagte sie. »Es ist abgedeckt, wenn es nicht genutzt wird.«

Schneider nickte wie in Gedanken versunken. An seiner freundlich entspannten Haltung änderte sich nichts. »Sie haben ja sicher von Ihrem Mann gehört, was passiert ist.«

Als er Martin Keil im Geschäft aufsuchte und befragte, war sie nicht da gewesen. Er nahm an, sie habe die Zeit am Bett ihres Mannes verbracht. Aber sie senkte verlegen den Blick. »Ich habe es nicht geschafft, in die Klinik zu fahren.«

Er nahm ihre Erklärung mit regloser Miene zur Kenntnis, atmet tief durch und schaut Norbert Parring an. »Das ist eine merkwürdige Geschichte. Herr Schwaiger sagte, da stand plötzlich eine vermummte Gestalt vor ihm. Kein Mensch weiß, wie sie reingekommen ist. Was sie wollte, wird uns auch ein Rätsel bleiben.«

»Ich verstehe nicht«, murmelte sie.

Schneider betrachtete sie nachdenklich. »Ich auch nicht, Frau Schwaiger. Was ich in der Nacht vergessen habe, Sie zu fragen: Wo waren Sie eigentlich gestern abend zwischen einundzwanzig und zweiundzwanzig Uhr?«

Sie schluckte heftig. »Hier.«

Schneider nickte und bearbeitete sein Kinn. »Das dachte ich mir fast. Waren Sie auch hier, Herr Parring?«

Norbert Parring grinste. »Nein.«

Schneider seufzte und stellte fest. »Dann waren Sie also alleine hier, Frau Schwaiger. Führen Sie eine gute Ehe?«

Sie starrte ihn fassungslos an. »Warum fragen Sie mich das? Verdächtigen Sie mich, meinen Mann überfallen zu haben?«

Schneider schüttelte den Kopf. »Sie persönlich? Nein. Aber Ihre Schwiegermutter ist in Urlaub. Herr Keil war die ganze Nacht mit einer Schauspielerin zusammen. Bleiben Sie übrig.«

Er fand sein Vorgehen ein bißchen gemein. Aber er mußte ihr das sagen, und ihre Reaktion auf die Nacht mit der Schauspielerin sprach Bände. Er hatte richtig getippt. Sie zuckte zusammen, als hätte er sie geschlagen. Er richtete den Blick auf ihren Bruder, sprach jedoch weiter mit ihr. »Rein theoretisch könnten Sie jemanden beauftragt haben.«

Sie reagierte nicht. Und ihr Bruder grinste breit. »Mich zum Beispiel? Ich muß Sie enttäuschen. Es wäre mir ein ausgesprochenes Vergnügen gewesen, meinem Schwager einen kleinen Denkzettel zu verpassen. Leider war ich verhindert, ich war auf einer Versammlung der Schweinezüchter.«

»Sagen Sie nicht leider«, meinte Schneider. »Er ist brutal zusammengeschlagen worden. Das nennen wir nicht kleiner Denkzettel, sondern schwere Körperverletzung. Ob noch mehr dahinter steckt, werden wir vermutlich erst wissen, wenn wir das Motiv kennen.«

Von dem Geplänkel zwischen ihrem Bruder und Schneider

bekam sie kaum etwas mit. Sie schluckte noch an dem Brocken, den er ihr hingeworfen hatte. Die ganze Nacht! Sie räusperte sich, trotzdem klang ihre Stimme noch belegt. »Woher wissen Sie, daß Herr Keil …« Sie brach ab, er half ihr, obwohl er es nach wie vor schäbig fand. Doch manchmal ließ sein Beruf ihm keine Wahl.

»Sie meinen, daß er bis zum Morgen mit Frau Hohlstett zusammen war?«

Sie nickte nur. Er lächelte harmlos und freundlich. »Nun, von Herrn Keil, und Frau Hohlstett hat es bestätigt.«

18

Judith Schwaiger machte es ihm so leicht, daß Manfred Schneider sich fast ein wenig ärgerte. Mit ein wenig mehr Verstand, fand er, hätte sie zum Telefon gegriffen und ihrem Liebhaber die Leviten gelesen. Kaum hatte er sich verabschiedet, brauste sie los. Er war gerade erst in seinen Wagen eingestiegen, als der Porsche an ihm vorbeiraste. Und wäre der Flitzer nicht aus der Grundstückszufahrt geschossen, bei dem Tempo hätte er nicht erkannt, wer am Steuer saß.

Er beeilte sich, ihr zu folgen. Das schaffte er nicht ganz. Trotzdem war es einfach. Ein Blick auf die Uhr wies ihm den Weg. Kurz nach sieben. Wenn der Herr Geschäftsführer den Laden pünktlich schloß, mußte er sich auf dem Heimweg befinden oder bereits in seiner Wohnung eingetroffen sein. Und genau dorthin fuhr sie. Als er in die stille Wohnstraße einbog, sah er den Porsche vor dem Haus stehen, in dem Martin Keils Wohnung lag.

Einen Moment lang bedauerte er, keine Fliege zu sein. Ein Fenster der Wohnung stand offen, er hätte hineinschwirren und in Ruhe zuhören können, wie sie dem Burschen den Kopf zurechtsetzte. Ob er auch eine Rekapitulation des Überfalls auf ihren Mann hätte mit anhören dürfen, in diesem Punkt war er nicht sicher.

Und ehe er sich darüber klar werden konnte, was von der Bereitwilligkeit Lisa Hohlstetts, von den widersprüchlichen Zeitangaben und von der Tatsache, daß Martin Keil offenbar zwei Damen zur gleichen Zeit beglückte, zu halten war, wurde das Fenster geschlossen. Kurz darauf kamen sie beide aus dem Haus.

Sie gingen zu einem Wagen am Straßenrand, stiegen ein, Martin Keil setzte sich hinters Steuer. Der Porsche blieb zurück. Es war Schneider sehr lieb so, machte es ihm leichter, ihnen auf den Fersen zu bleiben. Ob im Wagen gesprochen wurde, konnte er nicht feststellen.

Er fand es verwunderlich, daß sie die Wohnung überhaupt verlassen hatten. Wenn es schwerwiegende Dinge zu klären gab, hätten sie das bequemer in einem geschlossenen Raum erledigen können.

Sie fuhren zum Fluß hinunter, stellten den Wagen auf einem kleinen Parkplatz ab, schlenderten am Ufer entlang, ohne sich zu berühren. Er hielt gebührend Abstand und fiel nicht weiter auf. Es waren noch andere Spaziergänger unterwegs. Mehrfach geriet er in Versuchung, näher aufzuschließen, um wenigstens ein paar Bröckchen ihrer Unterhaltung aufzuschnappen. Äußerst mysteriös, das Ganze.

Sie sprach und knetete, soweit er feststellen konnte, verzweifelt und nervös ihre Hände. Martin Keil antwortete ruhig und eindringlich, griff zweimal nach ihrer Schulter und zwang sie, stehenzubleiben. Beim zweitenmal hob er ihr Kinn an, sprach etwas heftiger und machte Anstalten, sie zu küssen. Sie entzog sich ihm und ging weiter.

Beide hatten sie keine Augen für ihre Umgebung. Er wagte es, sich ihnen bis auf wenige Meter zu nähern. Satzfetzen wehten zu ihm herüber. Es war nicht schwer, sie entsprechend zu ergänzen und ihren Sinn zu begreifen. Sie verlangte Keil die Wahrheit ab.

Wenn er sie belogen habe, solle er es zugeben. Er schwor ihr, Lisa um elf Uhr rausgeworfen zu haben. Sie wollte wissen, warum Lisa der Polizei dann etwas anderes erzählt habe. Er beteuerte, das wisse er nicht. Er könne sich beim besten Willen nicht erklären, was Lisa sich von ihrer Lüge erhoffte.

Erneut griff er nach ihrer Schulter, riß sie an sich und preßte das Gesicht in ihr Haar.

Manfred Schneider fühlte sich wie ein Spanner. Und irgendwie tat sie ihm leid. Er glaubte Martin Keil kein Wort.

19

Das Klinikbett machte Bernd verrückt, er fühlte sich wie abgeschnitten vom Leben. Am ersten Tag empfand er es noch nicht so gravierend. Er hatte rasende Kopfschmerzen, bekam starke Medikamente, dämmerte die meiste Zeit vor sich hin und war dankbar, reglos liegen zu können. Der Besuch des Kommissars am Vormittag war ihm fast zuviel.

Er erinnerte sich nicht an Sandras Anweisungen, wußte nur noch, daß sie beschwörend auf ihn eingeredet hatte und daß dabei mehrfach Martins Name gefallen war. Aber es paßte nicht in seine Pläne, Martin direkt zu beschuldigen. Als Sandra ihn auf dem Funktelefon anrief, kurz nachdem Schneider sich verabschiedet hatte, erklärte er ihr, er habe sich nicht lächerlich machen wollen mit einer exakten Personenbezeichnung.

»Schade«, meinte sie. »Du wärst kein Risiko eingegangen. Judith hatte ihm gesagt, wohin du wolltest. Und anschließend hat sie stundenlang auf ihn gewartet. Sie ist überzeugt, daß er es war.«

Judiths Überzeugung berührte ihn nicht. Und daß seine Frau sich den ganzen Tag und auch abends nicht blicken ließ, ein wenig war er ihr dankbar dafür. Er war nicht in der Verfassung, sich sachlich und wohlüberlegt mit ihr auseinanderzusetzen.

Die Kopfschmerzen blieben ihm in den nächsten beiden Tagen erhalten. Doch neben den Schmerzen wurde der Kopf allmählich frei. Sie setzten die Medikamentendosis herab und verschafften ihm damit Raum für seine Vorstellungen. Es waren immer die gleichen Bilder in verschiedenen Variationen. Judith und Martin, Martin und Judith. Er sah sie in seinem Bett, auf seinem Eßtisch, in seinem Sessel an seinem Schreibtisch in seinem Büro. Er sah sie überall. Und überall hingen sie aufeinander wie die Karnickel.

Und er lag zur Untätigkeit verdammt in diesem Bett, zuckte bei jeder Bewegung unter Schmerzen zusammen und konnte sie nicht auseinanderprügeln. Die einzige Verbindung zur Außenwelt stellte sein Telefon dar. Er benutzte es am zweiten Tag, um seine Mutter aus dem wohlverdienten Urlaub zurückzupfeifen. Anna hastete natürlich prompt an sein Bett und war nicht zu bewegen, ins Geschäft zu fahren und dort die Augen offenzuhalten.

In ihrer bodenlos dämlichen Vertrauensseligkeit beteuerte sie ihm, er müsse sich nicht sorgen, Judith und Martin kämen bestimmt gut zurecht. Genau das befürchtete er. Er mußte seine Mutter förmlich aus dem Klinikzimmer werfen. Und sie begriff es nicht.

»Junge, warum wirst du denn so heftig? Wenn du erschöpft bist, dann sag es, dann gehe ich.«

Er haßte es, wenn sie ihn Junge nannte. »Ich bin sehr erschöpft«, sagte er. Anna verabschiedete sich, eine Stunde später war sie wieder da, brachte frisches Obst, frische Wäsche und gute Besserungswünsche von Judith. Angeblich war Judith zu beschäftigt, um persönlich zu erscheinen. Für den Nachmittag hatte sich ein Kunde aus dem Nahen Osten angesagt. Judith wollte ihn vom Flughafen abholen und abends zum Essen ausführen. Stellvertretend für ihn.

»Ich bin sicher«, sagte Anna und lächelte zuversichtlich, »sie wird das hervorragend machen. Sie hat schon ein paar Entwürfe gezeichnet, die sie ihm vorlegen will.«

Er glaubte weder an einen Kunden noch an ein Geschäftsessen, brachte seine Mutter soweit, ihren Posten als Krankenwache aufzugeben. Allerdings weigerte sich Anna, Posten in der Villa zu beziehen. »Junge, was soll ich denn da? Ich würde nur herumsitzen. Judith meinte, es könne sehr spät werden. Und ihr macht es bestimmt nichts aus, die Nacht allein im Haus zu verbringen. Daran ist sie doch gewöhnt.«

Der letzte Satz war als mahnend erhobener Zeigefinger

gedacht. Er ignorierte den dezenten Hinweis, war überzeugt, daß Judith dabei war, sich die einsamen Nächte im Haus abzugewöhnen.

»Was ist mit morgen abend? Ich wäre um einiges ruhiger, wenn sie nicht allein wäre. Wenn da etwas passiert, Mutter …« Weiter kam er nicht.

»Unsinn«, sagte Anna. »Was soll denn passieren?«

»Ein Einbruch zum Beispiel. Der Kerl, der mich überfallen hat, muß Schlüssel zum Geschäft gehabt haben. Vielleicht hat er auch Hausschlüssel. Was soll Judith ausrichten, wenn sie allein ist?«

Anna schüttelte den Kopf. »Jetzt mach dich doch nicht verrückt, Junge. Was soll ich denn ausrichten? Wenn Judith Angst hat, kann sie gerne bei mir übernachten.«

»Dann sag ihr das, bitte. Und sag es ihr nicht nur, bestehe darauf, daß sie zu dir kommt.«

»Zwingen kann ich sie nicht«, meinte Anna.

Sandra war eher bereit, für ihn hinter Judith herzuspionieren. Er nutzte einen Moment, in dem seine Mutter das Zimmer verließ, um sie anzurufen. Nur wußte er dann später nicht, ob sie ihn belog. Sie behauptete, Judith sei tatsächlich zum Flughafen gefahren und hätte den Abend mit einem Fremden in einem Restaurant verbracht. Und den folgenden Abend hätte sie garantiert alleine in ihrem Bett gelegen.

»Ich habe sie vom Geschäft abgeholt«, behauptete Sandra, »und bin bei ihr geblieben. Bis kurz vor Mitternacht war ich mit ihr zusammen.«

Und dabei war Sandra zu der Ansicht gelangt, Judith habe ihr Vertrauen in Martin verloren. »Was mich nicht wundert«, sagte sie. »Dieser Schneider hat ihr erzählt, Martin sei mit der Hohlstett zusammen gewesen, und zwar die ganze Nacht.«

Bernd war erleichtert, keine direkten Anschuldigungen vorgebracht zu haben. »Und – war er?«

»Ich weiß es nicht«, sagte Sandra. »Aber ich krieg's raus.«

»Die Mühe kannst du dir sparen«, meinte er. »Wenn er sich wieder mit der Hohlstett zusammentut, mir soll's recht sein.«

Ihr war es nicht recht, aber das verschwieg sie. »Heißt das, du willst die Sache vergessen?«

Er lachte rauh. »Nein. Das heißt es nicht. Es heißt nur, daß wir nichts überstürzen müssen. Laß mich erst mal wieder klar denken können, dann sehen wir weiter.«

So lange wollte sie nicht warten. Und es schien nicht so, daß die Polizei sich überschlug vor Eifer, den Überfall aufzuklären. Bei Bernd hatte sich Schneider in den beiden Tagen nicht mehr sehen lassen. Auch Judith und Martin hatte er nicht weiter belästigt. Sandra Testroff fand, es wurde höchste Zeit, den Ermittlungen neuen Auftrieb zu geben und sie in die gewünschte Richtung zu schieben.

Sie fuhr am späten Abend zum Theater. Im aktuellen Spielplan war Lisa Hohlstett nur mit einer winzigen Nebenrolle verzeichnet. Sandra ersparte sich die Aufführung, wartete geduldig in ihrem Wagen in der Nähe des Nebeneingangs. Kurz nach elf kam die junge Schauspielerin zusammen mit einigen anderen aus dem Gebäude. Die kleine Truppe zerstreute sich rasch. Lisa Hohlstett blieb mit einem Mann in den Dreißigern zurück und sprach heftig gestikulierend auf ihn ein.

Sandra stieg aus, lehnte sich gegen ihren Wagen und beobachtete den Disput. Minutenlang ließ der Mann Lisas Ausbruch geduldig über sich ergehen. Er machte keine Anstalten, sie zu unterbrechen. Als es ihm zuviel wurde, ließ er die junge Frau einfach stehen. Wie in der Bewegung erstarrt schaute Lisa ihm nach, drehte sich um und kam mit eiligen Schritten auf Sandra zu. Sandra stieß sich von ihrem Wagen ab und stellte sich ihr in den Weg.

»Probleme, Frau Hohlstett?« Ihre Stimme machte deutlich, daß ihre Beobachtungen sie amüsierten. Lisa stutzte, runzelte irritiert die Stirn und starrte sie mißtrauisch an.

»Wir sind uns ein paarmal bei Schwaiger begegnet«, erklärte Sandra. »Ob Sie mich bemerkt haben, wage ich nicht zu beurteilen. Meines Erachtens hatten Sie nur Augen für Martin Keil.« Sie streckte Lisa eine Hand entgegen. »Sandra Testroff.«

Lisa ignorierte die Hand. »Fein, und was wollen Sie von mir?«

Sandra lächelte spöttisch. »Sie engagieren – für ein kleines, privates Stück.«

Lisa tippte sich an die Stirn. »Kein Bedarf.«

Sie wollte an ihr vorbei. Sandra hielt sie am Arm zurück. »Moment, damit wir uns nicht mißverstehen. Das Stück spielt im Polizeipräsidium, Ihre Rolle wäre die der reumütigen Bürgerin. Gegen ein angemessenes Honorar, versteht sich.«

Erneut runzelt Lisa die Stirn.

»Ein Drehbuch brauchen wir nicht«, erklärte Sandra spöttisch. »Beim Text können wir improvisieren. Und ich vermute stark, Sie müssen nicht einmal lügen. Aber wenn Sie tatsächlich vor einigen Tagen noch eine ganze Nacht bei Martin Keil verbracht haben, macht das Lügen vielleicht Spaß.«

»Ich verstehe nicht, was Sie meinen.«

Sandra betrachtete sie mit einem Ausdruck von Bedauern. »Kindchen«, meinte sie gönnerhaft. »Sind Sie wirklich so naiv, zu glauben, daß er seine Finger noch einmal von Judith Schwaiger läßt?«

»Judith Schwaiger?« murmelte Lisa Hohlstett ungläubig.

Sandra gab sich überrascht. »Ach, Sie wußten gar nicht, wer Ihnen Konkurrenz macht?« Sie gönnte Lisa zwei Sekunden, hob bedauernd die Schultern. »Sie kann ihm natürlich etwas mehr bieten als eine Schauspielerin in einer kleinen Nebenrolle. Tut mir wirklich leid für Sie. Aber ich glaube nicht, daß Martin das wieder aufgeben wird. Judith ist zwar ein wenig älter als er, aber man macht gerne Kompromisse, wenn ein Vermögen lockt.«

Als sie Bernd am nächsten Morgen aus der Klinik abholte, war alles bestens geregelt. Er trug noch einen Kopfverband und das Pflaster über der gebrochenen Nase. Mürrisch folgte er ihr zu ihrem Wagen. »Nicht einmal in den drei Tagen hat Judith sich blicken lassen. Daß sie mich nicht mal abholt!«

»Sie hat im Geschäft zu tun. Sie rief mich an und fragte, ob ich ihr einen Gefallen tun könne. Und ich tu es doch gerne.« Sie lächelte ihn verheißungsvoll an. »So haben wir wenigstens ein bißchen Zeit. Wie fühlst du dich?«

Er hatte auf seiner Entlassung bestanden, gegen den Willen der Ärzte, weil er es keinen Tag länger in diesem Bett ausgehalten hätte.

Sandra erreichte ihren Wagen, schloß auf und stieg ein. Er

öffnete die Beifahrertür, ließ sich ächzend auf dem Sitz nieder, zog die Tür zu und erklärte: »Noch nicht so besonders.«

»Schade«, sagte sie. »Dann kannst du die guten Nachrichten nicht richtig genießen.«

Er angelte nach dem Sicherheitsgurt, legte ihn mit leisem Stöhnen um und erkundigte sich desinteressiert: »Welche guten Nachrichten?«

»Willst du Martin immer noch ins Gefängnis bringen?«

Er lachte rauh. »Das hatte ich eigentlich nie vor, es war deine Idee.«

Sie startete den Wagen, rollte vom Parkplatz. »Und es ist eine gute Idee, wenn du mich fragst. Es ist die einzige, die wir verwirklichen können.«

»Es wird nur leider nicht mehr funktionieren, wenn die Hohlstett ihm ein Alibi gibt.«

Sie reihte sich in den fließenden Verkehr ein. »Wenn ich es funktionieren lasse«, fragte sie, »wieviel darf der Spaß kosten?«

Er schaute sie verblüfft von der Seite an. Sie lächelte. Als er nicht antwortete, erklärte sie: »Die Hohlstett hat einen Schlüssel zu seiner Wohnung. Und ich habe das Armband. Wir können noch ein paar Sachen dazulegen, dann sieht es nicht so bescheiden aus. Stell eine hübsche Kollektion zusammen, daß wir auf eine runde Summe kommen. Sagen wir, eine halbe Million. Das wäre ein gutes Startkapital für einen Mann, der sich absetzen will.«

20

Bernd kam zurück, als wäre nichts Besonderes geschehen. Am frühen Nachmittag erschien er im Büro, klagte über leichte Kopfschmerzen, schimpfte auf die Untätigkeit der Polizei und erkundigte sich, wie die Tage verlaufen waren – für das Geschäft. Etwas anderes schien ihn nicht zu interessieren.

Ihr kam es vor, als sei sie in einem bösen Traum, aus dem sie nicht aufwachen konnte. Er saß am Schreibtisch, telefonierte mit van Teuken, verabredete einen Besuch für den nächsten Tag. Aus dem Erdgeschoß drangen die Stimmen von Anna und Martin, er hatte beide knapp begrüßt und mit keiner Geste zu erkennen gegeben, was er empfand. Und sie wußte nicht mehr, was sie empfinden sollte oder mußte. Mitleid mit ihm wäre angebracht gewesen, dazu war sie nicht fähig. Er war ihr so fremd, wie er da hinter seinem Schreibtisch saß, fremder als irgendein Mensch, der draußen an der Auslage vorbeiging. Sie konnte nicht länger mit ihm leben. Ob sie mit Martin leben konnte, stand auf einem anderen Blatt. Die Gefühle für ihn waren unverändert stark, nur das Vertrauen war erschüttert. Inzwischen war sie bereit, ihrem Bruder zuzustimmen, sich von Bernd zu trennen und erst einmal zur Ruhe zu kommen, auch wenn die Sehnsucht nach Liebe fast ein körperlicher Schmerz war.

Nachdem er das Gespräch mit van Teuken beendet hatte, wagte sie einen ersten Versuch. »Bernd, wir müssen miteinander reden.«

»Jetzt nicht«, sagte er und nahm einen Packen Unterlagen aus dem Schreibtisch. »Wenn du mir etwas hättest erzählen wollen, ich hatte drei Tage Zeit. Sagen wir, zwei Tage, am ersten ging es mit nämlich dreckig.«

»Es tut mir leid«, murmelte sie.

»Das hoffe ich«, sagte er. »Es war kein angenehmes Gefühl, da zu liegen, keinen Finger rühren zu können und sich beim Krankenhauspersonal ein frisches Handtuch borgen zu müssen.«

»Ich hatte doch Anna geschickt.«

»Nachdem ich sie informiert hatte, daß ich in der Klinik lag.«

Es ging eine Weile hin und her, schließlich resignierte sie und verschob auf den Abend, was sie sich vorgenommen hatte. Doch auch am Abend gab er ihr keine Chance. Seine Kopfschmerzen seien schlimmer geworden, erklärte er. Er brauche Ruhe und müsse sich hinlegen. Was immer sie ihm dringend mitzuteilen habe, könne bis morgen warten.

Wenn sie etwas für ihn tun wolle, solle sie seinen Koffer packen.

Als sie am nächsten Morgen endlich dazu kam, auszusprechen, was sie ihm sagen wollte, stand sein Koffer bereits in der Diele. In der Küche werkelte Frau Rusper, wie üblich standen sämtliche Türen offen.

Sie saß ihm am Eßtisch gegenüber, brachte keinen Bissen hinunter, trank nur einen Schluck Kaffee, weil ihr Mund so trocken war, daß sie befürchtete, kein Wort über die Lippen zu bringen. Er schaute starr auf sein Gedeck, als sie begann.

»Alles, was uns noch zusammenhält, ist das Geschäft. Ich möchte so nicht weiterleben.«

Ohne aufzusehen erkundigte er sich: »Wie dann?«

Sie zuckte hilflos mit den Schultern. »Ich weiß es noch nicht genau. Ich könnte für eine Weile bei meinem Bruder ... Ich würde natürlich weiterarbeiten, direkt beim Goldschmied. Das würde mir Spaß machen, nicht nur die Entwürfe, sondern handwerklich ...«

Sie brach ab, als er unvermittelt seinem Frühstücksteller einen Stoß versetzte und vom Stuhl aufsprang. Der Stuhl kippte polternd nach hinten. Er stützte sich mit beiden Händen auf dem Tisch ab und beugte sich zu ihr vor. In seinem Gesicht spiegelte sich unverhohlene Wut.

»Bei deinem Bruder? Das ist der beste Witz, den ich seit langem gehört habe. Ich wußte gar nicht, daß du so komisch sein kannst. Wir reden in Ruhe darüber, wo du in Zukunft leben wirst, wenn ich aus Amsterdam zurück bin.« Dann stürmte er aus dem Eßzimmer in die Diele, ergriff den Koffer und riß die Haustür auf. Mit einem lauten Knall fiel die Tür zurück ins Schloß. Sie zuckte zusammen, erhob sich und stellte den umgestürzten Stuhl wieder auf.

»Kann ich abräumen?« rief Frau Rusper aus der Küche. Erneut zuckte sie zusammen, schloß gequält die Augen und nickte. Draußen heulte der Motor seines Wagens auf. Frau Rusper kam mit einem Tablett herein und schaute zum Fenster.

»Wenn er sich nur nicht den Hals bricht bei dem Tempo. Will er mit dem Auto bis Amsterdam, oder nimmt er diesmal einen Flieger? Das wäre vernünftiger. Man kann nicht den einen Tag aus dem Bett steigen und den nächsten schon wieder auf Tour gehen.«

Frau Rusper plapperte eine Weile, als sei sie in der letzten Viertelstunde taub gewesen. Judith antwortete nicht, ging nach oben und setzte sich aufs Bett. Länger als eine halbe Stunde saß sie, ohne sich zu rühren, ohne zu denken. Sie fühlte nicht einmal etwas. Bernds Worte hatten bedrohlich geklungen und keinesfalls so, als ob er vernünftig über eine Trennung mit sich reden ließe.

Kurz vor neun verließ sie das Haus, fuhr ins Geschäft. Anna war bereits da, Martin auch. Er gab sich höflich und ein wenig distanziert. Anna war stets in der Nähe, vielleicht verhielt er sich nur deshalb so zurückhaltend. Es gab ein paar Momente, da glaubte sie zu sehen, daß er litt.

Um Viertel vor elf rief Sandra an und fragte, ob sie über Mittag Zeit habe. Sandra wollte essen gehen. Sie stimmte zu, ein wenig erleichtert, Martins fragenden Blicken ausweichen zu können.

Punkt eins erreichte sie das Lokal, das Sandra vorgeschlagen hatte. Es gab eine Terrasse, das Wetter war mild. Sie nahmen an einem Tisch im Freien Platz. Sandra betrachtete sie forschend und aufmerksam. »Du siehst nicht gut aus.«

»Ich fühle mich auch nicht gut.«

Sie entschied sich für einen Salat, und selbst das fiel ihr schwer. Sie hatte keinen Appetit, war nur müde, entsetzlich müde.

»Was ist denn los?«

»Ich weiß es nicht.«

Sandra wählte für sich eine Lachs-Lasagne, legte die Karte zurück auf den Tisch und beugte sich leicht vor. »Nun komm, raus mit der Sprache, wofür bin ich sonst gut?«

Und plötzlich ging es, zögernd und stockend, aber Satz für Satz brachen sich die Zweifel Bahn. Sandra lauschte aufmerksam und anteilnehmend, war voller Verständnis und sehr sparsam mit guten Ratschlägen. Sie sagte nur: »Ist dir noch nicht der Gedanke gekommen, daß die Hohlstett gelogen hat? Ich meine, Martin hat sich von ihr getrennt und ihr mehrfach erklärt, daß er dich liebt. Dann taucht plötzlich die Polizei bei ihr auf und erkundigt sich nach seinem Alibi. Sie hat keine Ahnung, worum es geht, aber sie vermutet, er könnte in Schwierigkeiten sein. Vielleicht hat sie gedacht, wenn sie lügt, dankt er es ihr.«

»Ich weiß nicht«, murmelte sie.

»Wissen tu ich es auch nicht«, erklärte Sandra, »aber ich halte es für denkbar. Vielleicht hat die Hohlstett sogar noch einen Schritt weitergedacht und darauf gehofft, daß du durch die Polizei von ihrer Aussage erfährst. Daß du es nicht einfach hinnimmst, konnte sie sich an zwei Fingern ausrechnen. Sie durfte sogar hoffen, euch auseinanderzubringen. Und so, wie es aussieht, ist ihr das ja auch gelungen.«

»Was würdest du tun an meiner Stelle?«

Sandra lachte leise. »Guter Gott, du stellst Fragen. Ich bin allein, da sieht man vieles mit anderen Augen. Wenn mir ein Mann erklärt, er liebt mich, würde ich mir nicht lange den Kopf zerbrechen, ob er jemanden verprügelt hat oder noch einmal zum Abschied mit seiner Verflossenen ins Bett gestiegen ist. Ich würde nur dafür sorgen, daß er in Zukunft nicht noch einmal auf dumme Gedanken kommt. Für einen kleinen Fehltritt, von dem ich nicht einmal wüßte, ob er tatsächlich stattgefunden hat oder nur der Phantasie einer zweitklassigen Schauspielerin entsprungen ist, hätte ich nicht eine perfekte Beziehung aufgegeben.«

Judith schwieg und betrachtete das Tischtuch. Sandra legte einen Hauch von Wehmut in ihre Stimme. »Du warst so glücklich mit ihm, und mehr als schwören, daß er nicht mit ihr geschlafen hat, kann er nun wirklich nicht. Ich finde, du mußt diesen unerfreulichen Abend vergessen und ihm eine Chance geben. Das bist du ihm schuldig.«

Sie kam erst am späten Nachmittag zurück ins Geschäft, war noch eine Weile in der Stadt herumgefahren. Er stand im Büro am Schreibtisch und telefonierte, als sie die Treppe hinaufstieg. Anna war im Erdgeschoß mit einer Kundin beschäftigt, die sich nicht entscheiden konnte. Sie blieb bei der Tür stehen und wartete, bis er das Gespräch beendet hatte. Dann ging sie langsam auf ihn zu. Er schaute ihr abwartend entgegen.

»Sandra meint, ich wäre verrückt.«

Er reagierte nicht.

»Es tut mir leid«, sagte sie. »Ich wollte dir nicht weh tun mit meinen Zweifeln. Ich hätte mehr Vertrauen haben müssen.«

Er nickte. Den letzten Schritt kam er ihr entgegen, zog sie an sich und hielt sie fest. Im Ausstellungsraum verhandelte Anna immer noch.

21

Pünktlich um achtzehn Uhr dreißig war Sandra Testroff zur Stelle. Lisa Hohlstett war ein zähes Biest. Sie verlangte nicht nur eine stattliche Summe für den Schlüssel zu Martins Wohnung. Sie wollte sich darüber hinaus mit eigenen Augen überzeugen. Sehr selbstbewußt wirkte sie nicht. Mit kleinem, beinahe ängstlichem Kindergesicht saß sie neben ihr, die Augen auf den Eingang des Geschäfts gerichtet. Ihre Hände im Schoß zitterten ein wenig, ihre Lippen zitterten ebenfalls. Anna Schwaiger trat ins Freie und ging zu einem Taxi, das am Straßenrand wartete.

Kurz darauf kam Judith, Martin Keil war dicht hinter ihr, verschloß die Tür. Judith sagte etwas, er nickte. Dann ging Judith am Gebäude vorbei zu dem kleinen Parkplatz, auf dem ihre Wagen standen.

Lisa Hohlstett ließ keinen Blick von Martin. Ihr Atem ging gepreßt. Auch Sandra fühlte Anspannung in sich aufsteigen. Judith schloß ihren Porsche auf, setzte sich hinter das Steuer und fuhr los, ehe Martin seinen Wagen erreicht hatte.

Lisa Hohlstett ließ hörbar den angehaltenen Atem entweichen. »Das war wohl ein Irrtum.«

»Abwarten«, sagte Sandra und startete ihren Wagen. Martin fuhr vom Parkplatz, reihte sich in den Verkehr ein. Sandra folgte ihm und sorgte dafür, daß zwei andere Fahrzeuge zwischen ihnen lagen. Judiths Porsche war bereits an der nächsten Ampel. Sie hatte sich in die Linksabbiegespur eingereiht, also fuhr sie heim. Martins Wagen befand sich noch auf der mittleren Fahrspur. Jetzt ging der Blinker, und er scherte nach links hinüber. »Na bitte«, sagte Sandra. »Wir nehmen einen kleinen Umweg, sonst fallen wir auf.«

Lisa Hohlstett schwieg, nahm wie ein verletztes Kind einen Finger in den Mund und kaute auf dem Nagel.

Sie erreichten die Villa eine knappe Stunde später. Sandra hatte sich viel Zeit gelassen. Martins Wagen stand in der Einfahrt, sie sah es, als sie am Grundstück vorbeifuhr. Es reichte Lisa nicht. »Vielleicht hat er noch was mit ihr zu besprechen, immerhin arbeitet er für sie.«

Sandra fuhr weiter, steuerte die Rückseite des Grundstücks an und kämpfte sich durch die Ziersträucher bis nahe an den Swimmingpool. Von dort aus hatten sie einen guten Blick in den Wohnraum, ohne selbst gesehen zu werden. Die Türen zur Terrasse standen offen, leise Musik drang in den Garten hinaus. Judith lag vor dem Kamin, Martin halb über ihr. Die Situation war eindeutig, fand Sandra. Ein ziemlich langer Kuß und einiges mehr.

»Alles klar?« erkundigte sie sich leise. »Oder soll ich das Operngglas aus dem Wagen holen?«

Lisa Hohlstett reagierte nicht, starrte wie hypnotisiert durch die offenen Türen in den Wohnraum. Martin stand auf, zog Judith vom Boden hoch in seine Arme. Noch ein langer Kuß, bei dem er Judiths Bluse öffnete.

»Das reicht«, meinte Sandra gedämpft. »Er will garantiert keine medizinische Nachuntersuchung vornehmen, also gehen wir.«

Im Wohnraum schob Martin Judith unter weiteren Küssen rückwärts auf die Diele zu. Für einen Moment waren sie noch durch die offene Dielentür zu sehen, dann verschwanden sie. Sandra atmete tief durch und griff nach Lisas Arm. Mit einer heftigen Bewegung schüttelte Lisa ihre Hand ab.

»Wo ist das Schlafzimmer?«

Sandra zeigte auf ein Fenster im ersten Stock. »Aber eine Leiter werde ich nicht besorgen. Es reicht jetzt wirklich.«

Ohne den Blick von dem bezeichneten Fenster zu lassen, griff Lisa in eine Tasche ihrer Jeans, zog einen Metallring mit zwei Schlüsseln heraus und drückte ihn Sandra in die Finger. »Morgen abend bekomme ich die zurück.« Dann rannte sie unvermittelt auf das Haus zu. Die Terrassentüren standen immer noch offen.

»Scheiße«, fluchte Sandra unterdrückt und hetzte hinter ihr her. Doch Lisa machte keine Anstalten, ins Haus zu gelangen, erreichte die Hausecke und rannte weiter. Aufatmend verlangsamte Sandra ihre Schritte, folgte Lisa zur Straße, sah sie in einiger Entfernung rennen, als sei der Teufel hinter ihr her. Sekundenlang schaute sie ihr nach, dann drehte sie sich um und ging den Weg am Swimmingpool vorbei zurück zu ihrem Wagen.

Eine knappe halbe Stunde später betrat sie Martins Wohnung. Inzwischen war es dunkel geworden. Im Schein einer Taschenlampe schaute sie sich aufmerksam nach einem geeigneten Versteck um. Unter der Matratze oder in einem Schrank, das erschien ihr zu einfallslos.

Die Bastelecke im Wohnraum reizte sie – und dieses Spielzeug, das auf einer ihr unbekannten Apparatur vor dem Arbeitstisch stand. Das Dach der Fokker war nur lose aufgelegt. Vorsichtig hob sie es an, ließ das Smaragdarmband und weitere Schmuckstücke hineingleiten und bewegte den Flugzeugrumpf so lange, bis die Stücke nach vorne gerutscht waren.

Eine weitere Stunde später rief sie Bernd an. Sie erreichte ihn in einem Hotelzimmer in Amsterdam. »Alles erledigt«, sagte sie. Er antwortete nicht. Sie hörte nur seinen raschen Atem.

»Wenn Judith tatsächlich aufhören will, im Geschäft zu arbeiten, nimmst du mich als Vertretung?«

»Sie wird nicht aufhören«, erklärte er kalt. »Sie wird nach dieser Geschichte dankbar sein, wenn sie weitermachen darf.«

»Wann kommst du zurück?«

»Morgen«, sagte er. »Du kannst die Hohlstett informieren, daß ich um vier im Geschäft bin. Das schaffe ich bequem. Ich werde zeitig aufbrechen.«

»Sehen wir uns dann am Abend?«

»Unmöglich«, sagte er und lachte spöttisch. »Ich muß mich wohl erst mal um meine Frau kümmern. Es dürfte sie ein wenig aus der Bahn werfen. Aber danach haben wir es leichter.«

22

Er war schon kurz nach Mittag wieder in der Stadt und nahm sich eine halbe Stunde Zeit für sie. Beim Frühstück im Hotel war ihm klargeworden, daß er es sich nicht leisten konnte, sie zu verärgern. Urplötzlich hatte er bei der zweiten Tasse Kaffee ihren Sturz im Wald vor Augen gehabt – und ihre Reaktion auf sein unbeherrschtes Verhalten. Ebenso urplötzlich begriff er, daß sie die besseren Karten hatte. Er wunderte sich, daß sie bisher – abgesehen von ihrer spielerischen Drohung auf Rügen –, nicht einen Versuch unternommen hatte, ihre Trümpfe auszuspielen. Wenn sie irgendwann auf die Idee kam, Judith zu informieren …

Er begriff auch, daß es von ihm abhing. Solange er ihr die Hoffnung ließ, würde sie nichts unternehmen. In der halben Stunde bemühte er sich, ihr mehr als Hoffnung zu geben. Obwohl er das Wort Scheidung nicht in den Mund nahm, suggerierte er ihr, daß Judiths Zeit an seiner Seite ablief.

Kurz nach zwei betrat er das Geschäft. Er wußte, daß seine Mutter die Mittagspause häufig nutzte, um ein paar Einkäufe zu machen. So war es auch diesmal. Im Erdgeschoß hielt sich niemand auf. Er bemühte sich, kein Geräusch zu machen, schloß behutsam die Tür hinter sich, schlich zur Treppe. Oben war es still, aber sie mußten da sein. Ihre Wagen standen auf dem Parkplatz.

Auf halber Höhe der Treppe hörte er den ersten Ton. Dann sah er sie auch. Sie hatten es sich in der Sitzecke gemütlich gemacht, hingen beide mit den Köpfen dicht nebeneinander über eine Zeichnung gebeugt. Judith hielt einen Stift und brachte noch einige Striche an. Er war nicht sicher, ob er sie lieber bei etwas anderem erwischt hätte.

So vorsichtig, wie er gekommen war, schlich er wieder hinunter, durchquerte den Ausstellungsraum, öffnete die Eingangstür noch einmal und schloß sie wie gewohnt. Oben sagte Martin: »Da kommt deine Schwiegermutter zurück.«

»Nein, ich bin's«, rief er.

Judith schaute ihm entgegen wie eine ertappte Sünderin. Martin Keil hatte sich besser in der Gewalt. Der Bastard schaffte es, ihn freundlich anzugrinsen und harmlos festzustellen: »So früh hatten wir Sie gar nicht erwartet, Herr Schwaiger.«

»Kann ich mir denken«, sagte er und wunderte sich, daß er ruhig bleiben konnte. Die halbe Stunde in Sandras Wohnung hatte nicht nur sie entspannt. Und die Vorstellung dessen, was Punkt sechzehn Uhr käme, half ihm zusätzlich, die Beherrschung und einen kühlen Kopf zu bewahren.

Er ging ins Büro, Judith folgte ihm. Daß sie unbedingt mit ihm über die Trennung reden wollte, hatte er nicht vergessen. Aber damit würde sie sich noch ein wenig gedulden müssen. Er löste den kleinen Aktenkoffer von seinem Handgelenk. Und ehe sie auch nur ein Wort über die Lippen bringen konnte, reichte er ihr das Etui mit den Rubinen.

»Du fährst am besten sofort zum Goldschmied. Aber bleib nicht zu lange. Ich muß später noch mal weg.«

Sie schluckte heftig, drehte das Etui in den Händen. »Bist du heute abend daheim?«

»Ich denke schon«, sagte er. Sie nickte und ging zur Tür. Er schätzte, daß sie gut anderthalb Stunden brauchte. Er irrte sich nur um zehn Minuten. Eine Viertelstunde vor Lisa Hohlstetts großem Auftritt war Judith zurück. Und es schien, als wolle sie nicht bis zum Abend warten. Sie machte einen sehr entschlossenen Eindruck, als sie zu ihm ins Büro kam.

»Hast du ein paar Minuten Zeit?«

Er grinste unfroh. »Bist du sicher, daß sich dein Anliegen in ein paar Minuten klären läßt?«

»Sehr sicher«, sagte sie und schloß die Tür.

Genau in diesem Moment stellte Anna Schwaiger im Erdgeschoß fest, daß eine bestimmte Armbanduhr fehlte. Anna hatte einen guten Überblick über die Bestände und war sicher, diese Uhr nicht verkauft zu haben. Zweimal kontrollierte sie das Schubfach, in dem die Herrenuhren aufbewahrt wurden, schaute zur Sicherheit auch in den anderen Schubfächern nach, ehe sie sich an Martin wandte. Er wußte nichts über den Verbleib der Uhr.

»Vielleicht hat Judith sie verkauft«, meinte Anna. »Ich frage sie.« Sie ging zur Treppe, stieg nach oben. Trotz der geschlossenen Tür tönten ihr aus dem Büro die Stimmen von Bernd und Judith entgegen.

»Das ist wahrhaftig der beste Zeitpunkt, mich im Stich zu lassen.« Die sarkastische Stimme ihres Sohnes ließ sie mitten in der Bewegung verharren. Sie lauschte mit angehaltenem Atem.

»Das tue ich nicht«, erwiderte Judith ruhig. »Ich werde weiterarbeiten. Aber ich will nicht mehr mit dir leben.«

Anna schüttelte voller Ablehnung den Kopf, hörte, daß unten die Eingangstür geöffnet wurde, gleich darauf Martin Keils Stimme. »Hallo! Was willst du denn hier? War ich immer noch nicht deutlich genug?«

Anna erkannte die Stimme, die Martin antwortete, als die Lisa Hohlstetts. »Deutlicher als gestern abend ging es nicht. Ich habe dich gesehen – mit ihr. Kann ich Herrn Schwaiger sprechen? Er ist doch da, oder?«

»Was willst du?« fragte Martin mit belegter Stimme.

Anna achtete nicht darauf, hatte nur Augen und Ohren für die Bürotür. Zögernd ging sie die letzten Schritte, drückte die Türklinke nieder. Die Tür schwang nach innen auf. Bernd saß vor einem Tablett mit Diamanten am Schreibtisch. Er hielt eine Lupe in der Hand und gab sich den Anschein, sehr beschäftigt zu sein. Judith stand vor dem Schreibtisch. Beide bemerkten Anna nicht sofort.

»Ihr wollt euch trennen?« erkundigte Anna sich stockend.

Bernd schaute unwillig auf. »Wir wollen gar nichts.« Er zeigte auf Judith. »Sie will. Und was willst du, Mutter?«

Anna wußte nicht, was sie sagen sollte, strich sich über die Stirn, ließ den Blick zwischen Judith, die betreten den Kopf senkte, und ihrem Sohn, der sie in mühsam unterdrückter Wut anstarrte, hin und her wandern. »Nichts«, brachte sie endlich hervor. »Ich wollte nur ... Es fehlt eine Cartier-Uhr. Und wir wissen nicht ...

Sie wurde durch Martin unterbrochen. Er kam die Treppe hinauf und rief, noch ehe er den Empfangsraum erreicht hatte: »Herr Schwaiger, hier ist eine Kundin, Sie möchte von Ihnen bedient werden.«

Bernd erhob sich sofort, mit kühlem Lächeln betrachtete er Judith, im Hinausgehen meinte er. »Das letzte Wort in dieser Angelegenheit ist noch nicht gesprochen.«

Bernd ging nach unten, Martin kam ins Büro. Anna stand da, fühlte sich mit einemmal müde, alt und entsetzlich dumm. Sie sah und hörte, was vorging, nur begriff sie es nicht. Judith schaute Martin mit einem fragend gespannten Blick entgegen. Martin machte eine resignierende Geste und murmelte: »Ich glaube, Lisa war gestern draußen. Und jetzt will sie mit ihm reden.«

Judith erwiderte ruhig: »Das macht keinen Unterschied mehr. Wenn ich zwei Minuten mehr Zeit gehabt hätte, hätte ich es ihm gesagt.«

Martin wandte sich an Anna und drängte: »Würden Sie uns bitte einen Moment alleine lassen, Frau Schwaiger?«

»Nein«, sagte Anna, schüttelte heftig den Kopf. »Was geht hier vor? Das geht mich auch an.«

Judith schaute an ihr vorbei in den Empfangsraum. Dort erschienen Bernd und die junge Schauspielerin, mit der Martin, soweit Anna wußte, befreundet war. Bernd führte die junge Dame galant am Arm zur Sitzgruppe und überschlug sich vor Höflichkeit.

»Nehmen Sie Platz, Frau Hohlstett. Was möchten Sie trinken? Ein Glas Champagner?«

Lisa Hohlstett lächelte. Und Anna hielt dieses Lächeln für ebenso falsch wie Bernds Gebaren. Sie kannte ihren Sohn lange und gut genug, um zu wissen, wann er geschäftsmäßig und aus reinem Profitdenken zuvorkommend wurde. Das war es diesmal nicht.

Die junge Frau, die sich lässig in einem Sessel niederließ und mit leicht pathetischem Unterton hauchte: »Gerne«, war nicht gekleidet wie eine Kundin, von der Bernd sich einen nennenswerten Gewinn versprechen durfte. Trotzdem benahm er sich, als bringe sie ihm ein Vermögen ins Haus. Und Martin starrte sie feindselig an, Judith hingegen eher abwartend und kühl.

Anna sah die Genugtuung im Gesicht ihres Sohnes, als er Judith aufforderte: »Frau Hohlstett möchte ein Glas Champagner, kümmerst du dich bitte darum!«

Judith setzte sich langsam in Bewegung, kam aus dem Büro, ging zum Kühlschrank, nahm eine Flasche heraus und stellte sie zusammen mit zwei Gläsern auf ein Tablett. »Du trinkst doch bestimmt einen Schluck mit«, sagte sie zu Bernd.

Er nickte, lächelte Lisa Hohlstett an. »Ich hole das Armband.«

Martin runzelte irritiert die Stirn, Anna sah auch das noch, ehe Bernd darauf hinwies: »Es ist niemand unten, Mutter.«

Anna ging zur Treppe und stieg hinunter. Bernd wartete, bis sie den Ausstellungsraum erreicht hatte, ehe er sich ins Büro bemühte. Er genoß jede Sekunde und leistete Sandra im stillen erneut Abbitte. Sie hatte auch damit unzweifelhaft recht. Einen Menschen töten, das mochte für den Augenblick eine tiefe Befriedigung sein. Ihn vernichten, langsam und systematisch, und zuschauen, wie er Schritt für Schritt dem Abgrund zusteuerte, war der größere Triumph.

Judith schien nicht zu wissen, was sie von Lisa Hohlstetts Auftritt zu erwarten hatte. Sie wirkte ruhig und kühl, als könne kein Wort der jungen Frau sie aus der Fassung bringen. Martin dagegen schien zu ahnen, daß sich etwas über seinem Kopf zusammenbraute.

Bernd ging zum Tresor, schob die Holztäfelung zur Seite, stellte die Kombination ein und konnte es sich nicht verkneifen, mit einem verschwörerischen Augenzwinkern zu flüstern: »Damit hatte ich wirklich nicht mehr gerechnet, daß wir das Armband loswerden.« Er nahm ein Etui in die Hand, schloß die Tresortür wieder und flüsterte: »Frau Hohlstett scheint den Durchbruch geschafft zu haben. Oder haben Sie ihr finanziell ein bißchen unter die Arme gegriffen?«

Ehe Martin ihm antworten konnte, setzte Bernd ein strahlendes Lächeln auf, ging zurück in den Empfangsraum. Er nahm neben Lisa Hohlstett Platz. Judith füllte die beiden Gläser mit Champagner. Martin kam bis zur Tür und beobachtete ungläubig, wie Bernd mit einer übertrieben feierlichen Geste Lisa das Schmucketui vorhielt und es aufschnappen ließ.

Das Etui war leer. Langsam hob Bernd den Kopf und schaute Judith mit unbewegter Miene an. »Was soll ich denn davon halten? Hast du Vorsorge für deine Zukunft getroffen?«

Judith wurde heftig. »Was fällt dir ein, mir so etwas zu unterstellen?«

Bernd grinste kalt. »Es war nur eine Frage. Du hast das Armband also nicht genommen?«

»Nein!« sagte Judith bestimmt.

Bernd erhob sich. Er kam auf Martin zu, schob ihn achtlos zur Seite und öffnete den Tresor erneut. »Dann muß es ja irgendwo sein.« Er nahm mehrere Etuis aus dem Fach, legte sie auf den Schreibtisch und begann, eins nach dem anderen zu öffnen.

Judith war ihm langsam bis zur Tür gefolgt, stand neben Martin und schaute mit ungläubiger Fassungslosigkeit zu, wie Bernd einige leere Etuis zur Seite legte. Es fehlten zwei Ringe, ein Ohrgehänge, ein weiteres Armband und ein Collier. Bernd baute aus den leeren Etuis ein kleines Türmchen, schürzte die Lippen und fixierte Judith. »Bist du völlig sicher, daß du die Sachen nicht genommen hast?«

»Nein, verdammt«, sagte sie. »Ich habe es nicht nötig, mich selbst zu bestehlen. Oder muß ich dich daran erinnern, daß mir von allem hier die Hälfte gehört?«

Er lächelte spöttisch, schüttelte nachdrücklich den Kopf und griff nach dem Telefonhörer.

»Was tust du?« fragte Judith.

»Ich rufe die Polizei. Wie du gerade festgestellt hast, du brauchst dich nicht selbst zu bestehlen. Meine Mutter kann den Tresor nicht öffnen. Aber einer muß ihn geöffnet und die Sachen genommen haben.« Er schaute Martin an und lächelte kalt. »Oder sehen Sie das anders, Herr Keil?«

Martin schwieg, drehte sich zu Lisa Hohlstett um. Sie hatte den Blick auf Judith geheftet. Und Judith schaute ihn an.

23

Es ging alles rasend schnell. Bernd bestand darauf, die Polizei in Martins Wohnung zu begleiten, um sein Eigentum – falls möglich, wie er betonte –, an Ort und Stelle identifizieren zu können. Judith fuhr ebenfalls mit, sie mußte dabei sein. Es war ungeheuerlich, eine demütigende und ihrer Meinung nach überflüssige Prozedur. Sie war überzeugt, daß Bernd die fehlenden Schmuckstücke beiseite geschafft, vielleicht mit nach Amsterdam genommen hatte, und mit dieser Unterstellung nur einen Vorwand suchte, Martin fristlos entlassen zu können.

Zwei Kriminalbeamte durchwühlten den Schrank im Wohnraum. Innerhalb kürzester Zeit verwandelten sie den Raum in ein Schlachtfeld. Porzellan, schriftliche Unterlagen und anderes verteilte sich auf dem Fußboden. Schneider stand beim Couchtisch und schaute den beiden Männern zu.

Martin lehnte mit einer Schulter gegen den Türrahmen. Er war bemüht, ruhig zu bleiben.

»Sie können uns die Arbeit wesentlich erleichtern, Herr Keil«, sagte Schneider.

»Ich wüßte nicht, wie«, erwiderte Martin, zeigte auf den Schrank. »Und ich erwarte, daß das wieder eingeräumt wird.«

Schneider zuckte lakonisch mit den Schultern und schlenderte zur Bastelecke. Interessiert beugte er sich über die Startbox und betrachtet die Fokker.

Einer der Männer am Schrank erklärte: »Hier ist nichts.«

Martin legte ihr für zwei Sekunden beruhigend eine Hand auf den Arm. Als Schneider sich zu ihm umdrehte, nahm er die Hand wieder fort.

»Nehmt euch das Schlafzimmer vor« sagte Schneider, deutete auf die Fokker. »Nettes Hobby. Haben Sie die selbst zusammengebaut?«

Martin schüttelte den Kopf. Schneider nahm die Fokker von der Startbox.

»Lassen Sie das«, verlangte Martin.

»Keine Sorge«, beschwichtigte Schneider. »Ich mache sie nicht kaputt.«

Er hielt das Modell mit beiden Händen, kippte es, um einen Blick auf das Fahrwerk zu werfen. Im Innern klapperte etwas. Schneider schüttelte die Fokker, das Klappern verstärkte sich.

Martin ging rasch auf Schneider zu, sagte: »Der Servo ist nicht befestigt. Hören Sie auf, sie zu schütteln.« Er wollte Schneider das Modell aus der Hand nehmen. Schneider wehrte ihn ab. In diesem Moment löste sich das Cockpit.

»Phantastisch«, sagte Martin noch. »Ich habe doch gesagt ...« Er brach ab, als die beiden Ohrhänger in Schneiders Hand rutschten. Ein Ring fiel zu Boden. Das Smaragdarmband hatte sich im Innern des Cockpits verhakt und baumelte nach unten. Martin starrte die Schmuckstücke betroffen an, dann schaute er Judith an und schüttelte heftig den Kopf.

Sie mußte eine Hand vor den Mund legen, um nicht aufzuschreien. Hinter ihr ließ Bernd sich vernehmen: »Das habe ich mir gedacht. Eine andere Möglichkeit gab es auch nicht. Wenn er Geld oder die Steine aus dem Tresor genommen hätte, wäre das sofort aufgefallen, aber den Schmuck!« Bernd seufzte. »Ich hätte die Teile erst bei der Ablieferung vermißt. Bis dahin wäre er vermutlich längst über alle Berge damit gewesen.«

»Judith, das ist nicht wahr«, beteuerte Martin. »Ich habe ...«

Weiter kam er nicht. Schneider griff nach seinem Arm. »Erklären Sie mir, was Sie haben, Herr Keil. Sie sind vorläufig festgenommen.«

Es war unwirklich wie ein böser Traum, sie konnte nicht so rasch denken, wie es geschah. Mit Martin im Griff kam Schneider an ihr vorbei. Einer der Kriminalbeamten folgte. Martin schüttelte immer noch den Kopf, hielt den Blick auf ihr Gesicht gerichtet und zuckte hilflos mit den Schultern. Bernd trat zur Seite, um die beiden Männer vorbeizulassen.

Sie stand nur da und konnte sich nicht von der Stelle rühren. Erst als Bernd sie an der Schulter berührte, zuckte sie zusammen und rannte den Männern nach. Als sie den unteren Hausflur erreichte, waren sie bereits im Freien. Sie blieb bei der offenen Haustür stehen und schaute zu, wie der Beamte Martin zum Einsteigen in Schneiders Wagen zwang. Er drückte ihm den Kopf nach unten. Schneider saß bereits hinter dem Steuer. Der Beamte stieg hinten ein. Die Tür schloß sich, der Wagen fuhr an und entfernte sich.

»Nein«, sagte sie. »Nein! Nein!« Dann begann sie zu laufen, rannte hinter dem Wagen her. Bernd kam mit dem zweiten Beamten aus dem Haus, sah sie rennen und hetzte ihr nach. Er holte sie rasch ein, hielt sie an der Schulter auf und zog sie an sich.

»Wo willst du denn jetzt noch hin? Komm, wir fahren nach Hause.«

Sie schlug nach ihm, bis er sie losließ. Dann rannte sie zurück zu ihrem Wagen.

24

Sandra stand vor der Bar in ihrem Wohnraum und füllte einen Cognacschwenker, zuerst den Boden, dann goß sie noch etwas nach. Die Tür zur Dachterrasse stand offen. Von draußen drang Judiths Schluchzen herein. »Sie behandeln ihn wie einen Schwerverbrecher. Ich durfte nicht mit ihm reden. Stundenlang habe ich gewartet ...«

Sandra goß noch etwas nach, das große Glas war fast zur Hälfte gefüllt. Langsam ging sie zur Tür. Die Dachterrasse wurde vom Licht aus dem Wohnraum notdürftig erhellt. Judith kauerte auf der Kante eines Korbsessels. Sandra reichte ihr den Schwenker. Sie nahm ihn, ohne aufzusehen, biß sich auf die Lippen. »Martin hat das nicht getan. Das ist ein abgekartetes Spiel.«

Sandra blieb neben ihr stehen und schaute auf Judiths gesenkten Kopf hinab, auf die Hände, die das große Glas drehten. »Trink einen Schluck und beruhige dich.«

Sie tat weder das eine noch das andere, schluchzte und stammelte weiter. »Die Hohlstett lügt. Zuerst sagt sie, sie war die ganze Nacht bei ihm. Jetzt behauptet sie plötzlich, sie sei gar nicht in seiner Wohnung gewesen. Er hätte sie gebeten, ihm für die Nacht ein Alibi zu geben, falls jemand fragt.« Sie tippte sich heftig gegen die Stirn: »So ein Quatsch! Sie hat ihm gedroht, daß er es noch bereuen wird, ihr einen Tritt zu geben. Sie hat das inszeniert, um sich zu rächen.«

Sandra atmete tief durch. »Judith, sei vernünftig. Wie sollte sie das inszenieren? Der Schmuck war in Martins Wohnung. Die Hohlstett konnte ihn nicht dorthin schaffen. Wie hätte sie die Sachen denn in ihre Finger bekommen sollen?«

»Ich weiß es nicht. Aber du hättest sie sehen müssen. Sie hat es genossen, ebenso wie Bernd. Vielleicht stecken die beiden unter einer Decke. Wenn Bernd ihr die Sachen gegeben hat ...« Sie brach ab und schaute zu Sandra auf, als sei ihr gerade etwas Wichtiges eingefallen. Beinahe tonlos fügte sie an: »Sie hat Martin erzählt, sie hätte uns beobachtet.«

Sandra Testroff fluchte insgeheim auf Lisa Hohlstetts Blödheit. Judith sprach weiter, hielt das Glas nur noch mit einer Hand und gestikulierte heftig mit der anderen.

»Wenn sie Bernd davon erzählt hat. Er war schon vor seiner Abreise so komisch. Als ob er bereits wußte, was passiert.« Plötzlich änderte sich ihre Stimme, wurde fest und überzeugend. »Er hat sie beauftragt, glaubst du? Sie sollte die Sachen in Martins Wohnung schaffen und verstecken.«

Sandra legte ihr begütigend eine Hand auf die Schulter. Judiths Tränen versiegten endlich. Sie stellte den Cognacschwenker auf den Boden, ohne einen Tropfen getrunken zu haben. Allmählich hatte Sandra Mühe, ruhig zu bleiben. Es lief verflucht falsch. Wenn Judith mit Schneider sprach, wenn sie es schaffte, ihn zu überzeugen ...

»Martin wäre nicht so dumm gewesen, die Sachen in seiner eigenen Wohnung zu verstecken«, stellte Judith fest. Dann kam der Satz, den Sandra gerade noch gedacht hatte. »Ich muß mit Schneider reden. Sie müssen das Flugzeug untersuchen. Sie müssen die Fingerabdrücke sicherstellen. Auch von den Schmuckstücken. Martin hat sie nicht in der Hand gehabt. Ich habe sie vom Goldschmied abgeholt und in den Tresor gelegt. Danach hatte er keinen Grund, sie anzufassen.«

Sie sprach nun schneller, ereiferte sich weiter. »Ich werde Schneider sagen, daß ich mit Martin ...«

»Um Gottes willen«, unterbrach Sandra sie. »Du machst alles nur schlimmer. Willst du ihm auch noch ein Motiv für den Überfall auf Bernd liefern? Im Moment ist es nur Diebstahl. Wenn Schneider erfährt, daß du ein Verhältnis mit Martin hast, muß er nur noch eins und eins zusammenzählen, und dann ist es versuchter Totschlag.«

Judith starrte sie fassungslos an und strich sich hilflos über die Stirn. »Aber ich muß etwas tun. Ich kann doch nicht zuschauen, wie sie Martin einsperren. Er hat nichts getan.« Unvermittelt sprang sie von der Sesselkante auf und lief in den Wohnraum. »Ich fahre zu meinem Bruder.«

Sandra folgte ihr rasch und hielt sie zurück. »So aufgelöst lasse ich dich nicht ans Steuer.« Noch während sie sprach, ging sie zum Schrank und nahm eine Medikamentenschachtel heraus. Sie drückte zwei Pillen aus der Hülle und hielt sie Judith entgegen.

»Hier, es ist rein pflanzlich. Johanniskraut und Baldrian. Das beruhigt die Nerven. Warte, ich hole dir ein Glas Wasser.«

Judith nahm ihr zögernd die beiden Pillen aus der Hand. Sandra ging mit der Medikamentenschachtel in die Küche. Nach ein paar Sekunden kam sie ohne die Schachtel mit einem gefüllten Wasserglas zurück. Sie nickte aufmunternd und schaute lächelnd zu, wie Judith die Pillen in den Mund steckte und mit Wasser hinunterspülte.

Um fünf Minuten nach elf in der Nacht verließ Judith die Wohnung der Frau, die sie für ihre Freundin hielt. Sie fühlte sich sehr ruhig und ein wenig müde, schob ihre Müdigkeit jedoch nicht auf die beiden Pillen, die Sandra ihr gegeben hatte. Es war spät, und es war ein scheußlich anstrengender Tag gewesen. Ihr Porsche stand nahe dem Hauseingang am Straßenrand. Sandra begleitete sie nach unten, schaute zu, wie sie einstieg. »Wie fühlst du dich jetzt?«

»Besser«, sagte sie.

»Gut!« Sandra lächelte und fügte an. »Fahr vorsichtig.«

Sie nickte und zog die Tür zu.

Knapp zwanzig Minuten später erreichte Judith die Landstraße, die zum Hof ihres Bruders führte. Sie hätte die Autobahn nehmen können und wäre schneller am Ziel gewesen. Aber sie hatte die Zufahrt verpaßt, und es war zu mühsam, umzukehren und zu suchen. Die beiden Pillen zeigten nun ihre volle Wirkung. Ihre Sicht war getrübt, die Begrenzungsposten, die das Licht der Scheinwerfer aus der Dunkelheit holte, waren unscharf, die durchbrochene, weiße Mittellinie der Straße schien aus einem Endlosband zu bestehen, das sich schlangenähnlich dahin wand und ihr immer wieder vor den Augen verschwamm.

Sie registrierte ihre Schwierigkeiten. Ihr war bewußt, daß sie besser anhalten sollte. Aber Martin saß jetzt in einer Gefängniszelle, und sie mußte sofort etwas tun, ihn dort herauszuholen. Mehrfach blinzelte sie heftig, schüttelte ruckartig den Kopf. Unter den heftigen Bewegungen verriß sie das Lenkrad. Der Porsche begann zu schlingernd, rumpelte über den seitlichen Grünstreifen und kam der steil abfallenden Straßenböschung gefährlich nahe. Sie schaffte es, ihn zurück auf die Straße zu bringen.

Vor ihr tauchten die Scheinwerfer eines entgegenkommenden Fahrzeugs wie zwei grelle Sonnen auf. Gequält schloß sie die Augen. Als sie die Augen wieder öffnete, war sie bereits auf der Gegenfahrbahn.

Weit hinter ihr verschwanden die Rücklichter des fremden Wagens in der Dunkelheit. Gleichzeitig tauchte an etwa derselben Stelle ein Scheinwerferpaar auf. Sie kamen nicht näher. Näher kam nur der Schatten, der die Scheinwerfer weit hinten verdeckte.

Sie blinzelte konzentriert, schaute zwischen den verrückt hüpfenden Begrenzungspfosten, der schlangenähnlich tanzenden Mittellinie und dem Rückspiegel hin und her. Da war etwas zwischen ihr und dem fremden Wagen. Sie war sicher, daß sie sich das nicht nur einbildete. Jetzt war es ganz nahe. Sie erkannte den Umriß eines Wagen und begriff noch, daß hinter ihr jemand ohne Licht fuhr.

Dann spürte sie den heftigen Ruck durch ihren Wagen gehen. Sie wurde im Sitz nach vorne geschleudert, der Sicherheitsgurt fing ihre Bewegung ab. Die Bewegung des Porsche war nicht mehr abzufangen. Er holperte für den Bruchteil einer Sekunde über den Grünstreifen, dann hing er in der Luft. Alles war schwarz um sie herum, und sie fiel mitten hinein in diese Schwärze.

3. TEIL

1

Seit einigen Sekunden beobachtete Jochen Sieber ein merkwürdiges Schauspiel. Etwa fünfhundert Meter vor ihm fuhr ein Wagen, dessen Rücklichter aufglühten und verschwanden, erneut aufglühten und wieder verschwanden. Sie verschwanden nicht jedesmal beide gleichzeitig. Mal war für den Bruchteil einer Sekunde nur eines zu sehen. Wenn sie beide wieder auftauchten, dann entschieden zu weit links.

Nach Jochen Siebers Ansicht fuhr vor ihm ein Betrunkener in Schlangenlinien. Und das tat er nicht erst seit ein paar Sekunden. Er steuerte seinen unberechenbaren Kurs, seit Jochen Sieber ihn bemerkt hatte. Das war einige Minuten her. Jedes andere Fahrzeug hätte er längst zu überholen versucht. Er fuhr einen sehr schnellen Wagen. Und einen sehr teuren, den er nicht leichtfertig einem Zusammenstoß aussetzen wollte.

Er hatte die roten Leuchten beide im Auge behalten, bis sie vor ein paar Sekunden das erste Mal verschwanden! Daß der Betrunkene das Licht ein- und wieder ausschaltete, konnte nicht sein. Die vorderen Scheinwerfer brannten ohne Unterbrechung. Deutlich sah Jochen Sieber den hellen Streifen, den sie vor sich her schickten. Ebenso deutlich sah er den kompakten, dunklen Flitzer zwischen sich und dem Promillefahrer.

Kurz bevor das sonderbare Intermezzo begonnen hatte, war er von einem Auto überholt worden. Er hatte nicht auf Typ oder Kennzeichen geachtet. Es war in dem Moment nur irgendein Auto gewesen, das in großer Eile über eine nächtliche Landstraße jagte. Außerdem hatte zum Zeitpunkt des Überholmanövers sein Funktelefon geklingelt. Nun widmete er seine Aufmerksamkeit nicht nur dem Gespräch, sondern beobachtete auch das Geschehen vor ihm auf der Straße.

Jochen Sieber war achtunddreißig Jahre alt, von Beruf Rechtsanwalt. Vor Gericht hatte er jedoch nur selten zu tun. Er haßte die Unabwägbarkeiten, mit denen man dort konfrontiert wurde. Es gab bessere Lösungen. Genau das versuchte er soeben einem seiner Mandanten begreiflich zu machen, während er konzentriert nach vorne schaute, um zu erkennen, was da vorging.

»Herr Behling, ich habe Ihnen schon mehrfach gesagt, in Ihrem speziellen Fall halte ich einen Vergleich für die beste Lösung.«

Auf Vergleiche war Jochen Sieber spezialisiert, deshalb erklärte er jeden Fall zu einem speziellen. Aber manche Leute wollten nicht einsehen, was für sie günstiger war. Die Männerstimme an seinem Ohr protestierte. Jochen Sieber starrte angestrengt durch die Frontscheibe.

Seiner Meinung nach lieferten sich da vorne zwei junge Burschen ein riskantes Wettrennen. Er hätte jede Wette gemacht, daß es sich um junge Männer handelte und daß sie irgendwie zusammengehörten. Landjugend vermutlich, die sich in der Stadt einen feuchtfröhlichen Abend genehmigt hatte und nun auf dem Heimweg eine Mutprobe absolvierte. Einer fuhr Zickzack, der zweite ohne Licht.

Den Wortschwall seines Mandanten beachtete Jochen Sieber nicht. Er kannte diese Art von Protest auswendig und hatte seine Standardsätze, mit denen er sie parierte, stets griffbereit auf der Zunge. Mit belehrendem Unterton erklärte er: »Natürlich sind Sie im Recht, Herr Behling. Aber recht haben und Recht bekommen hängt oft nur von der Tagesverfassung des Richters ab. Wenn er mit dem linken Bein aufgestanden ist, sind Sie der Dumme. Wir sollten da lieber kein Risiko eingehen.«

Weit vor ihm schwenkte der Lichtschein des ersten Fahrzeugs zur Straßenböschung und verschwand. Jochen Sieber kniff vor Anstrengung die Augen zusammen. Der Lichtschein tauchte nicht wieder auf. Er fühlte, wie sein Magen sich zusammenzog, und sagte rasch ins Telefon: »Ein Vergleich spart Nerven. Wir reden noch einmal in Ruhe, Herr Behling. Lassen Sie sich von meiner Sekretärin einen Termin geben.«

Sein Mandant reagierte mit einem weiteren Wortschwall. Jochen Sieber hörte noch zwei Sekunden lang zu, dann sah er weit vor sich Scheinwerfer und Rücklichter des zweiten

Wagens aufleuchten. Statt anzuhalten und sich um seinen Kumpel zu kümmern, suchte der Kerl da vorne das Weite.

Er ignorierte den Protest aus dem Telefonhörer, schaltete das Handy aus, trat auf die Bremse und steuerte an den Straßenrand, etwa an die Stelle, an der nach seinem Gefühl der erste Lichtschein und damit das erste Fahrzeug von der Straße verschwunden war.

Die Böschung fiel an dieser Stelle steil ab. Er hielt an, stieg aus und ging vorne um seinen Wagen herum. Im Licht seiner Scheinwerfer sah er die Reifenspuren im weichen Boden neben der Straße. Viel mehr sah er nicht in der Dunkelheit. Er holte eine starke Taschenlampe aus der Ablage an der Fahrertür. Reichweite hundert Meter, pries der Hersteller. Seine Frau hatte ihm die Lampe geschenkt, weil er oft spät nachts noch unterwegs war und man nie wissen konnte. Ausprobiert hatte Jochen Sieber die Reichweite seiner Lampe bisher nie.

Er kam auch jetzt nicht auf die Idee, die Entfernung abzuschätzen, die der Strahl über den Acker unter ihm warf. Bei den Pflänzchen da unten schien es sich um Rüben oder Kartoffeln zu handeln. Genau ließ es sich nicht feststellen von der Straße aus. Um so genauer war das Blechknäuel zwischen den Pflanzen zu identifizieren. Ein Autowrack! Um welchen Wagentyp es sich handelte, war nicht zu erkennen. Er lag auf dem Dach, vielmehr auf den Sitzen. Alles, was über die Sitze hinausgeragt hatte, schien wegradiert, als habe ein riesiger Hammer zugeschlagen.

Jochen Sieber legte unwillkürlich die freie Hand an den Mund und dachte mit Schaudern an das, was übriggeblieben sein mochte von dem Menschen, der dieses Auto gefahren hatte. Er griff noch einmal in seinen Wagen, nahm das Funktelefon und steckte es ein. Dann machte er sich an den Abstieg.

Es war rutschig auf der Böschung, er schlitterte, als er auf den Acker hinunterstieg. Der scharfe Lichtstrahl hüpfte über Grasbüschel und Erdbrocken. Und Rüben! Es waren Zuckerrüben, das sah er, als er unten ankam. Zögernd näherte er sich dem Wrack, ließ den grellen Strahl über die nach oben ragenden Reifen, über zerrissenes und völlig verbeultes Blech wandern, erreichte die Unterkante der zerborstenen Seitenscheibe in der Fahrertür, die jetzt die Oberkante darstellte. Zwischen dieser Kante und dem Ackerboden war ein Spalt von fünf bis sieben Zentimetern, nicht mehr. Er war gerade breit genug, daß man mit einer Hand hätte hineingreifen können. Und hinter diesem Spalt sah Jochen Sieber die blutüberströmte Stirn. Er ging in die Knie, schickte den Strahl der Lampe durch den Spalt und erkannte seinen Irrtum. Kein junger Bursche! Eine Frau!

2

Mit aufheulendem Motor schoß Sandras Wagen in die Einfahrt zur Villa und steuerte direkt auf die geschlossene Doppelgarage zu. Der vordere Stoßfänger war eingedrückt – ein relativ kleiner Schaden angesichts der Auswirkungen auf Judiths Porsche. Sie hatte ihn fliegen sehen – nur für den Bruchteil einer Sekunde. Den Flug zu verfolgen, hatte sie sich nicht leisten können, war vollauf damit beschäftigt gewesen, den eigenen Wagen wieder unter Kontrolle zu bekommen. Das hatte sie geschafft, und damit hatte sie alles geschafft, fand sie.

Kurz vor der Garage steuerte sie ein wenig zur Seite, trat noch einmal kräftig aufs Gas und rammte mit dem verbeulten Stoßfänger die Mauerkante neben dem Doppeltor. Kleine Stücke brachen aus den Steinen. Der Motor lief noch. Sie legte den Rückwärtsgang ein, fuhr einige Meter zurück, hielt an, stieg aus und betrachtete den angerichteten Schaden.

Sogar die Motorhaube war eingedrückt, an der Mauerkante waren Spuren vom Autolack haften geblieben. Wunderbar! Phantastisch! Ihrer Meinung nach konnte niemand mehr feststellen, daß ihr Wagen zuvor etwas anderes gerammt hatte als die Mauerkante.

Während sie noch die Spuren von Lack inspizierte, stürmte Bernd aus dem Haus. Er trug nur eine Hose. Mit nacktem Oberkörper und wild mit den Armen fuchtelnd kam er brüllend vor Wut auf sie zu. »Bist du wahnsinnig? Kannst du nicht aufpassen?« Er beugte sich zu der beschädigten Mauerkante, strich mit den Fingern über die scharfkantigen Löcher in den Ecksteinen. Für ihren demolierten Wagen hatte er keinen Blick.

»Reg dich ab«, sagte sie. »Ich schicke dir einen Maurer, das zahlt die Versicherung. Aber wir können es auch so lassen. Zum Andenken an den Tag, an dem wir beide erreicht haben, was wir erreichen wollten.«

Er starrte sie mißtrauisch und verständnislos an. Sie schlang die Arme um seinen Nacken, bedeckte sein Gesicht und den Hals mit einer Unzahl kleiner Küsse,hüpfte dabei auf der Stelle und versuchte, ihn im Kreis zu drehen, als wolle sie mit ihm tanzen.

»Jetzt gehörst du mir, mir, mir!« jubelte sie. »Ich habe deinen Hals gerettet, weißt du das? Ich hab's getan. Ich kann's noch nicht glauben, aber ich hab's wirklich getan.«

Er griff in seinen Nacken, umfaßte ihre Handgelenke und löste ihre Arme. Dann packte er sie bei den Oberarmen, hielt sie ein Stück von sich ab und schüttelte sie heftig. »Was? Was hast du getan, verdammt?«

Sein Verhalten ernüchterte sie ein wenig. Sie lächelte maliziös. »Judith!« sagte sie. »Sie hatte einen Unfall. Sie ist tot.«

Sekundenlang stand er da, als hätte sie ihn ins Gesicht geschlagen. Zischend sog er die Luft ein und schüttelte ablehnend den Kopf.

»Du darfst es ruhig glauben«, erklärte sie und zeigte auf die Mauerkante. »Oder meinst du, ich hätte deine Garage aus Blödheit gestreift?«

Er ließ ihre Arme los, schüttelte immer noch den Kopf, deutlich langsamer und fassungsloser als zuvor. Sie griff nach seiner Hand und zog ihn hinter sich her zum Haus.

Widerstrebend ließ er sich mitziehen, sie erreichte die offene Haustür. In der Diele brannte Licht. Sie blieb stehen und ließ den Anblick auf sich wirken. Jetzt war es ihr Haus, und der Mann, der hinter ihr durch die Tür trat, war ihr Mann.

3

Der große Gebäudekomplex der Strafvollzugsanstalt wurde von der Sparschaltung der Außenbeleuchtung nur schwach erhellt. Hinter den Gittern wirkten die Zellenfenster wie dunkle Löcher.

Martin lag seit Stunden wach auf dem Bett, die Arme im Nacken verschränkt. Sein Atem ging gepreßt. Er wurde die Bilder nicht los. Sie tanzten vor ihm an dem schwarzen Zellendecke. Die Ohrhänger, die in Schneiders Hand glitten, das herunterbaumelnde Armband und Judiths erstarrtes Gesicht.

Ihre Zweifel nach dem Überfall auf Bernd und der vermeintlichen Nacht mit Lisa steckten ihm wie scharfkantige Kristalle im Blut. Wenn sie glauben konnte, er wäre fähig, ihren Mann zusammenzuschlagen oder sie auf einem einsamen Parkplatz warten zu lassen, um mit Lisa ins Bett zu steigen … Er wagte sich nicht vorzustellen, was sie jetzt denken mochte. Das letzte, was er von ihr gesehen hatte, waren Bernds Hände gewesen, die nach ihr griffen.

Das stundenlange Verhör hatte ihn zermürbt. Immer die gleichen Fragen, immer die gleiche Ungläubigkeit. Das schlimmste war der Moment gewesen, als Schneider ihn mit Lisa konfrontierte. Wie ein Häufchen Elend saß sie auf einem Stuhl, schaute tränenüberströmt zu ihm auf, riß ein durchfeuchtetes Papiertuch in kleine Fetzen und stammelte: »Wie konntest du mir das antun? Wie stehe ich denn jetzt da?«

Dann hatte sie ihr Gesicht zu Schneider gehoben und geschluchzt: »Ich wußte nicht, was er getan hat. Glauben Sie mir, ich wußte es wirklich nicht. Ich hätte niemals für ihn gelogen, wenn ich gewußt hätte, daß er seinen Chef …«

Sie brach ab, faßte sich ein wenig und fuhr etwas ruhiger fort: »Als er zu mir kam in der Nacht, hatte er Blut an seiner Jacke. Natürlich habe ich ihn gefragt, woher das stammt. Er sagte, er sei auf der Straße angepöbelt worden, habe sich nur gewehrt und dabei den anderen unglücklich an der Nase getroffen. Er wolle keine Scherereien, sagte er, wenn jemand fragt, soll ich behaupten, ich sei bei ihm gewesen, und er hätte seine Wohnung nicht verlassen.«

Das hängten sie ihm jetzt auch noch an. Schneider hatte sich eine brillante Theorie zurechtgelegt. Demnach war er an dem Abend ins Geschäft gegangen, um abzukassieren. Als Bernd überraschend auftauchte, versteckte er sich zuerst, schlug dann jedoch aus Furcht vor Entdeckung zu und raffte in der Aufregung längst nicht alles zusammen, was er hätte zusammenraffen können. Daß er den Tresor aus Gewohnheit oder einem Reflex wieder geschlossen habe, sei ein großer Fehler gewesen, hatte Schneider gesagt.

Dagegen gab es keine Argumente, nur die Beteuerung: »Ich war es nicht.« Und ein paar vage Vermutungen, wie es sich tatsächlich abgespielt haben könnte. Aber sehr weit war er noch nicht gekommen mit seinen Vermutungen, nur eines stand für ihn fest: Bernd Schwaiger hatte ihn reingelegt.

Im zweiten Bett rührte sich etwas. Als er in die Zelle gebracht wurde, war bereits ein Mann drin. Ein großer, dürrer Kerl Ende Zwanzig. Er hatte sich ihm als Wieslo vorgestellt und war sehr darum bemüht gewesen, ins Gespräch zu kommen.

Zuerst hatte er nicht reden können, aber dann ... Da saß ihm ein Mann gegenüber, der genau zu wissen schien, wie das war: Nichts wirklich Bösartiges getan zu haben und trotzdem an solch einem Ort zu landen. Da war es plötzlich flüssig über die Lippen gekommen.

Wieslo richtete sich auf und ließ sein Feuerzeug aufschnappen. »Gib endlich Ruhe, Keil«, verlangte er. »Mit deiner Stöhnerei raubst du einem den letzten Nerv.«

»Entschuldige«, murmelte er, »ich wollte dich nicht wecken.«

»Haste nicht«, erklärte Wieslo genervt. »Soweit bin ich nämlich noch nicht gekommen. Machste dir Sorgen um deine Alte?«

Er hatte von Judith erzählt, mehr von ihr als von sich selbst. Daß sie stundenlang im Polizeipräsidium gewartet hatte, um ihn zu sehen und mit ihm reden zu können, wußte er nicht. Für ihn sah es so aus, als habe Bernd es geschafft, sie mit heimzunehmen.

»Sie ist nicht meine Alte«, sagte er.

Wieslo grinst breit, im flackernden Licht der Feuerzeugflamme wirkte es verzerrt und diabolisch. »Dann würde ich mir auch Sorgen machen.«

»Ich verstehe nicht, daß sie nicht mit zur Polizei gefahren ist.«

Wieslo betrachtete ihn voller Bedauern. »So sind die Weiber. Solange du Kohle hast, biste der Größte. Aber wenn die Bullen dich am Wickel haben, biste ein Muster ohne Wert.«

Plötzlich zischte er einen Schmerzlaut, schüttelte die Hand mit dem Feuerzeug und betrachtete irritiert seine Finger. Die Flamme brannte immer noch. »Verdammt, ist das heiß«, fluchte Wieslo.

»Mach es doch aus.«

»Dann seh ich ja nix mehr«, erklärte Wieslo verständnislos. Der Hellste schien er nicht zu sein. Aber er war ein gutmütiger Kerl, soweit Martin das nach einigen Stunden Bekanntschaft beurteilen konnte. Er nahm das Feuerzeug in die andere Hand.

»Ich dachte, du willst schlafen«, sagte Martin.

Wieslo grinste wieder. »Du läßt mich ja nicht.«

Martin seufzte gequält. »Ich denke die ganze Zeit, Schwaiger hat mich reingelegt, wer weiß, was er mit ihr anstellt. Wenn ein Mann so weit geht, dich hinter Gitter zu bringen, weil seine Frau ihn verlassen will, um zu dir zu kommen, was tut er dann mit der Frau?«

»Soll ich mich mal drum kümmern?« bot Wieslo an.

»Du?« fragte Martin erstaunt. »Wie denn?«

»Beziehungen, Mann« erklärte Wieslo eifrig. »Beziehungen sind alles. Ein Vetter von mir hat einen Freund, der kennt einen, der war mal bei einer Detektei. Nicht lange, aber da hat er einen kennengelernt, der früher mal für einen gearbeitet hat, der vor ungefähr fünf oder sechs Jahren …

Während Wieslo weit ausschweifend seine Beziehungen erklärte, schloß Martin Keil gequält die Augen. Und im Geist sah er Judith an Bernds Seite in ihrem Schlafzimmer liegen. Und Bernd entdeckte nach Jahren erneut, daß sie eine wundervolle Frau war.

4

Auf dem Fußboden im Schlafzimmer verteilten sich zwischen Tür und Bett Sandras Kleidung und die Hose, in die Bernd eilig geschlüpft war, als er das Scheppern draußen hörte. Er hatte bereits geschlafen, als sie kam, war müde, einigermaßen zufrieden und überzeugt gewesen, daß Judith über kurz oder lang auftauchte. Nun war er hellwach und randvoll mit einem Gefühl, für das es keine Worte gab.

Sandra hatte die Entscheidung herbeigeführt, die er nicht hatte treffen können. Nun liebte er sie. Doch allzuviel hatten seine heftigen Bewegungen nicht mit Liebe zu tun. Sie klammerte sich an ihn, krallte die Fingernägel in seine Hüften. Er spürte ihre Zähne an Hals und Schulter. Und Judith war tot! Er hatte es gehört. Er hatte es auch verstanden. Nur begriffen hatte er es noch nicht. Vor seinem geistigen Auge lief sie immer noch zurück zu ihrem Auto.

Sandra bäumte sich unter ihm auf, rollte sich zur Seite. Er folgte ihrer Drehung, ließ zu, daß sie sich über seinen Schoß hockte, beide Hände gegen seine Schultern stemmte und ihn zur Reglosigkeit zwang. Sie war wie von Sinnen, und teilweise riß sie ihn mit. Zwei, drei endlos lange Minuten sah er nur ihr aufgewühltes Gesicht und ihre Ekstase. Dann lief Judith wieder zu ihrem Wagen zurück. Und Judith war tot!

Mit einem heftigen Ruck stemmte er die Hüften hoch, warf sie von seinem Schoß, rollte sie auf den Bauch, drückte mit einer Hand in ihrem Nacken ihr Gesicht in die Kissen und drang erneut in sie ein. Es war Wut, es war Hilflosigkeit, es war die Gier nach ihr und ein wenig Verzweiflung über die Unfähigkeit, sich von ihr zu lösen. Es war vieles auf einmal.

Ihr Keuchen ging in eine Folge leise klagender, fast wimmernder Töne über. Er kannte diese Laute als Zeichen höchster Erregung, und er war süchtig danach, sie zu hören. In das Wimmern ihrer Erlösung mischte sich ein anderer Ton, schrill und nervtötend. Das Telefon auf dem Nachttisch. Die Uhr daneben zeigte Viertel nach drei.

Er hielt in der Bewegung inne, versuchte den fliegenden

Atem unter Kontrolle zu bekommen und griff nach dem Hörer. »Schwaiger«, stieß er atemlos hervor.

Ihr Körper unter ihm wurde wie im Krampf geschüttelt. Sie kämpfte mit jedem Muskel, den Gipfel ihrer Lust zu erreichen, preßte ihr Gesicht ins Kissen, um die Schreie zu unterdrücken. Dann entspannte sie sich, bog den Kopf, um ihn anschauen zu können. Er rutschte zur Seite. Sie drehte sich, richtete sich auf und kniete hinter ihm. Als sie begann, seine Schulter zu küssen und zu streicheln, wehrte er sie mit einer unwilligen Geste ab.

Aufmerksam lauschte er einer Stimme, die sie nicht verstand. Er betrachtete sie mit unbewegter Miene, während er den Telefonhörer zurücklegte. Dann begannen seine Schultern verhalten zu zucken, er gab glucksende Laute von sich. Schließlich lachte er prustend, schüttelte den Kopf und streifte sie mit einem abfälligen Blick, ehe er sich vom Bett erhob.

»Das hast du gut gemacht!« lobte er sarkastisch. »Judiths Auto muß aussehen wie frisch aus der Schrottpresse. Und sie hat nur ein paar Kratzer und einen Schock!«

Er nahm seine Hose vom Fußboden, schlüpfte hinein. Ungläubig schaute sie zu, wie er den Reißverschluß zuzog.

»Unsinn«, protestierte sie endlich. »Ich habe gesehen, wie sie von der Straße flog.«

»Mehr nicht?« feixte er, ging zum Schrank und nahm ein Hemd heraus.

»Ich konnte nicht anhalten. Da war einer hinter mir.«

Er zog das Hemd an. »Fein, dann haben sie ja zwei Zeugen.«

»Mich hat niemand gesehen«, erklärte sie, während er die Knöpfe des Hemdes schloß und es in den Bund der Hose schob. »Ich bin ohne Licht gefahren.«

Er griff erneut in den Schrank und nahm ein Paar frischer Socken. Damit kam er zum Bett und setzte sich auf die Kante. »Zieh dich an und verschwinde«, verlangte er.

»Ich denke nicht daran. Ich habe mein Leben riskiert, um nicht mehr verschwinden zu müssen. Es hätte mich ebenso erwischen können, ohne Licht und bei dem Tempo.« Er saß vorgebeugt, zog die Socken an. Sie trommelte mit beiden Fäusten auf seinen Rücken. »Du belügst mich doch. Sie muß tot sein. Jetzt sag schon, daß sie tot ist.«

Er drehte sich um und hielt ihre Arme fest. Ruhig und sachlich erklärte er: »Sie ist bei ihrem Bruder. Und der denkt, ich hätte sie von der Straße gedrängt. Sie hat sehr wohl gesehen, daß jemand hinter ihr war. Außerdem haben sie die Zeugenaussage von dem Mann, der hinter dir fuhr.«

Mit den letzten Worten ließ er ihre Arme los, erhob sich vom Bett und ging zur Tür. Im Hinausgehen meinte er lässig: »An deiner Stelle würde ich zusehen, daß ich den demolierten Wagen außer Reichweite bringe. Die Polizei kann jeden Moment hier sein.«

Er verschwand um die Tür. Sie hörte seine Schritte auf der Treppe, brauchte noch einen Moment, um zu erfassen, was er gesagt hatte. Dann sprang sie ebenfalls aus dem Bett und raffte eilig ihre Sachen zusammen.

5

Vier Tage war es schon her, daß die Polizisten ihn wie einen Schwerverbrecher aus seiner eigenen Wohnung geführt hatten! Und Judith ließ nichts von sich sehen, nichts von sich hören. Inzwischen hatte Martin einen Anwalt; Doktor Lennarz, angeblich ein hervorragender Strafverteidiger. Der Witz daran war, ausgerechnet Hauptkommissar Schneider hatte eine diesbezügliche Empfehlung ins Verhör fließen lassen.

Das war am Tag nach seiner Festnahme gewesen, als Schneider erschien – in der Annahme, die Nacht in der Zelle habe ihn auskunftsfreudiger gemacht. Als er all seine Fragen und Vermutungen noch einmal wiederholte, mitten in einem Satz abbrach, in Gedanken versunken sein Kinn massierte und plötzlich erklärte: »Nehmen wir mal an, Herr Keil, ich glaube Ihnen. Nehmen wir es nur mal für fünf Minuten an. Frau Hohlstett war also wütend auf Sie, weil Sie sich von ihr getrennt haben.«

Schneider stellte die Massage ein und betrachtete ihn skeptisch. »Warum haben Sie sich überhaupt von ihr getrennt? War da eine andere Frau im Spiel?«

Schneider betrachtete ihn sekundenlang und wartete. Als keine Antwort kam, nahm er eine längere Wanderung um den Tisch im Verhörraum auf. »Manche Frauen werden extrem rachsüchtig, wenn man sie abserviert. Das kann ich mir noch vorstellen. Aber welchen Grund sollte Bernd Schwaiger haben, Frau Hohlstett einen solchen Gefallen zu tun?«

Martin schwieg. Mit einem kleinen Grinsen stellte Schneider fest: »Sehen Sie, Herr Keil, wir sind hier unter uns. Und ich lasse mich nicht gerne für dumm verkaufen. Sie haben ihn verdroschen, er wußte genau, warum Sie es tun, und hat es Ihnen auf seine Weise heimgezahlt. Ich persönlich – als Mensch, meine ich, nicht als Polizist. Als Polizist muß ich mich an Fakten halten. Als Mensch denke ich, ein Mann in Ihrer Position müßte theoretisch wissen, daß sich auffällige Schmuckstücke nur mit großem Verlust verscherbeln lassen. Mit dem, was dabei rauskommt, baut man keine großartige Zukunft in Südamerika oder am Nordpol auf. Bestimmt nicht zusammen mit einer Frau, die an einen gewissen Luxus gewöhnt ist.«

Schneider stellte seine Wanderung um den Tisch ein und baute sich vor Martin auf. »Soll ich Ihnen sagen, wie ich die Sache sehe? Zwei Männer und eine Frau! Da muß ein Mann den anderen aus dem Weg räumen.«

Deutlicher durfte Schneider nicht werden. Er hätte sich in Teufels Küche gebracht – als Mensch und als Polizist. Deutlicher wollte er auch gar nicht werden, weil er nicht wußte, was er von der Sache halten sollte. Zwei Männer und eine Frau! In dem Punkt war er sicher, das hatte er mit eigenen Augen gesehen. Ebenso sicher war er sich in puncto Überfall.

Bernd Schwaigers Verletzungen waren ein feststehender Faktor. Daß er sich diese Verletzungen selbst beigebracht hatte, um seinen Rivalen in die Klemme zu bringen, war ausgeschlossen. Aber der Glitzerkram in dem Modellflugzeug paßte nicht ins Bild. Wenn Martin Keil den Ehemann seiner

Geliebten verprügelt hatte. Wenn er so gerissen war, das Eifersuchtsdrama als einen Raubüberfall zu tarnen, hätte er kaum die eigenen Schlüssel benutzt, um ins Geschäft zu gelangen. Und er hätte garantiert auch ein paar der Vitrinen zerdeppert.

In den Tresor zu greifen, ausgerechnet die auffälligsten Stücke zu nehmen und sie in der eigenen Wohnung zu deponieren, war ausgesprochen dämlich. Und ausgesprochene Dämlichkeit vereinbarte sich nicht mit gerissenem Vorgehen. So sah Manfred Schneider die Sache – als Polizist.

Als Mensch dachte er, daß es Ehemänner gab, die ihren Frauen die Hölle auf Erden bereiteten. Daß ein junger Mann, der sich mit solch einer Frau einließ, sich vielleicht verpflichtet fühlte, dem Ehemann ein paar der ausgeteilten Schläge zurückzuzahlen. Gefährliche Körperverletzung, natürlich war das ein Delikt und verdiente, bestraft zu werden. Aber in dem Fall hätte Schwaiger sagen können: »Martin Keil hat mich so zugerichtet.« Damit hätte sich die Angelegenheit auf dem Rechtsweg regeln lassen. Die Regelung, für die Schwaiger sich anscheinend entschieden hatte, gefiel Manfred Schneider ganz und gar nicht. Und dann sagte er beiläufig: »Es würde mich interessieren, wie Doktor Lenarz so einen Fall beurteilt. Kennen Sie Lennarz? Ein exzellenter Strafverteidiger.«

Ein Wink mit dem Zaunpfahl. Martin wußte nicht mehr, was er von Hauptkommissar Manfred Schneider halten sollte. Mal sprach er wie der Feind, mal gab er sich freundschaftlich, stieß Seufzer aus, wenn die Antworten nicht in sein Konzept paßten. Und Martin wußte zum Teufel nicht, was Schneiders Konzept war. Zwei Männer und eine Frau! Das wußte er also. Und nach Lisa Hohlstetts Aussage konnte er kaum in Frage stellen, welcher Mann versucht hatte, seinen Nebenbuhler aus dem Weg zu räumen.

Martin war nahe daran, offen zu reden, auch den Vorfall bei der Jagdhütte zu erwähnen. Bei der Jagdhütte hatte es nicht den geringsten Zweifel gegeben, wer hinter wem herjagte. Und wenn Schneider das glaubte …

Er wollte keinen Fehler machen, engagierte diesen exzellenten Strafverteidiger und besprach sämtliche Aspekte erst einmal mit ihm. Lennarz war strikt dagegen, der Polizei den vermeintlich reinen Wein einzuschenken. Schneiders Gebaren bezeichnete er als Masche. Ein uralter Trick, um zu einem umfassenden Geständnis samt Motiv zu gelangen.

Nun saß Martin seinem Anwalt zum zweitenmal gegenüber an dem einfachen Holztisch in dem ansonsten kahlen Raum. Lennarz war Ende Fünfzig, ziemlich korpulent. Mit asthmatischem Schnaufen wuchtete er seinen Aktenkoffer auf den Tisch. Seine Miene verhieß nichts Gutes.

Beim ersten Gespräch hatte er Zuversicht verstrahlt. Nun hatte er sich mit den Akten vertraut gemacht und wirkte düster. Lisa Hohlstetts Aussage mochte falsch sein, beweisen ließ sich das nicht. Und die Anklage berief sich nicht ausschließlich auf Lisas Worte. Die Polizei hatte in Martins Wohnung ein Jackett sichergestellt, auf dem Blutflecken nachgewiesen werden konnten. Zweifellos handelte es sich um Bernd Schwaigers Blut.

»Das kann nicht sein«, widersprach Martin.

Lennarz kramte das gerichtsmedizinische Gutachten aus seinen Akten und schob es ihm zu. Da stand es schwarz auf weiß, mit Stempel und Unterschrift.

»Ich bin nie mit seinem Blut in Berührung gekommen«, beteuerte Martin.

Er war bis dahin davon ausgegangen, daß Lisa Hohlstett ihm an jenem Abend, als er sie in die Wohnung ließ, weil er nicht im Treppenhaus mit ihr streiten wollte, die Schmuckstücke untergeschoben hatte. Sie hatte sehr erregt gewirkt, aufgebracht und wütend. Ob sie ihm nur etwas vorgespielt hatte, konnte er nicht beurteilen. Sie war eine gute Schauspielerin, das stand außer Zweifel. Sie war in seinem Wohnraum herumgelaufen, hatte heftig gestikuliert, beschwörend auf ihn eingesprochen, ihn angebettelt. Sie hatte, wie es ihre Art war, verschiedene Dinge in die Hand genommen und sich den Anschein gegeben, sie an die Wand werfen zu wollen. Sie hatte auch nach der Fokker gegriffen und das nur lose aufliegende Cockpit abgehoben.

Daran erinnerte er sich genau. Er sah es noch deutlich vor

sich. Sie stand mit dem Rücken zu ihm. Er hatte sie zweimal aufgefordert, ihre Finger von dem Modell zu nehmen, weil er befürchtet hatte, daß sie es in ihrer Wut zerstörte. Als sie nicht reagierte, war er hingegangen, hatte ihr das Cockpit aus der Hand genommen und sie zur Wohnungstür geschoben. Und sie hatte sich schieben lassen, hatte nicht aufbegehrt, keinen Versuch mehr unternommen, ihn zu umarmen oder sonstwie umzustimmen. Genau das hatte bisher für seinen Verdacht gesprochen. Auftrag erledigt! Also kann ich heimgehen! Mit dem Rücken zu ihm hätte sie die Möglichkeit gehabt, etwas im Innern des Modells verschwinden zu lassen. Aber sie hatte kein blutbesudeltes Jackett bei sich gehabt!

Lennarz saß da und betrachtete ihn mit dem Blick eines gestrengen Vaters, der vom aufmüpfigen Sohn endlich hören will, was tatsächlich geschehen ist. Martin wußte es nicht! Es war, als habe er das sprichwörtliche Brett vor dem Kopf. Hinter dem Brett lag die Antwort. Und dann bekam er es plötzlich zu fassen und konnte es abreißen.

»Frau Hohlstett hat einen Schlüssel!«

»Was?« fragte Lennarz konsterniert.

»Ich habe ihr zu Beginn unserer Beziehung einen Wohnungsschlüssel gegeben.Und den habe ich nie zurückbekommen, glaube ich.«

»Glauben Sie«, sagte Lennarz distanziert.

»Ich bin ziemlich sicher, daß ich ihn nie zurückbekommen habe. Das heißt, sie konnte jederzeit in die Wohnung. Auch nach meiner Festnahme, wenn die Wohnung nicht von der Polizei versiegelt wurde.«

Ob seine Wohnung polizeilich versiegelt worden war, erklärte Lennarz ihm nicht. Er wiederholte gedehnt: »Ziemlich sicher!« Dann seufzte er verhalten. »Wollen Sie damit andeuten, Frau Hohlstett hätte nicht nur die Schmuckstücke in Ihre Wohnung geschafft. Sie hätte zusätzlich eines Ihrer Jacketts genommen, es Bernd Schwaiger gebracht, damit er es mit seinem Blut beschmieren konnte, und es dann wieder zurückgebracht?«

»Das will ich nicht andeuten, Doktor Lennarz. Davon muß ich ausgehen.«

Lennarz seufzte noch einmal, diesmal war es nicht verhalten. »Der Schlüssel fällt Ihnen sehr früh ein, Herr Keil. Sie entschuldigen, wenn ich gelinde Zweifel hege. Eine enttäuschte Frau mag zu einigen Gemeinheiten fähig sein. Aber Sie unterstellen Frau Hohlstett ...«

Martin winkte ab. »Vergessen Sie es.«

Das Gefühl, den falschen Mann engagiert zu haben, erdrückte ihn fast. Noch belastender empfand er seine Dummheit, sich einzubilden, mit der Empfehlung eines Polizisten weiterzukommen.

»Haben Sie mit Judith Schwaiger gesprochen?«

»Nein«, sagte Lennarz und schaffte es, es bedauernd klingen zu lassen. »Im Geschäft war eine Frau Testroff. Von ihr erfuhr ich, daß Frau Schwaiger einen Unfall ...«

»Was?« fiel Martin ihm ins Wort und verstummte gleich wieder. Er brauchte eine volle Minute, um sich zu fassen und sich stockend erkundigen zu können: »Ist sie ...«

»Nein, nein«, versicherte Lennarz rasch. »Es ist glimpflich abgegangen. Sie ist zur Erholung bei ihrem Bruder. Können wir nun ...

»Nein«, unterbrach Martin ihn. »Wir können nicht.« Mit einer unbeherrschten Geste wischte er das gerichtsmedizinische Gutachten zur Seite. »Wir müssen auch nicht, da Sie mir ohnehin nicht glauben. Ich muß mit Judith reden.« Er strich sich mit beiden Händen durchs Gesicht. »Sorgen Sie dafür, daß ich sie sehen kann.«

»Herr Keil«, mahnte Lennarz, »das halte ich für keine gute Idee. Noch haben wir eine kleine Chance, was den Überfall auf Bernd Schwaiger angeht, weil die Gegenseite kein nachvollziehbares Motiv bieten kann. Wenn jedoch bekannt wird, daß Sie ein Verhältnis mit der Ehefrau des Opfers ...«

Martin lachte rauh und ein wenig hysterisch. »Das Opfer, lieber Doktor Lennarz, ist ein gerissener Hund, der mich mit Lisa Hohlstetts Hilfe aus dem Weg geschafft hat. Und ich fürchte, seine Frau wird die nächste sein. Er wird sie ...«

»Sie steigern sich da in etwas hinein, Herr Keil«, unterbrach Lennarz ihn.

6

Sie saß am Tisch in der gemütlichen Wohnküche ihres Bruders. Ihr Gesicht war von Schürfwunden und Prellungen gezeichnet, die allmählich in den Farben des Regenbogens zu schillern begannen. Glück gehabt! Alle sagten, sie habe unbeschreibliches Glück gehabt. Das mochte sein, nur empfand sie es nicht so. Es gab Momente, da wünschte sie sich, sie wäre gestorben da draußen auf dem Acker. Oder schon früher. An dem Tag, als sie herkam mit der panischen Furcht und dem Knoten in der Brust, einige Stunden, bevor Martin sie erpressen konnte.

Der kleine Schnitt war gut verheilt. Nur ein dünner, blauroter Strich erinnerte noch an die Sekunde, als sie die Augen aufgeschlagen und in sein Gesicht geschaut hatte. Er war da gewesen, als sie ihn brauchte. Und sie hatte sich wie ein verletztes, hilfloses Kind zu ihrem Bruder geflüchtet, als er …

Und es gab Momente, da bäumte sich alles auf. Da spielte es absolut keine Rolle, ob Martin irgend etwas getan hatte oder nicht. Da zählte nur, daß er sie liebte. Und sie ihn! Dieser Moment am Tisch war so einer. Am frühen Nachmittag war Martins Anwalt erschienen. Ein fetter, großkotziger Wicht, der ihrem Bruder mit einem fachlich überaus kompetenten Vortrag über Schuld und Unschuld imponierte. Ihr hatte er nur vor Augen geführt, daß Martin allein war.

Irene stellte Teller und Tassen auf den Tisch, brachte den Korb mit dem Brot und eine Platte mit deftigem Aufschnitt. Aus der Diele kam Norbert herein. Vor dem Fenster tobten die beiden Kinder ihre letzten Tagesreserven aus.

»Kann ich morgen dein Auto haben?«

Norbert stutzte. Sie hatte kaum gesprochen in den vier Tagen. Wenn, dann waren es ein paar teilnahmslose oder verzweifelte Sätze gewesen. Diese Frage dagegen klang entschlossen und bestimmt. In Irenes Jeans und dem karierten Hemd machte sie einen kämpferischen Eindruck. Die Sachen waren ihr zu groß. Auf Norbert Parring wirkte sie darin wie ein Kind, das unbedingt noch für eine halbe Stunde ins Freie will, obwohl es längst dunkel ist.

»Was willst du denn mit einem Auto?«

»Was wohl?« fragte Irene.

Er warf ihr einen unwilligen Blick zu. Judith wiederholte ihre Frage.

»Nein«, sagte er kurz und bündig. »Du hast gehört, was der Anwalt sagte. Es wäre nicht gut, wenn du ins Gefängnis fährst.«

Sie atmete tief durch. »Es interessiert mich herzlich wenig, was der Anwalt sagt! Mich interessiert nur, was Martin jetzt braucht.«

»Dich ganz bestimmt nicht«, sagte Norbert. »Schau dich doch mal an! Du siehst aus wie dreimal gegen die Mauer gelaufen.«

»Norbert«, mahnte Irene und brachte die Kanne mit dem Tee.

»Halt du dich raus«, fuhr Norbert seine Frau an. »Oder meinst du im Ernst, ich lasse sie in den nächsten Tagen hinters Steuer?« Er tippte sich bezeichnend an die Stirn. »Solange die Polizei den Kerl nicht geschnappt hat, der sie von der Straße gedrängt hat, bleibt sie hier. Das ist mein letztes Wort.«

»Du kannst mich hier nicht einsperren«, erklärte Judith.

»Da hat sie recht«, sagte Irene. »Und ich finde, sie ist alt genug …« Weiter kam sie nicht.

»Verdammt noch mal«, ereiferte sich Norbert. »Was du findest, darfst du für dich behalten. Ich werde sie nicht in die Stadt fahren und garantiert nicht in Bernds Nähe lassen. Wenn er das eingefädelt hat, wie Martin Keil behauptet, will er ihr vielleicht auch an den Kragen. Solange wir nicht wissen, was da tatsächlich abgelaufen ist, ist sie hier sicher. Wenn es unbedingt sein muß, werde ich ins Gefängnis fahren. Ich werde Martin Keil sagen, daß es ihr gutgeht, und offen mit ihm reden. Wo sogar sein Anwalt Zweifel an seiner Unschuld hat, sollten wir auch nicht so naiv und blauäugig sein …«

Judith schob mit einem Ruck ihr Gedeck zur Seite. Norbert

brach ab, als sie vom Stuhl aufsprang. Sie lief zur Tür und weiter in die Diele. Verblüfft schaute er ihr nach. »Was ist denn jetzt schon wieder?«

»Manchmal sollte man dir ein Pflaster auf den Mund kleben«, meinte Irene.

»Aber ich habe doch recht«, protestierte er. »Ich habe ihr gleich gesagt, laß dir Zeit, komm erst mal mit dir selbst ins reine. Von einem Arm in den anderen, da kommt man nur vom Regen in die Traufe.«

»Du hast ein Gemüt wie dein neuer Traktor«, sagte Irene. »Wenn ich es nicht besser wüßte, würde ich sagen, du kommst direkt hinter Bernd. Von einem Arm in den anderen! Was denkst du eigentlich von ihr? Ich meine, zwei Jahre sind eine verdammt lange Zeit. Wenn von mir einer erwartet hätte, zu leben wie eine Nonne, das hätte ich mir kein halbes Jahr bieten lassen. Hast du überhaupt eine Vorstellung, wie ihr zumute gewesen sein muß? Und dann kommt ein junger Mann und …«

»Eben«, unterbrach Norbert sie heftig. »Mir kam er zu plötzlich. Als er hier auftauchte, dachte ich ja noch, das läuft schon länger. Das war ja dann ein Irrtum. Und mir kommt das so vor, als hätte Martin Keil eine günstige Gelegenheit gesehen und wahrgenommen. Sie war fix und fertig, er mußte nur zugreifen.«

Sie stand am Fenster ihres Jugendzimmers, schaute hinaus in die Dunkelheit und hörte sie unten streiten. Ein Wort gab das andere. Beide waren sie Dickköpfe und nicht bereit, um einen Deut nachzugeben. Nach einer Weile stieß sie sich vom Fenster ab, stieg wieder hinunter in die Diele und nahm das Telefon von der Truhe. Sie setzte sich damit auf eine Treppenstufe und wählte. Es klingelte endlos lange, ehe abgehoben wurde. Sandras Stimme klang atemlos. »Testroff.«

»Ich bin's«, sagte sie.

Zwei Sekunden war es still in der Leitung. Sie hörte nur Sandras raschen Atem und einen Laut des Erstaunens.

»Tut mir leid, daß ich mich jetzt erst bei dir melde«, sagte sie.« Aber es ging mir nicht so besonders, und …«

»Kein Problem«, erklärte Sandra rasch.

»Ich hoffe, ich störe dich nicht. Ich wollte dich um einen Gefallen bitten. Aber wenn es dir jetzt nicht ...«

»Du störst mich nicht«, sagte Sandra. »Ich bin nur ...« Sie brach ab, setzte neu an. »Ich war noch im Treppenhaus, hörte es klingeln und bin gerannt. Aber jetzt geht's wieder. Was soll ich für dich tun? Wie geht es dir überhaupt, geht's dir gut?«

Die beiden Kinder tobten immer noch vor dem Haus. Irene riß das Fenster der Wohnküche auf und rief sie herein. Sie stürmten in die Diele, polterten an ihr vorbei die Treppe hinauf, um sich die Hände zu waschen. Irene kam bis zur Tür, sah, daß sie telefonierte, winkte und verdeutlichte ihr mit einer Geste, sie müsse etwas essen. Sie nickte nur.

7

Es war nicht so gelaufen, wie Bernd es sich vorgestellt hatte. Nur wußte er nicht mehr genau, was er sich vorgestellt hatte. Judiths Unfall war wie ein Naturereignis über ihn hereingebrochen. Für wenige Stunden war es ihm gelungen, ihren Tod hinzunehmen wie einen Schicksalsschlag, den niemand hätte verhindern können. Er hätte niemandem, nicht einmal sich selbst erklären können, was er in diesen Stunden für Sandra empfunden hatte.

Und dann war alles wieder ganz anders gewesen, aber nichts war mehr so wie zuvor. Judith war nicht bereit, zu ihm zurückzukehren. Sie war nicht einmal bereit, mit ihm zu reden. Er war hinaus zum Hof ihres Bruders gefahren, um sie heimzuholen. Norbert Parring hatte ihn nicht ins Haus gelassen, hatte ihn abgeschmettert wie einen Bittsteller und ihm in grimmiger Genugtuung empfohlen, auf das Schreiben von Judiths Anwalt zu warten, wenn er zu wissen wünschte, was seine Frau noch von ihm wolle.

In den Tagen und Nächten, die seitdem vergangen waren, hatte er darüber nachdenken können, mehr nicht. Sich mit den Tatsachen auseinanderzusetzen oder gar abzufinden, das hatte er nicht geschafft.

Jetzt saß er am Frühstückstisch, mürrisch und unzufrieden mit Gott und der Welt. In der Küche werkelte die Rusper. Er hörte sie rumoren und vor sich hinmurren. Was sie sagte, verstand er nicht. Es interessierte ihn auch nicht.

»Soll ich nun was für heute abend vorbereiten oder nicht?« rief sie.

»Nein«, gab er zurück.

»Dann eben nicht«, meckerte Frau Rusper. Sie hörte einen Wagen vorfahren, trat neugierig ans Fenster. Das Auto kannte sie nicht, die Frau, die ausstieg, kannte sie um so besser: Sandra Testroff.

Frau Rusper ging in die Diele und öffnete, ehe Sandra auf die Klingel drücken konnte. Sandra lächelte sie an und grüßte freundlich: »Guten Morgen, Frau Rusper. Ist Herr Schwaiger ...«

»Frühstückt noch«, fiel Frau Rusper ihr ins Wort, zeigte mit dem Daumen zum Eßzimmer hinüber und fügte mißmutig an. »Der Kaffee ist ihm zu dünn, ich hab' mal wieder den falschen Käse gekauft. Am Ei hat er auch was zu meckern. Wenn das noch lange so geht, kündige ich.« Damit ließ sie Sandra stehen und ging zurück in die Küche.

Sandra schaute ihr mit spöttischem Lächeln nach und schlenderte zum Eßzimmer. Bernd schaute ihr mit unbewegter Miene entgegen. Bei der Tür blieb sie stehen. Seit sie ihn in der Nacht verlassen hatte, vielmehr von ihm hinausgeworfen worden war, hatte sie ihn nicht mehr gesehen. In den vergangenen Tagen hatte sie zwischen der Wut auf ihn und sein Verhalten und der Enttäuschung über den glimpflichen Ausgang des Unfalls geschwankt. Nun fühlte sie sich wieder gut. Er sah nicht aus, als sei er zufrieden.

Die Begrüßung ersparte sie sich, sagte nur: »Judith rief mich an. Sie braucht ein paar Sachen und etwas Geld.«

Er stieß abfällig die Luft aus.

»Du hast doch nichts dagegen, wenn ich etwas für sie einpacke?«

Er reagierte nicht. Sie zuckte mit den Schultern, drehte sich um, ging zur Treppe und stieg hinauf. Er erhob sich und folgte ihr. Als er das Obergeschoß erreichte, verschwand sie gerade im Schlafzimmer. Ohne sich um ihn zu kümmern, nahm sie den kleinen Koffer aus dem Schrank, legte ihn aufs Bett und packte einige von Judiths Sachen hinein.

Er trat durch die Tür, kam langsam näher. »Was hast du vor?«

»Nur das, worum sie mich gebeten hat, ihr ein paar Sachen bringen und sie zum Gefängnis fahren.«

Sie ging ins Bad, suchte Judiths Toilettenartikel zusammen und legte sie zu den Kleidungsstücken. Dann schloß sie den Koffer, nahm ihn vom Bett und wollte den Raum verlassen. Bernd hielt sie auf und nahm ihr den Koffer aus der Hand. »Der bleibt hier. Wenn sie etwas will, soll sie es sich holen.«

So ungefähr hatte sie sich das vorgestellt. Es war durchaus in ihrem Sinne. Sie zuckte mit den Schultern und verließ den Raum. Verblüfft schaute er ihr nach, atmete tief durch, stellte den Koffer ab und verließ das Schlafzimmer ebenfalls. Sie war bereits in der Diele, winkte einen Gruß zur Küche hinüber und steuerte die Haustür an.

»Warte«, rief er ungeachtet der neugierigen Ohren in der Küche. Sie reagierte nicht, öffnete die Tür.

»Warte, Sandra«, rief er erneut. Sie trat ins Freie, die Tür fiel hinter ihr zu.

Sie hörte ihn rufen und lächelte zufrieden. Ohne Eile ging sie zum Auto, es war ein Mietwagen, ihr eigener war noch in der Werkstatt. Hinter ihr wurde die Haustür aufgerissen. Sie hörte seine eiligen Schritte, aber sie drehte sich nicht um.

»Verdammt noch mal«, fluchte er gedämpft, während sie den Autoschlüssel aus ihrer Handtasche zog, »jetzt warte doch.«

Sie steckte den Schlüssel ein, öffnete die Tür. Er legte ihr eine Hand auf die Schulter, obwohl die Rusper es durchs Küchenfenster sehen konnte. Nur kümmerte es ihn momentan herzlich wenig, was die Rusper sah und was sie sich dabei denken mochte. Vermutlich dachte sie sich nichts Besonderes, wenn er beschwörend auf die Freundin seiner Frau einsprach.

»Hat sie irgendwas gesagt?« fragte er.

»Wer?«

»Judith, verdammt, wer sonst!«

Sie zuckte lässig und nichtssagend mit den Schultern, spielte mit dem Autoschlüssel. »Was soll sie gesagt haben?«

»Das frage ich dich ja.«

Sie lächelte ihn an, wiederholte, was sie bereits im Haus erklärt hatte. »Daß sie ein paar Sachen braucht und etwas Geld. Hast du etwas anderes erwartet?«

Er nahm die Hand von ihrer Schulter, schaute an ihr vorbei zur Einfahrt.

»Ich nehme an«, sagte sie bedächtig, »sie wird mir mehr erzählen, wenn ich sie zum Gefängnis fahre. Darum hat sie mich nämlich auch gebeten. Es drängt sie verständlicherweise, Martin zu sehen. Wenn ich sie richtig verstanden habe, will ihr Bruder das verhindern. Daß sie sich in diesem Punkt nicht einmal von ihrem Bruder Vorschriften machen läßt ...«

Sie brach ab, betrachtete sein mißmutig verkniffenes Gesicht und lächelte. »Mach dir keine Hoffnungen. Sie kommt nicht zu dir zurück. Jetzt erst recht nicht. Sie hatte schon an dem Abend, kurz vor ihrem Unfall meine ich, den Verdacht, daß du an der Sache gedreht hast. Deshalb habe ich mich ja auch zum sofortigen Handeln entschlossen. Ich habe mein Leben riskiert, um dich zu schützen. Zum Dank wurde ich rausgeworfen, und ...«

Erneut sprach sie einen Satz nicht zu Ende, hob bedeutungsschwer die Schultern und ließ sie wieder sinken, legte den Kopf leicht zur Seite und schaffte es, einen entsagungsvollen Ausdruck auf ihr Gesicht zu zaubern. »Na ja, wir haben diese Diskussion schon einmal geführt. Ich sollte inzwischen erkannt haben, daß ich für dich nie mehr war als eine nette Abwechslung im Ehealltag.«

Er schaute immer noch an ihr vorbei zur Einfahrt. »Das ist nicht wahr«, murmelte er.

»Nicht?« In gespieltem Erstaunen zog sie die Augenbrauen hoch. »Sollte da tatsächlich bei mir der falsche Eindruck entstanden sein? Das kann ich ja kaum glauben.«

Er antwortete nicht. Auch sie schwieg einige Sekunden lang, ehe sie bedächtig und mit bitterem Unterton weitersprach: »Du wolltest Martin tot sehen, nur Martin, sie auf keinen Fall. Das hätte ich früher begreifen müssen. Aber ich habe mir eingebildet, daß ich dir etwas bedeute.«

Als er immer noch nicht reagierte, stieg sie in den Wagen, wollte die Tür zuziehen. Er legte eine Hand auf den Türholm und verhinderte es.

»Moment noch«, sagte er. »Judith will die Scheidung.«

Sie lachte leise. »Das habe ich dir doch prophezeit. Wenn du bei der Jagdhütte nicht diesen Mist gebaut hättest, müßtest du jetzt nicht darüber nachdenken, wie du das Geschäft und die Villa am besten aufteilst.«

»Ich weiß«, murmelte er und schaute über das Wagendach zum Haus hin. »Ich muß morgen nach Amsterdam und werde übers Wochenende bleiben. Ich dachte, du möchtest vielleicht mitfahren. Und nehmen wir mal an, Judith wäre allein hier und nicht bei ihrem Bruder. Sie ist in einer schlimmen Verfassung, könnte ich mir vorstellen. Vielleicht nutzt sie die Gelegenheit für …« Er brach ab und räusperte sich. »Du weißt schon.«

Sie nickte, ließ den Blick nicht von seinem Gesicht, sah, wie er mit sich rang. Er atmete tief durch. »Siehst du da eine Möglichkeit?«

Sie nickte erneut. Er nahm seine Hand vom Türholm und drückte die Wagentür zu. Sie ließ die Scheibe herunter. »Unter einer Bedingung. Wenn ich sie hierher zurückbringe, kommst du über Nacht zu mir!«

Er nickte ebenfalls und schaute dem Wagen nach, als sie zur Straße fuhr. Dann ging er langsam zurück ins Haus.

8

Kurz vor Mittag erreichte Sandra den Bauernhof. Sie war noch rasch zu ihrer Wohnung gefahren, hatte für Judith einige Sachen aus dem eigenen Schrank genommen. Ein Kostüm, eine Bluse, Schuhe und Strümpfe, ein wenig Make-up und das braune Fläschchen, das sie am Tag nach dem Unfall im kleinen Labor ihres geschiedenen Mannes mit einer farblosen, geschmacksneutralen Flüssigkeit gefüllt hatte.

Auch wenn Bernd sie nicht darum gebeten hätte, am Tag nach dem Unfall war ihre Wut groß genug gewesen, es allein für sich zu tun. Das Fläschchen steckte in ihrer Handtasche. Zwei oder drei Tropfen der Flüssigkeit würden genügen. Sie hatte erlebt, wie schnell ein paar Ratten an einer extrem verdünnten Dosis krepiert waren. Und jede anschließende Frage der Polizei ließ sich leicht beantworten. Judith war depressiv, weil ihr Liebhaber sie zutiefst enttäuscht hatte und hinter Gittern gelandet war. Uwe bewahrte eine kleine Menge des Giftes in der Jagdhütte auf, um gelegentlich Raubzeug damit zu vernichten. Judith hatte bei ihrem Besuch in der Hütte Gelegenheit gehabt, etwas davon an sich zu nehmen – vielleicht mit dem Gedanken, ihren Mann aus dem Weg zu räumen, um frei zu sein für ihren Liebhaber. Über Judiths Motivation mochte sich die Polizei den Kopf zerbrechen.

Judith wartete bereits ungeduldig auf sie. Umgezogen war sie rasch, die Unfallspuren in ihrem Gesicht ließen sich mit dem Make-up nur unvollständig verdecken. Sie hielt sich keine Minute länger als notwendig auf, drängte zum Aufbruch, verabschiedete sich von ihrer Schwägerin und den beiden Kindern. Ihr Bruder war in der Scheune und ließ sich nicht blicken.

Während der Rückfahrt saß sie blaß und nervös neben Sandra und beantwortete einsilbig die Fragen einer besorgten und immer noch leicht schockierten Freundin. Die knappen Antworten gaben Sandra die Gewißheit, daß niemand einen Verdacht gegen sie hegte.

Sie berichtete kurz von ihrem kleinen Crash an der Garagenmauer. Bernd habe sie um drei in der Nacht angerufen. Sie sei sofort losgefahren, und in der Aufregung sei es dann eben passiert.

Judith reagierte nicht gleich. Eine Weile war es still. Dann erst fragte sie: »Was hat Bernd gesagt?«

»Als ich gegen eure Garage gedonnert bin?« Sandra lachte leise. »Kein Wort. Ich glaube, dein Unfall hatte ihm einen tüchtigen Schock versetzt.«

Judith seufzte. »Nein, ich meine, als du die Sachen holen wolltest.«

»Nicht viel«, erklärte Sandra. »Er hat wohl nicht damit gerechnet, daß du ihn wirklich verläßt. Nicht nach dem, was Martin ihm angetan hat.«

Sie warf Judith einen raschen Seitenblick zu und sah, daß Judith sich auf die Lippen biß.

»Entschuldige«, sagte sie rasch. »Ich wollte nicht davon anfangen. Für dich muß das scheußlich sein. Weißt du, ich mache mir große Vorwürfe. Ich habe dir noch zugeredet, ihm eine letzte Chance zu geben. Aber es konnte doch niemand ahnen, was Martin vorhat.«

»Er hat nichts getan«, erklärte sie tonlos.

Sandra seufzte vernehmlich. »Ich verstehe, daß du es nicht glauben willst. An deiner Stelle würde ich es auch nicht glauben wollen. Allein die Vorstellung, daß er dich nur ausgenutzt und belogen hat ...«

Sie brach ab, wartete auf eine Reaktion. Judith schwieg. So sprach sie bedächtig weiter: »Ist dir noch nie der Gedanke gekommen, daß Martin den Schmuck nur genommen hat, um Lisa Hohlstett damit zurückzugewinnen?«

»Nein«, erklärte Judith mühsam beherrscht. »Er liebt mich. Er wollte mit Lisa nichts mehr zu tun haben.«

Sandra betrachtete sie in kunstvoller Anteilnahme, so klang auch ihre Stimme. »Das hat er dir erzählt. Was hätte er dir auch sonst sagen sollen?«

»Er ist kein Dieb.« Judiths Stimme machte deutlich, daß sie mit ihrer Kraft am Ende war. Es lief hervorragend, fand Sandra.

»Es tut mir so leid für dich.« Sie ließ den Satz wirken, atmete tief durch. »Aber daß Bernd und die Hohlstett gemeinsame Sache gemacht haben, kannst du nicht wirklich glauben. Ich meine, Bernd hätte andere Möglichkeiten gehabt, Martin loszuwerden. Er hätte ihn feuern können und nicht solch ein Risiko eingehen müssen. Was du ihm unterstellst, birgt ein verdammt großes Risiko. Oder siehst du das anders?«

»Ich weiß es nicht«, flüsterte Judith tonlos.

Mit dieser Antwort gab Sandra sich zufrieden.

Kurz darauf erreichten sie das Gefängnis. Sandra drosselte die Geschwindigkeit des Mietwagens und hielt Ausschau nach einem Parkplatz. Judith starrte wie gebannt auf den düsteren Gebäudekomplex und die endlosen Reihen vergitterter Fenster. Ihre Hände im Schoß verkrampften sich um die Handtasche.

Sandra parkte ein und nahm Judith die Tasche vom Schoß. »Die läßt du besser im Wagen. Sonst mußt du sie garantiert abgeben oder dich durchsuchen lassen.«

Judith nickte stumm, konnte den Blick nicht von dem trostlosen Gebäude lassen. Mit steifen Knien stieg sie aus und ging langsam darauf zu. Sandra wartete, bis sie verschwunden war. Dann räumte sie Judiths Handtasche aus, nahm das Fläschchen aus ihrer Tasche und ließ vorsichtig einen Tropfen der farblosen Flüssigkeit in den Futterstoff der Tasche fallen.

9

Mit dem Rücken zur Tür und gesenktem Kopf saß sie an dem einfachen Holztisch, hielt die Hände auf der Platte verschränkt. Wenn sie den Blick hob, schienen die tristen Wände näherzurücken. Hinter ihr wurde die Tür geöffnet. Sie schaffte es nicht, sich umzudrehen.

In Begleitung eines Wachbeamten betrat Martin den Raum. Er ging eilig zum Tisch, umrundete ihn und nahm ihr gegenüber Platz. Der Wachbeamte schloß die Tür wieder, trat ein paar Schritte zur Seite, so daß er beide im Profil sehen konnte, und gab sich Mühe, nicht allzu neugierig zu erscheinen.

Er war ein älterer Mann, hatte solche Szenen schon tausendmal und mehr erlebt. Inzwischen berührte es ihn nicht mehr sonderlich, wenn sich in diesem Raum zwei gegenübersaßen, die das Gesetz getrennt hatte. Meist gab es gute Gründe für die Trennung. Und es war nicht seine Aufgabe, über diese Gründe zu befinden. Dafür waren die Richter zuständig und die Staatsanwälte. Von ihm erwartete man nur, daß er Augen und Ohren offenhielt und den Austausch von Informationen und Intimitäten verhinderte.

Die Frau am Tisch löste ihre verschränkten Hände und schob sie unendlich langsam über die Tischplatte auf den Untersuchungshäftling Keil zu. Sie sprach nicht, schaute Keil nur an, und ihr Blick dabei … Der Wachbeamte war ein einfaches und robustes Gemüt, nicht leicht zu erschüttern. Aber dieser Blick, das schillernd bunte Gesicht, in dem die kaum verheilten Schürfwunden wie frisch aufgetragene rosa Tupfer wirkten, es rührte ihn ganz merkwürdig an.

Er wußte, wer sie war. Im Zellentrakt gingen ein paar Gerüchte um. Wieslo hatte sie verbreitet. Keil sei nur deshalb hier gelandet, weil er einem Krösus die Frau ausgespannt habe. Ob es zutraf, konnte und wollte der Wachbeamte nicht beurteilen. Es mochte Fälle geben, in denen jemand aufs Kreuz gelegt wurde. Aber solche Fälle aufzudecken, fiel in die Zuständigkeit der ermittelnden Polizisten. Und was immer mit dem Gesicht der Frau geschehen war, fiel ebenso in diese Zuständigkeit. Nur ihr Blick auf Keil und ihre Hände gingen ihn etwas an.

Er hätte sie auffordern müssen, ihre Hände zurückzunehmen. Er schwieg. Und er schwieg auch noch, als Keil seine Hände auf die der Frau legte. Er hob einfach den Kopf ein wenig an, schaute hinauf zur Decke. So sah er nicht, daß sie sich berührten.

Die Ohren hielt er weiter offen, doch dafür boten sie ihm nicht viel. Minutenlang saßen sie sich schweigend gegenüber. Als ihm die Zeit zu lang wurde, spähte er kurz zum Tisch. Ihre Hände lagen unverändert. Die Frau streichelte Keil mit Blicken und hatte Mühe, ihre Tränen zurückzuhalten. Keil betrachtet sichtlich aufgewühlt die Verletzungen in ihrem Gesicht, schluckte wiederholt, räusperte sich endlich und fragte: »Wie geht es dir?«

»Nicht gut«, antwortete sie. »Ich vermisse dich.«

Keil biß sich auf die Lippen, warf einen Blick zu ihm hinüber, schaute wieder in ihr Gesicht und nickte. »Du hattest einen Unfall?!«

»Nur das Auto«, sagte sie. »Mir ist nichts passiert.«

»Das sehe ich«, erwiderte Keil, räusperte sich erneut. »Hat Bernd etwas mit deinem Unfall zu tun?«

Sie schüttelte den Kopf. »Es war ein Betrunkener, vermutet die Polizei. Er fuhr ohne Licht. Ich habe ihn viel zu spät gesehen. Ich war auch sehr aufgeregt.« Bis dahin hatte sie beherrscht, fast sachlich gesprochen. Mit dem nächsten Satz veränderte sich ihre Stimme. Ihre Verzweiflung brach durch. »Wann kommst du raus?«

»Bald«, sagte Keil.

»Wann ist bald?«

Keil streichelte mit den Fingerspitzen ihre Handrücken und senkte den Kopf. »Ich weiß es nicht, Judith. Es sieht nicht gut aus.«

Sie schloß für einen Moment gequält die Augen, kämpfte um Fassung. »Aber du hast nichts getan. Sie können dich doch nicht …«

Keil schaute erneut zu ihm hin und unterbrach sie rasch. »Wirst du vorerst bei deinem Bruder bleiben?«

Sie schüttelte den Kopf. »Sandra hat mich abgeholt. Sie wird mich gleich heimfahren.«

Das traf ihn! Der Wachbeamte sah, wie er zusammenzuckte und seine Hände von ihr zurückzog.

»Heißt das, du gehst zu Bernd zurück?«

»Nein«, erklärte sie leise. »Aber …« Sie begann zu weinen. »Was soll ich denn tun? Ich kann mich doch nicht bei meinem Bruder verkriechen. Da draußen kann ich überhaupt nichts tun. Ich werde verrückt, wenn ich nur dasitze und mir vorstelle, daß du … Ich brauche dich.«

Martin biß sich in hilflosem Schmerz auf die Lippen. Nur mit Mühe hielt er sich auf dem Stuhl. Mit jedem Wort hatte sie seine Empfindungen ausgesprochen. Er wurde ebenso verrückt wie sie, wenn er noch lange hier sitzen und sich vorstellen mußte, was aus ihr wurde – an Bernds Seite. Er warf dem Wachbeamten einen verzweifelt bittenden Blick zu. Der Mann kämpfte mit sich, deutete ein Nicken an und schaute demonstrativ zur Decke hinauf.

Martin sprang auf und um den Tisch herum. Er riß sie vom Stuhl hoch und nahm sie in die Arme. Sie preßte ihre Stirn gegen seinen Hals und schluchzte verhalten. Dabei hatte sie stark sein wollen, ihm zeigen, daß er sich auf sie verlassen konnte, daß sie alles tun wollte, was notwendig war, um ihn aus diesem Loch herauszuholen.

10

Eine halbe Stunde später führte Sandra sie am Arm über den Parkplatz. Es gelang Judith nicht, sich zu beruhigen. Sandra zog sie mit sanfter Gewalt zum Wagen, schloß auf, wollte sie auf den Beifahrersitz schieben. Sie weinte haltlos, Sandra glaubte sich fast am Ziel.

Das braune Fläschchen in ihrer Tasche war gründlich abgewischt, steckte nun in einem kleinen Faltkarton und trug zudem einen Aufkleber, der den glasklaren Inhalt als »Johanniskrautöl« deklarierte. Die Aufschrift auf dem Faltkarton wies ebenfalls auf ein rein pflanzliches Mittel zur Beruhigung und Stimmungsaufhellung hin.

Ob Judith wußte, daß Johanniskrautöl eine braune Färbung hatte, bezweifelte Sandra. Aber selbst wenn: Judith würde in ihrer Verfassung dem Flascheninhalt keine besondere Aufmerksamkeit schenken. Es konnte nicht schwer sein, sie dazu zu bewegen, einige Tropfen zu nehmen. Sandra wollte sie in die Villa bringen, ihr den kleinen Faltkarton in die Hand drücken …

Manfred Schneider machte ihr einen Strich durch diese Rechnung. Sandra Testroff kannte den Mann nicht, der zwischen den parkenden Wagen auftauchte und geradewegs auf sie zukam, ehe Judith auf dem Beifahrersitz Platz genommen hatte. Sein wissendes Lächeln und der Blick, mit dem er Judiths verweintes Gesicht musterte, machten jedoch deutlich, daß er genau wußte, mit wem er es zu tun hatte.

Er hob die Hand zum Gruß. »Hallo, Frau Schwaiger, mit Ihnen hatte ich hier nicht gerechnet.« Der Klang seiner Stimme strafte seine Worte Lügen. »Haben Sie einen Besuch gemacht?«

Judith starrte ihn halbblind vor Tränen an und drehte den Kopf zur Seite. Sandra betrachtete ihn unwillig. Schneider wandte sich ihr zu. Für einen Moment gewann der Mann in ihm die Oberhand. Der Blick, mit dem er sie von Kopf bis Fuß betrachtete, sprach Bände. Aber er wurde rasch wieder dienstlich, sprach Judith erneut an. »Ich hoffe, Sie haben noch etwas Zeit. Wir müssen …«

»Frau Schwaiger hat keine Zeit«, unterbrach Sandra ihn. »Wer sind Sie überhaupt?«

Schneider zückte seinen Dienstausweis, hielt ihn der ihm unbekannten, äußerst attraktiven Frau unter die Nase und erklärte mit freundlichem Lächeln: »Ich leite die Ermittlungen in diesem Fall.«

Sandra betrachtete den Ausweis und schob Judith entschlossen in den Mietwagen, warf die Tür zu und trat einige Schritte zur Seite. Schneider folgte automatisch.

»Es tut mir leid«, begann Sandra energisch, »aber Frau Schwaiger ist wirklich nicht in der Verfassung, Ihre Fragen zu beantworten. Ich wüßte auch nicht, was es da noch zu fragen gibt.«

Schneider grinste leicht. »Ein paar Kleinigkeiten bleiben immer offen«, meinte er. »Aber vielleicht sagen Sie mir freundlicherweise zuerst einmal, wer Sie sind.«

Sandra stellte sich mit Namen vor und vergaß auch nicht, ihre Beziehung zu Judith zu betonen. Unter dem Mantel der besorgten Freundin warf sie einen düster bedrückten Blick zum Wagen. Judith kramte anscheinend in ihrer Tasche nach einem Tuch. Sekunden später tupfte sie sich die Augen ab. »Sie verkraftet das nicht«, sagte Sandra dumpf, als habe sie völlig vergessen, zu wem sie sprach. »Martin Keils Verhaftung war ein harter Schlag für sie. Aber zuerst hat sie ja noch an seine Unschuld geglaubt.«

Sie schüttelte bedauernd den Kopf. Judith strich nun mit dem Tuch über beide Wangen.

»Sie tut mir so leid«, sagte Sandra leise. »Wenn ich nur wüßte, wie ich ihr helfen könnte. Sie hat nichts weiter als ein bißchen Verständnis bei Martin Keil gesucht. Der Gedanke, daß er ihren Mann töten wollte, bringt sie um den Verstand.

Ich habe große Angst um sie. Hoffentlich macht sie keine Dummheiten. Sie war immer ein wenig labil und leicht aus der Fassung zu bringen. Als sie vor zwei Jahren ihre Mutter verlor, war sie monatelang von Medikamenten abhängig. Eben fragte sie auch wieder nach Schlaftabletten. Ich werde ihr natürlich keine geben.«

Im Wagen steckte Judith das Taschentuch zurück, straffte ihre Schultern und klappte die Sonnenblende herunter. In dem kleinen Spiegel an der Blende betrachtete sie ihr verweintes Gesicht.

Schneider hatte aufmerksam zugehört und den Blick zwischen der Frau im Wagen und ihrer Freundin hin und her schweifen lassen. Nun ging er die paar Schritte zurück zum Wagen. »Unter diesen Umständen halte ich es für besser, wenn ich Frau Schwaiger für ein Gespräch mit in mein Büro nehme.« Er drehte sich noch einmal um, lächelte Sandra an. Es war ein harmloses, irgendwie dümmliches Lächeln, dazu zuckte er entschuldigend mit den Schultern. »Ich meine, wenn sie erst wieder medikamentensüchtig ist, wird sie mir kaum noch Fragen beantworten können, nicht wahr?«

Sandra zuckte ebenfalls mit den Schultern und schaute mit wütend verkniffener Miene zu, wie Schneider die Beifahrertür des Mietwagens öffnete. Er beugte sich zu Judith und sprach ein paar Worte mit ihr. Sandra verstand ihn nicht. Er griff nach Judiths Arm und half ihr galant beim Aussteigen. Mit einem freundlichen Nicken verabschiedete er sich und führte Judith zu seinem Wagen.

Das Umdenken ging blitzschnell. Sandra Testroff fuhr in die Innenstadt und machte einen kurzen Besuch im Juweliergeschäft Schwaiger. Als sie es verließ, trug sie Bernds Hausschlüssel in der Tasche. Es war niemand in der Villa, als sie ankam. Sie ging ohne zu zögern in die Küche, öffnete den Geschirrschrank. Sie kannte Judiths Angewohnheit, Teller und Tassen aus der Küche zu benutzen, wenn sie alleine war. Und allein würde sie am Wochenende sein.

Im Schrank stand ein komplettes Kaffee- und Speiseservice. Die Tassen standen einzeln in einer Reihe im Vordergrund. Es waren sechs Stück. Sandra nahm sie heraus. In einem Schubfach fand sie einen Pinsel, den Frau Rusper gelegentlich zum Einfetten einer Auflaufform benutzte. Beim Putzzeug lagen ein Paar Gummihandschuhe, dem Anschein nach neu.

Sandra streifte sie über, nahm den kleinen Faltkarton mit der braunen Flasche aus ihrer Tasche. Sie arbeitete zügig und äußerst konzentriert, ließ aus der Flasche einige Tropfen in die erste Tasse fallen, verteilte die Flüssigkeit mit dem Pinsel gleichmäßig auf der gesamten Innenfläche des Porzellans. Dann hielt sie die Tasse gegen das Fenster. Im Tageslicht verschwand der schwache Glanz von Feuchtigkeit allmählich. Sie nickte zufrieden, nahm die zweite Tasse. Doch ehe auch nur der erste Tropfen hineingefallen war, hörte sie draußen das Motorgeräusch.

Sie trat ans Fenster und sah ein Taxi vorfahren. Rasch stellte sie die sechs Tassen zurück in den Schrank, verpackte das Fläschchen wieder, stopfte den Pinsel in einen Gummihandschuh und steckte alles zurück in ihre Tasche.

Draußen entlohnte Judith den Taxifahrer und betrachtete nachdenklich den Mietwagen. Sandra ging in die Diele und öffnete die Haustür. Langsam kam Judith auf das Haus zu.

»Da bist du ja endlich«, sagte Sandra, ehe Judith das Erstaunen über ihre Anwesenheit zum Ausdruck bringen konnte. »Was wollte dieser Schneider denn noch von dir?«

Judith winkte ab und strich sich über die Stirn. »Ich weiß es nicht. Er hat ein paar Fragen gestellt, aber sie machten keinen Sinn.« Sie kam ins Haus, schloß die Tür hinter sich, dann erst fragte sie: »Was machst du hier?«

Sandra lächelte verlegen. »Ich bin ins Geschäft gefahren. Bernd hatte mich gebeten, kurz bei ihm vorbeizuschauen, wenn ich zurück bin. Er wollte nur wissen, wie es dir geht. Und ich ...« Sie zuckte mit den Schultern. »Für mich ist das eine blöde Situation. Wenn Freunde sich plötzlich trennen wollen, ist das immer blöde. Da weiß man gar nicht, wie man sich verhalten soll. Natürlich bin ich in erster Linie für dich da. Aber ich habe keinen Streit mit Bernd und dachte, ich kann ihm ja wenigstens sagen, wie es dir geht. Als ich sagte, daß du daheim bleiben willst, hat er mich gebeten, ihm ein paar Sachen zu bringen. Er will ein Hotelzimmer nehmen für die Nacht. Morgen muß er ohnehin wieder nach Amsterdam. Er meinte, du legst vielleicht vorerst keinen Wert auf seine Nähe.«

Judith schwieg und reagierte nicht.

»Ich bin gerade gekommen, wollte nach oben, da hörte ich das Taxi.«

Judith nickte mechanisch. »Dann hol seine Sachen, ich mache uns einen Kaffee.«

»Wollen wir nicht lieber in der Stadt einen trinken?« Sandra wurde eifrig. »Paß auf, ich packe schnell Bernds Rasierer ein und was er sonst noch braucht. Du machst dich in der Zeit ein wenig zurecht. Und dann machen wir uns einen netten Nachmittag.«

»Viel Zeit habe ich aber nicht«, erklärte Judith zögernd. »Ich habe so viel zu erledigen.«

»Ach, komm, eine Stunde oder zwei. Das tut dir gut.«

Judith nickte und ging zur Treppe.

11

Am Samstag vormittag kam Jochen Sieber auf die Idee, sich nach dem Befinden der Frau zu erkundigen, deren dramatischen Autounfall er als unmittelbarer Zeuge miterlebt hatte. Ihren Namen und ihre Anschrift kannte er. Er besorgte einen Blumenstrauß und fuhr hinaus zur Villa Schwaiger.

Ein prächtiges Anwesen, fand er. Mit rein menschlicher Neugier, ohne berufliche Ambitionen begutachtete er das Haus und die gepflegte Außenanlage davor. Auf sein Klingeln an der Haustür reagierte niemand. Er nahm an, es sei niemand daheim. Aber nun war er hier, und es sah wirklich alles sehr prachtvoll aus. In einigen Jahren hoffte er, einen vergleichbaren Besitz sein eigen nennen zu dürfen.

Ohne irgendwelche Hemmungen verließ er den Platz vor der Haustür und schlenderte an der Vorderfront entlang zur nächsten Ecke. Einige Meter hinter dieser Ecke eröffnete sich ihm eine Perspektive, die ihn zwang, noch weiter zu gehen. Und dann sah er sie. Sie saß auf dem Rand des Swimmingpools, trug ein ärmelloses T-Shirt und Shorts, ihre nackten Beine baumelten im Wasser. Eine Hand hielt sie zur Faust geschlossen im Schoß.

Jochen Sieber hob den Blumenstrauß an, setzte ein strahlendes Lächeln auf und grüßte mit einem überschwenglichen: »Hallo!« Rasch ging er weiter. »Ich hoffe, ich komme nicht ungelegen. Ich hätte mich anmelden sollen. Aber ich hatte gerade in der Nähe zu tun und dachte, ich schau einfach mal vorbei, wie es Ihnen geht.« Das meiste entsprach den Tatsachen, nur daß er gerade in der Nähe zu tun hatte, war ein bißchen geschwindelt. Aber das spielte keine Rolle.

Sie blinzelte gegen die Sonne zu ihm auf, als er sie erreichte, und erkannte ihn. »Ach, Herr Sieber. Entschuldigen Sie, daß ich nicht aufgemacht habe. Ich habe das Klingeln gehört, aber ich dachte, es wäre schon wieder die Polizei.«

Er lächelte weiter. »Was heißt denn, schon wieder?

»Nichts«, sagte sie und winkte ab. Sie machte keine Anstalten, ihm die Blumen abzunehmen oder sich zu erheben. Ein wenig ratlos stand er neben ihr. Normalerweise war er um kein Wort verlegen, aber jetzt wußte er nicht, was er noch sagen sollte. Sie wirkte bedrückt und geistesabwesend. Daß sie noch unter den Folgen des Unfalls litt, glaubte er kaum. Den Verlust ihres Wagens dürfte sie verschmerzt haben. Und da war noch etwas anderes gewesen. Er hatte davon keine klare Vorstellung, hatte in den rund fünfundzwanzig Minuten, die er bis zum Eintreffen der Rettungsfahrzeuge neben ihr auf dem Ackerboden kniete, von ihr nur zusammenhangloses Stammeln gehört. Ein paar Namen waren ihm im Gedächtnis geblieben, Bernd, Martin, Lisa Hohlstett. Ein wenig hatte er sich aus ihren konfusen Sätzen zusammengereimt; daß Martin von Bernd und Lisa Hohlstett hereingelegt worden war. Und daß Martin für sie die Zukunft bedeutete, war ihm auch klar geworden.

»Ist die Polizei denn inzwischen einen Schritt weitergekommen?« fragte er.

Sie schüttelte den Kopf, schaute auf ihre zur Faust geschlossene Hand. Jochen Sieber folgte ihrem Blick unwillkürlich und erkannte, daß sie etwas in der Hand hielt. Zwischen den Fingern lugten winzige gelbe Kugeln hervor. Er brauchte nur zwei Sekunden, um zu begreifen, daß sie mehr als ein Dutzend Pillen in der Hand hielt. Er räusperte sich und deutete mit dem Kinn auf ihre Faust. »Das halte ich für keine gute Idee.«

Sie begriff nicht sofort, was er meinte.

»Pillen«, sagte er bedächtig und eindringlich, »sind nie eine Lösung.«

Sie öffnete ihre Hand, warf einen desinteressierten Blick darauf und lachte leise. »Ach die.« Sie seufzte. »Hat meine Freundin mir gegeben. Damit ich ruhig schlafe. Aber ich brauche sie nicht.«

Sie hielt die geöffnete Hand über den Swimmingpool und ließ die Pillen ins Wasser fallen. Langsam trudelnd verschwanden sie in der Tiefe. Sie schaute ihnen nach. »Meine Freundin macht sich zuviel Sorgen.« Dann erhob sie sich endlich. »Soll ich Ihnen die Blumen abnehmen?«

»Ja«, sagte er. »So war das eigentlich gedacht.« Er zeigte in den Swimmingpool. »Aber nicht hinterherwerfen.«

Diesmal lachte sie etwas fröhlicher, nahm ihm den Strauß aus der Hand und ging zur Terrasse. Er folgte ihr. Sie zeigte einladend auf die Terrassenmöbel. Auf dem Tisch standen eine Warmhaltekanne, Milch, Zucker und ein benutztes Frühstücksgedeck. Auf dem Teller lag ein angebissener Toast mit Konfitüre.

»Nehmen Sie Platz«, sagte sie. »Möchten Sie auch einen Kaffee? Er müßte noch heiß sein.«

»Gerne.« Er setzte sich in einen der Sessel. Sie nahm den Teller mit dem angebissenen Toast und ging mit den Blumen durch den Wohnraum in die Küche. Den Teller stellte sie auf dem Tisch ab, versorgte rasch die Blumen und öffnete den Geschirrschrank. Vier Tassen standen noch in einer Reihe. Sie nahm ein Kaffeegedeck, ging wieder hinaus und füllte Jochen Siebers Tasse. Als sie ihre Tasse auffüllen wollte, bemerkte sie ein kleines Insekt in dem Kaffeerest.

»Sekunde«, sagte sie und holte für sich ebenfalls ein frisches Gedeck aus der Küche. Dann saßen sie da. Jochen Sieber erkundigte sich noch einmal nach eventuellen Fortschritten der Polizei. Es gab keine, jedenfalls nicht mit Blick auf ihren Unfall. Den unbeleuchteten Wagen hatte sie auch schon fast vergessen.

Seine Erfahrung als Anwalt half ihm, die richtigen Fragen zu stellen. Er brauchte nicht lange, da kannte er die gesamte Geschichte. Ihre Version! Daß sie in jedem Punkt den Tatsachen entsprach, davon ging er nicht unbedingt aus. Seine Tasse war längst leer, ihre noch fast unberührt. Sie hob sie an den Mund, nahm einen Schluck. Der Kaffee mußte längst kalt sein. Sie verzog das Gesicht und legte eine Hand vor den Magen, als habe sie Schmerzen.

»Magenschmerzen?« erkundigte er sich.

»Ich hätte richtig frühstücken sollen«, sagte sie. »Zu Abend gegessen habe ich auch nicht. Wahrscheinlich ist mir nur davon ein bißchen übel. Oder mir ist diese Geschichte auf den Magen geschlagen.«

»Das haben üble Geschichten so an sich«, erwiderte er und meinte nach einer nachdenklichen Pause: »Ich kenne Lennarz nur dem Namen nach. Er hat keinen schlechten Ruf als Strafverteidiger, aber ...«

Als er unvermittelt wieder abbrach, erklärte sie: »Ich halte nichts von ihm. Wenn ein Anwalt dem eigenen Mandanten nicht glaubt, wie soll er ihn da überzeugend vertreten? Martin hat nichts getan, glauben Sie mir. Ich sage das nicht nur, weil ich ihn liebe und nicht glauben will, daß er so etwas tun könnte. Ich ... ich denke, ich kenne ihn gut genug. Würden Sie es übernehmen?«

Der letzte Satz kam nach kurzem Zögern. Sie beugte sich ein wenig vor.

Jochen Sieber grinste. »Als Zivilklage ja, wenn Martin Keil wirklich hereingelegt wurde. Aber Strafrecht ist nicht meine Sache.«

»Schade«, sagte sie und lehnte sich wieder in ihrem Sessel zurück. »Aber vielleicht kennen Sie jemanden, dessen Sache Strafrecht und der nicht unbedingt ein Freund der Polizei ist.«

»Wie soll ich das verstehen? Lennarz ist kein Freund der Polizei.«

»Das sehe ich anders«, erklärte sie bestimmt. »Der ermittelnde Beamte hat ihn Martin empfohlen.«

»Interessant«, sagte Jochen Sieber und meinte es auch so. Auch wenn Strafrecht nicht seine Sache war, hatte er noch nie von einem Fall gehört, in dem ein Polizist einen Staranwalt empfahl. Und Lennarz war ein Star. Jochen Sieber hätte gerne gewußt, wer der ermittelnde Beamte war und was ihn zu seinem guten Rat veranlaßt haben mochte. Doch ehe er danach fragen und über die Motivation grübeln konnte, hörten sie beide ein Motorengeräusch. Er kam rasch näher, brach vor dem Haus ab. Eine Wagentür schlug, kurz darauf tönte der melodische Gong durch Diele und Wohnraum zu ihnen ins Freie.

Judith erhob sich und ging ins Haus. Jochen Sieber horchte gespannt. Die Stimmen waren deutlich zu verstehen. Zuerst sprach ein Mann.

»Tut mir leid, Frau Schwaiger, daß ich Sie schon wieder belästigte. Ich müßte Ihren Mann sprechen.«

»Mein Mann ist in Amsterdam«, sagte sie. »Er kommt erst morgen abend zurück. Vielleicht auch erst am Montag. Genau weiß ich es nicht.«

Die Stimme des Mannes kam näher. »Macht nichts. Ich nehme an, Sie können mir auch helfen.«

Gefolgt von Schneider trat Judith hinaus auf die Terrasse. Schneider stutzte. »Ach, Sie haben Besuch.«

Judith übernahm die Vorstellung. »Das ist Herr Sieber, der ...«

»Unfallzeuge«, unterbrach Schneider sie grinsend. »Sie sind Anwalt, habe ich das richtig gelesen?«

»Haben Sie. Aber ich bin privat hier. Muß ich mich jetzt verabschieden?«

Schneider gab sich großzügig. »Wegen mir nicht.« Er drehte sich Judith zu, irgendwie war es ihm lieb, nicht allein mit ihr zu sein, wenn er ihr seine neuesten Erkenntnisse präsentieren mußte. In altbewährter Manier griff er sich ans Kinn und begann in bedächtigem Ton: »Frau Schwaiger, wir haben gestern einen Mann festgenommen, Brings ist sein Name. Sagt Ihnen das etwas?«

Sie schüttelte den Kopf, damit hatte er gerechnet.

»Wir haben bei Brings einige Sachen sichergestellt.« Er griff in seine Jackentasche und zog einen Klarsichtbeutel heraus. Darin befanden sich eine Herrenuhr und zwei Kreditkarten. Die Uhr lag mit der Rückseite gegen die Folie. Schneider strich die Folie zusätzlich mit einem Finger glatt. Deutlich war der eingravierte Schriftzug *Bernd Schwaiger* zu erkennen.

Judith starrte darauf, ohne zu begreifen, was die Uhr in Schneiders Hand zu bedeuten hatte.

»Ihr Mann hat nie erwähnt, daß ihm bei dem Überfall die Uhr gestohlen wurde – und die Kreditkarten«, sagte Schneider.

Sie schüttelte voller Abwehr den Kopf und setzte sich zurück in ihren Sessel. »Es fehlte eine Uhr«, murmelte sie wie in Trance. »Ich weiß es noch genau, Anna kam herein und sprach davon. Ich hatte das völlig vergessen.«

Jochen Sieber betrachtete sie aufmerksam. Schneider nahm unaufgefordert Platz und schlug lässig die Beine übereinander. »Haben Sie eine Ahnung, warum Ihr Mann uns diesen Diebstahl oder Raub verschwiegen hat, Frau Schwaiger?«

Ehe sie reagieren konnte, beugte Jochen Sieber sich zu ihr vor. Die Motivation des Beamten in Sachen Strafverteidigung lag nun vor ihm wie ein offenes Buch. Der Bursche hatte erhebliche Zweifel an der Schuld Martin Keils gehabt. »Ich werde die Sache doch übernehmen«, teilte Jochen Sieber rasch mit, wandte sich mit dem nächsten Satz an Schneider: »Haben Sie eine Ahnung?«

Schneider schob die Zungenspitze in die linke Backe und wiegte bedächtig den Kopf. »Drücken wir es mal so aus, ich habe eine Theorie. Ein Mann wird zusammengeschlagen. Man klaut ihm die Uhr und ein paar Kleinigkeiten. Nun vermutet oder weiß dieser Mann, daß seine Frau ihn mit dem Geschäftsführer betrügt.«

Judith fühlte das Blut ins Gesicht steigen und umklammerte im Schoß ihre Hände. Schneider betrachtete sie mit einer Mischung aus Anteilnahme und gelindem Zorn und sprach ungerührt weiter: »Also verschweigt dieser Mann den wahren Tathergang und dreht die Sache so, daß sie am Geschäftsführer hängenbleibt.«

Judith zuckte heftig zusammen. Schneider lächelte sie freundlich an. »Ich kann mir denken, warum Sie und Keil den Mund gehalten haben, Frau Schwaiger. Vielleicht hätte ich an Ihrer Stelle genauso gedacht. Vielleicht würde ich auch jetzt noch so denken. Die Sache hat nämlich einen großen Haken. Wäre Ihr Mann im Geschäft überfallen worden, hätte der Kerl, den wir festgenommen haben, die Vitrinen ausgeräumt.«

»Was heißt das?« brachte sie endlich hervor. »Ist es nicht im Geschäft passiert?«

Schneider atmete tief durch. »Ich weiß es nicht, Frau Schwaiger. Ich weiß nur eines: Es muß anders gewesen sein, als Ihr Mann es uns erzählt hat.« Er zeigte auf die Warmhaltekanne. »Könnte ich auch einen Kaffee haben?«

Sie nickte nur, erhob sich und ging in den Wohnraum. Schneider schaute ihr kopfschüttelnd nach und erklärte mit gedämpfter Stimme. »Wenn ich etwas hasse, dann sind das Leute, die uns für blöd halten und sich einbilden, ein Dutzend Anwälte könnten den Karren aus dem Dreck ziehen.«

Jochen Sieber grinste breit. »Bis jetzt sind es nur zwei Anwälte. Und ich vertrete nur die zivilrechtliche Seite.«

»Schade!« Schneider seufzte. »Ich könnte ein bißchen Unterstützung brauchen, um den Haftrichter von meiner Theorie zu überzeugen.«

»Holen Sie Lennarz.«

»Habe ich schon versucht«, brummte Schneider. »Er macht sich ein schönes Wochenende. Und das würde ich Keil im Grunde auch gönnen. Aber für Lennarz ist er nur ein kleiner Fisch. Und kleine Fische haben Zeit bis Montag.«

Er wollte noch mehr sagen, verstummte jedoch, als Judith mit einem Kaffeegedeck zurück auf die Terrasse kam. Sie setzte sich, griff nach der Warmhaltekanne. »Hoffentlich ist er noch heiß.«

Mit großzügigem Lächeln hielt Schneider ihr die Tasse hin. »Ich mag ihn auch kalt.«

12

Das Geschäft mit van Teuken war für Bernd gut gelaufen. Er hätte mehr als zufrieden sein können, erstklassige Steine zu einem fairen Preis, die Gewinnspanne dementsprechend hoch und noch einen vollen Tag und eine gemeinsame Nacht mit ihr.

Sandra stand neben ihm an der Reling des Ausflugbootes und betrachtete seine angespannte Haltung. Seine Hände umklammerten das Geländer, den Blick hielt er auf das vorbeiziehende Ufer gerichtet. Er wirkte gedankenverloren wie ein Mann, der sich seiner Entscheidung nicht sicher war und sich ausgeliefert fühlte.

Sie wußte, wo er mit seinen Gedanken war, legte ihm eine Hand auf die Schultern und versuchte, ihn abzulenken. »Es ist wirklich hübsch hier. Können wir nicht einen oder zwei Tage länger bleiben?«

Er schüttelte stumm den Kopf.

»Wir könnten schon«, sagte sie. »Es spielt keine Rolle mehr. Vielleicht werden einige die Nase rümpfen, wenn wir zurückkommen und sich herausstellt, daß wir zusammen hier waren, aber …«

Er räusperte sich und unterbrach sie damit. »Wie wirkt dieses Gift?«

»Sehr schnell«, sagte sie, schaute über das Wasser und sah im Geist die Ratten krepieren. »Sie wird nicht viel spüren. Vielleicht eine leichte Übelkeit, aber mehr nicht. Sie wird gar nicht begreifen, was geschieht, also mach dir keine Gedanken.«

Wieder betrachtete sie ihn von der Seite, sah ihn heftig schlucken. »Vielleicht ist es schon vorbei. Willst du nicht mal daheim anrufen?«

Wieder schüttelte er den Kopf.

»Soll ich es tun?«

»Nein«, sagte er knapp, atmete tief durch und zog sie an sich. »Komm her!«

Mit festem Griff lag sein Arm um ihre Schultern. Minutenlang standen sie schweigend da. Dann legte er ihr eine Hand unter das Kinn, hob ihr Gesicht an. Sie dachte, er wolle sie küssen, und schloß die Augen. Als nichts geschah,öffnete sie die Augen wieder und bemerkte seinen forschend skeptischen Blick.

»Liebst du mich wirklich?«

»Ich dachte, ich hätte es dir bewiesen«, sagte sie.

Er nickte bedächtig und schaute wieder gedankenverloren zum Ufer hin. Eine Weile belastete sein Schweigen sie – und seine Zweifel. Dann begriff sie plötzlich, was seine Frage bedeutete, und begann von der gemeinsamen Zukunft zu träumen. Sie begann sehr weit voraus – in einem halben Jahr, wenn Judith nur noch eine Erinnerung war und ein Grabstein irgendwo auf einem Friedhof.

Das Bewußtsein, sie getötet zu haben, war irreal. Es war so anders als mit dem Wagen. Es war unpersönlich, anonym. Sie fühlte sich nicht wie eine Mörderin, nur wie eine Frau, die etwas getan hatte, was getan werden mußte. Allmählich kam sie mit ihren Gedanken der Gegenwart näher, war schließlich bei der Rückkehr in die Villa angelangt. Und in irgendeinem Raum lag Judith, wahrscheinlich in der Küche.

13

Es war spät geworden am Samstag abend. Sie hatte Schneider gesagt, was er hören wollte und einiges mehr. Auch von der Jagdhütte hatte sie berichtet. Danach war die Sache für ihn klar gewesen. Er ging davon aus, daß Bernd irgendwo auf der Straße mit Brings aneinandergeraten und ausgeraubt worden war. Vermutlich in der Nähe des Geschäftes, sonst hätte er es bei seinen beträchtlichen Verletzungen kaum geschafft, in die Räume zu gelangen. Anschließend hatte er in Lisa Hohlstett eine willige Helferin gefunden!

Ehe er sich verabschiedete, hatte Schneider gesagt: »Mal sehen, ob ich unseren Freund Brings überreden kann, offen zu sprechen. Die Sache ist ohnehin klar, ich könnte ein bißchen bluffen. Wenn er den Überfall gesteht, sind wir schon einen Schritt weiter.«

Die halbe Nacht hatte sie wachgelegen. Jedesmal, wenn das Bewußtsein in den Schlaf tauchte, war ihr Schneiders Stimme wie ein Stromschlag durchs Hirn und sämtliche Glieder gefahren. Einen Schritt weiter! Es hatte nichtssagend geklungen, keinesfalls nach einem Hoffnungsfunken. Und trotzdem hatte der Funke gezündet und ein riesiges Feuer entfacht. Erst gegen Morgen schlief sie ein, erwachte kurz vor elf und fühlte sich wie betäubt von den Erwartungen, die Schneider heraufbeschworen hatte.

Die Dusche erfrischte sie ein wenig und machte den Kopf frei. Sie ging nach unten, saß eine Weile am Küchentisch, erhob sich wieder und nahm wie ein Automat die Kaffeemaschine in Betrieb, öffnete ohne jeden Gedanken den Geschirrschrank. Zwei Gedecke standen noch darin. Die beiden Tassen ganz vorne, dahinter die Teller.

Sie nahm für sich ein Gedeck heraus, trug es ins Eßzimmer. Was ihr bis dahin das Leben gerettet hatte – und nicht nur ihr, auch Manfred Schneider und Jochen Sieber –, war das gedankenlose Hineingreifen in den Schrank. Sie hatte die Tassen nicht der Reihe nach weggenommen, wie sie es sonst tat.

In der Küche war der Kaffee durchgelaufen. Sie füllte ihn um in die Warmhaltekanne, trug auch die Kanne ins Eßzimmer. Als sie ihre Tasse füllte, schlug der Türgong an. Sie war so in Gedanken gewesen, daß sie kein Auto gehört hatte.

Schneider stand vor der Tür. Er wirkte ernst und fest entschlossen. »Ich habe leider nichts erreicht, Frau Schwaiger. Bei Brings beißen wir auf Granit. Er weiß genau, was ihm blüht, wenn wir ihm einen weiteren Überfall mit schwerer Körperverletzung nachweisen können. Er behauptet, die Uhr und die Kreditkarten in einem Mülleimer gefunden zu haben. Der Täter müßte die Sachen wohl weggeworfen haben, sagte er und grinste mir dabei frech ins Gesicht.«

Für eine Sekunde schloß sie gequält die Augen, dann trat sie einen Schritt von der Tür zurück und winkte Schneider ins Haus.

Er folgte ihr durch die Diele zum Eßzimmer, machte aus seiner Wut und Frustration keinen Hehl. »Ich hätte diesem Schweinehund am liebsten etwas aufs Maul gehauen. Nur hätte ihn das kaum gesprächiger gemacht.«

Sie würgte ihre Enttäuschung hinunter, zeigte zum Eßtisch. »Ich bin spät aufgewacht und wollte gerade frühstücken. Möchten Sie auch einen Kaffee?«

Schneider nickte und folgte ihr in die Küche, wo sie das letzte Gedeck aus dem Geschirrschrank nahm. Mit der Tasse und dem Unterteller in den Händen ging sie vor Schneider her zurück ins Eßzimmer.

»Aber«, sagte er gedehnt, »den Staatsanwalt konnte ich überzeugen. Daß Martin Keil so blöd gewesen wäre, Ihrem Mann die Uhr und die Karten abzunehmen, glaubt kein Mensch. Und wenn wir die Körperverletzung vom Tisch kriegen, sehe ich eine Möglichkeit. Ich habe bereits mit dem Untersuchungsrichter gesprochen. Er will auf seinen geruhsamen Sonntag verzichten und Sie anhören. Wenn Sie ihm *das* erzählen, was Sie mir gestern gesagt haben. Und vielleicht noch ein oder zwei Sätze mehr.«

Er sprach nicht weiter. Sie füllte beide Tassen mit Kaffee, nahm eine vom Tisch, hielt sie ihm hin und schaute ihn abwartend an.

Er räusperte sich verhalten. »Was ich nämlich bisher völlig vergessen habe, Sie zu fragen: Haben Sie Herrn Keil mal zufällig ein paar Geschenke gemacht?«

Daß er es vergessen hatte, glaubte sie keine Sekunde lang. »Wieso?« fragte sie vorsichtig.

Schneider zuckte mit den Schultern. »Na ja, wenn wir nur noch den Diebstahl haben, und danach sieht es im Moment aus, und wenn Sie in der Aufregung vergessen hätten, daß Sie Herrn Keil ein paar Geschenke gemacht haben, zum Beispiel diese Schmuckstücke, gäbe es keinen Grund, ihn länger in Haft zu halten. Sie könnten diese Sachen ja in seine Verwahrung gegeben haben, um sich für die Zukunft ein bißchen abzusichern. Ich meine, eine Ehe und den gemeinsam erworbenen Besitz aufzulösen, das kann sich ja eine Weile hinziehen. Dann steht man plötzlich mittellos da.«

Ihre Hände begannen unkontrolliert zu zittern, als sie begriff, was Schneider für sie tat. Aus der Tasse, die sie immer noch hielt, schwappte Kaffee auf den Unterteller. Schneider nahm ihr rasch das Gedeck aus der Hand. Er wollte es auf den Tisch stellen, traf jedoch nur die Tischkante. Tasse und Unterteller fielen zu Boden und zerbrachen. Der Kaffee ergoß sich über den Teppich und versickerte im Flor. Und mit ihm ein hochwirksames Gift.

14

Im Büro des Untersuchungsrichters hatte Judith das Gefühl, daß jeder im Raum Bescheid wußte, auch der ältere Mann hinter dem Schreibtisch, der ihr aufmerksam zuhörte. Er kam nicht einmal auf die Idee zu fragen, warum ihr erst jetzt einfiel, daß sie Martin die Schmuckstücke gegeben hatte, um bei der Trennung von ihrem Mann ein kleines Finanzpolster zu haben.

Daß sie Martin mit einer Lüge zur Freiheit verhalf, trübte die freudige Erwartung und die Erleichterung ein wenig. Schneider schien zu wissen, wie sie sich fühlte. Auf dem Weg zum Gefängnis meinte er: »Nun machen Sie sich mal keine Gedanken, Frau Schwaiger. Wenn man vor einem großen Berg steht, kommt es auf ein Steinchen nicht an.«

Manfred Schneider ließ es sich nicht nehmen, Martin Keil persönlich aus der Zelle zu holen. Sie wartete auf dem Parkplatz neben Schneiders Wagen, trat ungeduldig von einem Fuß auf den anderen, stellte sich vor, wie Martin die wenigen Dinge zusammenpackte, neben Schneider über lange Flure ging, sich dem Ausgang näherte. Dann endlich ging das Tor auf. Schneider trat ins Freie und blinzelte in die Sonne.

Martin war mit seiner Reisetasche in der Hand dicht hinter ihm. Er verhielt einen Moment, hob das Gesicht zum Himmel und blinzelte wie Schneider in die Sonne. Dann senkte er den Blick wieder und sah Judith neben dem Auto stehen. Sie lief ein paar Schritte auf ihn zu, blieb stehen, lief weiter, blieb erneut stehen. Martin ließ die Tasche fallen und kam ihr entgegen.

Schneider ließ den Blick angelegentlich über den Parkplatz schweifen. Er hatte ein gutes Gefühl, ein sehr gutes. Und er freute sich schon auf Bernd Schwaigers Gesicht, wenn er ihm bei der nächsten Begegnung genüßlich die neuen Gegebenheiten präsentieren durfte.

Auf Bernd Schwaigers Gesicht, mehr noch auf sein eigenes Honorar aus dem anstehenden Vergleich, freute sich auch Jochen Sieber. Er hatte nach Judiths Bericht und Schneiders Hinweis auf Brings eine ziemlich klare Vorstellung, wo der Hebel in diesem Fall anzusetzen war. Daß Schneider mit seinem geplanten Vorstoß bei Schwaiger Erfolg haben könnte, davon war Jochen Sieber nicht überzeugt. Aber eine junge Frau, die sich in der ersten Enttäuschung zu übereiltem Handeln hatte hinreißen lassen, bekam vermutlich Gewissensbisse, wenn man sie mit den richtigen Argumenten bearbeitete.

Für Jochen Sieber war Lisa Hohlstett die Schwachstelle in Bernd Schwaigers Plan. Er brauchte nicht lange, um ein paar Erkundigungen über die junge Schauspielerin einzuziehen und sein Bild abzurunden. Zur Zeit spielte sie wieder in einer kleinen Nebenrolle am Theater.

Die abendliche Vorstellung ersparte er sich. Er schaffte es, in die Garderobe zu gelangen und Lisa Hohlstett mit ein paar Komplimenten zu ihrem Talent über den Schreck hinwegzuhelfen. Nach dem kurzen Geplänkel kam er zur Sache und erlebte eine herbe Enttäuschung. Der Appell an ihr Gewissen ging ins Leere. Als sie begriff, welchem Zweck sein Besuch dienen sollte, schnappte Lisa Hohlstett ein wie ein Panzerschloß.

Mit wütend verschlossener Miene rannte sie vor ihm her aus dem Theater ins Freie. Er blieb ihr dicht auf den Fersen. Sie erreichte die Straße, er hielt sich neben ihr und versuchte sein Glück mit der zweiten Masche.

Mit freundlich schlitzohrigem Lächeln erklärte er: »Wissen Sie, was ich an der Sache so merkwürdig finde? Ihr Auftritt in

Schwaigers Geschäft, Ihre Kaufabsichten! Immerhin sollte das Smaragdarmband achtzigtausend Mark kosten.«

»Na und?« hielt sie schnippisch dagegen.

Er behielt sein Lächeln bei, um ihr deutlich zu machen, daß er nicht als ihr Feind auf sie einsprach. »Nun, Frau Hohlstett, Sie hatten kein Engagement und kein Einkommen, als die Schmuckstücke bei Martin Keil auftauchten. Aber Sie hatten einen Schlüssel zu seiner Wohnung.«

Sie blieb neben einem am Straßenrand geparkten Kleinwagen stehen. Es war ein neuer Wagen, das war auf den ersten Blick zu sehen. Doch anfangs deutete nichts darauf hin, daß es sich um ihr Auto handelte.

»Macht es Spaß, mir hinterherzuschnüffeln?« fauchte sie.

»Das mit dem Schlüssel war nicht geschnüffelt«, sagte er und grinste. »Aber ansonsten, wenn was dabei rauskommt, macht es immer Spaß. Und ich weiß schon eine Menge.«

»Wissen Sie auch, daß Sie mich langweilen?« Mit diesen Worten drehte sie ihm demonstrativ den Rücken zu und kramte einen Autoschlüssel aus ihrer Handtasche. Er brauchte nur zwei Sekunden für die Kombination, legte eine Hand auf das Wagendach. »Hübsches Auto, genau richtig für den Stadtverkehr. Seit wann fahren Sie es?«

Sie antwortete nicht, steckte den Schlüssel ein und öffnete die Fahrertür.

»Lassen Sie mich raten«, sagte er. »Seit Martin Keils Verhaftung. Schwaiger hat sich den Spaß eine Menge kosten lassen.«

Lisa Hohlstett starrte ihn wütend an.

Er gab sich großzügig. »Sie müssen nicht antworten. Das Zulassungsdatum kann ich beim Straßenverkehrsamt erfahren. Wenn ich Sie danach immer noch langweile, Kommissar Schneider findet das bestimmt spannend. Er zweifelt nämlich ein wenig, ob eine Frau, nur weil sie abserviert wird, so weit geht, wie Sie gegangen sind, Frau Hohlstett. Aber wenn zusätzlich ein Auto dabei rausspringt, lohnt sich die Rache.«

Sie stampfte mit dem Fuß auf. »Verdammt noch mal, was wollen Sie eigentlich von mir?«

»Habe ich doch gesagt. Nur ein paar Auskünfte, damit Martin Keil zu seinem Recht kommt. Ich finde, er hat eine

Haftentschädigung verdient. Kommissar Schneider sieht das auch so, wenn Sie lieber mit *ihm* reden möchten ...«

Den Rest ließ er offen, sagte statt dessen in väterlich wohlwollendem Ton. »Sehen Sie, Frau Hohlstett, Sie sind doch nicht dumm. Sie haben zwei Möglichkeiten. Entweder Sie kooperieren mit uns, dann können wir die Sache unter Freunden regeln. Kein Mensch legt in diesem Falle Wert darauf, Sie strafrechtlich zu belangen. Oder Sie bleiben bei Ihrer Version, dann könnte das für Sie ins Auge gehen. Unter Umständen würde sich Martin Keil daran erinnern, daß Sie häufig in seiner Nähe waren, wenn er den Tresor öffnen mußte, daß er Sie auch mal allein im Büro zurückließ. Und Judith Schwaiger könnte bei einer Bestandsaufnahme feststellen, daß noch mehr fehlt als nur die Schmuckstücke.«

Lisa Hohlstett strich ihr Haar zurück, eine Verlegenheitsgeste. Sie war merklich verunsichert, schloß die Wagentür wieder und schaute Sieber unschlüssig und mißtrauisch an.

15

Am frühen Montag abend kamen Bernd und Sandra aus Amsterdam zurück. Er hatte sich viel Zeit gelassen für die Fahrt, war auf den letzten siebzig oder achtzig Kilometern kaum schneller als hundert gefahren, hatte stur geradeaus geschaut und geschwiegen.

Auch sie fühlte sich nicht wohl in ihrer Haut. Mit jedem Kilometer, den sie zurücklegten, wurde es realer. Die Selbsttäuschung, die ihr in Amsterdam so gut gelungen war, verlor an Wirkung. Sie wollte Judiths Tod, wollte ihn unverändert inbrünstig, weil er die einzige Möglichkeit war, nicht nur das Bett, auch das Leben mit Bernd zu teilen.

Aber beim ersten Versuch, Judith aus dem Weg zu räumen, wäre sie fast ohne Schuld davongekommen. Eine Krankheit und ein Selbstmord! Ihr hätte man allenfalls vorwerfen können, daß sie in dieser Situation die falschen Worte gewählt hatte. Beim zweiten Mal war es eine spontane Handlung gewesen, ohne Gedanken, nur mit dem Ziel, Bernd zu schützen, war sie Judith hinterhergerast.

Und nun sah sie sich stehen mit diesem Fläschchen in der Hand und der Tasse. Und das war ein kaltblütiger, sorgfältig geplanter Mord. Aber es war ein perfekter Mord, und ihre einzige Sorge war, wie Bernd damit umging, ob das, was er für sie empfand, der Belastung auf Dauer gewachsen war.

Kurz nach sechs steuerte er seinen BMW in die Zufahrt zur Villa. Dicht bei der Haustür hielt er an. Daß er sie nicht bei ihrer Wohnung abgesetzt hatte, schien ihr ein gutes Zeichen, der Beweis seines Willens, ihr Verhältnis nicht länger zu leugnen. Er stellte den Motor ab, schaute sie an.

»Soll ich reingehen?« fragte sie.

Er schüttelte den Kopf, stieß die Tür auf und stieg aus. Zügig nahm er die Stufen zur Haustür, schloß auf, blieb einen Moment im Türrahmen stehen. Sie folgte ihm langsam, sah, wie er die Schultern straffte und sich mit Blick zum Eßzimmer in Bewegung setzte.

Als sie die Diele betrat, stand er bei der offenen Tür zum Eßzimmer, mit einer Schulter gegen den Rahmen gelehnt, den Blick starr auf etwas gerichtet, das sie nicht sehen konnte. Er drehte sich zu ihr um, etwas wie ein Lächeln huschte um seinen Mund. »Du kannst ruhig näherkommen. Sie ist nicht hier.«

Zögernd ging sie näher, schaute an ihm vorbei auf die Scherben und den getrockneten Kaffeefleck auf dem Teppich. Dann sah sie das zweite, unberührte Gedeck auf dem Tisch. Sie schluckte trocken. »Es muß jemand bei ihr gewesen sein. Aber …« Sie brach ab, setzte neu an. »Das hat nichts geändert. Es wirkt zu schnell. Egal, wer bei ihr war. Er hat ihr nicht helfen können. Sie muß tot sein.«

Bernd begann unvermittelt zu würgen, legte hastig eine Hand vor den Mund und rannte zur Toilette. Sie blieb bei der Tür stehen und hatte das Gefühl, ihr Kopf sei hohl. Durch die geschlossene Toilettentür hörte sie sein erbärmliches Würgen und Spucken. Und sie fragte sich, ob Judiths Tod für seine Übelkeit verantwortlich war oder die Tatsache, daß es einen

Zeugen geben mußte. Irgendeinen Menschen, der erklären konnte, daß Judith nicht in seiner Gegenwart Gift geschluckt hatte. Daß sie nichts weiter getan hatte, als Kaffee zu trinken. Und dann würde die Polizei diesen Fleck auf dem Teppich und die Scherben der Tasse analysieren. Und dann würde sie …

Sie konnte es nicht zu Ende denken. Hinter ihr wurde die Tür der Toilette geöffnet. Mit kalkweißem Gesicht kam er zurück in die Diele. Er winkte sie mit einer Hand zu sich.

»Komm, wir fahren zu dir. Ich kann hier nicht bleiben.«

Noch ehe sie sich in Bewegung setzen konnte, war er im Freien, rannte mit großen Schritten zum Wagen und warf sich hinters Steuer. Sekunden später saß sie neben ihm.

»Wir können nicht einfach verschwinden. Wir müssen den Teppich reinigen. Und wir sollten uns erkundigen …«

»Nein«, unterbrach er sie hart. »Wir fahren zu dir und warten ab. Wenn wir nichts wissen und nichts getan haben, warum sollen wir den Teppich reinigen, und wonach sollen wir uns erkundigen?«

Innerlich atmete sie auf. Wir, hatte er gesagt.

16

Jochen Sieber hatte erfahren, was er wissen mußte. Nicht alles, ein paar Details waren ungeklärt geblieben. Dafür hatte er andere Dinge gehört, mit denen er nicht gerechnet hatte, die ihm im ersten Moment die Sprache verschlugen. Inzwischen hatte er sie wiedergefunden. Er stand mit Martin Keil neben seinem Wagen auf dem weitläufigen Hof von Norbert Parring.

Judith Schwaiger hatte darauf bestanden, vorübergehend zu ihrem Bruder zu fahren. Sie hatte sogar einen Grund für ihren Wunsch angegeben. Norbert sollte Martin besser kennenlernen und begreifen, daß er mit seinem Urteil, vielmehr mit seinen Zweifeln, völlig falsch gelegen hatte.

Jochen Sieber berichtete der Reihe nach zuerst die Tatsachen, die Martin ohnehin kannte. Martin hörte fassungslos zu und schüttelte den Kopf, als Jochen Sieber eine Pause einlegte, um sich für den Schluß zu sammeln.

»Ich wußte, daß Lisa ein Biest ist«, sagte Martin. »Ich wußte auch, daß sie gemeinsame Sache mit Bernd Schwaiger gemacht haben muß. Aber daß es wirklich so war …« Er brach ab und schüttelte noch einmal den Kopf.

»Schwaiger hat Lisa Hohlstett nicht engagiert«, erklärte Jochen Sieber.

»Nicht?« Martin war ehrlich verblüfft. »Wer dann?«

»Sandra Testroff.« Jedes Wort war ein kleiner Hammer und wirkte auch so. Martin zuckte zusammen und murmelte: »Das glaube ich nicht.«

Jochen Sieber runzelte die Stirn. »Das sollten Sie aber. Die Hohlstett ist mit Schwaiger gar nicht in Berührung gekommen. Das hat alles Sandra Testroff geregelt. Sie hat Ihre Exfreundin sogar zur Villa kutschiert, damit sie sich mit eigenen Augen von der Konkurrenz überzeugen kann. Erst danach war Lisa bereit, den Schlüssel rauszurücken.«

Martin schüttelte abwehrend den Kopf. »Ich glaube das einfach nicht, das ist doch …«

»Infam!« sagte Jochen Sieber. »Sprechen Sie es ruhig aus.«

Er machte eine Pause, um Martin Gelegenheit zu geben, diese Auskunft zu verarbeiten. Doch so schnell ging das anscheinend nicht. Martin starrte über den Hof, hinüber zum Wohnhaus, stieß die Luft aus oder schüttelte erneut den Kopf.

»Ja«, fuhr Jochen Sieber gedehnt fort. »Das ist eine interessante Geschichte, wo die Testroff doch so um Judiths Wohlergehen und Glück besorgt ist. Wie vereinbart es sich mit dieser Sorge, Sie in den Knast zu bringen?«

Martin hob die Schultern, ließ sie wieder sinken. Am Wohnhaus wurde die Tür geöffnet. Judith trat ins Freie und kam näher.

»Wie soll ich ihr beibringen, daß ihre beste Freundin …«

»Erst mal gar nicht«, schlug Jochen Sieber vor. »Später schonend. Ich werde mir Schwaiger und die Testroff morgen vorknöpfen. Mal sehen, was ich für Sie rausholen kann.«

Martin atmete tief durch. »Ich bin Ihnen wirklich sehr dankbar, daß Sie uns helfen, Herr Sieber. Aber ich will kein Geld, ich will ...«

Er brach ab. Judith war nahe genug, um zu verstehen, was gesprochen wurde. Sie hakte sich bei Martin ein, lächelte Jochen Sieber an. »Warum kommt ihr nicht rein? Habt ihr Geheimnisse?«

Jochen Sieber lachte. »Um mein Honorar mache ich immer ein Geheimnis.« Er klopfte Martin auf die Schulter und grinste. »Aber wir werden uns schon einig.«

»Das könnt ihr beim Kaffee«, sagte Judith. »Meine Schwägerin hat Apfelkuchen gebacken.«

Sie griff nach Martins Hand und zog ihn auf das Haus zu. Jochen Sieber folgte ihnen, legte sich im Geist die Argumente zurecht, mit denen er Martin Keil von einer möglichst hohen Summe überzeugen könnte.

Am nächsten Morgen fuhr er kurz nach neun zum Juweliergeschäft. Im Ausstellungsraum war eine alte Dame mit einem halben Dutzend Ringen und einer Schmuckleiste beschäftigt. Nach Judiths Auskünften mußte es sich um ihre Schwiegermutter handeln.

Im Hintergrund stand Bernd Schwaiger mit einer überaus attraktiven Frau Anfang Dreißig zusammen an einer geöffneten Vitrine. Im ersten Moment ging Jochen Sieber davon aus, daß es sich um eine Kundin handelte. Schwaiger nahm ein Schmuckstück in die Hand. Jochen Sieber konnte nicht erkennen, worum es sich handelte.

Er grüßte mit einem höflichen Nicken zu Anna Schwaiger hinüber und steuerte direkt auf das Paar bei der Vitrine zu. Die Frau lächelte ihm erwartungsvoll entgegen und nahm eine Haltung an, die deutlich machte, daß sie ihm ihre ungeteilte Aufmerksamkeit widmen wollte. Jochen Sieber schaltete sofort. Das aparte Wesen ging in Verkaufspositur, und da Judith Schwaiger keine Verkäuferin erwähnt hatte ...

Jochen Sieber riskierte einen Schuß ins Blaue, nickte beiden freundlich zu und sagte: »Frau Testroff, Herr Schwaiger, mein Name ist Sieber. Ich muß Sie beide sprechen.«

Die beiden tauschten einen Blick, von dem er nicht hätte

sagen können, ob sich Erschrecken oder Erleichterung darin spiegelte.

»In welcher Angelegenheit?« erkundigte sich Bernd Schwaiger zurückhaltend.

»Wir sollten das in Ihrem Büro besprechen«, erklärte Jochen Sieber mit Nachdruck und einem bezeichnenden Blick auf Anna Schwaiger, die sich sehr beschäftigt gab mit den Ringen und der Zierleiste, jedoch nicht verhehlen konnte, daß sie äußerst konzentriert zuhörte. Ohne auf eine Reaktion von Bernd Schwaiger zu warten, stieg Jochen Sieber die Treppe hinauf. Aus halber Höhe sah er, daß Sandra Testroff wie erstarrt neben der Vitrine stand und das Schmuckstück von einer Hand in die andere legte.

Bernd Schwaiger schloß sich ihm an und winkte Sandra Testroff mit einer herrischen Geste zur Treppe. Jochen Sieber erreichte den Empfangsraum und schaute sich anerkennend um.

»Nobel«, stellte er fest. »Dafür lohnen sich ein paar krumme Touren.«

»Wollen Sie sich nicht erst mal ausweisen?« verlangte Bernd Schwaiger.

Jochen Sieber griff in sein Jackett und lächelte nichtssagend. »Natürlich, entschuldigen Sie meine Nachlässigkeit. Was möchten Sie sehen, Reisepaß oder Führerschein?«

»Ihren Dienstausweis!«

Sandra Testroff erschien auf der Treppe, offensichtlich sehr um Fassung bemüht, konnte sie ihre Anspannung nicht völlig verbergen. Jochen Sieber lächelte ihr zur Auflockerung freundschaftlich zu und sagte gleichzeitig: »Das ist ein Mißverständnis. Ich bin nicht von der Polizei. Ich bin Rechtsanwalt. Ihre Frau ist, wie Sie vielleicht schon bemerkt haben, am Wochenende …«

Weiter kam er nicht. »Wo ist Judith?« fiel Bernd Schwaiger ihm ins Wort.

Jochen Sieber ignorierte die Frage, zeigte auf die Tür gegenüber der Treppe. »Ihr Büro?«

Bernd Schwaiger nickte automatisch. Jochen Sieber ging auf die Tür zu, öffnete sie und betrat den Raum. Bernd

Schwaiger beeilte sich, ihm zu folgen. Auch Sandra Testroff setzte sich langsam in Bewegung. Sie schloß die Tür hinter sich und lehnte sich mit dem Rücken dagegen. Jochen Sieber setzte sich lässig auf eine Schreibtischkante.

»Sie haben meine Frage nicht beantwortet«, stellte Bernd Schwaiger fest. »Wo ist Judith?«

Jochen Sieber dachte nicht daran, Auskunft zu geben. Zwar konnte er sich die unterschwellige Nervosität der beiden nicht restlos erklären – eine Ehefrau, die sich abgesetzt hatte, war kein Grund, in Panik zu geraten –, aber sollten sie ruhig ein bißchen zappeln. Und wenn er die Fragen in der richtigen Reihenfolge stellte, bekam er möglicherweise Hinweise auf den Grund für ihre Unruhe.

»Hat Kommissar Schneider sich schon bei Ihnen gemeldet?« begann er.

»Nein«, sagte Schwaiger knapp und fügte nach spürbarem Zögern an. »Warum sollte er? Ist Judith ... etwas zugestoßen?«

Interessante Formulierung, fand Jochen Sieber, noch aufschlußreicher war das Stocken mitten im Satz. Er hütete sich vor einer Antwort, deutete mit lässigem Grinsen auf Schwaigers linkes Handgelenk. »Hübsche Uhr, gefällt mir.«

»Wollen Sie nicht endlich zur Sache kommen?« brauste Schwaiger auf.

»Bin ich schon«, sagte Jochen Sieber. »Die Polizei hat einen Mann festgenommen, der hatte genau so eine Uhr.«

»Wie schön für ihn«, erklärte Bernd Schwaiger ironisch.

Jochen Sieber seufzte. »So schön nun auch wieder nicht. Ihr Name war eingraviert.«

Bernd Schwaiger begriff anscheinend, daß es nicht um seine Frau ging. Er schob Sandra Testroff von der Tür weg, riß die Tür auf und deutete wortlos in den Empfangsraum. Jochen Sieber rührte sich nicht von der Schreibtischkante und sprach unbeirrt weiter: »Aber schön finde ich, was diese Schauspielerin mir erzählt hat. Und auf dieser Basis halte ich hunderttausend als Haftentschädigung für Martin Keil für durchaus angemessen. Und Ihre Frau hat dieses Geschäft mit aufgebaut, damit hat sie Anspruch auf die Hälfte des Vermögens. Da stimmen Sie mir sicher zu.«

»Einen Dreck werde ich«, preßte Bernd Schwaiger zwischen den Zähnen hervor. »Wenn meine Frau etwas will, soll sie sich gefälligst bei mir melden. Was sind das für Sitten, einfach zu verschwinden? Ich komme fast um vor Sorge, und ...«

»Nun mal langsam«, unterbrach Jochen Sieber ihn genüßlich. »Daß Sie ein paar schlaflose Nächte hinter sich haben, müssen Sie mir nicht erzählen. Das sehe ich auch so. Aber der Grund dafür dürfte ein anderer als Sorge gewesen sein.« Er machte eine kurze Pause, um seinen nachfolgenden Worten mehr Nachdruck zu verleihen. »Ach, um Ihre Frage von vorhin zu beantworten. Ihre Frau ist bei guter Gesundheit. Aber das muß man wohl als einen überaus glücklichen Zufall bezeichnen. Viel hat jedenfalls nicht gefehlt.«

Es war ein weiterer Schuß ins Blaue, nur das Ergebnis seiner raschen Kombinationsgabe. Auch wenn er keinen blassen Schimmer hatte, was das saubere Pärchen ausgeheckt haben könnte, irgend etwas hatten sie vorgehabt. Und offenbar waren sie bis zu seinem Auftauchen nicht sicher gewesen, ob ihr Plan aufgegangen war. In rasender Geschwindigkeit hakte sein Hirn ein paar Möglichkeiten ab, analysierte vorhandene Informationen, verband sie mit Vermutungen.

Er hatte, nachdem Lisa Hohlstett die Testroff ins Spiel gebracht hatte, ein paar Fragen zur Person gestellt. Harmlose, unverfängliche Fragen unter Martin Keils beschwörenden Blicken. Judith hatte keinen Verdacht geschöpft und jede gewünschte Auskunft gegeben, unter anderem hatte sie das Pech ihrer überaus besorgten Freundin erwähnt, ausgerechnet in der Nacht des Unfalls die Mauerkante der Garage zu rammen. Schneider wäre von dieser Information vermutlich begeistert gewesen und hätte ebenfalls seine Schlüsse gezogen. Doch vorerst dachte Jochen Sieber nicht daran, Sandra Testroffs Unfall aktenkundig zu machen.

Er schenkte ihr, die den Raum nicht verlassen hatte, ein hinreißendes Lächeln und erkundigte sich freundlich: »Habe ich eigentlich schon erwähnt, daß ich Zeuge des Unfalls Ihrer Freundin war, Frau Testroff? Judith Schwaiger ist doch Ihre Freundin, oder habe ich sie da mißverstanden? Hat sie, als sie den Ausdruck benutzte, gemeint, Sie seien die Freundin Ihres Mannes?«

Bernd Schwaiger stand immer noch bei der aufgerissenen Bürotür. Nun schloß er sie mit einem harten Ruck. »Was erlauben Sie sich?«

»Ich mir?« fragte Jochen Sieber gedehnt und schüttelte ungläubig den Kopf. »Mann, Sie haben Nerven. Was haben *Sie* sich erlaubt? Meinen Sie nicht auch, daß Ihr Spielchen jetzt und hier ein Ende haben sollte? Hunderttausend war mein Angebot. Wenn Sie Bedenkzeit brauchen, erhöht sich die Summe, sagen wir um fünfzigtausend pro Woche. Wenn Sie ablehnen, werde ich Martin Keil mit Freuden in der Zivilverhandlung vertreten. Selbstverständlich auch als Nebenkläger im Strafprozeß gegen Sie und Ihre saubere«, er deutete mit einem abfälligen Kopfnicken zu Sandra Testroff hin und spuckte das Wort beinahe aus, »Gespielin!«

Sandra Testroff schluckte trocken und starrte ihn ausdruckslos an. Jochen Sieber bemühte sich nicht länger um Freundlichkeit, zog eine Visitenkarte aus seinem Jackett. »Unter der Nummer meines Büros können Sie mich zwischen neun und siebzehn Uhr erreichen oder eine Nachricht hinterlassen. Betrachten Sie mich als Unterhändler, weder Ihre Frau noch Martin Keil legen zur Zeit Wert auf ein persönliches Gespräch.«

Mit dem letzten Wort erhob er sich von der Schreibtischkante und ging ohne Gruß an beiden vorbei aus dem Raum.

Als er die Treppe erreichte, sah er die alte Dame auf halber Höhe stehen. Mit bleicher Miene schaute sie zu ihm auf. Ihre Hand auf dem Treppengeländer zitterte leicht. Sie ging rückwärts die Treppe hinunter, ließ den Blick nicht von seinem Gesicht. Im Ausstellungsraum angelangt, erkundigte sie sich gedämpft: »Was ist passiert?«

Er antwortete ihr nicht. Sie atmete tief durch. »Wie geht es meiner Schwiegertochter?«

»Gut«, sagte er.

»Wo ist sie?«

»Bei Herrn Keil.«

Zwei, drei Sekunden lang starrte Anna Schwaiger ihn

erschreckt und fassungslos an, dann begriff sie. »Martin Keil ist frei?«

Er nickte nur. Aus den oberen Räumen drangen Töne einer heftigen Auseinandersetzung. Es erfüllte ihn mit Genugtuung, zu hören, wie sie sich gegenseitig anbrüllten.

»Mach keine Dummheiten!« schrie die Testroff. »Was hast du vor?«

»Was ich von Anfang an tun wollte!« erklärte Schwaiger mit sich überschlagender Stimme.

Anna Schwaiger schaute mit Trauer im Blick die Treppe hinauf. »Auch wenn er mein Sohn ist«, erklärte sie leise, »ich freue mich für Judith.« Nach einer winzigen Pause fügte sie hinzu: »Und für Martin Keil.«

Jochen Sieber nickte und ging zur Tür. Bernd Schwaigers letzter Satz hallte ihm noch in den Ohren. Rückschlüsse auf eine bestimmte Aktion ließen sich daraus nicht ziehen. Aber es konnte nicht schaden, Judith Schwaiger und Martin Keil zu warnen. Als er die Straße erreichte und zu seinem Wagen ging, verwarf er den Gedanken wieder. Immerhin hatte er Martin Keil mit Mühe und Not überzeugt, daß Freiheitsberaubung und Rufschädigung ihren Preis hatten. Wenn er nun andeutete, daß von Schwaiger möglicherweise eine Gefahr ausging, überlegte Martin Keil sich das vermutlich wieder und zog es vor, mit Judith unterzutauchen. Damit ließ sich kein gutes Honorar erzielen. Außerdem: Manch einer sagte in der erste Wut Dinge, die er niemals in die Tat umsetzte.

17

Sie verbrachten einige Tage bei Norbert und seiner Familie auf dem Hof. Die Zeit in Haft hatte Martin verändert. Das Leichte, Spielerische, das Judith so geliebt hatte an ihm, hatte er völlig verloren. Vielleicht liebte sie ihn deshalb noch ein wenig mehr, weil sie sich für seinen Verlust mitverantwortlich fühlte. Wieder und wieder bemerkte sie an ihm Momente der

Abwesenheit. Mitten im Gespräch verlor er plötzlich den Faden, wanderte sein Blick zu den Fenstern, oder – wenn sie sich im Freien aufhielten – zum Himmel hinauf.

Zweimal fuhr er in die Stadt, um sich mit Jochen Sieber zu treffen. Ihre Begleitung lehnte er strikt ab. Wenn er zurückkam, war er noch stiller, noch tiefer in schwarzen Gedanken versunken. Alles schien ihm plötzlich schwierig, überall sah er Hindernisse. Zum Teil waren seine Befürchtungen berechtigt. Er hatte keine Arbeit und damit kein Einkommen mehr. Der überaus tüchtige Staranwalt Lennarz schickte ihm eine saftige Rechnung und ließ seine Reserven tüchtig schrumpfen.

Sie war zuversichtlich, die Lücken rasch wieder füllen zu können. Als er zum drittenmal in die Stadt fuhr, um sich mit Sieber zu treffen, gab sie ihm einen Scheck mit, ausgestellt auf das Privatkonto, über das sie gemeinsam mit Bernd verfügte. Martin kam zurück ohne Geld. Bernd hatte sämtliche Konten sperren lassen.

Sie versuchte, ihn anzurufen, um an seine Vernunft zu appellieren. Daheim war er nicht, dort schaltete sich nur der Anrufbeantworter ein. Im Geschäft nahm Anna den Hörer ab. Anna wirkte bedrückt, erklärte mit einer Stimme, die vorher nie so alt und erschöpft geklungen hatte, Bernd sei für einige Tage auf Geschäftsreise. Dann erkundigte Anna sich stockend: »Wie geht es dir? Kann ich irgend etwas tun?«

Sie mochte ihre Schwiegermutter nicht mit finanziellen Nöten und erst recht nicht mit anderen Dingen belasten, versicherte, es ginge ihr blendend und legte wieder auf.

Norbert half ihr mit einem größeren Betrag aus der Klemme und sorgte auch dafür, daß sie und Martin über einen Ortswechsel nachzudenken begannen. »Ich halte das für die beste Lösung«, meinte Norbert. »Hamburg zum Beispiel ist eine schöne Stadt. Dort kennt euch niemand, Martin wird dort leichter Arbeit finden, und kein Mensch wird euch belästigen. Was hier zu regeln ist, überlaßt ihr am besten Jochen Sieber.«

Es war ein vernünftiger Vorschlag, den auch Martin gerne aufgriff. Eine gute Woche nach seiner Entlassung aus der

Untersuchungshaft brachen sie auf. Sie machten einen kurzen Abstecher zu Martins Wohnung. Er packte einige Sachen zusammen, nahm auch die Fokker mit, als führe er mit ihr in einen Urlaub.

Sie wollte ebenfalls heim, ein paar Kleidungsstücke und anderes packen. Seit dem Unfall lebte sie in den Jeans und Hemden ihrer Schwägerin, zur Abwechslung stand ihr nur Sandras Kostüm zur Verfügung. Martin meinte, das genüge vollauf. Er wollte um jeden Preis verhindern, daß sie die Villa erneut betrat. Das verstand sie noch, schrieb seine scheinbar übertriebene Sorge und Furcht der Erfahrung zu, die er mit Bernd hatte machen müssen. Aber er verhinderte auch, daß sie Kontakt zu Sandra aufnahm. Und das verstand sie nicht.

In Hamburg mieteten sie sich in einer preiswerten Pension ein. Wären Martins Bemühungen um Arbeit nicht gewesen und ihre Suche nach einer Wohnung, es hätte wirklich wie ein Urlaub sein können. Abends fuhren sie häufig mit der Fokker hinaus an die Alster. Sie fand rasch heraus, daß Martin sich in den unbekümmerten jungen Mann zurückververwandelte, sobald er das Modell in Startposition gebracht hatte. Daß sie sich für sein Hobby begeistern konnte, half ihm zusätzlich aus seiner oft depressiven Stimmung. Für ihn war ihr Interesse und die Aufmerksamkeit, mit der sie seinen Erklärungen lauschte, nur eine weitere Gemeinsamkeit.

Sie mußte nicht heucheln, es machte wirklich Spaß, auch wenn ihr bei der Steuerung noch Fehler unterliefen und sie einmal sogar für eine Bruchlandung sorgte, bei der eine Tragfläche abbrach. Er reparierte den Schaden noch am selben Abend notdürftig. Für eine fachgerechte Reparatur fehlte ihm das geeignete Material.

Das lag in seiner Wohnung. Und er wollte auf keinen Fall zurückfahren, nur um Holzleim, Lötkolben oder ähnliches zu holen.

»Wir fahren zurück, wenn ich einen Job habe«, sagte er. Doch bei all ihrer Zuversicht, es fand sich keine geeignete Stelle für ihn. Mehrfach begleitete sie ihn zu Bewerbungsgesprächen und gewann den Eindruck, daß Bernd in der gesamten Branche verbreitet hatte, sein ehemaliger Geschäftsführer habe ihn betrogen, niedergeschlagen und schwer verletzt. Und er sei nur durch ihre Hilfe auf freiem Fuß.

Es sah nicht gut aus, wahrhaftig nicht, mochte sie hundertmal erklären: »Wir beide schaffen das schon. Notfalls gehen wir ins Ausland.«

Ohne Geld konnten sie nirgendwo hin. Norberts Darlehen ging zur Neige. Und von Jochen Sieber gab es keine Neuigkeiten. Sieber wußte nicht genau, ob Bernd immer noch auf Geschäftsreise war oder sich nur verleugnen ließ. Aber er überwies eine Summe, die Anna Schwaiger zur Verfügung gestellt hatte. Sie reichte für eine weitere Woche in Hamburg und ein wenig neue Hoffnung.

Judith war fest entschlossen, nach Ablauf dieser Frist zurück nach Berlin zu fahren. »Wir müssen das mit ihm persönlich klären, sonst kommen wir nicht weiter.«

Zwei Tage vor ihrer Abfahrt entdeckte sie die Anzeige eines Immobilienmaklers und vereinbarte einen Termin für die Besichtigung einer großzügig geschnittenen Wohnung nahe der Alster. Der Ausblick war traumhaft.

Sie schlenderte durch die großen, hellen Räume, machte an jedem Fenster halt, stand minutenlang auf der sonnigen Terrasse, während Martin mit dem Makler über die Kosten sprach.

Als sie zurück in den Wohnraum kam, signalisierte er ihr mit bedauerndem Kopfschütteln, daß diese Wohnung zur Zeit unerschwinglich war. Es war eine Geste, die sie wütend machte. In Berlin lag ein Vermögen, das zur Hälfte ihr gehörte, und sie war nicht in der Lage, die Miete für eine Wohnung aufzubringen, die nicht einmal halb so groß war wie die Villa.

»Würden Sie uns bitte einen Augenblick allein lassen«, bat sie den Makler.

Der Mann verließ den Raum. Sie schaute Martin an, ließ mit ihrem Blick keinen Zweifel, daß sie fest entschlossen war.

»Mit gefällt diese Wohnung, und wir werden sie nehmen.«

»Später«, sagte er. »Jetzt ist es unmöglich. Wir fahren übermorgen zurück, und dann werde ich mit Bernd reden.« Er tippte sich mit einem Finger gegen die Brust. »Ich, verstehst du? Du nicht. Ich bin sicher, ich kann mich mit ihm einigen. Er muß zuerst einmal dafür sorgen, daß ich nicht länger wie ein Schwerverbrecher dastehe, der nur deshalb nicht im Knast ist, weil er seiner Geliebten Sand in die Augen streuen konnte. Ich denke, daß ich ein paar gute Argumente habe, um ihn dazu zu bringen.«

»Was sind das für Argumente? Meinst du nicht, ich sollte sie auch kennen?«

Er schüttelte nachdrücklich den Kopf und sprach weiter. »Danach finde ich sicher einen Job, dann geht es rasch wieder aufwärts. Und dann nehmen wir diese Wohnung oder eine andere, die genauso schön ist. Und dann kaufe ich dir Kleider, so viele du willst, und ein neues Auto, und ...«

»Einen Kinderwagen?« fragte sie.

Er stutzte. »Bist du schwanger?«

»Nein, aber ich könnte es werden, wenn du ...«

Mit einem kleinen Lächeln unterbrach er sie. »Dir Mühe gibst, ich verstehe schon. Aber dann müssen wir erst recht die Reihenfolge einhalten.« Er zog sie an sich, küßte sie auf die Nasenspitze. »Sei vernünftig, bitte. Erlösen wir den armen Mann, er hat noch mehr Interessenten.«

Sie nickte, warf noch einen sehnsüchtigen Blick durch die offene Terrassentür und folgte Martin in die Diele.

18

Genau zu diesem Zeitpunkt saß Bernd Schwaiger auf einer Parkbank am Rand einer Grünfläche in Warschau. Neben ihm lag sein Aktenkoffer. Ein Stück von ihm entfernt spielten Kinder mit einem Ball. Eine junge Frau schob einen Kinderwagen auf ihn zu, fuhr an ihm vorbei und verschwand hinter einer Gruppe von Büschen.

Er schaute sich nervös um, warf einen raschen Blick auf seine Armbanduhr. Es war die Uhr mit dem eingravierten Namenszug. Schneider hatte sie ihm zurückgegeben. Er war an jenem Montag kurz nach diesem verfluchten und unverschämten Anwalt erschienen. Und Schneider war der Grund, daß er dann doch nicht überstürzt aufgebrochen war, daß er erst sorgfältig einige Informationen eingeholt und alles tausendmal überdacht hatte.

Schneider hatte ihm auf den Kopf zugesagt, wie er sich den Ablauf des Geschehens vorstellte. Er war der Wahrheit damit verdammt nahe gekommen, irrte sich nur in unwesentlichen Details wie dem Ort des Überfalls und dem Anlaß des Zusammentreffens mit Brings und seinem Komplizen, von dessen Existenz Schneider allerdings nichts wußte. Ebenso wußte er nichts von Freddie. Das sollte so bleiben.

Bernd hatte Freddie ein wenig unter Druck gesetzt, und diesmal hatte er die Trümpfe in der Hand gehalten. Ein Tip von ihm an die Polizei, den er sogar anonym geben konnte, und Freddie hätte sich von seinem Posten hinter der Bar verabschieden dürfen. Der Hinweis hatte Freddie sehr kooperativ gemacht.

Und nun saß er auf dieser Parkbank, wartete auf seine Kontaktperson und verlor allmählich die Geduld. Auf dem Weg näherte sich ein dem Augenschein nach sehr verliebtes Paar, beide mochten Anfang Zwanzig sein. Von der Schulter der jungen Frau baumelte eine große Umhängetasche. Immer wieder blieb sie stehen und küßte ihren Begleiter. Bernd schaute angespannt an dem Pärchen vorbei den Weg entlang. Er rechnete mit einem Mann, von dem er nur wußte, daß er Mitglied der Sowjetarmee gewesen war. Das jedenfalls hatte man ihm am Telefon gesagt. Angerufen hatte er gestern abend, wo, wußte er nicht. Gesprochen hatte er mit einer Frau, deren Stimme keine Rückschlüsse auf ihr Alter zugelassen hatte.

Das Pärchen auf dem Weg erreichte die Bank. Mit glucksendem Lachen versetzte die Frau ihren Begleiter einen Stoß vor die Brust. Er ließ sich zurückfallen, landete sitzend neben Bernd und streckte seine langen Beine von sich. Die Frau setzte sich rittlings auf seinen Schoß, ihre Umhängetasche geriet zwischen den Schenkel des Mannes und Bernds Bein. Er warf beiden einen unwilligen Blick zu. Sie kümmerten sich nicht um ihn.

Ungeniert schlang die Frau beide Arme um den Hals des Mannes und küßte ihn. Der Mann umarmte sie und stieß dabei seinen Ellenbogen in Bernds Seite. Der rückte von ihnen ab, wollte sich erheben und einen anderen Platz suchen, an dem er ungestört und vor allem unbeobachtet mit dem Mann reden konnte, der jeden Augenblick kommen mußte.

Als er nach seinem Aktenkoffer griff, begann die junge Frau zu sprechen. Mit starkem, slawischem Akzent erklärte sie leise: »Ich bin Katja, wir haben am Telefon gesprochen. Das ist Janosch, spricht kein Deutsch, aber er hat, was Sie wollen.«

Er hätte ihre Stimme nicht wiedererkannt, stieß vor Überraschung und Erleichterung die Luft aus, schaute über die Grünfläche und sagte: »Gut.«

»Janosch kann auch arbeiten«, sagte die Frau. »Ist nicht teuer und für Sie besser, kein Risiko.«

Er lachte rauh. »Vielen Dank, aber den Job muß ich persönlich erledigen.«

Dann zog er den Aktenkoffer auf seinen Schoß und öffnete ihn gerade soweit, daß er mit einer Hand hineingreifen konnte. Er nahm ein Bündel Geldscheine heraus. Die Frau riß es ihm aus der Hand und ließ es geschickt in ihrer Umhängetasche verschwinden. Janosch betrachtete über ihre Schulter hinweg gelangweilt die Umgebung und winkte den spielenden Kindern zu.

Katja brachte die Hand wieder zum Vorschein. Sie hielt ein in braunes Packpapier gewickeltes unförmiges Päckchen und schob es in seinen Aktenkoffer. Dabei knabberte sie verliebt an Janoschs Ohr und flüsterte ihm etwas zu, was Bernd nicht verstand. Janosch zuckte desinteressiert mit den Schultern. Sein Verhalten ließ ihn für Bernd wie einen harmlosen Tölpel erscheinen. Wenn er nicht bereits fest entschlossen gewesen wäre, selbst zu tun, was ihm auf der Seele brannte, hätte er sich in diesem Moment dazu entschieden. Der schlaksige Bursche neben ihm wirkte weiß Gott nicht wie ein Mietkiller.

Er ließ den Koffer zuschnappen, erhob sich, ohne die beiden noch eines Blickes zu würdigen, und ging zum Ausgang des kleinen Parks. Ein Stück davon entfernt stand sein BMW am Straßenrand. Er stieg ein, legte den Koffer auf den Nebensitz. Sekundenlang betrachtete er aufmerksam die Umgebung. Auf der Straße wimmelte es von Passanten, aber niemand kümmerte sich um ihn. Er riskierte es, den Koffer zu öffnen und den Inhalt des unförmigen Päckchens näher in Augenschein zu nehmen. Als erstes geriet ihm eine Schachtel mit Munition in die Hände, dann fühlte er das kühle Metall der großkalibrigen Pistole. Er hatte nicht viel Ahnung von Waffen, hätte nicht bestimmen können, welchen Typ er erworben hatte, tippte jedoch auf eine Pistole aus russischen Armeebeständen. Sekundenlang ließ er die Finger über den Lauf gleiten, dann schloß er den Koffer wieder und startete den Wagen.

Spät in der Nacht traf er bei Uwe Testroffs Jagdhütte ein. Die lange Fahrt hatte ihn müde gemacht. Er legte sich gleich ins Bett und schlief auf der Stelle ein. Früh am nächsten Morgen erwachte er. Es gab keine Vorräte für ein Frühstück. Er trank nur einige Schluck Wasser und verließ die Hütte mit einem Stück Karton und einigen Nägeln.

Am Rand der Lichtung fand er einen geeigneten Stamm, befestigte die Pappe mit den Nägeln daran. Die Nägel schlug er mit dem Griff der Pistole ein. Dann brachte er die beiden Fotos auf der Pappe an. Von einem lachte ihm Judith entgegen, unbeschwert und sorglos wirkte sie. Die Aufnahme war vor einigen Jahren entstanden und hatte einige Zeit auf seinem Schreibtisch gestanden. Das zweite Foto zeigte Martin.

Er trat einige Schritte zurück, zielte mit ausgestrecktem Arm und traf die Pappe dicht über Martins Gesicht. Mit dem zweiten Schuß erwischte er den Rand der Fotografie, der dritte ging in Martins Stirn. Das gesamte Magazin feuerte er ab. Martins Gesicht wurde von den Einschußlöchern förmlich durchsiebt und völlig unkenntlich, auch der Baumstamm wies einige Kerben ab. Er traf nicht mit jedem Schuß, doch jeder Treffer erfüllte ihn mit einer kalten Ruhe und Genugtuung.

Endlich legte er das erste Mal auf Judith an. Mit beiden

Händen und weit abgestreckten Armen visierte er ihre Stirn. Mit einem langen Seufzer ließ er die Waffe wieder sinken. Es war ein hübsches Foto, und es war überflüssig, es zu zerstören.

19

Am frühen Sonntag nachmittag erreichten Judith und Martin den Stadtrand. Martin wollte sie zu seiner Wohnung bringen und dann alleine zu Bernd fahren. Sie protestierte heftig. »Unsinn. Ich war zehn Jahre mit ihm verheiratet, ich laufe jetzt nicht vor ihm weg. Und ich brauche ein paar Sachen. Ich komme mir schon vor wie eine Bäuerin.«

»Ich kann etwas für dich einpacken.«

Sie lachte leise. »Was denn zum Beispiel?«

»Ein paar Kostüme, Blusen, Schuhe.«

»Fein«, sagte sie, »und was ist mit Unterwäsche? Was ist mit all dem anderen Kleinkram? Du hast keine Ahnung, was man als Frau unbedingt braucht. Also laß mich lieber selbst packen. Du bist ja in der Nähe.«

Mit einem Seufzer gab er nach. Wenig später bogen sie in die Straße zur Villa ein. Martin rollte langsam an der Zufahrt vorbei und sah Sandras Wagen vor dem Haus stehen – mit neuem Stoßfänger, neuem Kotflügel, neuer Motorhaube. Niemand sah mehr etwas von dem Schaden.

Martin ließ seinen Wagen noch ein Stück rollen und steuerte an den Straßenrand. Er hielt an und griff nach ihren Händen. »Eine Nacht wirst du ohne deinen Kleinkram noch überstehen. Wir holen deine Sachen morgen, wenn er im Geschäft ist, einverstanden? Sandra ist bei ihm.«

»Na und?« fragte sie verständnislos, entzog ihm ihre Hände und wollte die Tür öffnen. Er hielt sie zurück. »Judith, bitte. Jetzt nicht.«

»Nenn mir einen vernünftigen Grund«, verlangte sie.

Er hob unbehaglich die Schultern. »Ich wollte es dir nicht

sagen. Aber ... Sandra hat Lisa Hohlstett gekauft. Bernd hatte damit nichts zu tun. Er hat wahrscheinlich nur das Geld gegeben. Und Jochen meinte, ihm gefiele Sandras Autounfall nicht.«

Sie starrte ihn ungläubig an, schüttelte ablehnend den Kopf. »Ihr spinnt doch. Sie ist gegen die Garage gefahren. Ich habe selbst gesehen, daß die Steine ... die Kante war kaputt, den Lack konnte man auch sehen.«

»Auch eine Uhrzeit, Judith?« Er sprach sehr ernst und eindringlich. Schonend beigebracht war es nicht, dafür hatte er zu lange gewartet. Und je mehr von Jochen Siebers Theorie er erläuterte, um so mehr versteifte sie sich. Schließlich griff sie nach dem Schloß des Sicherheitsgurtes, öffnete die Tür und stieg aus. Wie eine Marionette an Fäden ging sie den Weg zurück zur Zufahrt.

Er stellte rasch die Zündung aus und folgte ihr. Nach ein paar Metern erreichte er sie, griff nach ihrer Schulter und hielt sie zurück.

»Das glaube ich nicht«, murmelte sie.

»Das habe ich zuerst auch gesagt.«

Sie schaute ihn an, als habe sie ihn nicht verstanden, dann ging sie langsam weiter. Mit der Hand auf ihrer Schulter hielt er sich an ihrer Seite. Als sie die Zufahrt erreichten, zog er sie fester an sich. Sie näherten sich der Haustür und hörten hinter dem Haus Sandra lachen. Es klang abfällig. Judith stockte. Martin zeigte stumm in Richtung Straße. Sie schüttelte nachdrücklich den Kopf, löste sich von ihm und ging über ein Stück Rasen am Haus vorbei zur Rückfront. Martin folgte ihr rasch und hörte Bernd sagen: »Da gibt es nichts zu lachen. Das schaffe ich schon.«

»Überlaß es lieber mir.« Das war Sandras Stimme.

»Quatsch!« Bernd klang unwillig. »Ich muß nur abdrücken. Eine Pistole schafft die Distanz.« Spöttisch fügte er hinzu: »Das ist Psychologie, davon verstehst du doch soviel.«

Martin griff nach Judiths Arm und hielt sie fest. Ihre Augen weiteten sich, sie öffnete den Mund. Martin legt ihr rasch eine Hand auf die Lippen und drückte sie mit dem Rücken gegen die Hauswand. Zu sehen war nichts von dem

Pärchen am Pool, zu hören dafür um so mehr. Ein Wort gab das andere.

Nach Bernds aufschlußreicher Bemerkung erklärte Sandra: »Da hast du ausnahmsweise recht. Und deshalb weiß ich auch, daß du nur wieder Skrupel bekommst, wenn es ernst wird.«

»Diesmal nicht. Ich weiß genau, was ich tun muß. Ich erschieße sie, verfrachte sie im Kofferraum seines Wagens. Dann fahre ich sie zur Jagdhütte und verscharre sie im Wald.«

»So weit, so gut, aber was machst du mit seinem Auto?«

»Das schenke ich Janosch und Katja. Wenn die beiden irgendwann damit geschnappt werden, ist das für die Polizei eine eindeutige Sache.«

Mit weit aufgerissenen Augen stemmte Judith ihren Kopf gegen die Hauswand und biß sich die Unterlippe blutig. Martin sah es, preßte sich gegen sie und konnte selbst nicht glauben, was ein paar Meter weiter ausgesprochen wurde.

»Fremde mit hineinziehen, das ist ein Fehler«, erklärte Sandra. »Versuchen wir es lieber noch einmal auf meine Weise. Ich lasse mir etwas einfallen, um dir unnötige Kosten zu ersparen.«

»Mit deinen Einfällen sind wir weit gekommen«, murrte Bernd. »Müssen uns von einem Rechtsverdreher erpressen lassen. Und ich kriege immer noch eine Gänsehaut, wenn ich Kaffee trinke.«

Martin schaffte es, einen Arm zwischen Judiths Rücken und die Hauswand zu bringen. Mit der freien Hand verschloß er ihr weiterhin den Mund, riß sie von der Wand fort, über den Rasen zurück zur Straße. Mit einem Arm hielt er sie fest. Sie drückte ihr Gesicht gegen seine Schulter und weinte lautlos.

Es erschien ihm wie eine Ewigkeit, ehe sie seinen Wagen erreichten. Er öffnete die Beifahrertür, schob sie auf den Sitz. Mit starrem Gesicht schaute sie zu ihm auf, nahm mit der Zungenspitze das Blut von ihrer Unterlippe. »Was hat er gemeint – mit dem Kaffee?«

»Ich weiß es nicht«, sagte er.

Er schloß leise die Beifahrertür, lief um das Fahrzeug

herum, stieg ebenfalls ein und zog die Tür leise ins Schloß. Sie legte den Kopf gegen die Nackenstütze. »Sie können das doch nicht wirklich wollen!«

Er konnte ihr nicht antworten, wußte nicht, was er hätte sagen können. Für ihn gab es keinen Zweifel, daß sie wollten, was er gehört hatte. Er startete den Wagen und fuhr langsam an. Nur wußte er nicht mehr, wohin er fahren konnte. Seine Wohnung schien ihm nicht sicher genug. »Erschieße sie!« Das konnte Bernd überall erledigen.

Martin fuhr einfach los, anfangs nur getrieben von dem Wunsch, größtmöglichen Abstand zwischen sich und Judith und die beiden in der Villa zu bringen. Eine Weile weinte sie neben ihm still in sich hinein. Dann sagte sie unvermittelt: »Ich begreife das nicht. Ich begreife es einfach nicht.«

Er legte ihr beruhigend einen Arm um die Schultern, steuerte den Wagen mit nur einer Hand durch den Stadtverkehr.

»Warum habe ich nichts gemerkt?« fragte sie. »Das muß doch schon lange so gehen. Er erzählt mir, er ist müde und überarbeitet. Und sie sagt mir, ich muß Verständnis für ihn haben.« Sie lachte bitter auf. »Und sie schläft mit ihm. Sie muß mit ihm schlafen, sonst würde sie so etwas nicht tun wollen. Warum wollen sie uns umbringen?«

»Du hast es doch gehört. Kosten sparen!« Nach einer kurzen Pause fügte er heftig an: »Ich habe gleich zu Jochen gesagt, ich will kein Geld.«

Daraufhin schwieg sie minutenlang und beruhigte sich ein wenig. Einigermaßen gefaßt erklärte sie: »Wir müssen zur Polizei fahren.«

»Daran habe ich im ersten Moment auch gedacht. Aber was sollen wir sagen: Wir brauchen Polizeischutz? Wir haben keine Pistole gesehen, Judith. Wir haben nur etwas gehört. Sie werden bestreiten, daß sie es gesagt haben. Da steht Aussage gegen Aussage.«

»Jochen hat das Auto gesehen, das mich von der Straße gedrängt hat.«

»Aber den Wagentyp nicht erkannt, vom Kennzeichen ganz zu schweigen.«

»Schneider wird uns glauben«, meinte sie hoffnungsvoll.

»Vielleicht. Und wenn wir spurlos verschwinden und in drei Jahren im Wald verscharrt gefunden werden, weiß er genau, daß Bernd dahintersteckt. Nur hilft uns das dann leider nicht mehr.«

Weit vor ihm tauchte ein Wegweiser zu einem Ausflugslokal auf. »Ich mache dir einen Vorschlag«, sagte er. »Jetzt essen wir erst mal eine Kleinigkeit. Für eine Kleinigkeit reicht es nämlich noch. Und dann überlegen wir in Ruhe, was wir unternehmen können.«

»Ich muß nicht überlegen«, sagte sie. »Ich weiß, was ich tun muß. Mit Bernd reden, ihm sagen, daß wir sie gehört und schon mit Schneider gesprochen haben. Dann wird er es nicht wagen, etwas zu unternehmen. Außerdem werde ich auf meinen Anteil vom Vermögen verzichten, wenn sie uns in Ruhe lassen. Mehr will ich nicht von ihm. Wenn es nur ums Geld geht, müßte er damit zufrieden sein.«

Martin wiegte bedenklich den Kopf, setzte den Blinker und bog in den schmalen Weg ein, der zum Ausflugslokal führte.

»Ich bin überhaupt nicht hungrig«, flüsterte sie.

»Du wirst trotzdem etwas essen«, bestimmte er, fuhr auf den Parkplatz und stieg aus.

20

Der Nachmittag am Pool hatte Bernds euphorische Stimmung leicht getrübt. Am frühen Abend ging Sandra ins Haus, bereitete ein leichtes Abendessen. Die Mahlzeit nahmen sie auf der Terrasse, beide sehr schweigsam. Kurz darauf ging Bernd unter die Dusche. Sie folgte ihm hinauf ins Bad, betrachtete zweifelnd seinen Schatten durch die Glastür. Er wartete wohl darauf, daß sie sich auszog und zu ihm kam. Statt dessen ging sie zu einem offenen Bodenregal aus Korbgeflecht. Mehrere frische Handtücher lagen darin. Auf dem oberen Bord standen Judiths Kosmetikartikel. In Gedanken versunken nahm sie eine Parfümflasche, schraubte den Verschluß ab und tupfte einen Tropfen Parfüm auf ihre Fingerspitze. »Warum hatte Judiths Foto keine Einschüsse?« fragte sie.

Er antwortete nicht. Sie schaute zur Dusche. Sein Schatten hinter der Tür verhielt in der Bewegung. Sie trat mit der offenen Parfümflasche ans Waschbecken und schleuderte den Inhalt heraus.

»Ich habe dich etwas gefragt«, sagte sie.

Er schwieg weiter.

»Du liebst sie immer noch!« stellte sie fest.

»Nein«, sagte er rasch. »Wirklich nicht. Sie ist eine großartige Designerin, aber ... als Frau ist sie für mich ...«

Sie achtete nicht darauf, was er sonst noch sagte, ließ die leere Parfümflasche in einen kleinen Müllbehälter fallen und ging ins Schlafzimmer. Bernd schob irritiert die Glastür der Dusche zur Seite, wickelte sich ein Handtuch um die Hüften und folgte ihr. Als er das Schlafzimmer betrat, war sie bereits auf dem Weg in die Diele.

Er beugte sich über das Treppengeländer. »Sandra, bitte, was soll das? Ich liebe sie wirklich nicht mehr. Das ist schon lange vorbei.«

»Ruf mich an, wenn es wirklich vorbei ist«, sagte sie. Dann fiel die Haustür hinter ihr ins Schloß. Er ging zurück ins Schlafzimmer, setzte sich aufs Bett. Die Pistole lag in einem Schubfach seines Schreibtischs im Arbeitszimmer. Nach einer Weile holte er seinen Bademantel, schlüpfte hinein und ging nach unten. Er setzte sich an den Schreibtisch, zog das Schubfach auf, nahm die Pistole heraus und wog sie in der Hand.

Die Munitionsschachtel stand auf den beiden Fotografien. Er nahm auch sie heraus, legte die beiden Fotos vor sich auf die Tischplatte. Von Martin war auf dem Bild nichts mehr zu erkennen. Judith dagegen lachte ihn an, unbeschwert und unbeschädigt. Und er wußte nicht, was sie für ihn noch bedeutete. Sich für sie von Sandra zu trennen, das war ihm unvorstellbar.

Länger als zwei Stunden saß er beinahe reglos an seinem Schreibtisch, betrachtete Judiths Lachen, klimperte mit einigen Patronen in der Hand und stieß ab und zu die Spitze einer Patrone gegen ihre Stirn.

Dann hörte er draußen den Motor eines Wagens und kurz darauf den Schlüssel in der Haustür. In einem langen Atemzug ließ er die Anspannung entweichen, sprang aus dem Sessel hoch und ging um den Tisch herum. Bemüht, sich seine Erleichterung nicht zu deutlich anmerken zu lassen, lehnte er sich mit erwartungsvollem Blick auf die Tür gegen den Schreibtisch. Die Pistole, die Munitionsschachtel und die beiden Fotos verdeckte er mit seinem Körper.

In der Diele flammte das Licht auf. Leichte Schritte kamen langsam näher. »Schön, daß du zurück ...« Er brach mitten im Wort ab, als Judith in der Tür auftauchte. Dicht gefolgt von Martin betrat sie den Raum und blieb nach wenigen Schritten wieder stehen. Martin räusperte sich und versuchte, seinen Blick auf sich zu lenken. Automatisch tasteten Bernds Hände hinter seinem Rücken nach der Pistole.

»Wir waren am Nachmittag schon mal hier, Herr Schwaiger«, sagte Martin. Bernd bekam die Pistole zu fassen und umklammerte den Griff. Er konnte die Augen nicht von ihr lassen. Sie sah so anders aus als auf dem Foto, wirkte blaß und nervös, hielt die Augen auf den Parkettboden gerichtet. In seinem Hirn entwickelten sich die Bilder automatisch. Unter dem Schreibtisch lag ein hochfloriger Teppich. Die Teppichkante endete gut zwei Meter vor ihren Füßen. Und Martin stand direkt neben ihr. Wenn sie fielen ... Das Parkett wäre leicht aufzuwischen.

21

Am nächsten Morgen kniete Bernd Schwaiger in aller Frühe bei den Ziersträuchern am Rand des Gartens. Die Pistole und die Munitionsschachtel lagen neben ihm. Er hatte beides in einen festen Plastikbeutel gesteckt. Mit einer kleinen Schaufel grub er ein Loch unter die tiefwachsenden Zweige eines

Strauches. Er legte den Plastikbeutel hinein, häufte die lockere Erde darüber und klopfte sie mit der Schaufel fest.

Er ging zurück ins Haus, es war kurz nach fünf. Geschlafen hatte er nicht. Er fühlte sich auch nicht müde, nur ruhig und irgendwie zufrieden. Es war noch viel zu früh, um Sandra anzurufen. Wenn er sie aus dem Schlaf riß, wäre sie kaum in umgänglicher Stimmung. Er duschte und legte sich aufs Bett, nachdem er den Wecker auf sieben Uhr dreißig eingestellt hatte.

Wider Erwarten dämmerte er rasch ein, schreckte auf, als der Wecker auf der Kommode zu klingeln begann. Er fühlte sich immer noch ruhig und einigermaßen zufrieden, aber nun auch erschöpft, und blieb noch eine Weile liegen. Dann ging er erneut unter die Dusche, ließ sich kaltes Wasser über Kopf und Nacken laufen, bis es ihn fröstelte. Anschließend zog er sich sorgfältig an und verließ das Haus.

Er fuhr zu Sandra, erreichte ihre Wohnung wenige Minuten vor acht. Sie schlief noch, als er an ihrer Tür klingelte. Über die Gegensprechanlage klang ihre Stimme mürrisch, obwohl sie nur ein knappes, fragendes Ja von sich gab.

»Ich sollte dich anrufen, wenn es wirklich vorbei ist«, sagte er. »Ich dachte, ich komme lieber persönlich.«

Der Türöffner summte. Er drückte die Tür auf und nahm mit großen Schritten die drei Treppen zu ihrer Wohnung. Sie erwartete ihn in der offenen Tür stehend. Bekleidet war sie mit einem leichten Morgenrock, dessen Gürtel sie nur nachlässig um die Taille gebunden hatte. Er klaffte über den Brüsten und den Schenkeln auseinander. Angespannt schaute sie ihm entgegen. »Was ist passiert?«

»Ich hatte Besuch«, sagte er, »gestern abend, kurz nachdem du weg warst.«

Sie nickte kurz.

»Wenn ich ein gutes Frühstück kriege, erzähle ich dir die Einzelheiten. Vor allem brauche ich einen starken Kaffee. Ich habe so gut wie gar nicht geschlafen.«

Noch einmal nickte sie. Es war keine Zustimmung, keine Erleichterung, es war nur eine belanglose Geste. Sie drehte sich um und ging vor ihm her in die Küche.

»Können wir draußen frühstücken?« fragte er. »Es ist herrlich klare Luft.«

»Von mir aus«, sagte sie.

Er nahm Geschirr aus ihrem Schrank und trug es hinaus auf die Dachterrasse, während sie einen starken Kaffee aufbrühte. Es wunderte ihn, daß sie ihn nicht mit Fragen bedrängte. Aber er glaubte, sie gut genug zu kennen, um zu sehen, wieviel Mühe sie die Zurückhaltung kostete. Sie brannte darauf, die Einzelheiten zu erfahren.

Er setzte sich an den Terrassentisch, bemerkte winzige Spuren von Gartenerde unter seinen Fingernägeln und pulte sie heraus, während sie einen Korb mit frischem Toast und einen Teller mit Schinken und Käse nach draußen brachte. Sie holte noch Milch, Zucker und die Kaffeekanne aus der Küche, dann erst erkundigte sie sich mit vor Spannung gepreßter Stimme: »Besuch?«

»Judith und Martin«, sagte er.

Sie füllte seine Tasse mit Kaffee und verlangte: »Nun mach's nicht so spannend. Was hast du mit ihnen gemacht?«

Sie blieb neben dem Tisch stehen. Er gab Zucker und Milch in seine Tasse, rührte bedächtig um. Dabei lächelte er. »Sie wollten verhandeln. Judith verzichtet auf alles. Sie ist sogar bereit, weiter das Design für mich zu machen.«

Er hob seine Tasse zum Mund. Ihre Hand verkrallte sich in seiner Schulter und schüttelte ihn. Kaffee schwappte aus der Tasse und bespritzte sein Hemd. Er stellte die Tasse zurück, wischte hastig über die Kaffeespritzer, hob den Kopf und schaute sie verständnislos an.

»Verstehe ich das richtig?« fragte sie tonlos. »Sie waren bei dir, und du hast sie nicht umgebracht?«

»Nein«, erklärte er ruhig. »Ich dachte ...«

Weiter kam er nicht. Sie ließ seine Schulter los und begann mit kleinen, hektischen Schritten vor ihm auf und ab zu laufen. Ihre Stimme überschlug sich vor Wut. »Du dachtest! Ich kann mir denken, was du dachtest. Genau das habe ich mir nämlich gedacht. Am Nachmittag wolltest du sie noch im Wald verscharren, nachts spazieren sie in dein Haus, und du tust nichts!«

Sie blieb vor ihm stehen, stemmte beide Hände in die Hüften. Ihr Gesicht hatte sich vor Wut gerötet, der Morgenmantel klaffte weit auseinander. Als sie sich leicht vorbeugte, berührten ihre Brüste fast seine Wange. Sie war wunderschön in diesem Moment. Nur ihre Stimme war es nicht. »Weißt du, was du bist? Ein Maulheld! Weiter nichts!«

Er hatte Mühe, ruhig zu bleiben, erhob sich und zeigte auf sein bespritztes Hemd. »Ich wasche das aus, in der Zeit kannst du dich abkühlen. Und dann nimmst du das zurück.«

Sie lachte hysterisch. »Einen Dreck werde ich. Verschwinde!« Mit ausgestrecktem Arm zeigte sie auf die Terrassentür. »Hau endlich ab, und komm nicht noch mal auf die Idee, mich zu belästigen.«

»Jetzt hör mir doch erst einmal zu«, verlangte er. »Ich konnte nichts unternehmen. Sie haben uns belauscht am Nachmittag und hatten bereits mit Schneider gesprochen. Ich hielt es für besser, sie erst mal in Sicherheit zu wiegen.«

»Sie!« stieß sie verächtlich hervor. »Und wenn Martin allein gekommen wäre? Ihn hättest du nicht in Sicherheit gewiegt. Bei ihm hättest du gar nicht lange überlegt, sondern einfach abgedrückt. Aber Judith ist tabu!«

Ihre Stimme ging in unkontrolliertes Schluchzen über. »Und das wird sich nie ändern. Das wußte ich, als ich die Fotos sah. Ach, Unsinn«, sie winkte heftig ab. »Das wußte ich schon, als wir von der Jagdhütte zurückkamen. Und wenn du es noch hundertmal bestreitest, du liebst sie immer noch.«

»Nein, das tue ich nicht«, beteuerte er und zog sie an sich. Sie schluchzte laut auf, riß sich los und versetzte ihm einen heftigen Stoß vor die Brust. Er taumelte gegen einen Sessel, fing sich und griff erneut nach ihr.

»Jetzt beruhige dich«, verlangte er. »Ich …«

Sie schlug nach ihm und kreischte: »Faß mich nicht an. Du wirst mich nie wieder anfassen. Du hast mich lange genug hingehalten. Und dafür habe ich mich nicht scheiden lassen. Scher dich zum Teufel.«

Sie war wie von Sinnen, schlug mit beiden Händen auf ihn ein. Wie die Flügel einer Windmühle ruderten ihre Arme durch die Luft und immer wieder auf ihn nieder. Er versuchte, ihre Schläge abzuwehren und wich dabei langsam zurück. Sie setzte ihm nach und drosch wie eine Irrsinnige mit den Fäusten auf ihn ein.

Sie traf ihn an Armen und Schultern, trommelte gegen seine Brust. Er konnte nicht weiter zurück, stieß mit den Kniekehlen gegen die Umfassungsmauer der Dachterrasse. Sie schlug erneut zu, traf ihn ins Gesicht. Es war ein schmerzhafter Hieb, automatisch bog er Kopf und Oberkörper nach hinten und schlug mit der offenen Hand zurück, um sie zur Besinnung zu bringen.

Mit dem ersten Schlag traf er sie nicht. Als er zum zweiten Mal ausholte, verlor er das Gleichgewicht. Entsetzen machte sich auf seinem Gesicht breit, als er es spürte. Sie war so außer sich, daß sie nichts davon bemerkte, holte noch einmal aus und stieß mit beiden Fäusten gleichzeitig gegen seine Brust. Seine Arme ruderten haltsuchend durch die Luft. Dann kippte er über die Mauer nach hinten.

Plötzlich war er weg, und sie begriff es nicht. Erst als unten auf der Straße die Bremsen mehrerer Auto quietschten, erfaßte sie, was geschehen war. Sie trat einen Schritt vor, beugte sich über die Mauer und sah ihn unten liegen. Sein linker Arm lag in einem absurden Winkel vom Körper gestreckt. Es schien, als sei er mehrfach verdreht. Sein rechter Arm war nicht zu sehen. Seine Beine lagen leicht gespreizt auf den Betonplatten des Gehwegs, und unter seinem Kopf breitete sich eine Blutlache aus, die rasch größer wurde.

Ohne daß es ihr bewußt wurde, begann sie zu schreien: »Nein! Bernd. Nein! Hör auf mit dem Quatsch. Komm wieder rauf. Ich liebe dich.«

Sie schrie noch, als unten der erste Streifenwagen anhielt.

22

Die Nachricht erreichte Judith und Martin beim Frühstück. Für sie war es eine angenehme und seit langer Zeit wieder ruhige Nacht gewesen. Bernd hatte sich vernünftig und gesprächsbereit gezeigt. Von der Pistole hinter seinem Rücken hatten sie nichts bemerkt.

Als das Telefon klingelte, erhob sich Martin und nahm den Hörer ab. Er meldete sich, stutzte und warf ihr einen Blick zu, den sie nicht einordnen konnte. Dann sagte er nur: »Wir kommen sofort.«

Auf der Fahrt zum Klinikum erklärte er ihr, was Schneider ihm gesagt hatte. Viel war es nicht. Und dann hieß es warten, Stunde um Stunde. Vor den Doppeltüren der Intensivstation lief Judith mit kleinen, nervösen Schritten auf und ab. Martin stand mit dem Rücken gegen die Wand gelehnt und starrte auf die Zeiger einer großen Wanduhr. Es war kurz nach vier am Nachmittag, als eine der Doppeltüren endlich geöffnet wurde. Eine junge Ärztin kam auf Judith zu. Sie wirkte ausgelaugt, stellte sich vor als Frau Doktor Brandmeister und bezeichnete sich als Neurologin.

»Wir haben getan, was in unserer Macht stand«, begann sie.

Judith nickte mit versteinerter Miene. Martin stieß sich von der Wand ab, ging zu ihr und legte den Arm um ihre Schultern.

»Ist er – tot?« Judith flüsterte nur.

Die junge Ärztin schüttelte den Kopf und sagte: »Noch nicht. Er hat zwei Wirbelbrüche, sein linker Arm ist …« Sie sprach den Satz nicht zu Ende, winkte ab und fuhr fort: »Am schwersten sind die Kopfverletzungen. Bei einem Sturz aus dieser Höhe ist es ein Wunder, daß er überhaupt lebend hier ankam.«

»Kann ich – ihn sehen?« flüsterte Judith.

Frau Doktor Brandmeister öffnete wortlos die Doppeltür und ging vor ihnen her in einen Raum, in dem nur ein Bett stand. Es war umgeben von lebenserhaltenden Apparaturen und Kontrollgeräten. Von Bernd war kaum etwas zu erkennen. Sein Kopf war mit einem dicken Verband umwickelt, sein Gesicht von frischen Wunden entstellt. Man hatte seine Wunden genäht, jedoch darauf verzichtet, sie zu verbinden. Sein linker Arm hing, bis zur Schulter in Gips, in einer Schlinge. Ein dünnes Laken war über seinen Unterleib gebreitet. Unter dem Laken ringelten sich mehrere Schläuche hervor.

Judith ging mit steifen Schritten zum Bett. Martin und die Neurologin hielten sich im Hintergrund. Im Näherkommen registrierte Judith den dünnen Schlauch, der vom Beatmungsgerät zu Bernds Kehle führte und dort von einem Mullverband verdeckt wurde. Der Monitor des EKG-Geräts zeigte Bernds gleichmäßigen Herzschlag.

Die Ärztin deutete auf das EKG-Gerät. »Er hat ein starkes Herz. Aber sein Gehirn ...« Statt es auszusprechen, zeigte sie auf den weiteren Monitor. Eine Linie bewegte sich darüber, die nur von flachen Ausschlägen durchbrochen wurde.

23

Manfred Schneider kochte vor Wut. Ihm war sonnenklar, wie sich das Drama auf der Terrasse abgespielt hatte. Aber diesem Luder von einem Weibsstück war einfach nicht beizukommen. Sie hatte sich rasch von ihrem hysterischen Anfall erholt, einen knappen Meter hinter ihm gestanden und zugeschaut, wie er sich über die Umfassungsmauer beugte und hinunter auf die Straße schaute. Unten waren noch die großen Blutflecke zu erkennen.

Schneider drehte sich um. Einige Meter von der Mauer entfernt lag ein umgestürzter Sessel. Auf dem Tisch stand noch das Frühstücksgeschirr.

»Es war ein Unfall«, sagte sie zum wiederholten Mal. »Bernd ist über den Sessel gestolpert.«

Schneider lachte unfroh, zeigte auf die Entfernung zwischen dem umgestürzten Sessel und der Mauer. »Und dieses Stück ist er geflogen, was? Die Schwaigers müssen Akrobaten sein. Judith Schwaiger ist ja auch geflogen, mitsamt ihrem Porsche. Reden wir noch mal darüber.«

Sie schaute demonstrativ gelangweilt an ihm vorbei.

»Und über Ihren Wagen«, sagte er, »der zum gleichen Zeitpunkt in die Werkstatt mußte. War ein ansehnlicher Blechschaden, hat man mir gesagt.«

»Ich war auch ziemlich schnell, als ich Schwaigers Garage gerammt habe.«

»Wohl eher Judith Schwaigers Auto!«

Sie schüttelt nachdrücklich den Kopf.

»Frau Testroff«, sagte er bedächtig. »Wir haben einige Möglichkeiten. Sie sollten die Kriminaltechnik nicht unterschätzen. Die Jungs im Labor sind imstande, anhand eines winzigen Lackpartikels den Wagentyp zu bezeichnen.«

Sie lächelte. »Dann holen Sie sich die Partikel von Schwaigers Garage.«

Es ging ihr nicht gut, wahrhaftig nicht. Innerlich wand und drehte sich etwas wie ein gequälter Wurm. Immer und immer wieder durchlebte sie die Sekunde, als Bernd plötzlich von der Terrasse verschwand – und dann sein Anblick da unten auf der Straße. In ihrem Hirn hämmerte unentwegt nur ein Wort: Aus! Aus! Aus!

Es war vorbei, so oder so. Er würde die Nacht nicht überleben. Der Notarzt hatte bezweifelt, daß er die Fahrt ins Klinikum überstand. Das hatte er geschafft, aber mehr konnte er nicht schaffen. Und sie begriff nicht, wie es soweit gekommen war. Wie sich aus einem harmlosen Knoten in Judiths Brust eine Katastrophe hatte entwickeln können. Es war doch nur der Wunsch gewesen, mit Bernd zu leben, Tag und Nacht, Stunde um Stunde an seiner Seite zu sein, die Besessenheit, ihn zu besitzen mit Haut und Haaren, Herz und Seele. Und er war besessen gewesen von ihr. Er hatte es nur nicht geschafft, sich von Judith zu lösen, und das begriff sie auch nicht.

Aus!

Es half nicht mehr, zu grübeln und sich zu quälen. Morgen früh gab es ihn nicht mehr. Sie konnte nichts weiter tun als an sich selbst denken. Und dieser Kerl dort an ihrer Terrassenmauer mochte drohen und toben. Er konnte ihr nichts anhaben, weder mit seinen Lackpartikeln noch mit sonst etwas. Seine Laborjungs mochten am Porschewrack Spuren gesichert haben. Sie bezweifelte, daß es so war, aber selbst wenn, dann mochten sie beweisen können, daß diese Spuren von einem Wagen des Typs hinterlassen worden waren, wie sie einen fuhr. Mehr nicht!

Mehr würde Uwe verhindern. Sie mußte ihn nur bitten, zu behaupten, daß sie jene Nacht bei ihm verbracht habe. Daß Bernds Anruf, der sie veranlaßte, hinaus zur Villa zu rasen, sie in seiner Wohnung erreicht hatte. Uwe würde das tun, um den Preis, daß sie zu ihm zurückkäme, das wußte sie.

Schneider betrachtete sie mit unverhohlenem Zorn. »Fangen wir noch mal von vorne an«, sagte er. »Was wollte Schwaiger bei Ihnen so früh am Morgen?«

Sie verdrehte gequält die Augen. »Wie oft soll ich es denn noch sagen? Judith und Martin Keil haben ihn gestern abend aufgesucht, um irgend etwas zu besprechen. Er war ziemlich außer sich. Er hat wohl geglaubt, es sei eine vorübergehende Affäre. Er wollte, daß ich mit Judith rede, daß ich ihr klarmache, wohin sie gehört. Ich habe mich geweigert. Ich habe ihm gesagt, wenn eine Ehe vorbei ist, ist es vorbei, er solle das endlich begreifen. Er fuchtelte mit den Armen rum und goß sich Kaffee übers Hemd. Dann sprang er auf, stolperte und fiel gegen den Sessel. Der Sessel ist ein Stück weggerutscht.«

Er glaubte ihr kein Wort, das stand ihm im Gesicht geschrieben. Sie sprach trotzdem weiter, hob hilflos die Schultern. »Es ging alles so schnell. Ich konnte ihn nicht halten. Ehe ich an der Mauer war, war er schon weg.«

Schneider nickte mehrfach hintereinander, eine Bestätigung war es nicht. »Ich denke«, sagte er bedächtig, »wir setzen diese Unterhaltung besser in meinem Büro fort. Die Atmosphäre dort wirkt sich vielleicht vorteilhaft auf Ihr Gedächtnis aus.«

Er zeigte mit einer einladenden Geste auf die Tür, die in den Wohnraum führte. Sie setzte sich langsam in Bewegung, doch statt in die Diele ging sie zum Telefon und rief Uwe an. Sie erklärte ihm, in welch obskurer Weise sie verdächtigt werde, und bat ihn, einen Anwalt zu ihrer Unterstützung in Schneiders Büro zu schicken.

Schneider hörte sich ihre Worte mit unbewegter Miene an. Er wußte, daß er nicht viel ausrichten konnte.

24

Judith fand keinen Schlaf. Sie waren spät am Abend aus dem Klinikum zurück in Martins Wohnung gekommen, hatten noch eine Weile im Wohnraum gesessen, waren dann ins Bett gegangen.

Martin lag dicht neben ihr, einen Arm hatte er über ihre Brust gelegt. Seine Augen waren geschlossen, sein Atem ging gleichmäßig und flach. Sie starrte mit weit offenen Augen zum fahlen Viereck des Fensters und sah doch nichts anderes als den sterbenden Mann zwischen den Apparaturen.

Irgendwann ertrug sie es nicht länger, reglos auf dem Rücken zu liegen und sich zwanghaft vorstellen zu müssen, welche Konsequenzen Bernds Tod für sie hatte. Bemüht, Martin nicht zu wecken, schob sie behutsam seinen Arm von ihrer Brust und rollte sich auf die Bettkante.

Seine Augen blieben geschlossen. »Wo willst du hin?«

»Nirgendwo.«

Martin tastete nach dem Schalter der Lampe. Das Licht flammte auf. Sie blinzelte in die plötzliche Helligkeit und setzte sich auf die Bettkante.

»Ich werde das Bild nicht los«, flüsterte sie. »Er liegt da und stirbt, und …«

»Vielleicht ist es schon vorbei«, sagte Martin.

Sie beachtete seine Worte nicht, sprach weiter, als hätte er sie nicht unterbrochen.»Und ich denke, wenn er tot ist, sind wir alle Sorgen los. Wir haben Arbeit, wir haben Geld, wir haben ein florierendes Geschäft, wir haben die Villa. Wir haben alles. Ich will es nicht denken, aber ich denke es unentwegt. Es dreht sich wie ein Kreisel in meinem Kopf.«

Martin löschte das Licht wieder. Im Dunkeln zog er sie an sich. »Versuch ein bißchen zu schlafen.«

Sie ließ zu, daß er erneut seinen Arm über sie legte, und starrte wieder gegen das fahle Viereck des Fensters. Die Zeit dehnte sich endlos. Irgendwann wurde es heller, das Grau lichtete sich. Die Konturen im Raum nahmen die vertraute Form an und verloren ihre Unwirklichkeit. Ihr Rücken schmerzte vom reglosen Liegen. Ihre Brust hatte sich verkrampft unten den bemüht flachen Atemzügen, Arme und Beine schienen taub. In den Fingern prickelte es schmerzhaft. Aber sie fühlte, und sie erinnerte sich an den Moment in der Jagdhütte, als sie Martin zum Kamin zog. »Zeig mir, daß ich lebe.«

Sie begriff, daß es nicht ihre Schuld war. Was immer mit Bernd geschehen war, sie hatte es nicht gewollt und nicht verursacht. Und irgendwie schien es gerecht. Auch wenn er sich in der Nacht einsichtig gezeigt hatte, nur wenigen Stunden vorher hatte er davon gesprochen, sie zu erschießen und im Wald zu verscharren. Und nun würde bald er in einem Grab verschwinden.

Neben ihr regte sich Martin. Seine Lider flatterten, er schaute sie an und lächelte schlaftrunken. »Was hältst du von einem guten Frühstück?« murmelte er. »Gestern hatten wir Diät, das halte ich nicht noch einen Tag durch.«

Sie stand auf und ging in die Küche. Im Kühlschrank gab es keine brauchbaren Vorräte mehr. Noch während sie einige vertrocknete Toastscheiben betrachtete, tauchte er an der Tür auf.

»Bemüh dich nicht. Ich gehe rasch zum Bäcker, da kriegen wir alles, was wir brauchen.«

Kurz darauf war er wieder zurück mit frischen Brötchen, Wurst und Käse, sogar frischen Kaffee hatte er mitgebracht. Sie frühstückten in Ruhe. Viel Appetit hatte sie nicht, aber nachdem sie einmal begonnen hatte, schmeckte es doch, und sie schaffte ihre Portion, ohne daß er sie ermahnen mußte.

Kurz nach neun fuhren sie zum Klinikum. Anna saß neben

dem Bett und betrachtete mit starrem Blick die Anzeigen der Instrumente. Die Kurve auf dem EKG-Monitor war unverändert stabil und gleichmäßig. Die Ausschläge der Hirntätigkeit so flach wie am Tag zuvor.

Anna schaute zur Tür, lange nachdem Judith sie geöffnet hatte. Der Anblick der verstörten alten Frau hatte sie gehindert, sofort näher zu treten. »Guten Morgen, Anna«, sagte sie leise und ging langsam zum Bett. Martin blieb bei der Tür stehen.

Anna schaute in Bernds entstelltes Gesicht. »Das mußte doch nicht sein«, murmelte sie, und etwas lauter: »Ich verstehe es nicht. Was hatte er bei dieser Frau zu tun – so früh am Morgen? Seit du weg bist, war sie jeden Tag um ihn herum. Hat er die Nacht bei ihr verbracht?«

»Nein«, sagte Martin rasch, »in der Nacht war er daheim.«

Anna atmete tief durch und hob den Blick wieder zu Judith. »Möchtest du ein paar Minuten mit ihm allein sein? Die Ärztin hat gesagt, es kann jetzt jeder Moment der letzte sein.«

Judith nickte nur. Anna ging mit müden Schritten zur Tür, vor Martin blieb sie stehen.

Und er hörte sie. Es war nicht sein letzter Moment, es war ein neuer Anfang. Zuerst war es nur ein undeutliches Murmeln, das in sein Bewußtsein drang. Es war kaum noch Leben in ihm, aber der kleine Rest klammerte sich fest. Und unter den Worten, die allmählich lauter und deutlicher zu ihm kamen, flammte der kleine Rest auf.

Die Stimme seiner Mutter: »Sie kommen doch wieder ins Geschäft, Herr Keil? Oder wollt ihr es nicht mehr? Laßt ihr mich jetzt alle allein?«

Er versuchte, die Augen zu öffnen, wollte sehen, was da neben ihm vorging. Er schaffte es nicht.

Und wieder die Stimme seiner Mutter: »Passen Sie gut auf Judith auf.«

Dann klappte eine Tür. Und er wußte, er war allein mit ihnen. So allein wie in der Nacht, als er nicht geschossen hatte, weil Martin Schneider ins Spiel gebracht hatte. Diese verhaßte Stimme: »Ich kümmere mich um sie.«

Die Lider verweigerten immer noch den Gehorsam, klebten wie aus Blei gegossen über den Augäpfeln. Ihre Stimme trieb seinen Puls in die Höhe. »Warte. Gib mir einen Kuß.«

Er hörte die Schritte, dann war es still. Er mußte es nicht sehen, um es zu wissen. Sie dachten, sie hätten gewonnen, sie dachten, das Leben gehöre ihnen allein. Sie irrten sich.

Weder Judith noch Martin hatten einen Blick für die beiden Monitore. Das Piepsen des Herzschlags war nach einer kurzen Beschleunigung wieder in eine gleichmäßige Tonfolge übergegangen. Martin hielt sie in den Armen und küßte sie. Und die flachen Ausschläge der Hirnströme wuchsen zu unregelmäßigen Zacken. Unvermittelt riß er die Augen auf und sah sie stehen, engumschlungen neben seinem Bett. Sekundenlang starrte er sie haßerfüllt an. Dann lösten sie sich voneinander, und er schloß wieder die Augen.

4. TEIL

1

Die Worte der Ärzte erwiesen sich als Farce. »Er wird die Nacht nicht überleben. – Jeder Moment kann der letzte sein.« Es gab keinen letzten Moment. Bernd Schwaiger klammerte sich mit unbändigem Willen an die letzten Reserven, die sein schwerverletztes Gehirn aufbieten konnte.

Dem ersten Öffnen der Augen, das niemand bemerkte, folgten einige Tage, in denen sich laut Aussage der Ärzte sein Zustand stabilisierte. Aber es rechnete niemand damit, daß er noch einmal aus seiner Bewußtlosigkeit aufwachte. Das tat er nach zwei Wochen – offiziell und für jeden erkennbar. Daß er bis dahin nicht völlig ohne Bewußtsein gewesen war, hatte niemand registriert.

Die von einigen Ärzten vertretene Ansicht, ein komatöser Patient sei unter Umständen noch in der Lage, das Geschehen in seiner unmittelbaren Umgebung, vor allem Unterhaltungen, zu verfolgen, wurde von anderen belächelt. Die diesbezüglichen Aussagen von Betroffenen wurden als Einbildungen abgetan, auch wenn sie genaue Angaben zu bestimmten Ereignissen enthielten.

Bernd Schwaiger hörte in diesen beiden Wochen alles, jedes Öffnen der Tür, jeden Schritt, der sich ihm näherte, jedes laut gesprochene oder geflüsterte Wort. Die Augen noch einmal aufzureißen schaffte er nicht. Vielleicht wollte er es nicht schaffen, so daß er keine Anstrengungen unternahm. Was er in dem einen Moment gesehen hatte, brannte sich ein. Es reichte für den Haß und den eisernen Willen.

Judith kam danach noch zweimal während der Phase, in der er mit geschlossenen Augen, hilflos an ein Dutzend überlebenswichtiger Instrumente gekettet, dalag. Sie kam alleine, blieb nicht lange und sprach während der wenigen Minuten kein Wort. Trotzdem wußte er, daß sie es war. Er erkannte ihre Schritte und den gepreßten Atem.

Von Martin hörte er nichts mehr. Dennoch war er informiert über alles, was Martin betraf. Dafür sorgte seine Mutter. Anna wich kaum von seiner Seite. Nur wenn einer der Ärzte ein Machtwort sprach, daß Anna ein wenig Ruhe bräuchte, schlich sie aus dem Zimmer, kam nach einigen Stunden zurück und hielt erneut Wache. Manchmal saß sie nur da und hielt seine Hand, doch meist flüsterte sie Erinnerungen und ihre Schwierigkeiten, sich mit seiner Lebensweise und Lebenseinstellung auseinanderzusetzen, in den Raum.

»Du warst immer so schwierig, Junge.«

Vielleicht hoffte Anna, ihm das Sterben leichter zu machen, wenn sie ihm erzählte, er müsse sich keine Sorgen machen, weder um Judith noch um das Geschäft. Martin kümmere sich rührend um alles. Martin sei tüchtig und ehrlich und aufrichtig. Und sie könne sich beim besten Willen nicht erklären, wie er jemals habe auf den Gedanken habe kommen können, Martin habe ihn bestohlen.

Es war eine Qual für ihn, ihr zuzuhören. Und trotzdem war er begierig auf jedes Wort, jeden Hinweis, jede Information. Als er erfuhr, daß Martin sich in der Villa einquartiert hatte, zwang er die schweren Lider erneut in die Höhe.

Es war eine grausame Rückkehr. Sein Gedächtnis konnte sich nicht so leicht auf die Tatsachen einstellen. Es suggerierte ihm Stärke, holte Bilder, Eindrücke und Empfindungen aus der Vergangenheit und ließ ihn glauben, sein Körper sei noch der gleiche. Er war überzeugt, es sei nur eine Sache des Willens, in Kürze aufzustehen, umherzugehen, heimzufahren und vieles mehr tun zu können.

Häppchenweise brachten die Ärzte ihm bei, in welcher Weise sich sein Leben in Zukunft gestalten würde – in einem Rollstuhl, ohne Gefühl in Beinen und Unterleib, keine Kontrolle mehr über Darm und Blasenfunktion. Ein Krüppel, auf Gedeih und Verderb ausgeliefert der Gnade und Barmherzigkeit seiner Umgebung. Es brachte ihn fast um den Verstand.

Vier Wochen nach dem Sturz von Sandras Dachterrasse erschien Schneider an seinem Bett. Zehn Minuten hatten die Ärzte dem Hauptkommissar gestattet. Schneider versuchte die Zeit zu nutzen, um eine Antwort zu erhalten und eine Schuld zuweisen zu können. Nur wußte Bernd nicht, wem er die Schuld geben sollte. Sandra auf keinen Fall! Natürlich hatte sie ihn mit ihren Schlägen an die Umfassungsmauer getrieben. Natürlich hatte sie ihn mit ihrer unbändigen Wut aus dem Gleichgewicht gebracht und seinen Sturz herbeigeführt. Aber!

Er fand keine Entschuldigung für ihr Verhalten, nur eine Erklärung. Wehrlos an ein Klinikbett und die Instrumente gefesselt, entwickelte er zum ersten Mal so etwas wie Verständnis für die Reaktionen anderer. Nun, wo er wußte, daß er für sie nie wieder ein Mann sein konnte, begriff er endlich, warum sie mit allen Mitteln um seine Nähe gekämpft hatte. Nun, wo es vorbei war, wo es für ihn keine Möglichkeiten und keine Hoffnung mehr gab, hätte er ebenfalls mit allen Mitteln gekämpft, sie noch einmal berühren, noch einmal ihre Ekstase erleben zu dürfen.

Er war immer ein Realist gewesen, hatte sich niemals mit hirnverbrannten Vorstellungen beschäftigt. Aber in dem Moment, als Schneider an sein Bett trat und ihren Namen aussprach, als allein ihr Name aus dem Mund eines anderen Mannes sie für ihn greifbar machte – und unwiderruflich verloren –, in dem Moment wünschte er sich, die Zeit um zwei Jahre zurückdrehen zu können. Noch einmal die Diele betreten, sie die Treppe hinunterkommen sehen, sie über den Tisch im Eßzimmer drücken. Und dann dafür sorgen, daß Judith ein paar Pillen zuviel schluckte. Damals wäre der richtige Moment gewesen. Niemand hätte Verdacht geschöpft.

Ohne Sandras Behauptungen zum Ablauf seines Sturzes zu kennen, bestätigte er annähernd ihre Aussage. Es war Martins Schuld. Martin, der an dem Abend noch spät bei ihm auftauchte, unverschämte Forderungen stellte, der ihn so wütend machte, daß er zur Freundin seiner Frau fuhr, um mit ihrer Hilfe zurückzugewinnen, was zu ihm gehörte. Als sie erklärte, ihm nicht helfen zu können, verlor er die Kontrolle über sich.

Schneider hörte mit unbewegter Miene zu. Ein Wort des Bedauerns fand er nicht. Als er sich nach den genehmigten zehn Minuten verabschiedete, sagte er nur: »Ja, Herr Schwaiger, das war's dann wohl.«

Er hätte ihn für die Doppeldeutigkeit erschießen können – mit seiner eigenen Dienstwaffe. Es konnte nicht alles gewesen sein.

2

Bernds Genesung, soweit man davon sprechen konnte, zog sich über mehrere Monate hin. Insgesamt war es ein halbes Jahr. Während der Zeit, die er noch im Klinikum verbrachte, besuchte Judith ihn nicht mehr. Sie hatte an sein Bett treten können, solange er scheinbar ohne Bewußtsein war. Als Anna von seinem Aufwachen berichtete, schaffte Judith es nicht mehr.

Es war eine rein emotionale Sache, zeitlich hätte sie es einrichten können. Doch allein die Vorstellung, daß er sie bat, ihre Entscheidung rückgängig zu machen, hielt sie davon ab. Sie klammerte sich an die Vereinbarung, die sie in der Nacht vor seinem Sturz getroffen hatte. Trennung, nach Ablauf des vorgeschriebenen Trennungsjahres die Scheidung.

Daß er jetzt noch damit einverstanden wäre, glaubte sie kaum. Jetzt ging es für ihn nicht mehr um das gemeinsam erwirtschaftete Vermögen, das er nicht teilen wollte. Jetzt ging es für ihn um ein paar Hände, die ihn irgendwann in einem Rollstuhl durchs Haus und den Garten schoben, die ihn wuschen, ins Bett brachten, auf die Toilette hoben und einiges mehr für ihn taten. Und solch ein Paar Hände war in Geld nicht aufzuwiegen.

Sie fühlte sich schäbig bei dem Gedanken, ihn seinem Schicksal zu überlassen. Andererseits klang ihr immer noch seine Stimme in den Ohren. »Erschießen und im Wald verscharren!« Er hatte in der Nacht, als sie ihn darauf ansprachen, laut aufgelacht, schon das hatte falsch geklungen, ebenso wie seine Behauptung, er habe das nur so gesagt. Ein vernünftiger Mensch setze solche Worte nicht in die Tat um. Daß er irgend etwas über Kaffee gesagt hatte, daran wollte er sich nicht mehr erinnern. Und sie hatten beide gewußt, daß er log, daß ihn nur die Erwähnung Schneiders davon abhielt, ihnen die Schädel einzuschlagen oder sonst etwas zu tun.

Anna berichtete täglich von winzigen Fortschritten, die im Grunde keine waren. Er konnte wieder ohne Hilfe der Maschine atmen. Er konnte wieder einen zusammenhängenden Satz formulieren. Er würde seinen linken Arm behalten. Zeitweise waren die Ärzte überzeugt, eine Amputation sei unumgänglich. Die komplizierten Brüche heilten nicht, der Gips mußte entfernt werden, als Entzündungen im Gewebe auftraten.

Meist rief Anna am späten Abend in der Villa an. Sie war dann gerade erst aus dem Klinikum in ihre Wohnung zurückgekehrt und schloß regelmäßig mit dem Satz: »Morgen geht es ihm sicher etwas besser.« Aber sie bat nie um Judiths Besuch, erkundigte sich höchstens, ob im Geschäft wieder viel zu tun gewesen sei.

Es war sehr viel zu tun. Martin kontrollierte die Bücher und anderen Unterlagen und stellte fest, daß Bernd in den letzten Monaten sehr nachlässig gewesen sein mußte. Zuerst war ihnen das ein Rätsel, weil Bernd doch ständig unterwegs gewesen war. Allmählich zeichnete sich jedoch ab, daß viele seiner Geschäftsreisen in Wahrheit dem persönlichen Vergnügen gedient hatten. War er tatsächlich in Amsterdam gewesen, dann in Begleitung. Mehr und mehr Beweise fanden sich für sein andauerndes Verhältnis mit Sandra. Es schmerzte nicht mehr. Es war nur noch eine Tatsache, die man akzeptierte.

Nach zwei Monaten wurde er in ein Rehabilitationszentrum verlegt. Er lehnte es ab, dort Besuche zu empfangen. Nicht einmal seine Mutter wollte er noch in seiner Nähe haben. Anna kam wieder täglich ins Geschäft. Für Judith wurde es etwas leichter. Bis dahin hatte sie sich mehreren Aufgabenbereichen gleichzeitig widmen müssen, weil Martin vollauf damit beschäftigt war, die Geschäftsunterlagen auf den neuesten Stand zu bringen und verprellte Kunden wieder versöhnlich zu stimmen.

Es ging aufwärts – in jeder Hinsicht. Das Geschäft florierte wieder wie in alten Zeiten. Und privat hatte Judith oft das Gefühl, seit ewigen Zeiten mit Martin zu leben. Alles war selbstverständlich, als lesen sie gegenseitig ihre Gedanken. Es gab keine Mißverständnisse, kein Unbehagen, keine Wünsche, die nicht übereinstimmten, wenn sie über die gemeinsame Zukunft sprachen. Sie wollten in der Villa bleiben, bis

Bernd aus der Rehabilitation entlassen wurde, damit das Haus nicht leerstand und Diebe anlockte. Dann wollten sie vorübergehend in Martins Wohnung leben, bis sie eine größere Wohnung oder ein Haus für sich gefunden hatten.

Zweimal sprachen sie mit Jochen Sieber über die beruflichen Aspekte. Sieber brachte sie auch mit einem Neurologen zusammen, der ihnen erklärte, daß Bernd nach den schweren Hirnverletzungen, von seiner Lähmung einmal abgesehen, unmöglich noch in der Lage sei, sich um das Geschäft zu kümmern. Als Folge der Verletzungen könnte es zu Veränderungen der Persönlichkeit kommen, er zählte einiges auf: Verwirrtheitszustände, Gedächtnisstörungen, Stimmungsschwankungen – von unkontrollierten Wutausbrüchen bis zu manischer Depression. Ein Mensch mit solchen Leidenszuständen war nicht mehr geschäftsfähig.

Nach zwei Monaten im Rehabilitationszentrum rief Bernd spätabends in der Villa an. Judith nahm das Gespräch entgegen. Er wirkte nicht verwirrt, gestört oder unkontrolliert. Nüchtern und sachlich bat er sie, ihn am Wochenende zu besuchen, falls sie es einrichten könne. Es gäbe doch aufgrund der veränderten Umstände einiges zwischen ihnen zu klären. Der Klang seiner Stimme suggerierte ihr, daß er sich mit einem Leben im Rollstuhl abgefunden hatte. Deutlich schwang der stolze Unterton in seinen Worten mit, als er vorschlug, sie könnten einen Spaziergang in den Grünanlagen machen, um sich in Ruhe zu unterhalten. Es gäbe einen herrlichen Park beim Zentrum, und die Wege seien für einen Rollstuhl nicht beschwerlich.

Sie schaffte es nicht, seine Bitte abzulehnen. Martin wollte sie begleiten, verstand jedoch, daß sie alleine fahren wollte. Ihr war ein wenig bange vor der ersten Begegnung nach all den Monaten. Aber Bernd gab sich so nüchtern und sachlich wie am Telefon. Als sie sein Zimmer betrat, saß er bereits im Rollstuhl und begrüßte sie mit einem: »Freut mich, daß du es einrichten konntest.«

Dann schob sie ihn eine knappe Stunde über die Wege zwischen Rasenstücken und gepflegten Blumenrabatten. Ohne erkennbare Emotion kam er auf ihr Arrangement zu sprechen. »Wenn du daran festhalten willst, das verstehe ich. Andererseits wäre es für dich vielleicht von Vorteil, wenn wir eine neue Übereinkunft treffen. Kannst du dir vorstellen, das Geschäft in Zukunft allein zu führen?«

»Ich führe es nicht allein«, sagte sie.

»Das weiß ich«, erwiderte er ruhig. »Ich habe mich wohl falsch ausgedrückt. Stelle ich die Frage eben anders. Wärst du bereit, meine Aufgaben und meine Verantwortung im Geschäft zu übernehmen?«

»Das hat Martin bereits getan.«

Sie hielt den Blick fest auf seinen Hinterkopf gerichtet, rechnete mit einer Reaktion auf den Namen. Es kam nichts, er zuckte weder zusammen noch lachte er bitter auf. Sekundenlang schwieg er, dann meinte er: »Ich nehme an, du willst mit ihm zusammenbleiben.«

»Ja«, sagte sie einfach.

»Brauchst du dafür unbedingt einen Trauschein, oder denkst du, es könnte auch so funktionieren?« Ehe sie antworten konnte, sprach er weiter: »In meiner momentanen Situation wäre eine Scheidung so ziemlich das letzte, was ich gebrauchen könnte. Man hat mir hier bereits erklärt, daß ich in einem guten Pflegeheim bestens aufgehoben wäre. Du kannst dir vorstellen, daß ich damit nicht einverstanden bin. Ich will nach Hause, aber ich könnte in der Villa alleine oder nur mit einer Hausangestellten nicht existieren. Auch geschäftlich müßte ich alles in fremde Hände geben. Meine Mutter hat bereits angedeutet, daß sie zu alt ist, um sich auf eine neue Geschäftsleitung einzustellen. Mit anderen Worten, wenn du gehst, geht sie ebenfalls. Und die Rusper wird sich vermutlich anschließen. Es könnte alles so bleiben, wie es jetzt ist.«

»Jetzt lebe ich mit Martin in der Villa«, sagte sie.

»Das weiß ich. Er ist zwei Wochen nach meinem Unfall bei dir eingezogen. Aber er hat seine Wohnung behalten, nicht wahr?«

»Ja«, sagte sie.

»Dann sehe ich keine Probleme«, erklärte er.

Ehe sie zurückfuhr, gab er ihr eine Liste, auf der einige bauliche Veränderungen aufgeführt waren. »Ich wäre dir dankbar, wenn du das in die Wege leitest. Es wird eine Weile dauern, ehe die Umbauten fertig sind. Und in zwei Monaten komme ich hier raus. Das hoffe ich jedenfalls.«

Sie steckte die Liste in ihre Handtasche und wollte zur Tür. Er griff nach ihrer Hand. »Moment noch, Judith. Du hast bisher nicht zugestimmt.«

»Das kann ich auch nicht«, sagte sie. »Ich muß es mit Martin besprechen und hören, ob er einverstanden ist.«

Für den Bruchteil einer Sekunde preßte er die Lippen aufeinander. Dann lächelte er und nickte. »Meinst du, du kannst das im Laufe der Woche in Erfahrung bringen? Es wäre nett, wenn ich bald weiß, woran ich bin, weil ich gegebenenfalls umdisponieren muß.«

Sie war überzeugt, daß Martin ablehnte. Wider Erwarten sagte er: »An mir soll es nicht scheitern. Wie denkst du darüber?«

»Ich weiß es nicht. Ich glaube nicht, daß es funktioniert. Von allem, was der Neurologe uns aufgezählt hat, habe ich nichts an ihm feststellen können. Er kann keinen Schritt mehr tun und nur noch eine Hand benutzen, aber sein Kopf ist so klar wie immer.«

Martin schürzte nachdenklich die Lippen und meinte mit sonderbaren Unterton: »Dann sollten wir auf seinen Vorschlag eingehen. Wenn wir keine unkontrollierten Wutausbrüche oder andere böse Überraschungen zu erwarten haben. Das Haus ist groß genug, wir leben oben, er unten. Aber die Bedingungen stellen wir, sonst sind wir am Ende die Dummen. Wir schuften uns für ihn ab, und er kann uns jederzeit rauswerfen.«

Am folgenden Sonntag begleitete Martin sie ins Rehabilitationszentrum. Er hatte die Woche genutzt, um bei Jochen Sieber Rat einzuholen. Jochen Sieber hatte die notwendigen Vereinbarungen schriftlich fixiert. Bernd mußte nur unterschreiben.

Er wirkte weit weniger nüchtern und sachlich, als Martin ihm gegenübertrat. Er vermied es, ihn anzuschauen oder direkt anzusprechen. Zweimal las er durch, was Jochen Sieber aufgesetzt hatte. Das anschließende Gespräch führte er ausschließlich mit Judith.

»Das habt ihr euch fein ausgedacht. Da kann ich mir ebensogut einen Hut nehmen und mich an den Straßenrand setzen.«

»Sie müssen das nicht akzeptieren«, erklärte Martin. »Wir sind durchaus bereit, uns an das zu halten, was ursprünglich vereinbart war. Sobald Sie hier entlassen werden, räumen wir die Villa, selbstverständlich auch das Geschäft. Finanzielle Ansprüche stellen wir nicht.«

Bernd beachtete ihn nicht, er schaute Judith an. »Hast du einen Kugelschreiber?«

Martin zog einen Tintenfüller aus dem Jackett und hielt ihn Bernd hin. Bernd ignorierte die Geste. Judith nahm den Füller aus Martins Hand und reichte ihn weiter. Bernd unterschrieb.

Zwei Tage später erfuhr Judith, daß sie schwanger war. Zu neunzig Prozent, so drückte die Gynäkologin es aus. Es sei noch zu früh, um mehr zu sagen. Im ersten Moment scherzte Martin noch. »Dann fahren wir jetzt heim, machen die zehn Prozent dazu und kommen morgen wieder.«

Frau Schmidtbauer lächelte. »Lassen Sie sich Zeit. Wir machen den nächsten Termin in zwei Wochen. Dann können wir es mit Sicherheit feststellen.«

Schon auf dem Weg zum Wagen verging Martin der Humor. Judith warf ihm einen raschen Seitenblick zu und meinte: »Besonders glücklich scheinst du nicht zu sein.«

»Doch, bin ich«, versicherte er. »Aber es verändert natürlich alles. Oder willst du mein Baby als Frau Schwaiger bekommen?«

»Nein«, sagte sie. »Warten wir, bis er sich eingelebt hat. Dann werde ich die Scheidung einreichen.«

3

Der Tag seiner Entlassung rückte näher. Die Wunden in seinem Gesicht waren zu schmalen Narben verblaßt. Sein linker Arm war in der Bewegung immer noch stark beeinträchtigt und kraftlos. Er trainierte die Muskulatur mit einem kleinen Handexpander. Meist begann er schon kurz nach fünf. Er wachte immer viel zu früh auf. Das Leben im Zentrum begann um sechs. Die Stunde nutzte er für seine Übungen, viel mehr konnte er nicht tun, um die Zeit totzuschlagen.

Die Erinnerung sagte ihm gleich nach dem Aufwachen, er müsse die Toilette aufsuchen. Aber er hatte gelernt, seine Blasenfunktion nach der Uhr zu kontrollieren. Er hatte auch sonst eine Menge gelernt, nur eines nicht, daß für ihn alles vorbei sein und Judith in Zukunft mit einem anderen Mann leben und glücklich sein sollte.

Von ihrer Schwangerschaft wußte er nichts. Sie war noch zweimal bei ihm gewesen, allein! Bei diesen Besuchen hatte sie sich von den Krankenpflegern in die Bedienung eines fahrbaren Krankenliftes einweisen lassen. Und alles, was gesprochen worden war, hatte sich auf seine Pflege, seine Bedürfnisse und die diversen Handgriffe beschränkt. Und wenn sie ihn verließ, fühlte er diese unbändige Wut auf den Mann, zu dem sie zurückfuhr. Mehr denn je war sie für ihn seine Frau. Und die einzige Frau.

Von Sandra Testroff hatte er in all den Monaten nichts gesehen und nichts gehört. Hundertmal mindestens hatte er in ihrer Wohnung angerufen, entweder wurde nicht abgehoben oder sofort aufgelegt, wenn er sich meldete. Und zweimal hatte er ihren geschiedenen Mann in der Leitung gehabt.

Es war niemand da, den er fragen konnte, ob sie wieder mit dem Apotheker zusammenlebte. Er konnte sich das nicht vorstellen, nicht nach allem, was sie ihm über Uwe Testroff und die Zeit mit ihm erzählt hatte. Ein Würstchen, so hatte sie ihren Mann genannt. Mit einem Würstchen konnte sie nicht zufrieden sein und niemals das haben, was sie bei ihm gehabt hatte.

Er redete sich ein, daß sie vielleicht nur mit dem Apotheker zum Essen gegangen war. Dagegen war nichts einzuwenden. Sie brauchte ein bißchen Abwechslung, sie brauchte die bewundernden Blicke eines Mannes. Und besser, ein Würstchen glotzte sie an als ein anderer, der ihr mehr Unterhaltung bieten konnte. Nur in Begleitung ihres Exmannes in ein schickes Restaurant, und dann noch auf einen Drink in ihre Wohnung. Es war in beiden Fällen, in denen Uwe Testroff seine Anrufe entgegennahm, später Abend gewesen.

Sein Funktelefon lag stets griffbereit auf dem Nachttisch neben dem Bett. Und jeden Morgen, wenn er seine Übungen mit dem Handexpander absolviert hatte, griff er nach dem Telefon. Das waren die Zeiten, zu denen nicht abgehoben wurde. Doch allein die Vorstellung, daß sie in der Nähe ihres Telefons war, daß er sie mit dem Klingeln erreichte, genügte für die Erregung. Die Ärzte hatten ihm erklärt, er habe nicht aufgehört, ein Mann zu sein, nur weil er die Hälfte seines Körpers nicht mehr fühle. Das Begehren spiele sich im Kopf ab, der Rest sei eine Sache des Willens. So war es auch. Er mußte nur die Hand in den Schoß legen, um zu wissen, daß sie ihn nicht belogen hatten.

Auch am Morgen des Tages, an dem Judith ihn abholen sollte, wählte er Sandras Nummer. Es war kurz vor sechs. Er war sicher, daß sie noch schlief. So, wie er sie kannte, begann ihr Tag nicht vor acht oder neun. Daß sich ihr Leben ebenso verändert hatte wie seines, wollte er nicht begreifen. Im Geist sah er sie in ihrem Bett liegen, und das Klingeln des Telefons stellte eine Verbindung zwischen ihnen her. Es stand in ihrem Wohnzimmer, auch das sah er vor sich. Im Schlafzimmer hörte man das Klingeln nur gedämpft – so schwach wie der Ton, der an seinem Ohr aus dem Hörer drang. Meist ließ er es fünfmal klingeln, dann legte er auf.

An diesem Morgen wurde nach dem dritten Freiton abgehoben, und er hörte die atemlose Stimme ihres Mannes. »Testroff.«

Es war wie ein Schlag ins Gesicht. Er zog die Unterlippe zwischen die Zähne und schwieg.

»Hallo?« fragte Testroff irritiert. »Wer ist denn da?«

Er horchte angestrengt. Im Hintergrund meinte er, ihre Stimme zu hören. »Wer ist das, Schätzchen?«

Sie bekam keine Antwort. Testroff drängte in den Hörer: »Hallo, was soll denn der Unsinn? Melden Sie sich doch!«

Und im Hintergrund sagte sie: »Leg auf, Schätzchen, und komm zu mir.«

Die Wut bohrte noch in ihm, als Judith kurz vor Mittag eintraf. Sie kam in seinem BMW. Seine Sachen standen im gepackten Koffer bereit zum Abtransport. Einer der Pfleger schob ihn im Rollstuhl zum Parkplatz. Judith folgte mit dem Koffer. Er drehte sich zu ihr um.

»Wir brauchen einen Kleinbus mit hydraulischer Hebebühne. Darum kümmern wir uns morgen. Ist der neue Rollstuhl schon geliefert?«

Sie schüttelte schweigend den Kopf.

»Und wir brauchen einen Lift im Geschäft. Im Haus natürlich auch«, sagte er. »Sonst komme ich die Treppen nicht hinauf.«

»Wir«, sagte sie ruhig und betont, »brauchen weder einen Kleinbus noch einen Lift. Mir reicht dieser Wagen, Martin hat keine Probleme mit Treppen. Und du wirst nicht mehr ins Geschäft kommen. Das hast du unterschrieben.«

»Moment«, hielt er dagegen. »Ich habe unterschrieben, daß ich keinen Einfluß auf geschäftliche Belange nehme. Und das auch nur, weil mir nichts anderes übrigblieb.«

»Wir haben dich nicht gezwungen«, sagte sie. »Du wolltest, daß wir in der Villa bleiben und das Geschäft führen.«

Er stieß die Luft aus. »Ich wollte, daß du bleibst. Du kannst mir nicht zumuten, mit deinem Liebhaber unter einem Dach ...« Er brach ab, als er die Veränderung im Schritt des Pflegers spürte. Da war ein merkliches Stocken. Und wenn er es fühlte, mußte sie es sehen. Mehr hatte er nicht gewollt. Er glaubte, sie zu kennen und ihre Reaktionen abschätzen zu können. Die Peinlichkeit dieser Diskussion würde sie nachgiebig machen.

Sie erreichten den BMW. Judith öffnete die Beifahrertür. Der Pfleger hob ihn aus dem Rollstuhl und setzte ihn in den Beifahrersitz. Judith verstaute den Koffer, während der Pfleger den Rollstuhl zusammenklappte und ebenfalls in den Kofferraum legte.

»Brauchen Sie mich noch?« fragte er Judith.

»Nein, vielen Dank«, antwortete sie.

Der Pfleger kam noch einmal zu ihm, schüttelte ihm kräftig die Hand und lächelte ihn zuversichtlich an. »Ja dann, machen Sie es gut, Herr Schwaiger, und vergessen Sie Ihre Übungen nicht.«

»Bestimmt nicht«, versprach er. »Und – danke für alles.«

Der Pfleger nickte, warf Judith einen abfälligen Blick zu und ging zurück zum Gebäude. Judith atmete tief durch und straffte die Schultern. Sie schaute dem Pfleger nach und erkundigte sich kühl: »Mußtest du dieses Gespräch unbedingt vor einem Fremden führen? Was willst du beweisen, Bernd? Ich mute dir nichts zu. Aber ich darf dich daran erinnern, was du uns zugemutet hast.«

Er grinste abfällig, und sie fügte an: »Vorübergehend wirst du dich mit Martin abfinden müssen.« Dann stieg sie ein.

»Was heißt vorübergehend?«

Sie startete den Wagen, rollte langsam aus der Parklücke. »Die Situation hat sich geändert. Ich wollte in den nächsten Tagen mit dir darüber reden, wenn du dich ein bißchen eingelebt hast. Aber vielleicht ist es besser, wenn du es sofort erfährst. Ich werde die Scheidung einreichen.«

Er starrte sie betroffen an. »Das kannst du nicht machen!« Mühsam hob er mit der rechten Hand die linke an und legte sie ihr auf den Arm. »Judith«, bat er eindringlich. »Du darfst mich nicht im Stich lassen.«

»Nimm bitte die Hand weg«, verlangte sie ruhig.

Als er nicht reagierte, schüttelte sie ihren Arm. Seine Hand fiel kraftlos herunter, der Arm schlug auf den Schaltknüppel. Er stöhnte verhalten, hob die Hand wieder an und legte sie sich in den Schoß.

»Bravo«, sagte er bitter. »Vor ein paar Monaten wärst du nicht fähig gewesen, einen hilflosen Krüppel ... Du lernst dazu.«

»Ja!« Sie nickte. »Am meisten habe ich von dir und Sandra gelernt.«

Er lachte rauh, aber er schwieg. Sie steuerte den BMW vom Parkplatz, stoppte kurz und reihte sich zügig in den fließenden Verkehr ein.

4

Anna sah der Heimkehr ihres Sohnes mit gemischten Gefühlen entgegen. Einerseits fühlte sie sich zur Mutterliebe verpflichtet, andererseits hatte sie zuviel gesehen und gehört. Martins Haftzeit und die furchtbaren Anschuldigungen gegen ihn. Judiths schwerer Autounfall und die Besuche dieses Rechtsanwalts. Auch Hauptkommissar Schneider war noch mehrfach im Geschäft gewesen, zuletzt vor drei Wochen.

Er hatte mit Martin im Büro gesprochen, die Tür zum Empfangsraum war nicht verschlossen gewesen, und Anna hatte einfach wissen müssen, was der Polizist nach so langer Zeit noch wollte. Nicht viel, schien es in den ersten Minuten. Da war es nur ein wenig Geplänkel. Schneider erkundigte sich, wann Bernd aus der Rehabilitation entlassen wurde, wie es Judith ging. Judith war zum Goldschmied gefahren. Zum Glück, wie Anna später unentwegt denken mußte. Nach ein paar höflichen und anteilnehmenden Fragen kam Schneider auf den Kernpunkt seines Besuches.

Er hatte etwas ausgegraben, was noch mit dem Überfall auf Bernd in Verbindung stand. Der Mann – Brings –, in dessen Besitz Bernds Uhr und seine Kreditkarten aufgetaucht waren, war in Verdacht geraten, mit Waffen zu handeln.

»Das ist eine komische Sache«, sagte Schneider, und Anna verstand auf halber Höhe der Treppe jedes Wort. »Wir hatten vor ein paar Tagen einen ähnlichen Fall wie mit Schwaiger. Ein Mann wurde übel zusammengeschlagen und ausgeraubt – auf einem Schrottplatz. Wir hätten vermutlich nie erfahren, was er auf dem Platz wollte, wenn nicht zufällig ein Penner dort sein Quartier für die Nacht bezogen hätte. Er hat alles gesehen und gehört. Unser Opfer hat dem Anschein nach bei Brings eine Waffe bestellt. Nur zog Brings es vor, das Geld zu nehmen und die Ware zu behalten. Und nun dachte ich mir, daß Schwaiger vielleicht gar nicht zufällig Brings' Weg kreuzte.«

Der Gedanke, daß ihr Sohn versucht hatte, in den Besitz einer Schußwaffe zu gelangen, und die Vorstellung, was er dann mit dieser Waffe hatte tun wollen, machten Anna schwer zu schaffen. Täglich hatte sie vor Augen, wie glücklich Judith mit Martin war, wie gut sie sich verstanden, wie sehr sie sich auf das Baby freuten. Und ständig tickte ihr im Kopf, mit welchen Worten Schneider sich verabschiedet hatte. »Passen Sie ein bißchen auf, wenn er wieder da ist.«

Und Martin hatte geantwortet: »Mache ich!«

Es hatte nicht besorgt geklungen. Anna fand, Martin nahm die Warnung zu leicht. Wenn ein Polizist befürchtete, daß etwas geschehen könne! Aber ihr Sohn mit Mordabsichten? Anna wollte es nicht wahrhaben, und sie wußte, daß man es nicht ausschließen durfte. Bernd hatte ihr mit den Jahren eine Unzahl Beweise geliefert, daß er seine Ziele mit eisernem Willen verfolgte und nicht immer tat, was man von ihm erwartete, auch nicht immer das, was rational und einer Situation angemessen war.

Als Martin ihr an dem Vormittag sagte, Judith wolle die Scheidung einreichen, fühlte Anna sich ein wenig erleichtert, nur ein wenig, und nur für Judith und diesen jungen Mann, der sie unsicher und gespannt anschaute und auf ihre Reaktion wartete. Sie lächelte ihn an.

»Machen Sie sich keine Gedanken, Martin. Es ist richtig, was Sie tun. Gehen Sie weit weg mit ihr, und sorgen Sie dafür, daß sie das alles hier vergißt und mit ihrem Baby glücklich wird. Mit Ihnen natürlich auch. Sie hat immer sehr darunter gelitten, daß Bernd keine Kinder wollte. Und was er nicht wollte, das ließ er nicht zu. Ich habe mich in den ersten Jahren ihrer Ehe davor gefürchtet, sie könnte schwanger werden. Ich bin sicher, er hätte sie gezwungen, es abtreiben zu lassen. Sie wäre daran zerbrochen, das weiß ich.«

In Gedanken und Erinnerungen versunken schaute sie

durch den Raum. »Er wollte immer nur das hier, und es konnte nicht groß und prachtvoll genug sein. Als ob eine Handvoll kalter Steine das ersetzen könnte, was ein Mensch einem geben kann. Vielleicht hat ihm der Vater gefehlt. Er war einfach noch zu jung, als mein Mann starb. Mein Mann hätte ihn lehren können, seine Prioritäten anders zu setzen. Ich konnte das nicht, ich war für ihn immer nur ...«

Sie brach ab, lächelte verloren und seufzte nachhaltig. »Nur eine Mutter«, fuhr sie fort. »Nur eine dumme Person, die keine Ahnung hat von den wahren Werten. Ich habe ihn nur selten verstanden und nie begriffen, was in seinem Kopf vorgeht. Ich habe es schon sehr früh nicht mehr verstanden. Ich weiß noch, er ging das erste Jahr in die Schule und bestand darauf, ein dickes Lexikon mitzunehmen. Hundertmal habe ich ihm gesagt, er braucht es nicht, er konnte doch gerade erst einige Worte lesen. Seine Lehrerin hat es ihm auch gesagt. Aber er schleppte dieses schwere Ding mit sich, ein halbes Jahr lang. Irgend jemand hatte ihm gesagt, dieses Buch mache klüger, und ...«

Erneut brach Anna ab, die Eingangstür wurde geöffnet. Wieslo betrat den Raum. Er trug Jeans und eine abgewetzte Lederjacke und strahlte Martin an. »Hallo, Keil, ist das 'ne Überraschung?«

Martin war mehr als überrascht und brachte im ersten Moment vor Verlegenheit keinen Ton über die Lippen. Anna betrachtete die abgewetzte Gestalt mit sichtlichem Mißfallen und großer Skepsis. Wieslo schenkte ihr ein freundliches Lächeln, tippte sich salopp grüßend an die Stirn und erkundigte sich bei Martin.»Das ist aber nicht deine Alte, oder?«

»Hallo, Wieslo«, sagte Martin endlich mit merklicher Zurückhaltung. Es war ihm nicht unangenehm, mit einem ehemaligen Zellengenossen konfrontiert zu werden. Unangenehm war nur der Blick, mit dem Wieslo sich im Raum umschaute.

»Seit wann bist du draußen?«

Wieslo streichelte die Vitrinen mit seinen Blicken und teilte beiläufig mit: »Seit vorgestern. Bewährung haben Sie mir verpaßt. Nun häng ich rum und dachte, mal sehen, was Keil so treibt. Hätt' ich nicht mit gerechnet, daß du wieder in dem Laden hier bist. Aber ich dachte, ich versuch's mal. Bei deiner Wohnung war ich nämlich schon. Und da hat mir eine aus der Nachbarschaft erzählt, du haust jetzt in einem Nobelschuppen. Genaue Adresse wußte sie aber nicht.«

Martin gab Anna mit einer beschwichtigenden Geste zu verstehen, daß es keinen Grund zur Aufregung gab. Dann warf er einen Blick auf die Uhr. Es war kurz vor Mittag. »Kann ich dich zu einem Essen einladen?« fragte er.

Wieslo grinste. »Auch zu zwei oder drei. Ich bin momentan ein bißchen klamm. Kann man von dir nicht behaupten, was? Sieht aus, als hättest du das große Los gezogen. Netter Laden.« Wieder schweifte Wieslos Blick taxierend umher.

Martin ging auf die Tür zu, winkte seinem Besuch, ihm zu folgen, und sagte im Hinausgehen zu Anna: »Frau Schwaiger, wenn Sie über Mittag Besorgungen machen wollen, informieren Sie doch rasch den Wachdienst. Und denken Sie an die Alarmanlage.«

Anna stutzte zuerst, es war nicht üblich, den Wachdienst zu informieren. Das übernahm die Alarmanlage, wenn ein Anlaß gegeben war. Dann begriff sie, daß Martin nicht zu ihr, sondern zu diesem jungen Mann gesprochen hatte, der aussah, als könne er einige der Werte, die hier herumlagen, gut gebrauchen.

5

Während Martin sich mit Wieslo auf den Weg zu einem Restaurant machte, erreichte Judith die Villa. Seit ihrer Abfahrt vom Rehabilitationszentrum hatte Bernd fast ohne Unterbrechung auf sie eingeredet, beschwörend, flehend, eindringlich, tausendmal wiederholend, daß alles nur Irrtümer waren. Er hatte sie nicht mit Sandra betrogen. Von Sandra hatte er sich nur Hilfe und guten Rat erhofft, um seine Ehe zu retten.

Ihr brummte der Schädel, zusätzlich fühlte sie leichte Übelkeit. Sie hatte zu frühstücken versucht, aber momentan erhob das winzige Geschöpf in ihrem Leib noch regelmäßig Einspruch gegen den ersten Bissen und einen Schluck Kaffee.

Erleichtert sah sie, daß die Haustür aufgerissen wurde. Frau Rusper stürmte förmlich die Stufen hinab. Dicht hinter ihr, aber weniger eilig, folgte Helma Raab, eine große, kräftige Frau Anfang Vierzig. Judith hatte sie als Krankenpflegerin für Bernd engagiert, weil sie seine Betreuung unmöglich selbst gewährleisten konnte.

Ein wenig außer Atem erreichte Frau Rusper den BMW, und noch ehe Judith die Tür geöffnet hatte und ausgestiegen war, legte sie los: »Gott sei Dank, da sind Sie ja endlich. Herr Keil hat schon zweimal angerufen und sich Sorgen gemacht, wo Sie so lange bleiben.«

Judith ging zum Kofferraum, öffnete ihn und zerrte den Rollstuhl heraus. Frau Rusper half ihr eifrig dabei, gemeinsam klappten sie den Stuhl auseinander. Währenddessen trat Helma Raab an die Beifahrertür und öffnete sie. Bernd hing kraftlos im Sitz, in scheinbar unendlicher Mühe bewegte er den Kopf zu Seite und betrachtete seine Pflegerin mit wundem Blick und schmerzlichem Lächeln. In der letzten halben Stunde hatte er sich zu Mattigkeit und Schwäche entschlossen, um auf diese Weise einige Punkte zu machen.

»Guten Tag, Herr Schwaiger«, grüßte sie überschwenglich, ergriff seine rechte Hand und schüttelte sie mit einem Griff, der einem Bauarbeiter zur Ehre gereicht hätte. »Ich bin Helma Raab, Ihre Pflegerin.«

Die Vorstellung war überflüssig. Judith hatte ihn auf die Betreuung durch eine fremde Person hingewiesen. Er versuchte sie einzuschätzen. Äußerlich wirkte sie auf ihn wie ein Strohbesen, aber ihr Blick verstrahlte Gutmütigkeit, und in ihrer Stimme klang Wärme.

Judith schob den Rollstuhl neben die Beifahrertür. Helma Raab beugte sich ins Auto, löste seinen Sicherheitsgurt, schob einen Arm zwischen seinen Rücken und den Sitz und packte mit festem Griff seinen linken Unterarm. Auch ihr Griff erinnerte ihn an einen Bauarbeiter. Er stöhnte unwillkürlich.

»Momentchen«, beschied sie resolut. »Das haben wir gleich.«

Sie drehte ihn im Sitz, bis sein Rücken gegen ihre Brust lehnte, dann packte sie vor seiner Brust beide Unterarme und hob ihn mit einem Ruck an. Judith schob den Stuhl heran. Helma Raab zog ihn hinein. Es war eine fließende Bewegung. Er stöhnte erneut und legte die rechte Hand auf den linken Unterarm.

Helma Raab strahlte ihn an. »Das war's schon. Hab' ich zu fest angepackt?«

Mit leidender Stimme erklärte er: »Der Arm war mehrfach gebrochen und ist noch sehr empfindlich.« Er schickte einen bezeichnenden Blick zu Judith und fügte an: »Ich bin eben damit auf den Schaltknüppel gefallen.«

»Ich schaue es mir gleich an«, versprach Helma Raab. »Gehen wir erst mal rein.«

Sie schob den Rollstuhl auf das Haus zu. Judith schloß den Kofferraum und die Beifahrertür. Frau Rusper stand noch bei ihr. Er hörte sie sagen: »Sie fahren am besten gleich ins Geschäft, damit Herr Keil sich nicht länger Sorgen machen muß.«

Judith nickte. Er sah es, als Helma Raab mit ihm die Hausecke erreichte. »Du kommst wohl nicht mehr mit rein, Liebes?« rief er.

Frau Rusper stutzte, schaute Judith verblüfft an. »Liebes?« wiederholte sie gedehnt. »Haben die dem was in den Kaffee getan?«

»Schon gut«, sagte Judith. »Gehen Sie rein und machen Sie ihm etwas zu essen.« Dann rief sie zu ihm hinüber: »Tut mir leid, wir haben um zwei einen Termin.« Und dann stieg sie in den BMW. Im nächsten Moment heulte der Motor auf. Viel zu schnell trieb sie den Wagen zur Straße hinunter.

Er sackte in sich zusammen. Helma Raab betrachtete seinen gesenkten Kopf mit bedauernder Miene, drehte sich zu dem davonfahrenden Auto um und schüttelte verständnislos den Kopf. Dann schob sie den Rollstuhl rasch weiter am Haus vorbei zur Terrasse. Für den Rollstuhl war eine Rampe angelegt worden. Er registrierte es mit Bitterkeit. An der Haustür gab es nur die Stufen.

»Lieferanten und Krüppel bitte den Hintereingang benutzen«, sagte er.

Helma Raab antwortete nicht, schob den Rollstuhl auf die Terrasse und weiter in den Wohnraum. Er schaute sich irritiert um. Es war ein ungewohnter Anblick. In dem großen Raum waren nun zusätzlich die Möbel aus dem Eßzimmer untergebracht. Es wirkte nicht überfrachtet, Platz genug, den Stuhl bequem zu manövrieren, war immer noch. Es war nur so fremd. Aus der Diele kam ihnen Frau Rusper entgegen.

»Wenn Sie was essen wollen, ich ...«

»Vielen Dank«, fiel er ihr ins Wort. »Mir ist der Appetit vergangen.«

Frau Rusper schaute Helma Raab an. »Brauchen Sie mich für irgendwas?«

»Nein.« Helma Raab legte ihm eine Hand auf die Schulter. »Wir kommen schon alleine zurecht, nicht wahr, Herr Schwaiger? Wir müssen uns ja aneinander gewöhnen.«

Ihr betulicher Ton ging ihm bereits jetzt auf die Nerven. Frau Rusper stand unschlüssig da. »Ja, dann kann ich eigentlich die Einkäufe machen.«

Sie ging in die Küche, nahm eine Tasche und ihren Mantel vom Stuhl. Mit dem Mantel über dem Arm kam sie zurück in die Diele. Helma Raab hatte den Rollstuhl inzwischen ins frühere Eßzimmer geschoben.

Der Raum war nun durch eine Wand abgeteilt und spartanisch eingerichtet mit einem Krankenbett, einem Nachttisch und dem fahrbaren Krankenlift, nicht mehr als ein verchromtes Gestell mit Schwenkarm, breitem Sitz und mehreren Haltegurten. Für Bernd sah das Ding aus wie eine Affenschaukel. Hinter der Wand befand sich eine geräumige Duschkabine mit Plastiksitz und Haltegriffen, ein Waschbecken und eine erhöhte Toilette, ebenfalls mit Haltegriffen zu beiden Seiten.

Von der Diele aus schaute Frau Rusper zu, wie Helma Raab ihm einiges erklärte. Er nickte ergeben zu allem, wirkte dabei wie ein Häufchen Elend. Aber Frau Rusper war schon zu lange im Haus, um ihm sein Elend abzunehmen. Sie ging zur Haustür, schüttelte den Kopf und stieß abfällig die Luft aus. »Liebes!« murmelte sie.

Dieses Wort aus seinem Mund klang in ihren Ohren wie ein Engelschoral in der Hölle. Daß ein halbes Jahr mit lahmen Beinen und einem tauben Arm etwas an seiner Einstellung zu Frauen allgemein und zu seiner Frau im besonderen geändert haben könnte, war ihr unvorstellbar.

6

Der Termin um zwei war keine faule Ausrede gewesen. Einer der Kunden, die Bernd verprellt und Martin mit viel Mühe und Einsatz zurückgewonnen hatte, mußte um vierzehn Uhr in Tegel abgeholt werden. Judith fuhr gleich von der Villa aus zum Flughafen, rief von dort aus rasch im Geschäft an und hörte von Anna, daß Martin mit einem Herrn zum Essen gegangen sei. Vor dem ›Herrn‹ brachte Anna ein dezentes Räuspern an.

Judith stutzte. »Ist Herr von Hülsting mit einer früheren Maschine gekommen?«

»Nein, nein«, versicherte Anna. »Das war ein junger Mann, den Martin anscheinend privat kennengelernt hat. Er wirkte etwas ärmlich und sagte, er habe Bewährung bekommen.«

Judith verstand, sowohl den Besuch als auch Annas sonderbare Betonung. Kurz darauf nahm sie am Flughafen den älteren Herrn in Empfang, der seine adelige Herkunft und die strenge Erziehung in teuren Internaten gerne in witzigen Episoden schilderte und sich in nun reiferen Jahren für die Entbehrungen der Jugend entschädigte.

Auf der Fahrt zum Geschäft unterhielt er sie mit seiner derzeitigen Affäre, einem Fotomodell. »Sie ist hinreißend«, sagte er. »Unentwegt beteuert sie mir, wie sehr sie mich liebt. Es tut gut, das zu hören, auch wenn es sich mehr auf die kleinen Präsente bezieht. Und bei all der Mühe, die sie sich gibt, hat sie nun ein größeres Präsent verdient. Ich stelle mir etwas Modisches vor, es sollte zum Typ passen und zu ihrer Jugend.«

Dann stand er den halben Nachmittag neben ihr im Büro.

Das Foto seiner Freundin lag vor ihr auf dem Schreibtisch. Und von Hülsting schaute Judith gebannt auf die Hände, die nicht nur ein modisches Collier entwarfen, die auch gleich den schlanken Hals der jungen Schönheit zeichneten und mit wenigen Strichen die Gesichtszüge andeuteten. Er war begeistert, suchte mit Hingabe einige Rubine aus, und war auch davon begeistert.

»Man merkt doch«, sagte er, »daß in diesen Räumen ein junger Wind weht. Für Sie mag es ein Risiko sein, solche Steine auf Vorrat bereit zu halten. Aber, glauben Sie mir, auf Dauer wird es sich auszahlen. Man gibt einen Auftrag mit einem ganz anderen Gefühl, wenn man die Ware gesehen und in der Hand gehalten hat.«

Martin kam am späten Nachmittag zurück und übernahm es, von Hülsting zurück nach Tegel zu fahren, damit Judith mit der Zeichnung und den Rubinen sofort zum Goldschmied fahren konnte. Später trafen sie sich in einem Restaurant. Ein Abendessen außer Haus, zur Feier des Tages, hatte Martin gesagt. Sie war nicht ganz sicher, ob es sich auf von Hülstings Auftrag oder auf Bernds Heimkehr bezog.

Sie wählten ein leichtes Menü und ließen sich Zeit. Martin plauderte locker über von Hülstings Begeisterung sowohl für seine junge Freundin als auch für ihren Entwurf. »Daß du ihm ihr Gesicht dazu gezeichnet hast, war für ihn der Gipfel. Er will den Entwurf unbedingt haben, wenn der Goldschmied ihn nicht mehr braucht.«

»Ich wußte gar nicht, daß ich Gesichter zeichnen kann«, sagte sie.

»Du kannst vieles und weißt es nicht.« Er zog ihre Hand an seine Lippen. »Zum Beispiel schweigen und lächeln, obwohl du wahrscheinlich eine Höllenfahrt hinter dir hattest. Nun erzähl schon, wie es war.«

Sie hob die Schultern. »Wie erwartet. Ich habe ihm gesagt, daß ich die Scheidung einreiche.«

Martin nickte versonnen. »Möchtest du noch etwas trinken?«

Sie schüttelte den Kopf und warf einen verstohlenen Blick auf ihre Armbanduhr. Es war kurz vor zehn. »Machen wir noch einen Abstecher zu deiner Wohnung, bevor wir uns in die Schlacht werfen?«

»Ich habe mich nicht getraut, es vorzuschlagen«, sagte Martin und winkte dem Oberkellner.

Erst kurz nach Mitternacht bogen sie in die Zufahrt zur Villa ein. In der Diele brannte Licht, das Fenster des ehemaligen Eßzimmers war ebenfalls erleuchtet. Bernd saß im Wohnraum. Der Fernseher war eingeschaltet, mißmutig starrte er auf den Bildschirm. Es wurde ein Boxkampf übertragen. Er hörte die beiden Wagen in die Garage fahren und richtete sich im Rollstuhl auf. Auf den Moment wartete er seit Stunden.

Mit viel Mühe, Überredungskunst und einem Trauerstück war es ihm gelungen, Helma Raab zum vorzeitigen Verlassen ihres Postens zu bewegen. Sie hatte ihn unbedingt bekochen und füttern wollen, schnitt ihm das Fleisch in mundgerechte Stücke und nervte ihn mit ihrer Besorgnis und ihrem Arbeitseifer.

»Ich warte mit dem Essen auf meine Frau«, sagte er, als sie ihm den Teller vorsetzte.

»Das wird doch viel zu spät für Sie, Herr Schwaiger.«

»Wenn ich etwas im Überfluß habe, dann Zeit. Gehen Sie.«

»Ich kann erst gehen, wenn ich Sie für die Nacht versorgt habe.«

»Meine Frau wird das machen. Es ist nicht anstrengend mit dem Lift.«

Sie schaute unsicher in die Diele und räumte ein: »Das nicht, aber mit Waschen und ...«

Er war ein wenig massiver und verzweifelter geworden: »Frau Raab, geben Sie mir die Chance, festzustellen, ob meine Frau noch soviel für mich empfindet.« Mit Daumen und Zeigefinger der rechten Hand hatte er ihr eine winzige Lücke gezeigt. »Nur soviel, Frau Raab. Der verdammte Kerl, der sie jetzt mit Beschlag belegt, hatte ein halbes Jahr Zeit, sie zu beeinflussen. Wenn sie mich im Stich läßt, wofür soll ich dann noch leben?« Als Krönung hatte er schmerzerfüllt die Augen geschlossen, den Kopf gesenkt und geschüttelt, bis sie endlich zu einem Kompromiß bereit war.

»Na schön, Herr Schwaiger. Wenn Sie jetzt etwas essen, dann gehe ich um acht.«

Das hatte sie getan, noch rasch den Fernseher für ihn eingeschaltet, ihm die Fernbedienung und ein Glas Tee bereitgestellt, seine Medikamente hingelegt und ihm eine geruhsame Nacht gewünscht. Seitdem saß er allein in diesem großen Haus, dessen Obergeschoß für ihn unerreichbar war. Mehrfach war er zwischen Wohnraum und Treppe hin und her gerollt. Er schaffte es recht gut, den Rollstuhl mit einer Hand zu bewegen. Es war mühsam, kostete Kraft und dauerte eine Ewigkeit, aber es war möglich.

Nur die Treppe war unmöglich. Stufe um Stufe führte sie hinauf in das Nest, das sie sich während seiner Abwesenheit geschaffen hatten. Er hätte beide Beine dafür gegeben, feststellen zu dürfen, ob sie sich im Schlafzimmer oder in einem der Gästezimmer einquartiert hatten. Seine Beine waren ohnehin nutzlos, dienten nur noch der Dekoration. Und er mußte wissen, ob sie es in seinem Bett trieben.

Von draußen hörte er den Motor des Garagentores. Er rollte in die Diele. Ihre Schritte kamen auf das Haus zu. Und Martins Stimme: »Scheint, wir werden erwartet.«

Antwort gab sie nicht. Die Haustür wurde geöffnet, Martin kam herein, sie war dicht hinter ihm.

Bernds Freundlichkeit glich einem Zähneknirschen. »Da seid ihr ja endlich. Ich kann kaum noch sitzen.« Er schaute an Martin vorbei, heftete den Blick mit sanftem Flehen auf ihr Gesicht. »Hilfst du mir ins Bett, Judith?«

Martin legte instinktiv schützend einen Arm um ihre Schultern und zog sie an sich. »Warum hat Frau Raab das nicht getan? Sie wird dafür bezahlt.«

Bernd beachtete ihn nicht, hielt den Blick fest auf Judith gerichtet. Martin küßte sie auf die Wange und schob sie sanft in Richtung Treppe. »Geh schon hinauf. Ich bringe ihn ins Bett.«

»Das wirst du garantiert nicht tun«, fauchte er. »Ich kann nicht verhindern, daß du deine dreckigen Hände an meine Frau legst. Aber mich faßt du nicht an.«

»Seit wann duzen wir uns?« erkundigte sich Martin kühl.

Und sie stieg die Treppe hinauf. Er faßte es nicht. Es paßte nicht zu ihr. Sie war immer ein sanftes, nachgiebiges und leicht zu manipulierendes Geschöpf gewesen.

»Judith«, schrie er, »bleib hier und hilf mir ins Bett. Bitte! Es kostet dich fünf Minuten. Ist das zuviel verlangt? Fünf Minuten – nach zehn Jahren?«

Sie erreichte den ersten Stock und verschwand aus seinem Blickfeld. Es war ungeheuerlich. Er begriff, daß es ein Fehler gewesen war, sie gleich mit seinen alten Gewohnheiten zu überfallen. »Wir brauchen einen Lift!« Er hätte ihr Zeit lassen müssen, mehr noch sich selbst hätte er Zeit lassen müssen.

»Soll ich es nun machen oder nicht?« erkundigte sich Martin so beiläufig, als frage er nach dem Wetter oder der Uhrzeit.

Er konnte nicht reagieren, starrte nur fassungslos zur Treppe. Oben klappte eine Tür. Und er konnte – verdammt noch mal – nicht feststellen, ob es die Tür zum Schlafzimmer war. Aber soweit konnte sie nicht gehen, soweit durfte sie nicht gehen, und das würde sie ihm auch nicht antun: in seinem Bett mit diesem Milchgesicht.

Martin zuckte mit den Schultern, als er keine Antwort bekam, und ging ebenfalls zur Treppe. Während er hinaufstieg, griff Bernd mit der rechten Hand an den Reifen des Rollstuhls und bewegte sein Gefährt mühsam auf die Stufen zu. Er war viel zu langsam, krümmte sich vor, weil die Wut sein Innerstes zusammenzog wie eine straff gespannte Sehne. »Judith«, brüllte er. »Judith, bitte. Du kannst mich doch nicht einfach so sitzen lassen!«

Sie stand im Bad und war dabei, sich auszuziehen. Martin kam herein mit einer Miene, als wisse er nicht, ob er lächeln oder ebenfalls brüllen sollte. »Das wird die ganze Nacht so weitergehen«, sagte sie.

Von unten schallte sein Brüllen herauf. »Was findest du nur an diesem Kerl, Judith? Er liebt dich nicht. Er hat es nur aufs Geschäft abgesehen.«

»Leg dich hin«, sagte Martin. »Du brauchst ein bißchen Ruhe. Es war ein verdammt langer Tag.«

Aus der Diele drangen klatschende Geräusche herauf. Es schien, daß Bernd auf irgend etwas eindrosch, dem Klang nach zu urteilen auf die eigenen Beine. Er fühlte es ja nicht. Sie atmete tief durch und knöpfte entschlossen ihre Bluse wieder zu. »Zuerst verschaffe ich uns eine ruhige Nacht. Und morgen früh verschwinden wir.«

Sie ging zur Tür, durchquerte das Schlafzimmer. Martin folgte ihr rasch. »Ich lasse nicht zu, daß du ihn hebst.«

Sie legte ihm eine Hand vor die Brust und hielt ihn auf. »Ich muß ihn nicht heben. Es geht leicht mit dem Lift. Sei lieb und bleib hier, sonst bekommen wir nur eine Zugabe.«

Er schaute ihr besorgt nach, als sie zur Treppe ging. Bernd blickte ihr zufrieden entgegen. Für einen Moment fühlte sie sich wie zwischen zwei Mühlsteine geraten, der eine hieß Liebe, der andere Pflicht. Es schien in einem vergangenen Jahrhundert gewesen, aber sie hatte einmal geschworen, ihrem Mann beizustehen in guten wie in schlechten Zeiten.

Als sie ihn erreichte, griff er nach ihrer Hand und zog sie an seine Lippen, wie Martin es im Restaurant getan hatte.

»Ich wußte, daß du mich nicht im Stich läßt, Liebes«, sagte er.

Sie entzog ihm ihre Hand, schob den Rollstuhl eilig in sein Zimmer und dirigierte ihn neben den Krankenlift. Mit raschen Griffen löste sie den breiten Sitzgurt und führte ihn unter seine Oberschenkel durch. Wieder griff er nach ihr, bekam ihr Handgelenk zu packen, weil sie nicht schnell genug auswich. In beschwörendem Ton versicherte er: »Ich habe dich vernachlässigt, das weiß ich. Und ich verstehe auch, daß du dich mit ihm eingelassen hast.«

Halb vorgebeugt stand sie neben ihm, machte keine Anstalten, sich aufzurichten, schaute nur mit starrem Blick auf seine Hand um ihr Gelenk.

Er lächelte schmerzlich. »Es tut furchtbar weh, aber ...« Mit einem tiefen Seufzer brach er ab, sprach gleich weiter: »Es gibt Schlimmeres, und ich werde mich damit abfinden. Nur laß mich nicht allein.«

Das letzte Wort gab den Ausschlag. Von einer Sekunde zur anderen kamen die widersprüchlichen Gefühle zur Ruhe. Sie war nicht mehr allein! Sie mußte für zwei denken, für zwei abwägen und entscheiden, was das Beste war.

»Soll ich dich nun ins Bett bringen?« fragte sie ruhig. »Oder willst du warten, bis Martin herunterkommt, um nachzusehen, wo ich bleibe?«

»Nein, mach nur«, sagte er rasch. »Warte, ich helfe dir, so gut ich kann.«

Er ließ ihr Handgelenk los und stemmte seinen Körper mühsam mit der Rechten ein wenig aus dem Sitz. Sie zog den Tragegurt in den Sitz und befestigte ihn am Krankenlift. Er griff mit der rechten Hand in die Haltegurte. Langsam kam er aus dem Rollstuhl hoch, schwang zum Bett hinüber.

Sie half ihm noch, sich auszustrecken, zog den Gurt unter seinem Körper heraus und hängte ihn zurück in den Lift. Dann ging sie zur Tür.

»Willst du mich so liegen lassen?« rief er ihr nach.

»Ja«, sagte sie im Hinausgehen und schloß die Tür hinter sich.

7

Kurz vor acht am nächsten Morgen packte Martin ein paar Sachen für Judith zusammen. Glücklich war er nicht mit dieser Entscheidung. In der Villa bleiben bedeutete, wenigstens ein bißchen Kontrolle zu haben. Nur deshalb war er so bereitwillig auf Bernds Vorschlag eingegangen. Aber er konnte Judith das nicht zumuten.

Sein Koffer stand bereits neben der Tür zum oberen Flur. Im Bad rauschte unentwegt die Spülung der Toilette. Das Wasserrauschen dämpfte nur unvollkommen ihr klägliches Würgen.

»Kann ich wirklich nichts für dich tun?« rief er.

»Nein, es ist gleich vorbei.«

»Das sagst du jeden Morgen«, stellte er unbehaglich fest. Die Spülung rauschte noch einmal kräftig. Mit bleichem Gesicht erschien sie bei der Tür. »Was fragst du mich auch jeden Morgen? Ich habe es dir schon ein paarmal erklärt, mit dem vierten Monat hört das auf, sagt Frau Schmidtbauer.«

»Woher will sie es so genau wissen? Hat sie Kinder?«

»Das ist Statistik«, sagte sie, betrachtete den Koffer. »Du bist ja schon fertig. Hast du nichts vergessen?«

»Höchstens ein paar Kleinigkeiten«, sagte er und schloß den Koffer. Er trug ihn zur Tür, nahm ihm Hinausgehen seinen Koffer auf und ging zur Treppe. Bernd lag wach, schon seit fast drei Stunden, Zeit genug, nachzudenken, sich zur Ruhe zu zwingen, sich über dieses und jenes und alles klarzuwerden. Der befehlsgewohnte Ton zog nicht, die Mitleidsmasche ebensowenig. Aber auf irgend etwas mußte sie reagieren.

»Judith«, rief er kläglich, »ich muß zur Toilette.«

In der Diele meinte Martin irritiert: »Ich dachte, das fühlt er nicht.«

»Er ist auf die Zeit trainiert«, sagte sie und rief zu der geschlossenen Tür hinüber: »Frau Raab kommt gleich.«

Acht Uhr war mit Helma Raab vereinbart. Sie war pünktlich. Noch während Martin die beiden Koffer zur Garage trug, kam ihr Wagen die Einfahrt hinauf. Sie stieg aus, betrachtete die Koffer mit mißbilligendem Blick und erkundigte sich spitz: »Sie wollen verreisen?«

»Nein«, sagte Martin lakonisch, »ausziehen.« Er zeigte auf die offene Haustür. »Ihr Patient verlangt nach Ihnen.«

Judith erschien in der Tür, hinter ihr klang erneut die jammernde Stimme auf. »Judith, bitte.«

Sie kümmerte sich nicht darum, kam unter Helma Raabs kritisch ungläubigem Blick näher und öffnete das Garagentor. Martin löste den Hausschlüssel von seinem Bund und hielt ihn der Pflegerin hin. »Den nehmen Sie jetzt besser. Ich brauche ihn nicht mehr.«

In der Garage wurde der BMW gestartet. Judith steuerte den Wagen langsam ins Freie und fuhr die Zufahrt hinunter. Frau Rusper kam ihr auf dem Fahrrad entgegen. Judith hielt noch einmal an und sprach ein paar Worte mit ihr.

Helma Raab machte keine Anstalten, den Schlüssel zu nehmen. Martin drückte ihn ihr in die Finger, dann fiel ihm die Alarmanlage ein. »Kommen Sie mit«, verlangte er. »Ich erkläre Ihnen, wie Sie ins Haus kommen, ohne das nächste Polizeirevier in Aufruhr zu versetzen.«

Widerstrebend folgte sie ihm ins Haus. Frau Rusper kam ebenfalls herein. »Lassen Sie nur, Herr Keil, das erklär ich schon.«

Mit dem Schlüssel in der Hand ließ Helma Raab ihn stehen und ging in Bernds Zimmer. Die Tür ließ sie offen.

Martin winkte Frau Rusper in die Küche und erklärte gedämpft: »Wir sind abends in meiner Wohnung und tagsüber im Geschäft zu erreichen. Es hat keinen Sinn, hierzubleiben.« Er zeigte verstohlen in die Diele. Durch die offene Tür sah er Helma Raab den Sitzgurt des Lifts unter Bernds Körper schieben. »Dieser Terror ist unzumutbar.«

»Das habe ich mir gedacht«, stimmte Frau Rusper zu. Im Gegensatz zu ihm machte sie sich nicht die Mühe, leise zu sprechen. Sie hob die Stimme sogar ein wenig an, als sie in dozierendem Ton erklärte: »Und eine Frau in dem Zustand braucht Ruhe. Unfrieden überträgt sich aufs Kind. Da wird es nur nervös.«

Die Worte waren ohne Zweifel an Bernd gerichtet, und er hörte sie auch. Helma Raab spürte den Ruck, der durch seinen Körper ging, und sie zerfloß beinahe vor Mitleid. Eine schwangere Frau, der man ihren Zustand nicht ansah, konnte höchstens im dritten Monat schwanger sein. Es war eine simple Rechnung: Vor sechs Monaten war dieser arme Mensch zum hilflosen Krüppel geworden. Und seine Frau hatte nichts Besseres zu tun, als mit einem anderen ins Bett zu steigen. Für Helma Raab war die Sache klar und die Schuld eindeutig zugewiesen.

Die einfältige Pflegerin machte es ihm leicht. Hatte er sie am Vorabend mit seinem Appell an Judiths Pflichtgefühl auf seine Seite gebracht, stand sie nach Frau Ruspers lautstarker Erklärung wie ein Wachsoldat in seinem Rücken. Allzu viele Sympathien hatte sie dem Hausdrachen ohnehin nicht entgegengebracht, nun behandelte sie Frau Rusper wie Luft.

Ohne sich um den lautstarken Protest der Haushälterin zu kümmern, belegte sie die Küche mit Beschlag, wieselte hin und her, um das Frühstück nach seinen Wünschen zu richten. Den Kaffee nicht zu schwach, das Ei nicht zu weich, um die von ihm bevorzugte Käsesorte wollte sie sich persönlich kümmern, damit er sich nicht auch noch mit den kleinen Widrigkeiten des Alltags plagen mußte.

Bis sie kurz nach zehn am Vormittag das Haus verließ, hörte er sie wohl zwanzigmal fragen: »Kann ich sonst noch etwas tun, Herr Schwaiger?«

Er schüttelte mit leidender Miene den Kopf.

»Sitzen Sie bequem?«

Er nickte und ließ den Kopf gleich gesenkt. Helma Raab öffnete die Haustür. »Ja, dann bin ich um vier am Nachmittag wieder hier.«

Er deutete ein weiteres Nicken an und entließ sie mit einer schwachen Handbewegung. Die Tür schloß sich hinter ihr. Frau Rusper war im ersten Stock beschäftigt. Er griff an das rechte Rad des Stuhl, rollte zum Nachttisch, holte das Funktelefon aus dem Schubfach und wählte Sandras Nummer. Dreimal ertönte das Freizeichen, dann wurde abgehoben. Und sogleich hatte er ihre sprudelnde Stimme im Ohr.

»Ich habe ein umwerfend schickes Kleid gefunden, Uwe. Und etwas Niedliches für drunter. Ich hab's gerade an. Soll ich rasch zur Apotheke kommen oder hältst du es bis heute abend ...«

Es ging ihm wie ein Messer zwischen den Rippen durch. Er brauchte zwei Sekunden, um seine Stimme unter Kontrolle zu bekommen. »Du klingst, als ginge es dir prächtig. Leg nicht wieder auf, Sandra, das würde dir leid tun. Weißt du schon, daß Judith schwanger ...«

Es knackte einmal in der Leitung, dann folgte ein gedämpftes, rhythmisches Tackern. Wütend und frustriert betrachtete er das Telefon, ehe er es ausschaltete. Er schaltete es sofort wieder ein, wählte eine andere Nummer. Seine Stimme klang überschwenglich und jovial, als er zu sprechen begann. »Guten Morgen, Frau Hohlstett. Freut mich, daß ich Sie erreiche. Ich hoffe, ich habe Sie nicht geweckt. Ich muß Sie um einen Gefallen bitten. Es ist nur eine Kleinigkeit. Und ich werde mich selbstverständlich erkenntlich zeigen.«

8

Eine knappe halbe Stunde später klingelte im Büro das Telefon. Judith saß am Schreibtisch, kontrollierte einige Rechnungen und füllte Überweisungsformulare aus. Martin stand hinter ihr und schaute ihr über die Schulter. Er griff automatisch nach dem Hörer, meldete sich und trat einen Schritt zurück. Judith bemerkte es nicht. Er horchte sekundenlang, sagte rasch: »Ja, vielen Dank, es ist nett, daß Sie anrufen.«

Dann legte er auf und erklärte mit einem verlegenen Lächeln. »Der Goldschmied. Das Collier ist fertig. Ich fahre dann mal schnell.«

»Warte einen Augenblick«, sagte sie. »Dann kannst du die Überweisungen mitnehmen«, sagte sie. »Sonst muß ich dafür extra zur Bank.«

»Ich fülle auch auf einem Weg die Bar auf«, sagte er, ging zum Tresor und öffnete ihn. Die Öffnung verdeckte er mit seinem Körper, nahm ein Bündel Geldscheine, steckte es ein und schloß die massive Tür wieder. Dann trat er an den Schreibtisch, nahm die Überweisung und küßte sie.

»Du kannst von Hülsting anrufen, ob er das Collier holen will oder wir es schicken sollen.«

»Er will es holen«, sagte sie leicht irritiert. »Das hat er uns aber dreimal erklärt, mindestens.«

Er faßte sich verlegen lachend an die Stirn. »Da siehst du, wie es geht. Du bringst mich völlig durcheinander.«

Ihr Lachen folgte ihm, als er den Raum verließ. Er fuhr weder zur Bank noch zum Goldschmied. Er fuhr zu der Adresse, die Wieslo ihm als Unterkunft genannt hatte. Er hatte Glück.

Wieslo war daheim und erhob keine Einwände gegen eine kleine Spazierfahrt und einen großen Auftrag.

»Ich dachte«, sagte Martin, »wenn du nur rumhängst, möchtest du dir vielleicht etwas verdienen.«

»Klar doch«, bestätigte Wieslo eifrig. »Find' ich irre, Mann, daß du an mich denkst.«

»Aber daß wir uns richtig verstehen, Wieslo. Du wirst nicht

den wilden Mann spielen. Du wirst nur beobachten, was die beiden tun.«

Wieslo grinste. »Hab' ich schon kapiert.«

Martin zog einen Zettel aus seinem Jackett. Er gab Wieslo eine exakte Beschreibung von Sandra Testroff und Lisa Hohlstett, reichte ihm den Zettel, auf dem er beide Anschriften notiert hatte.

Wieslo studierte die beiden Adressen. »Ich kann mich aber nicht teilen.«

Martin seufzte. »Das verlangt auch niemand. Am besten konzentrierst du dich erst mal auf die Testroff. Wenn die wieder mitmischt ...« Er brach ab und stieß die Luft aus. »Darüber denke ich lieber nicht nach. Ach, und noch was. Ruf nicht im Geschäft an, nur in meiner Wohnung. Und wenn ich nicht am Apparat bin, laß dir was einfallen.«

»Klar doch«, versicherte Wieslo. »Du kannst dich auf mich verlassen.«

Martin reichte ihm ein Päckchen Geldscheine als Vorschuß und überließ ihm das Funktelefon, das er sich vor einiger Zeit angeschafft hatte, um für Judith immer und überall erreichbar zu sein. Er hoffte inständig, daß sie nicht versuchte, ihn auf diesem Apparat anzurufen. Bisher hatte sie es nicht getan. Wieslo nahm das Geld und das Telefon, tippte sich salutierend an die Stirn und stieg am Straßenrand vor einer Autovermietung aus. Lässig schlenderte er hinüber. Martin schaute ihm nach und fühlte sich ein wenig leichter.

9

Der Gefallen, um den Bernd Lisa Hohlstett gebeten hatte, führte die junge Schauspielerin zu Sandra Testroff. Lisa erledigte ihren Auftrag höchst ungern. Am liebsten hätte sie die Bekanntschaft mit Sandra Testroff aus ihrem Gedächtnis gestrichen. Seit dieser unerfreulichen Episode hatte ihr Leben ein wenig Auftrieb bekommen, beruflich ebenso wie privat.

Es war nicht die große Liebe, es war auch keine wilde und aufpeitschende Romanze wie mit Martin Keil. Ein wenig trauerte sie ihm noch nach, nur ein wenig. Mit ihrer neuen Beziehung war sie recht zufrieden. Als Liebhaber war Rüdiger Karst nicht der Schlechteste, und als Regisseur am Theater konnte er ihr mehr bieten als kleine Nebenrollen. Es hatte darüber hinaus den Vorteil, daß ihr Arbeitsrhythmus harmonierte.

Rüdiger wußte nichts von der Schlüsselübergabe und ihrer schäbigen Rolle bei Martin Keils Verhaftung. Er sollte es auch nie erfahren, hatte seine eigenen Ansichten zu Fairneß und würde kaum verstehen, wozu sie sich hatte hinreißen lassen. Deshalb war Lisa bemüht, die Angelegenheit rasch hinter sich zu bringen.

Eine Ablehnung hatte sie sich nicht leisten können. Bernd Schwaiger war ein krummer Hund, hatte sie mit ein paar Freundlichkeiten eingewickelt, sie geschickt ein wenig ausgehorcht und erfahren, daß ihr Leben in relativ geordneten Bahnen verlief. Und er machte keinen Hehl daraus, daß er gewillt war, diese Bahnen zu verbauen, wenn sie nein sagte.

Sie hatte sein Anliegen vorgebracht und schaute unbehaglich mal auf Sandra Testroffs Rücken, mal in ihr aufgewühltes Gesicht. Mit kleinen, nervösen Schritten lief Schwaigers ehemalige Geliebte auf der Dachterrasse vor Lisa hin und her.

»Wie stellt er sich das vor? Ich kann ihn nicht besuchen. Das kann ich mir nicht leisten.«

»Er sagte, es reicht, wenn Sie ihn anrufen. Das wären Sie ihm schuldig. Sonst müßte er mit der Polizei reden und die Sache mit dem kleinen Ausrutscher berichtigen.«

Lisa Hohlstett hatte nicht den Schimmer einer Ahnung, was mit dem kleinen Ausrutscher gemeint war. Entgegen dem Wort schien es sich um eine größere Sache zu handeln. Sandra Testroff zuckte zusammen wie unter einem Schlag, machte vor der Umfassungsmauer halt, stützte sich mit beiden Händen vor und schaute hinunter auf die Straße.

Gegenüber dem Haus parkte auf der anderen Straßenseite ein weißer VW-Golf. Die Fahrertür stand offen, neben der Tür lehnte ein großer, dürrer Mann, der lässig ein Handy ans Ohr hielt, eifrig hineinsprach und gleichzeitig einem jungen Mädchen hinterherpfiff.

Für Sandra hatte der Mann keine Bedeutung. Sie drehte sich wieder um, betrachtete die junge Schauspielerin mit einer Mischung aus Zorn und Nostalgie, die nicht Lisa Hohlstett galt.

»Wenn mein Mann erfährt, daß ich wieder mit Bernd ...« Sie brach ab. Der Zorn verrauchte, die nostalgische Anwandlung gewann die Überhand. »Wie ist er denn so?« erkundigte sie sich zögernd. »Ich meine, kann man ihn noch als Mann bezeichnen?«

»Woher soll ich das wissen?« erklärte Lisa unwirsch.

Sandra lächelte versonnen. »Er war wirklich gut, mehr als das. Er war phantastisch. Ich bezweifle, daß Martin ihm das Wasser reichen kann.« Sie straffte die Schultern und erklärte knapp: »Sagen Sie ihm, ich werde ihn anrufen.«

»Warum soll ich ihm das sagen, wenn Sie es tun?« gab Lisa mürrisch zurück. Der Hinweis auf Martin hatte ihr restlos die Laune verdorben. Nach ihrer Erinnerung konnte er jedem das Wasser reichen, zumindest in dem Punkt, auf den die Testroff anspielte. Und einen winzigen Hinweis, mehr einen Seitenhieb, konnte sie sich nicht verkneifen.

»Ich bin bei Martin immer auf meine Kosten gekommen. Ich bin auch mit meinem neuen Freund zufrieden. Aber ich vermute, daß Judith Schwaiger noch ein bißchen zufriedener ist. Wie haben Sie mal gesagt? Immerhin ist Martin ein paar Jahre jünger, und ein junger Mann hat einfach mehr drauf als einer, der schon in die Jahre kommt. Mein Freund ist ein bißchen älter, ich kann das beurteilen. Wie alt ist eigentlich Ihr Mann?«

Eine Antwort wartete sie nicht ab. Sie erhob sich aus dem Sessel und verließ die Terrasse.

10

Zwei Tage später kontrollierte Martin im Büro die eingegangene Post. Judith und Anna befanden sich im Ausstellungsraum. Er hörte sie miteinander reden. Judith erzählte von der Ultraschalluntersuchung. Er hatte sie am Morgen in die Praxis ihrer Gynäkologin begleitet, hatte wie sie den schnellen Herzschlag des Ungeborenen gehört, die Umrisse des winzigen Körpers gesehen und die riesengroße Verantwortung gefühlt.

Unten lachte Judith leise auf. Für einen Moment lockerte sich der Knoten, den er seit Tagen in der Brust fühlte. Er war unruhig, sorgte sich nicht darum, daß sie seinen Griff in den Tresor bemerkte und nach dem Verbleib des Geldes fragte. Er sorgte sich nur um das, was in der Villa vorging. Bisher hatte er von Wieslo nichts gehört, auch darum sorgte er sich ein wenig.

Es war leichtgläubig, einem Mann zu vertrauen, mit dem man nur eine gewisse Zeit zusammen in einer Zelle verbracht hatte. Andererseits wäre es übertrieben gewesen, Manfred Schneider anzurufen und mitzuteilen, daß Bernd mit Sandra Testroff und Lisa Hohlstett telefoniert hatte. Anrufe waren keine strafbare, nicht einmal eine verdächtige Handlung. Vielleicht dachte Schneider darüber ebenso wie sein Verstand, der ihm unentwegt sagte: Bernd sitzt den ganzen Tag in einem Rollstuhl. Er kommt nicht aus dem Haus, hat keine andere Unterhaltung als einige Stunden mit seiner Pflegerin und einer Haushälterin, die ihn bespitzelt. Verständlich, daß er Kontakt sucht. Nur Martins Gefühl wollte das nicht akzeptieren.

In der Post befand sich ein großer Umschlag, der die Rechnung für einen elektrischen Rollstuhl, Betriebsanweisungen, Prospektmaterial und eine detaillierte Skizze des Antriebs enthielt. Martin legte alles zur Seite und griff nach dem schmalen Kuvert mit dem Bankaufdruck. Darin befanden sich zwei Kontoauszüge. Vom Privatgiro waren zwei Tage zuvor fünfzigtausend Mark in bar abgehoben worden. Martin schluckte heftig und ließ den Auszug in seiner Hosentasche verschwinden, damit Judith nicht darüber stolperte. Er wollte sie nicht beunruhigen.

Die Summe verfolgte ihn den ganzen Tag und weit in den Abend hinein. Auch als er sie liebte, hatte er die Zahl noch vor Augen. Fünfzigtausend Mark, dafür konnte man mehr kaufen als eine Pistole. Dafür bekam man eine halbe Armee. Es machte ihn verrückt, auch nur darüber nachzudenken. Nur kam er gegen die Gedanken nicht an.

Aufgewühlt küßte und streichelte er sie, konnte nicht aufhören damit. Schließlich stützte er sich mit beiden Händen ab, richtete sich ein wenig auf und schaute in ihr entspanntes Gesicht.

»Ich würde verrückt, wenn du nicht mehr da wärst.«

Sie legte die Arme um seinen Nacken, zog seinen Kopf herunter und küßte ihn. »Ich bin da«, murmelte sie.

Im Wohnraum klingelte das Telefon. Sie beachteten es nicht.

Der Anrufbeantworter schaltete sich ein. Martins Stimme drang gedämpft ins Schlafzimmer. »Hier ist Martin Keil, leider nicht persönlich. Hinterlassen Sie mir eine Nachricht, ich rufe zurück.«

Dann kam der Pfeifton und gleich darauf sprach Wieslo. Schon bei den ersten Worten befreite Martin sich aus Judiths Armen, sprang aus dem Bett und hetzte nach nebenan. Trotzdem war er nicht schnell genug. Wieslo sprach seine gesamte Nachricht auf Band. Und sie hörte jedes Wort.

»Ja, Keil, jetzt lass' ich mir was einfallen. Also: A hat sich nicht vom Fleck gerührt. B war für 'ne halbe Stunde bei ihr. Ich hab' mich dann lieber um B gekümmert. Sie war auf der Bank, hat Einkäufe gemacht – Hanteln und so 'n Kram. Hat alles an Station C geliefert.«

Martin riß den Telefonhörer ans Ohr und hörte nur noch ein Knacken in der Leitung, als Wieslo auflegte. Er blies die Luft aus, legte ebenfalls wieder auf und ging zurück ins Schlafzimmer. Sie saß im Bett, hatte beide Arme um die Knie gelegt und schaute ihm gespannt entgegen.

»Was war denn das? A, B, Station C?«

Martin legte sich wieder neben sie und zog sie in seine Arme. »Nicht so wichtig. Komm her.«

Sie wehrte ihn ab. »Ich will zuerst eine Antwort. Wer war das, und was hat es zu bedeuten?«

Martin seufzte. »Das war Wieslo, ich habe ihn in der U-Haft kennengelernt. Neulich tauchte er im Geschäft auf, und ...«

»Davon hat Anna mir erzählt«, unterbrach sie ihn. »Du hast ihn angeheuert, was? Wozu?«

Martin zuckte unbehaglich mit den Schultern. »Ich dachte, es kann nicht schaden, wenn man ein bißchen aufpaßt.«

»Auf wen? Auf Bernd? Martin, ich bitte dich, was soll er tun? Er sitzt im Rollstuhl!«

»Er kann telefonieren«, sagte er. »Er hat Sandra angerufen. Und Lisa Hohlstett.«

Sekundenlang schwieg sie, zog die Unterlippe ein und kaute verunsichert darauf herum. Dann erkundigte sie sich: »Woher weißt du das?«

»Von Frau Rusper.«

Sie strich sich mit beiden Händen durchs Gesicht und nickte versonnen, ehe sie den Kopf auf seine Brust legte. Mit einer Fingerspitze begann sie, auf seine Haut zu schreiben. »Ich liebe dich.« Dabei fragte sie: »Wer ist A und wer ist B?«

»Ich vermute, mit A meint er Sandra.«

»Und sie hat sich nicht vom Fleck gerührt«, wiederholte sie Wieslos Worte. »Ich glaube nicht, daß wir uns Sorgen machen müssen. Er selbst kann nichts unternehmen, Lisa Hohlstett wird dazu nicht mehr bereit sein, und Sandra kommt nicht in unsere Nähe. Es kann nichts passieren.«

11

Er saß aufrecht im Bett und trainierte seine Arme mit der Hantel, die Lisa Hohlstett für ihn besorgt hatte. Auf der Bettdecke über seinen Beinen lag ein Expander mit drei Gummizügen, zwei der fünf Gummizüge fehlten. Er hatte sie herausgenommen in der Hoffnung, den Expander mit drei Zügen ziehen zu können. Man mußte sich kleine Ziele stecken, um sie eines nach dem anderen zu erreichen.

Er hatte Schwierigkeiten, die Hantel mit dem linken Arm zu heben. Mit zusammengebissenen Zähnen versuchte er es wieder und wieder, nahm die rechte Hand stützend zu Hilfe. Nach zwei Versuchen ließ er ächzend den Arm sinken, legte die Hantel neben sich und nahm den Expander.

Damit konnte er besser umgehen. Er dehnte ihn mehrfach, nur wenig, und es war unbestreitbar die rechte Hand, die den Zug ausübte. Nach einer Weile legte er ihn wieder auf die Bettdecke und beugte sich zum Nachttisch. Er zog das obere Schubfach auf. Darin lagen sein Telefon, die beiden fehlenden Gummizüge, ein dicker Umschlag mit dem Ausdruck der Bank, bei der Lisa Hohlstett ihm das nötige Geld besorgt hatte, und ein zusammengeknülltes Papiertaschentuch.

Als er einen der beiden Gummizüge herausnahm, stieß er mit der Hand gegen das Taschentuch. Es öffnete sich zum Teil, zwei ausgespuckte Schlaftabletten kullerten heraus. Mit einem unwilligen Laut steckte er sie zurück in das Tuch und stopfte sich das Knäuel in die Tasche seines Pyjamas. Er wollte es später in die Toilette werfen. Die Toilette war ein Moment, in dem Helma Raab ihm ein wenig Intimsphäre gönnte. Sie half ihm hinauf und ließ ihn dann allein, bis er sie rief.

Bis er kurz vor acht ihren Kleinwagen vorfahren hörte, trainierte er mit vier Zügen im Expander, Schweiß tropfte ihm vor Anstrengung von der Stirn. Die Pyjamajacke wurde im Rücken feucht, es störte ihm nicht. Im Gegenteil! Der Schweiß paßte vortrefflich zu der schlaflosen Nacht, von der er Helma Raab jeden Morgen mit gequälter Stimme berichtete.

Draußen schlug eine Autotür. Er beugte sich hinunter zum unteren Fach des Nachttischs und ließ den Expander und die Hantel darin verschwinden. Der Nachttisch war ein weiteres Stückchen Intimsphäre, das Helma Raab ihm gönnte. Sie kontrollierte ihn nie. Auch die Rusper vergriff sich nicht daran, wischte allenfalls Staub von der Platte, wenn er ihr gestattete, sein Zimmer zu betreten.

Die Haustür wurde aufgeschlossen. Er sank ins Kissen und

verwandelte sich von einer Sekunde zur nächsten in blanke Verzweiflung. Es klopfte an die Zimmertür, Helma Raab schaute ins Zimmer. Ihr Begrüßungslächeln war eine Mischung aus künstlichem Frohsinn und Anteilnahme.

»Sie sind ja schon wach, Herr Schwaiger.«

»Ich habe mal wieder überhaupt nicht geschlafen. Vielleicht sollte ich mehr als zwei Tabletten nehmen.«

Sie kam rasch zum Bett und beschied resolut: »Auf keinen Fall, das ist ein sehr starkes Mittel.«

Er lächelte gequält. »Dann wäre es genau das richtige für mich.«

»Herr Schwaiger«, mahnte sie, während sie den Sitzgurt unter sein Becken schob. »Das will ich nicht gehört haben.«

Sie half ihm, sich aufzusetzen. Er ließ sich von ihr hochziehen, als fehle ihm die Kraft. Dabei war er inzwischen schon in der Lage, sich mit Hilfe des rechten Armes vorwärts zu ziehen. Er probierte es regelmäßig im Bett, schob seinen Körper nach unten und zog sich wieder hinauf. Und jedesmal reizte es ihn, sich seitwärts aus dem Bett rollen zu lassen und hinüber zu dem neuen, elektrischen Rollstuhl zu kriechen. Das klobige Gefährt stand in der Ecke des Zimmer. Es war vor einigen Tagen geliefert worden, und er kam sehr gut zurecht damit, war sogar schon im Garten gewesen.

Nur störte ihn die Bettelei, ehe Helma Raab ihn in diesen Stuhl setzte. Sie benutzte nach wie vor den alten, um ihn durchs Haus zu fahren. Und im Garten sah sie ein Dutzend Gefahren für ihn. Er könnte in den Pool stürzen. Daß das Becken ständig abgedeckt war, beruhigte sie nicht.

»Überlegen Sie nur, welch ein Gewicht der Stuhl hat. Der ist bestimmt so schwer wie ein großes Motorrad, im Grunde ist er ja auch eins. Er würde durch die Abdeckung brechen, Herr Schwaiger. Das kann ich nicht verantworten.«

Sie schwenkte ihn mit dem Lift in den alten Stuhl und fuhr ihn hinüber zur Duschecke. Im Arbeitszimmer klingelte das Telefon. »Momentchen«, sagte sie, ließ ihn stehen und verließ den Raum. Er horchte angespannt, verstand jedoch nicht, mit wem sie sprach. Nach ein paar Sekunden kam sie zurück und erklärte bedeutsam: »Da ist eine Frau Testroff am Apparat. Möchten Sie mit ihr sprechen?«

Er nickte nur, ein wenig verärgert, daß Sandra ihn auf dem Hausanschluß anrief, statt auf dem Funktelefon, und sehr erleichtert, daß sie sich überhaupt meldete. Helma Raab trat hinter den Stuhl und schob ihn ins Arbeitszimmer. Er überlegte bereits, wie er sie aus dem Zimmer weisen konnte, ohne sie zu brüskieren, rechnete damit, daß Sandra ihn zwang, seinem Wunsch massiv Nachdruck zu verleihen. Aber er hatte Glück. Helma Raab zog sich diskret zurück, nachdem er den Telefonhörer aufgenommen hatte. Und Sandra erhob keine Einwände, als er ihr zu verstehen gab, daß er ihren Besuch kurz nach Mittag erwartete.

Sie kam pünktlich um zwei. Frau Rusper war unterwegs, um Einkäufe zu machen. Helma Raab würde erst um vier zurückkommen.

Er saß seit Stunden im elektrischen Rollstuhl, hatte einige Runden durch den Garten gedreht, eine Weile bei den Ziersträuchern gestanden und die Stelle betrachtet, an der die Pistole vergraben lag.

Nun stand er auf der sonnigen Terrasse. Er hörte ihren Wagen vor dem Haus halten. Sie klingelte an der Haustür. »Ich bin hier draußen«, rief er laut und hörte ihre Schritte, zuerst rasch, dann zögernd. Sie bog um die Hausecke und stockte. Er sah sie heftig schlucken, ihr Mund verzog sich zu einem Lächeln, das ihr mißlang.

»Hallo«, sagte sie steif.

Auch er sagte: »Hallo.« Seine Stimme klang rauh und ein wenig gepreßt. Ein paar Sekunden lang hatte er Mühe, durchzuatmen. All die Monate hatten nichts geändert, sie war immer noch die Frau, die jeden Nerv in ihm zum Vibrieren brachte. »Freut mich, daß du es dir überlegt hast.«

»Ich wurde erpreßt«, sagte sie und kam langsam näher. »Überlegt habe ich es mir nicht.«

»Aber ich«, sagte er, griff nach dem Steuerhebel und rollte auf sie zu, griff nach ihrer Hand. »Ich brauche dich!«

Mit sichtlichem Unbehagen entzog sie ihm ihre Hand, ihr Blick streifte kurz über seine Beine und verhielt für einen flüchtigen Moment auf seinem Schoß. »Was soll das? Ich denke, du bist ...«

»Kein Mann mehr?« unterbrach er sie und lachte rauh. »Du irrst dich! Ich bin immer noch mehr Mann als dein Apotheker. Komm her.«

Erneut griff er nach ihr, umklammerte ihr Handgelenk und zerrte sie sich auf den Schoß. Er legte den linken Arm um ihren Nacken, griff mit der rechten Hand unter ihr Kinn und bog sich ihren Kopf zurecht. Schon die Sekunde, ehe er ihren Mund erreichte, wog all die Monate auf. Sie war wieder da, er hielt sie, fühlte sie, küßte sie. Die Gier verflog nach ein paar Sekunden, er ließ sich Zeit, es zu genießen, kostete jeden Moment. Sie ließ seine Zärtlichkeit steif und ohne Reaktion über sich ergehen. Ernüchtert gab er sie frei. Sie sprang förmlich von seinen Beinen.

»Ich hab' verstanden«, sagte er. »Du willst Judith tot sehen. Du wirst sie tot sehen. Ich lege keinen Wert mehr darauf, sie als meine Frau zu bezeichnen. Gefüllte Puten waren noch nie mein Geschmack!«

Sie ließ nicht erkennen, ob seine Worte noch eine Bedeutung für sie hatten.

»Du wirst für mich eine kleine Reise unternehmen«, sagte er.

»Ich wüßte nicht, wie ich das meinem Mann erklären sollte«, entgegnete sie kühl.

Er grinste. »Nimm ihn mit. Für die Spesen komme ich auf. Aber nenne ihn nicht deinen Mann.«

Ohne auf eine Antwort zu warten, steuerte er den Rollstuhl in den Wohnraum und weiter in sein Zimmer. Sie folgte ihm langsam. Als sie den Raum betrat, war er bereits um das Bett herumgefahren und saß vor dem Nachttisch. Das Schubfach war geöffnet, er hielt einen dicken Umschlag in der Hand, zog etliche Tausendmarkscheine heraus und streckte sie ihr entgegen.

»Du bist sehr wendig mit diesem Ding«, stellte sie fest. Das Geld beachtete sie vorerst nicht.

»In anderen Dingen bin ich noch viel wendiger«, erklärte er. »Du darfst dich gerne überzeugen.« Damit sie auch verstand, was er meinte, klopfte er mit der flachen Hand leicht auf seinen Schoß. Er selbst fühlte die Erregung überdeutlich in der Hand. Sie mußte es auch sehen.

Ihre Miene verschloß sich. »Kein Bedarf!«

»Ach komm«, sagte er höhnisch und verletzt. »Mir machst du nichts vor. Du warst früher nicht zufrieden mit deinem Apotheker. Erzähl mir nicht, es wäre jetzt anders. Ich kenne dich doch. Ein Würstchen genügt dir nicht. Oder hast du was Neues?«

Statt ihm darauf zu antworten, nahm sie ihm das Geld aus der Hand und trat rasch wieder zurück. »Was soll ich dafür tun?«

»Freunde von mir besuchen«, erklärte er.

Sie nickte mehrfach hintereinander. »Und dann sind wir quitt.«

Er grinste. »Darüber reden wir, wenn du zurück bist. Kannst du dir eine Telefonnummer merken, oder willst du sie lieber aufschreiben? Du rufst an und sagst ihnen, daß ich sie einlade. Laß ihnen etwas Geld da für Benzin und so weiter. Fünftausend werden reichen.«

Sie schluckte heftig, dann nickte sie noch einmal und ließ sich die Telefonnummer nennen. Sie wiederholte die Zahlen mehrfach, steckte das Geld in ihre Handtasche und ging zur Tür. Er folgte ihr in die Diele. Doch ins Freie konnte er ihr nicht folgen. Sie ging zur Haustür, für ihn war es bei den Stufen zu Ende.

12

Als Martin vorschlug, das Wochenende auf Rügen zu verbringen, klang es harmlos und unverfänglich. Ein wenig Erholung hätten sie sich beide verdient nach den letzten Monaten, sagte er und dachte vermutlich etwas ganz anderes. Wieder und wieder bemerkte sie, daß er geistesabwesend auf irgendeinen Punkt starrte. Häufig mußte sie zweimal die gleiche

Frage stellen, ehe er registrierte, daß sie ihn ansprach. Und nachts war er unruhig, wälzte sich im Schlaf hin und her, murmelte unverständliche Worte. Wenn sie ihn aufweckte, starrte er sie ratlos an, brauchte einige Sekunden, um sich zu orientieren.

Er machte sich Sorgen, das wußte sie. Unnötige Sorgen, dachte sie. Es war alles ruhig. Das Leben verlief friedlich und gleichmäßig. Mit ihr und dem Baby war alles in bester Ordnung. Von Frau Rusper hörten sie in regelmäßigen Abständen, daß auch in der Villa alles in einigermaßen normalem Rahmen ablief. Inzwischen berichtete Frau Rusper mehr über ihr gespanntes Verhältnis zu Helma Raab als über Bernd. Es gab auch über ihn nicht viel zu berichten. Er tat nichts, was Anlaß zur Besorgnis geben könnte. Deshalb fand Judith, Martin steigere sich in etwas hinein, für das es keine Grundlage gab.

Wenn sie versuchte, mit ihm zu reden, gab er nur zögernd Auskunft. Sein Spion brachte unentwegt Neuigkeiten. Aber es war nichts von Interesse dabei. Lisa Hohlstett lebte anscheinend mit einem Regisseur zusammen und hatte nach dem einmaligen Besuch bei Sandra Testroff und ihren Besorgungen für Bernd keine Anstalten mehr gemacht, in seine oder Sandras Nähe zu kommen. Und Sandra verließ ihre Wohnung nur, um Einkäufe zu machen oder mit ihrem geschiedenen Mann auszugehen.

In regelmäßigen Abständen sprach Wieslo seine Berichte auf den Anrufbeantworter. Und Judith hätte das alles gerne vergessen. Es hätte so schön sein können, hätte Martin mit seinem Verhalten oder seinen Andeutungen nicht ständig böse Erinnerungen heraufbeschworen.

Augenblicklich lag er neben ihr im Sand. Sie saß im Schneidersitz, hielt die Funksteuerung der Fokker in beiden Händen und verfolgte konzentriert die Bahn des dunklen Punktes am wolkenlosen Himmel. Die kleine Maschine war sehr weit draußen.

»Ich hole sie lieber zurück«, sagte sie. »Ich sehe sie kaum noch.«

Martin reagierte nicht. Sie warf einen raschen Blick über

die Schulter in sein Gesicht. Er hatte die Arme unter dem Nacken verschränkt und döste mit geschlossenen Augen. Vielleicht schlief er auch, sein Atem ging ruhig und gleichmäßig. Behutsam bewegte sie den linken Hebel auf der Steuerung. Der Punkt am Himmel zog eine Schleife und wurde allmählich größer, auch das Brummen des kleinen Motors war wieder zu hören.

Martin reckte sich und gähnte. »Wie lange ist sie schon oben?«

Anscheinend hatte er wirklich geschlafen.

»Halbe Stunde ungefähr«, sagte sie.

»Das kann nicht sein«, widersprach er. Der Sprit reicht nur für zwanzig Minuten.«

»Du siehst doch, daß sie noch fliegt.«

Martin richtete sich auf, suchte den Himmel ab und erkannte, daß sein Modell noch über dem Wasser kreiste. »Es kann jeden Moment zu Ende sein ...«

»Keine Sorge«, beruhigte sie. »Sie ist doch schon auf dem Rückweg.« Sie brachte die Fokker in eine sanfte Kurve. »Na, wie mache ich das?«

»Phantastisch«, murmelte er.

»Das klingt aber nicht begeistert. Keine Angst, ich lasse sie nicht absaufen. Der Servo klingt noch ganz ruhig.« Sie war stolz auf sich, in kurzer Zeit hatte sie sich sämtliche notwendigen Kenntnisse angeeignet – und die entsprechenden Fachausdrücke. Sie konzentrierte sich wieder auf das Flugzeug. Es war nun deutlich zu erkennen. Ruhig und gleichmäßig kam es über dem Wasser näher.

»Was ist los mit dir?« fragte sie. »Du hast doch wieder irgendwas.«

»Nein«, sagte er zögernd. »Ich bin nur müde.« Er hatte es abgelehnt, sich während der Fahrt von ihr ablösen zu lassen. »Und ich dachte gerade ...« Er brach ab. Die Fokker erreichte den Strand und flog nun dicht über dem uneben Boden. »Paß auf das Fahrwerk auf«, sagte er.

»Was dachtest du gerade?«

»Bernd hat fünfzigtausend Mark von der Bank holen lassen.«

»Och nein.« Gequält verdrehte sie die Augen. »Ich dachte, wir wollten uns ein friedliches Wochenende gönnen.«

»Das tun wir doch.«

»Ja, mit Bernd im Gepäck«, maulte sie und hielt ihm die Steuerung hin. »Bring sie runter, ich hab' keine Lust mehr.«

Martin nahm ihr die Steuerung ab und korrigierte die Höhe.

»Er wollte einen Bus mit Hebebühne kaufen«, sagte sie. »Vielleicht hat er ihn gekauft, damit er mal in die Stadt fahren kann.«

Die Fokker setzte einige Meter von ihnen entfernt auf, holperte ein kurzes Stück über den Sand und kippte vornüber. Martin erhob sich. »Frau Rusper weiß nichts von einem Bus.«

»Vielleicht hat er ihn nur bestellt und angezahlt.«

»Dann wäre der Scheck von einem Autohaus eingelöst worden und nicht von Lisa.«

Er ging die paar Meter, hob die Maschine auf und kam zurück. An den Tragflächen blätterte die Farbe ab, auch der Rumpf hätte einen neuen Anstrich vertragen können.

»Wenn wir zurück sind, werde ich sie gründlich abschmirgeln und Farbe kaufen, und ...«

»Judith, bitte«, sagte er ernst. »Ich glaube nicht, daß ich mir etwas einbilde. Fünfzigtausend Mark sind eine Menge Geld, dafür kann er ...«

»Vielleicht hat er es Lisa geschenkt«, unterbrach sie ihn. »Für treue Dienste. Und damit Sandra auch nicht leer ausgeht, hat er sie hingeschickt, um ihr die Hälfte abzugeben. Damit wäre nämlich Lisas Besuch bei Sandra geklärt. Und jetzt hör auf davon, bitte. Ich kann es nicht mehr hören.«

Er seufzte, setzte die Fokker auf der Startbox ab und legte sich wieder neben sie. Sie bereute, so heftig geworden zu sein. Fünfzigtausend Mark! Natürlich war das eine Menge Geld. Aber vielleicht wollte Bernd ihnen nur demonstrieren, daß er es nach wie vor als sein Geld betrachtete, über das er nach Belieben verfügen konnte. Und wenn es ihm gefiel, sich den Hintern damit abzuwischen, würde er das vermutlich tun.

13

Wieslo nahm seinen Überwachungsauftrag durchaus ernst. So ernst, wie ein junger Mann, der sich normalerweise mit kleinen Gaunereien durchs Leben schlug und regelmäßig erwischt wurde, die Tatsache nehmen konnte, sein Geld ausnahmsweise einmal auf ehrliche Weise zu verdienen. Seine Bewährung, die er nicht aufs Spiel setzen wollte, trug erheblich dazu bei, daß er mit Eifer bei der Sache blieb.

Hundert Mark pro Tag zahlte ihm Martin Keil, plus Spesen. Dazu kamen der Mietwagen, das Handy und das Gefühl, wichtig zu sein. Wieslo fühlte sich sehr wichtig, wenn er in dem weißen VW-Golf saß und einen Hauseingang oder das Theater bewachte. Langweilig wurde ihm nicht. Er hörte Musik aus dem eingebauten Radio, blätterte in Illustrierten mit leicht oder gar nicht bekleideten hübschen Frauen oder telefonierte mit Freunden, denen er mit seiner Tätigkeit imponieren konnte.

Daß er tatsächlich einem Mordkomplott oder was immer Martin Keil sonst befürchten mochte, auf die Spur käme, glaubte er nicht. Seine beiden Zielpersonen verhielten sich nicht anders als zigtausend andere Frauen. Er hatte das auch in mehreren Berichten durchklingen lassen. Nicht allzu deutlich. Wenn Martin Keil seinen Auftrag zurückzog, versiegte eine Geldquelle, damit war Wieslo nicht geholfen. Aber angedeutet hatte er es, um sich nicht wie ein mieser Vertreter zu fühlen, der einem ehemaligen Kumpel das Fell über die Ohren zog.

Martin Keil ignorierte die dezenten Hinweise auf die Harmlosigkeit der beiden Damen. Also stand Wieslo weiterhin den einen Tag vor Lisa Hohlstetts Wohnung und den nächsten vor Sandra Testroffs Haustür. Inzwischen wohnte die Dame nämlich wieder die meiste Zeit im komfortablen Eigenheim, welches Station C nur unwesentlich nachstand. Ab und zu fuhr sie noch einmal zu ihrer Wohnung. Das waren Momente, in denen Wieslo erhöhte Aufmerksamkeit walten ließ.

So war es auch an dem Samstag gewesen. Sie kam aus dem Haus, fuhr zur Wohnung, kam nach wenigen Minuten zurück. Und Wieslo fragte sich, ob sie in der kurzen Zeit ihre Blumen getränkt oder ihren Briefkasten kontrolliert hatte. Sie fuhr zurück zum Eigenheim, wenig später brach sie zusammen mit ihrem Mann auf.

Wieslo spielte mit dem Gedanken, die Überwachung für diesen Tag zu beenden. Wenn sie mit ihrem Mann zusammen war, würde sie kaum etwas tun, was Martin Keil in irgendeiner Weise gefährlich werden konnte. Vermutlich machten sie Einkäufe. Er wollte sie durch ein, höchstens zwei Läden begleiten und dann Feierabend machen, und heftete sich an Uwe Testroffs Stoßstange.

Als er seinen Irrtum erkannte, war es zur Umkehr zu spät. Da befand er sich bereits auf der Autobahn. Natürlich hätte er die nächste Abfahrt nehmen können, aber das vereinbarte sich nicht mit seinem Pflichtbewußtsein und nicht mit seiner Phantasie. Es ging Richtung Osten, und im Knast hatte ihm einer erzählt, in Polen gäbe es wunderschöne Frauen, sanft, anschmiegsam, jedem Wunsch aufgeschlossen und sehr preiswert.

Wieslo gestaltete die Verfolgung bis Warschau wie ein Profi – beziehungsweise wie die Profis, die er aus Detektivserien kannte. Er hielt Abstand, sorgte dafür, daß sie ihn nicht bemerkten.

Es gab einen kritischen Moment dicht hinter der Grenze. Ein kleiner Auffahrunfall blockierte die Straße. Alle mußten warten, er stand direkt hinter ihnen, und die Testroff drehte sich einmal um. Als es dann weiterging, sorgte er dafür, daß der Abstand größer blieb, ohne sie aus den Augen zu verlieren.

Am frühen Nachmittag erreichten sie die Stadtgrenze, der Verkehr wurde dichter, und Wieslo hatte Mühe, den Kontakt nicht zu verlieren. Sie hielten bei einem Hotel, er fuhr ein Stück weiter, stellte den Golf ab und überlegte, ob er ebenfalls ein Zimmer nehmen sollte oder mußte. Es schien eine längere Angelegenheit zu werden diesmal. Er hatte kein Gepäck dabei, und ohne Koffer in einem Hotel einchecken – da mußte er auffallen. Außerdem reichte seine Barschaft vermutlich nicht für die Nobelherberge, also ließ er den Gedanken fallen und machte es sich im Golf bequem.

Kurz nach vier sah er sie dann hinaus auf die Straße treten. Die Testroff blinzelte in die Sonne, hakte sich bei ihrem Mann ein und schlenderte mit ihm in die entgegengesetzte Richtung davon. Wieslo folgte zu Fuß und nahm in Ermangelung schöner Frauen in erreichbarer Nähe eine seiner Illustrierten mit. Die Testroff hatte auch eine dabei.

Nach einer viertelstündigen Wanderung erreichten sie einen kleinen Park. Hand in Hand wie ein frisch verliebtes Paar marschierten die beiden auf rötlichem Sand dahin und setzten sich auf eine freie Bank in die Sonne. Wieslo bezog auf dem Rasenstück gegenüber der Bank Posten, streckte sich im Gras aus und richtete die Illustrierte giebelartig über seinem Gesicht auf. So hatte er die Bank im Blick und fiel nicht auf.

Um ihn herum tobten Kinder mit einem Ball. Auf einer Decke turtelte eine junge Mutter mit einem Säugling, etwas abseits lag ein junges Paar, das ungeniert heftige Zärtlichkeiten austauschte. Die Testroffs saßen nur da, sie hatte ihre Illustrierte neben sich auf die Bank gelegt, er hielt ihre Hand, und das war's.

Er ließ keinen Blick von ihnen, obwohl es ihn entsetzlich langweilte und er beim besten Willen nicht mehr verstand, warum Martin Keil für eine fixe Idee das Geld seiner Freundin zum Fenster hinauswarf.

Neben ihm entstand Bewegung, das Pärchen wälzte sich über den Rasen. Sie balgten herum, küßten sich, schließlich sprang das Mädchen auf und lief davon, der junge Bursche hinterher. Er war ein schlaksiger Typ mit viel zu langen Beinen und einer alten Armeejacke, holte sie ein, rannte weiter und erreichte die Bank, auf der die Testroffs saßen, und streckte beide Arme nach seiner Freundin aus.

Für einen Moment fühlte Wieslo sich ausschließlich als junger Mann, der diese Fahrt nur mitgemacht hatte, um genau so etwas zu erleben. Das Mädchen war wirklich hübsch, langes, dunkles Haar, schlank und gut gebaut. Und so verliebt! Sie hockte sich rittlings auf den Schoß des schlaksigen Burschen, zerraufte ihm zärtlich das Haar und bedeckte sein Gesicht mit Küssen. Wieslo seufzte entsagungsvoll.

Wie nicht anders zu erwarten, rückten die Testroffs ein Stück zur Seite. Als die Leidenschaft neben ihnen Funken zu sprühen begann, erhoben sie sich und spazierten zurück zum Parkeingang. Wieslo stand ebenfalls auf, warf einen letzten, betrübten Blick zur Bank – wirklich ein sehr hübsches Mädchen – und folgte seinen Zielpersonen.

Daß Sandra Testroffs Illustrierte auf der Bank zurückblieb, fiel ihm nicht auf. Daß das hübsche und offenbar sehr verliebte und sehr leidenschaftliche Mädchen die Illustrierte an sich nahm, kurz hineinschaute und sie dann seinem Freund in die Jacke steckte, sah er nicht mehr.

Auf dem Weg zurück zum Golf, in dem er die Nacht zu verbringen gedachte, zog er das Funktelefon aus der Tasche. Er war nicht sicher, ob es im Ausland funktionierte, aber das tat es. Er sprach seine Botschaft auf Martin Keils Anrufbeantworter und schaute sich nach einem Imbißstand oder etwas Ähnlichem um. Sein Magen erinnerte ihn nachdrücklich daran, daß die Mittagszeit weit überschritten war.

14

Wieslos Nachricht blinkte ihnen bei der Rückkehr von Rügen entgegen. Es war kurz nach eins in der Nacht zum Montag. Martin hatte sich auch auf der Rückreise nicht von Judith am Steuer ablösen lassen wollen. Er wirkte übermüdet, trotzdem bestand er darauf, das Gepäck und die Startbox alleine hinauf in die Wohnung zu tragen. Er stellte den Koffer im Schlafzimmer ab, gähnte und meinte: »Ausgepackt wird morgen. Ich schlafe im Stehen ein.«

Judith nahm ihm die Startbox ab, ging in den Wohnraum, um die Fokker an ihren Platz zu stellen. Sie sah das Blinken am Anrufbeantworter. Ein Gespräch war aufgezeichnet. Sie hörte rasch das Band ab. Nur Wieslos Stimme. »Bericht von der Front. Alles ruhig. A turtelt mit ihrem Ex. Eh, ich bin übrigens in Warschau, hab' ziemlich Spesen.«

Martin erschien bei der Tür.

»Willst du es noch mal hören?« fragte sie.

Er schüttelte den Kopf. Sie ließ das Band zurückspulen und schaltete den Anrufbeantworter aus. Martin ging ins Bad, sie folgte ihm. Kurz darauf lagen sie im Bett. Martin schlief rasch ein, erschöpft von der Fahrt, beruhigt von Wieslos Frontbericht.

Daß gegen Abend, einige Stunden vor ihrer Rückkehr, ein junges Paar im Hausflur aufgetaucht war, erfuhr Martin nie. Eine Nachbarin hatte die jungen Leute unabsichtlich ins Haus gelassen. Es war eine unverfängliche Begegnung. Sie standen vor der Haustür, als sie ihren Hund ins Freie ließ. Und natürlich nutzten sie die Gelegenheit, mit einem Lächeln an ihr vorbei das Haus zu betreten.

Die Nachbarin hatte wenige Minuten später sogar mit der hübschen, dunkelhaarigen Frau gesprochen und den starken slawischen Akzent bemerkt. Sie hatte dem kurzen Gespräch entnommen, daß das Pärchen auf der Suche nach Freunden war und anscheinend die richtige Adresse nicht kannte. Nachdem sie der jungen Frau erklärt hatte, daß in diesem Haus keine Familie Barschinsky lebte, waren sie verschwunden.

So wie es für Martins Nachbarin keinen Grund gab, eine Begegnung im Hausflur zu erwähnen, sah Frau Rusper keine Veranlassung, wegen einem kleinen Ärgernis zum Telefonhörer zu greifen. Sie fuhr am Montag vormittag mit dem Staubsauger über den großen Teppich im Wohnraum und bemerkte Zigarettenasche zwischen Tisch und Couch.

Bernd Schwaiger saß im elektrischen Rollstuhl auf der Terrasse. Frau Rusper schaltete den Staubsauger aus, ging bis zur Tür und erkundigte sich streng: »»Wer hat denn hier geraucht?«

Ohne sich umzudrehen, erklärte er: »Ein Raucher!«

Und Frau Rusper nahm an, daß der Dorn in ihrem Auge, die tüchtige Pflegerin, heimlich ihrem Laster frönte.

Warnungen gab es nicht. Bei aller Aufmerksamkeit und

allen Befürchtungen sah nicht einmal Martin selbst ein Alarmzeichen. Dabei stand das Zeichen montags stundenlang in unmittelbarer Nähe, und Anna Schwaiger machte ihn sogar darauf aufmerksam.

Es war ein stark verschmutzter Wagen älterer Bauart. Er stand in einer winzigen Parklücke am Straßenrand gegenüber dem Geschäft, so eng zwischen andere Fahrzeuge gequetscht, daß die Kennzeichen nicht zu sehen waren. Zum ersten Mal bemerkt hatte Anna Schwaiger den Wagen, als sie kurz vor neun das Geschäft erreichte. Als sie kurz nach elf die Auslage neu dekorierte und nach einigem Überlegen auch das Smaragdarmband, für das Martin eine Zeit im Gefängnis verbracht hatte, ins Fenster legte, stand er immer noch da.

Hinter den schmutzigen Scheiben sah Anna eine Zigarette aufglühen und die Konturen eines jungen Mannes. Er setzte eine Getränkedose an seine Lippen, von der Rückbank tauchte ein Mädchen auf und riß ihm die Dose aus der Hand. Dann wurde Anna abgelenkt durch eine große, kräftige Frau, die am Schaufenster vorbeiging, kurz halt machte und sie anstarrte, ehe sie weiterging – nur bis zur Tür.

Die Tür wurde förmlich aufgestoßen. Judith tauschte im Hintergrund den Inhalt einer Vitrine aus. Martin war oben im Büro und vereinbarte mit van Teuken einen Besuch für den nächsten Tag. Gerade als er erklärte, daß die Maschine kurz nach zwölf landen sollte, wurden im Erdgeschoß Stimmen laut. Martin hörte Annas empörtes: »Was fällt Ihnen ein!? Sie haben kein Recht …«

Sie wurde lautstark von Helma Raab unterbrochen. »Halten Sie sich da raus.«

»Ich denke nicht daran«, konterte Anna. »Meine Schwiegertochter hat getan, was …«

Erneut wurde sie unterbrochen. »Schwiegertochter? Dann ist der arme Mann Ihr Sohn, und Sie haben sich bisher nicht einmal bei ihm blicken lassen!«

Das hatte Anna in der Tat nicht, deshalb hatte sie auch nicht auf Anhieb begriffen, wer sich wie ein Engel der Rache vor Judith aufbaute und sogleich mit wüsten Beschimpfungen auf sie einsprach.

Martin beendete das Telefongespräch mit van Teuken und beeilte sich, ins Erdgeschoß zu kommen. Helma Raab, Judith und Anna standen bei der Vitrine. Helma Raab zog ein zusammengeknülltes Papiertuch aus ihrer Tasche und streckte es Judith entgegen.

»Die habe ich neulich in seinem Schlafanzug gefunden. Gesammelt hat er die. Ich muß Ihnen ja wohl nicht erklären, wozu.« Sie fummelte das Tuch hektisch auseinander und präsentierte Judith ein Häufchen ausgespuckter Tabletten.

»Doch«, sagte Judith ruhig, »erklären Sie es mir. Mein Mann ist nämlich nicht der Typ, der an Selbstmord denkt.«

»Woran soll er sonst denken?« fauchte Bernds Pflegerin. »Was hat er denn noch vom Leben?«

»Das reicht jetzt, Frau Raab«, schaltete sich Martin ein.

»Mit Ihnen rede ich nicht«, erklärte Helma Raab nachdrücklich und sprach sofort weiter zu Judith: »Eine Schande ist das! Es dreht einem das Herz um, wenn man sieht, wie der arme Kerl leidet. Und sie amüsieren sich mit diesem ... diesem ....« Sie suchte nach dem passenden Ausdruck und fand ihn nicht.

»Gehen Sie«, verlangte Judith immer noch ruhig. »Ich bezahle Sie nicht dafür, daß Sie mir hier unverschämte Vorträge halten. Und ich habe nicht vor, mich zu rechtfertigen für etwas, das Sie nicht beurteilen können.« Sie streckte den Arm aus. »Da ist die Tür.«

Fassungslos nach Luft schnappend betrachtete Helma Raab die bezeichnende Geste und setzte sich langsam in Bewegung. Heftig erklärte sie: »Eines Tages werden Sie bitter bereuen, daß Sie Ihren Mann im Stich lassen für so einen ... Erbschleicher!«

Mit dem letzten Wort und einem vernichtenden Blick auf Martin riß Helma Raab die Tür auf und stürmte hinaus. Die Tür blieb offen. Anna ging hin und schloß sie, genau in dem Moment, als auf der gegenüberliegenden Straßenseite das stark verschmutzte Auto aus der kleinen Parklücke rangiert wurde.

»Na endlich«, murmelte Anna.

»Was?« fragte Martin.

»Ach nichts«, sagte Anna. »Ich meine nur das Auto.« Sie zeigte durch die offene Auslage nach draußen. Der verschmutzte Wagen verschwand aus ihrem Blickfeld. »Es stand schon da, als ich heute morgen kam. Zwei junge Leute saßen drin, ich glaube, die haben da im Auto übernachtet.«

Dann wechselte sie das Thema, hob hilflos die Schultern und sagte zögernd: »Vielleicht sollte ich Bernd doch einmal besuchen. Aber er hat gesagt, er braucht mich nicht und will mich nicht mehr sehen.«

Judith ging zu ihr und legte ihr beschwichtigend eine Hand auf den Arm. »Schon gut, Anna. Du mußt dich nicht von ihm verletzen lassen.« Sie wandte sich an Martin. »Hast du van Teuken gesagt, daß ich mitkomme?«

Martin nickte nur.

Mit Blick auf Anna meinte Judith: »Vielleicht sollte ich lieber hierbleiben.«

»Nein«, sagte Anna rasch und energisch. »Du hast dich so auf diese Reise gefreut, du wirst mitfahren.«

»Es muß aber nicht sein«, erklärte Judith. »Wir waren doch gerade erst auf Rügen, und ...«

Anna lächelte. »Das war Erholung, Amsterdam ist Pflicht. Also widersprich mir nicht. Ihr fliegt zusammen hin, das ist mein letztes Wort.«

15

Das schmutzige alte Auto bog eine halbe Stunde später in die Zufahrt zur Villa ein. Bernd wartete bereits bei offener Terrassentür im elektrischen Rollstuhl am Couchtisch. Seine Finger spielten nervös mit einem Schlüsselring, an dem zwei Schlüssel hingen. Es waren Duplikate. Sandra hatte sie anfertigen lassen, als Lisa Hohlstett darauf bestand, ihre Schlüssel zu Martins Wohnung innerhalb eines Tages zurückzubekommen.

Sie kamen über die Terrasse herein. Janosch steuerte wie

ein Schlafwandler die Couch an, schnappte sich den Aschenbecher, den Bernd auf dem Tisch bereitgestellt hatte, und zündete sich eine Zigarette an. Katja setzte sich neben ihn und kam gleich zur Sache.

»Janosch will arbeiten im Geschäft.«

Bernd lachte kurz. »Das kann ich mir vorstellen. Aber ich zahle, und ich sage, wie und wo Janosch arbeitet. Er wird es in der Wohnung tun.«

Katja schüttelte den Kopf. »Zu gefährlich. Frau hat uns gesehen.«

Bernd wußte bereits, daß sie einer Nachbarin über den Weg gelaufen waren. Er seufzte nachdrücklich. »Wenn Janosch nachts mit einem Schlüssel reingeht, wird euch niemand sehen. Ich will, daß er die Frau in der Wanne ertränkt, verstehst du, schön langsam.«

»Janosch arbeitet«, erklärte Katja nachdrücklich. »Janosch sagt wie. Geht nicht in Wohnung. Nicht Tag, nicht Nacht, wenn Mann ist auch da.«

»Wenn der Mann schläft, wird er euch doch nicht gefährlich.«

»Nix euch«, sagte Katja. »Janosch macht Arbeit allein.«

Bernd streifte den schlaksigen Mann auf seiner Couch mit einem flüchtigen Blick. Janosch betrachtete gelangweilt die Glut seiner Zigarette. Er wirkte wie ein schläfriges Raubtier.

»Auch gut. Er ist jung und kräftig. Ein schlafender Mann kann ihm nichts tun. Er kann ihn fesseln. Verstehst du?« Bernd strich bezeichnend mit einer Hand um sein Gelenk und legte beide Gelenke übereinander. »Zusammenbinden, von mir aus auch vorübergehend betäuben. Ein leichter Schlag auf den Kopf. Aber nicht zu fest. Ich will, daß er alles mitbekommt. Er soll sehen, wie sie stirbt. Danach soll Janosch ihn aufhängen. Nicht schießen, hast du das verstanden? Janosch darf auf keinen Fall schießen. Er muß ihn hängen.«

Mit einer Geste machte er deutlich, was er meinte. Noch während er sprach, begann Katja den Kopf zu schütteln und hörte nicht mehr auf damit, bis er endlich schwieg.

»Nein«, sagte sie bestimmt. »In Geschäft. Sieht aus wie Überfall. Muß so aussehen. Sonst kommt Polizei zu dir.«

»Sollen sie doch kommen!« Er lächelte. »Sie werden kaum annehmen, daß ich das erledigt habe.«

»Du hast Geld«, sagte Katja. »Du kannst zahlen. Polizei weiß das.«

Er winkte ab. »Wissen und beweisen können ist ein Unterschied. Und wenn es so aussieht, als ob der Mann zuerst die Frau getötet hat und dann sich selbst, kann die Polizei überhaupt nichts tun.«

»Nein«, sagte Katja noch einmal. »Erst Mann, dann Frau, und nicht in Wohnung.«

»Verdammt noch mal, es muß in der Wohnung passieren. Und zwar genau so, wie ich es sage. Sonst könnte es tatsächlich kritisch für mich werden.« Sekundenlang schwieg er, betrachtete beide versonnen und überlegte, wie er ihnen einen Schritt entgegenkommen könnte.

»Hör zu«, verlangte er schließlich. »Ich weiß, wie wir es machen. Ich werde den Mann aus der Wohnung locken. Dann ist es nicht gefährlich. Dann kann Janosch die Frau töten, und ...« Er brach ab, schürzte kurz die Lippen. Es fiel ihm schwer, seine Wunschvorstellung zurückzuschrauben, aber er begriff, daß sie ihm keine Wahl ließen. »Und den Mann, wenn er gesehen hat, daß die Frau tot in der Wanne liegt.«

»Nicht in Wanne. Janosch faßt Frau nicht an.«

Bernd verdrehte die Augen. Er hatte Mühe, ruhig zu bleiben. Janosch saß da, als ginge ihn diese Verhandlung einen Dreck an. Bernd fragte sich, ob er wirklich kein Wort verstand, und konzentrierte sich wieder auf Katja.

»Bist du eifersüchtig?« Er atmete tief durch. »Janosch muß sie nicht anfassen. Er hat eine Pistole. Er sagt ihr, sie soll in die Wanne steigen. Dann wirft er den Fön ins Wasser. Da hängt einer an der Wand.«

Anscheinend ließ Katja sich seinen Vorschlag durch den Kopf gehen. Unschlüssig schaute sie zwischen Janosch und dem Schlüsselring hin und her, den Bernd immer noch hielt. Sie streckte die Hand aus.

»Janosch muß Schlüssel erst ausprobieren und Wohnung sehen.«

»Und ausräumen und verschwinden«, murmelte Bernd.

»Das könnte euch so passen. Ihr bekommt die Schlüssel, wenn ich den Mann aus der Wohnung gelockt habe.«

Katja schürzte beleidigt die Lippen.

»Anschließend könnt ihr mitnehmen, was euch gefällt«, sagte Bernd rasch.

Darauf bekam er keine Antwort mehr. Katja erhob sich, gab Janosch mit einem Wink zu verstehen, daß sie die Verhandlungen als beendet betrachtete, und ging zur Terrassentür. Janosch drückte die Zigarette aus, stellte den Aschenbecher auf den Tisch, grinste Bernd an und folgte ihr.

»Moment!« rief Bernd.

Sie kümmerten sich nicht darum. Ihre Schritte verklangen. Er schaltete den Rollstuhl ein und fuhr ihnen nach. Als er auf die Terrasse bog, erreichten beide die Hausecke. »Jetzt sei doch nicht gleich beleidigt«, rief er ihnen nach. »Ich hab's nicht so gemeint. Ihr habt einen Vorschuß bekommen. Ihr könnt nicht einfach verschwinden.«

Bei der Hausecke drehte Katja sich noch einmal um. »Vorschuß war für Auto und Hotel. Janosch muß jetzt schlafen. Ich ruf dich an. Kommen wir vielleicht zurück. Aber wird teuer.«

Dann bog sie um die Ecke und verschwand. Er fuhr nicht weiter, schlug sich vor Wut und Frustration auf die Beine und wurde noch wütender, weil er es nur in den Fäusten spürte.

16

Der Flug nach Amsterdam verlief ruhig. Van Teuken bot ihnen ein prachtvolles Sortiment. Es fiel Judith schwer, sich zu entscheiden und den finanziellen Rahmen nicht über Gebühr auszuschöpfen.

Der kleine, drahtige Juwelenhändler beobachtete schmunzelnd, wie sie die Steine zu Kreisen arrangierte, sie auf dem Tablett hin und her schob. Sie verzichtete auf die Lupe, verließ sich nur auf das Gefühl in ihren Händen. Professionell war es nicht, aber es schmeichelte van Teuken, für ihn bedeutete es, daß sie ihm vertraute.

Er war ihr vor Jahren einmal begegnet. Damals hatte Bernd die Kaufverhandlungen geführt und sie ebenso wie jetzt nur die Steine gehalten. Er stieß Martin verstohlen in die Seite und meinte scherzhaft, sie müsse Augen in den Fingerspitzen haben.

»Das hat sie auch«, sagte Martin. »Und damit sieht sie Bäume, riesige, alte Bäume, einen ganzen Urwald.«

Van Teuken verstand nicht, was Martin damit sagen wollte. Endlich traf Judith ihre Auswahl. Martin verstaute die Edelsteine im Aktenkoffer. Den Koffer befestigte er mit der Sicherungskette an seinem Handgelenk.

Judith schrieb einen Scheck aus. Van Teuken begleitete sie zur Tür. Er betrieb seinen Handel in seinem Wohnhaus am Stadtrand. Es war ein unscheinbares Haus, das keine Schlüsse zuließ auf die Werte, die sich darin befanden.

Vor der Tür stand der Mietwagen, den sie am Flughafen genommen hatten. Van Teuken ergriff Judiths Hand und schüttelte sie kräftig. »Un een harteliege Grot an Bernd und dee Frau Testroff«, sagte er und drohte scherzhaft mit dem Zeigefinger. »Aber niet vergesse.«

Judith gefror das Lächeln auf dem Gesicht. »Keine Sorge. Meinen Mann und Frau Testroff vergesse ich nie.«

Irritiert gab van Teuken ihre Hand frei und wandte sich Martin zu. Judith ging rasch zum Wagen und setzte sich hinters Steuer. Van Teuken schüttelte auch Martin herzlich die Hand und erkundigte sich, ob er etwas Falsches gesagt habe.

Martin verneinte.

Als er zu ihr in den Wagen stieg, schlug er vor: »Jetzt bringen wir den Koffer ins Hotel, und dann machen wir uns einen netten Nachmittag.«

Sie antwortete nicht.

»Was ist dir lieber?« fragte er. »Bummeln oder Boot fahren? Wenn wir uns fürs Boot entscheiden, können wir seinen lieben Gruß in der nächsten Gracht versenken.« Er hob ihr Kinn an. »Lächle wieder. Er hat es doch nicht böse gemeint.«

»Ich weiß«, murmelte sie und versuchte zu lächeln. Es

gelang ihr auch, nur wirkte es ein wenig kläglich. »Und ich will uns bestimmt nicht den Tag verderben, aber ...«

»Was aber?« fragte er, als sie abbrach.

Sie zuckte mit den Schultern und seufzte. »Manchmal denke ich, ich habe es fast vergessen. Und dann reicht eine Kleinigkeit, und es dreht sich im Kopf wie ein Kreisel.«

Van Teuken stand noch bei der Haustür und schaute abwartend zu ihnen hin. Die rechte Hand hielt er bereit, um sie zum Gruß zu heben. Judith schaute unschlüssig an Martin vorbei auf den Juwelenhändler. Dann zuckte sie noch einmal mit den Schultern, sehr energisch diesmal. Ihr Lächeln verstärkte sich.

»Ach was«, sagte sie. »Telefonieren können wir im Hotel.«

»Wen willst du anrufen?«

»Deinen Spion«, sagte sie. »Aber ich will ihn nicht anrufen. Das wirst du tun. Frag ihn, was Sandra in Warschau gemacht hat.«

»Einen Ausflug mit ihrem Mann«, meinte Martin. »So habe ich Wieslo jedenfalls verstanden.«

Sie schüttelte nachdenklich den Kopf. »Und genau das kann ich mir nicht vorstellen. Paris ja. Zur Not auch Prag. Aber Sandra fährt nicht übers Wochenende in eine Stadt, in der es nichts Besonderes zu sehen und nichts zu kaufen gibt.«

Mit einem energischen Griff drehte sie den Zündschlüssel. Van Teuken hob die Hand und winkte mit einem erleichterten Lächeln. Martin winkte zurück.

17

Martins Anruf erreichte Wieslo am Straßenrand vor Lisa Hohlstetts Wohnung. Wieslo beteuerte bei allem, was ihm heilig war, daß Sandra und Uwe Testroff in Warschau nichts anderes getan hatten, als verliebt durch einen Park zu schlendern, stundenlang bei einem romantischen Abendessen zu sitzen und sich dann auf ihr Zimmer zu verziehen.

Hätte Martin nur fünf Minuten später angerufen, hätte Wieslo ihm auch mitteilen können, daß Lisa Hohlstett sich erneut auf den Weg zur Villa Schwaiger machte. Es brauchte nur zwei Minuten Verfolgung, da kannte er ihr Ziel bereits. Aber viel mehr hätte er Martin nicht sagen können.

Er folgte ihrem Wagen bis zur Grundstückszufahrt, fuhr selbst noch ein Stückchen weiter und hielt am Straßenrand. Auf die Idee, sich ans Haus heranzuschleichen und zu belauschen, was drinnen gesprochen wurde, kam er nicht. Dabei wäre er vermutlich unbemerkt bis unter das offene Fenster des ehemaligen Eßzimmers gekommen.

Weder Bernd noch Lisa Hohlstett verschwendeten einen Blick hinaus. Lisa betrachtete mißmutig das Bündel Geldscheine in Bernds Hand. Er hielt die Augen auf ihr Gesicht gerichtet, um an ihrer Miene abzulesen, welche Tonart er anschlagen mußte. Noch einen Fehler konnte er sich nicht leisten, das hatte Katja ihm am Telefon klargemacht.

»Was sind das denn für Leute?« fragte Lisa Hohlstett.

Er seufzte mitleidheischend. »Freunde von mir. Und davon habe ich nun wirklich nicht mehr viele. Sie sind gestern abend angekommen. Es war schon sehr spät. Ich konnte sie nicht ins Haus lassen. Ich lag schon im Bett, und wenn ich einmal liege ...«

Mit einem bezeichnenden Blick auf seine Beine brach er ab und ließ seine Erklärung erst einmal wirken. An Lisa Hohlstetts Miene veränderte sich nichts. Unverändert hielt sie den Blick auf das Geldbündel in seiner Hand gerichtet.

»Ich mochte ihnen nicht zumuten, im Auto zu übernachten nach der langen Fahrt«, fuhr er fort. »Ich habe ihnen zugerufen, sie sollen sich ein Hotelzimmer nehmen. Katja rief zurück, soviel Geld hätten sie nicht bei sich. Und ich habe ihr versprochen, heute jemanden vorbeizuschicken.«

»Mit zehntausend Mark«, stellte Lisa Hohlstett ohne jede Betonung fest.

Er lachte leise, schaute ebenfalls auf die Geldscheine in seiner Hand. »Nicht nur fürs Hotel. Es sind ihnen noch andere Kosten entstanden. Und ich hatte versprochen, für sämtliche Kosten aufzukommen, wenn sie mich besuchen.«

»Mit zehntausend kann man eine Weltreise machen«, erklärte Lisa Hohlstett lakonisch.

»Frau Hohlstett«, er legte ein wenig Nachdruck in seine Stimme. »Die beiden sind nicht mit Reichtümern gesegnet. Ihr Wagen war defekt. Ersatzteile kosten da unten eine Menge Geld. Das haben sie sich mühsam in der Familie zusammengeborgt. Ich bin froh und dankbar, daß sie die lange Fahrt auf sich genommen haben. Da feilsche ich nicht um eine Summe. Sie bezahle ich ja auch dafür, daß Sie mir einen Gefallen tun.«

Lisa schob die Zungenspitze in die linke Wange und schwieg sekundenlang. Dann nickte sie verhalten und nahm ihm das Geld aus der Hand.

»Ach, noch etwas«, sagte er. »Ich muß dringend mit meiner Frau sprechen, aber wenn Martin Keil in der Nähe ist, funktioniert das nicht. Ich bekomme sie einfach nicht ans Telefon. Wären Sie so lieb, ihn heute abend nach der Vorstellung in der Stadt zu treffen? Ihnen fällt bestimmt etwas ein, mit dem Sie ihn von der Notwendigkeit überzeugen können. Es muß nicht für lange sein, eine halbe Stunde reicht mir.«

Er räusperte sich und schaffte es, seine Stimme belegt klingen zu lassen. »Meine Frau will die Scheidung einreichen. Ich glaube zwar nicht, daß ich es verhindern kann. Aber vielleicht ist sie bereit, noch einmal mit mir zu reden, wenn er nicht in der Wohnung ist. Es würde mir sehr viel bedeuten.«

Lisa Hohlstett betrachtete ihn nachdenklich. Er wirkte wie eine Jammergestalt, und in dem Moment empfand sie ein wenig Mitleid. Sie nickte und steckte das Geld in ihre Handtasche. Dann verabschiedete sie sich.

Wieslo sah ihren Wagen aus der Grundstückszufahrt kommen und startete den Golf. Sie fuhr an ihm vorbei. Er folgte ihr bis zu einer kleinen Pension in der Nähe des Tiergartens, wo sie sich nicht lange aufhielt. Sie ging rein, war nach knapp zehn Minuten wieder draußen und brauste davon, als sei der Teufel hinter ihr her. Er hatte Mühe, sie im Verkehrsgewühl des Spätnachmittags nicht zu verlieren.

18

Der Anrufbeantworter hatte Lisa Hohlstetts Bitte aufgezeichnet, als Judith und Martin aus Amsterdam zurückkamen. Das war am späten Mittwoch nachmittag. Was sie noch von Martin wollte, erklärte Lisa nicht. Sie betonte nur, es sei ungeheuer wichtig, sie müsse ihn dringend sprechen, er solle sich so rasch wie möglich bei ihr melden. Lisa hatte versäumt, eine Zeitangabe zu machen. Martin konnte nicht feststellen, wann sie in seiner Wohnung angerufen hatte.

Er legte keinen gesteigerten Wert darauf, sie wiederzusehen. Allerdings sah er die Möglichkeit, etwas über den Verbleib der fünfzigtausend Mark und über Bernds Aktivitäten zu erfahren. Er rief in Lisas Wohnung an. Sie war nicht daheim. Er probierte es im Theater und hörte vom Pförtner, daß sie auf der Bühne stand.

Judith erhob keine Einwände, als er fragte, ob es ihr recht sei, wenn er zum Theater führe. Begleiten wollte sie ihn nicht. Sie hatte sich in Amsterdam eine Unzahl von winzigen Farbtöpfchen beschafft, die sie ebensogut daheim hätte kaufen können. Sie wären sogar etwas preiswerter gewesen. Aber in Amsterdam waren die Töpfchen hübscher, fand sie.

»Nun fahr schon«, forderte sie. »Ich werde nicht an Langeweile sterben.«

Um ihm zu beweisen, daß sie sich sinnvoll beschäftigen konnte, begann sie die Tragflächen der Fokker vom schadhaften Anstrich zu befreien, schmirgelte auch den Rumpf, während er sich um das Abendessen kümmerte. Als er kurz nach zehn ins Schlafzimmer ging und seine Jacke holte, saß sie bereits am Arbeitstisch. Die beiden Tragflächen lagen auf Zeitungspapier und glänzten silbrig. An der Seite des Tisches lagen Servo, Funkempfänger und das restliche Innenleben der Maschine.

Minutenlang schaute Martin ihr von der Tür aus zu, wie sie den Rumpf in einen silbrigen Sprühnebel hüllte. »Willst du wirklich nicht mitkommen?«

»Nein. Oder hast du Angst, daß Lisa dich beißt und kratzt?«

Er lachte unsicher. »Quatsch, ich dachte nur ...«

»Ich weiß, was du denkst, also tu es auch. Frag sie, was immer du fragen willst. Und dann erzählst du es mir. Ich glaube nicht, daß sie irgend etwas sagt, wenn ich dabei bin.«

Er seufzte, vermutlich hatte sie recht. Sie legte den Flugzeugrumpf auf eine Lage Zeitungspapier und drehte sich zu ihm um. »Nun fahr schon. Mach dir um mich keine Sorgen. Wenn ich hiermit fertig bin, nehme ich in aller Ruhe ein schönes, warmes Bad.«

»Das sagst du nur, damit ich hierbleibe.«

Lachend zeigte sie auf die Tür. »Raus mit dir.«

Er ging. Die Wohnungstür fiel hinter ihm ins Schloß. Judith nahm einen Schraubenzieher und entfernte damit den Deckel von einem der Farbtöpfchen. Dann suchte sie einen feinen Pinsel aus Martins Sortiment, prüfte vorsichtig mit einer Fingerspitze, ob die Silberfarbe an den Tragflächen bereits trocken genug war. Und dann zog sie sorgfältig die noch schwach erkennbaren Konturen des Hoheitszeichens der kleinen Maschine nach.

Es war still in der Wohnung, es war friedlich. Sie fühlte sich wohl und begann zu summen. Eine gute Stunde war sie noch beschäftigt, dann wurde sie müde. Ihre Hand war nicht mehr sicher genug für den feinen Pinsel. Sie verschloß die Farbtöpfchen, wusch sorgfältig die feinen Pinsel in Farbverdünner aus, ging ins Bad und ließ Wasser in die Wanne laufen.

Links unterhalb des Nabels spürte sie ein schwaches Zucken, es war mehr ein Kitzeln. Sie legte die Hand auf die Stelle und sah im Geist den Schatten vom Ultraschallbild vor sich. Leben! Es war ein berauschendes Gefühl, und nicht mehr lange, dann könnte sie Martins Hand nehmen, sie auf ihren Leib legen, und er würde es ebenso fühlen wie sie.

Sie ließ Badeöl ins Wasser laufen und zog sich aus. Vom Flur wehte ein kühler Hauch herein. Sie schloß die Tür. Der Spiegel über dem Becken beschlug. Mit einem Fuß prüfte sie die Wassertemperatur, stieg in die Wanne und streckte sich aus. Mit beiden Händen schöpfte sie Wasser, ließ es über ihre Schultern rinnen und schloß die Augen.

Kurz darauf hörte sie den Schlüssel in der Wohnungstür.

Sie wurde geöffnet und geschlossen, Schritte gingen am Bad vorbei. Sie hatte das Licht im Wohnraum nicht ausgeschaltet und nahm an, daß Martin automatisch in das erleuchtete Zimmer ging, da er sie darin vermutete. Vielleicht wollte er auch sehen, was sie mit seinem Spielzeug angestellt hatte.

»Nicht anfassen«, rief sie. »Die Farbe ist noch nicht trocken.«

Antwort bekam sie nicht.

»Sieht sie nicht wieder aus wie neu?« rief sie.

Wieder blieb es still. Sie fühlte ein leichtes Unbehagen wie einen Kälteschauer über den Körper ziehen, rief irritiert und erzwungen heiter: »Warum sagst du nichts? Hat Lisa dich doch gekratzt?«

Die Schritte kamen zurück. Sie richtete sich in der Wanne auf, sah, wie die Türklinke niedergedrückt wurde, und fühlte die Angst so unvermittelt, daß ihr übel wurde. »Martin?«

Er kam herein. Die Erleichterung bei seinem Anblick ließ ihr Herz stocken. Dann begann es zu hämmern. Er war blaß, sein Gesicht wirkte wie zu einer leblosen Maske erstarrt. In einer Hand hielt er ein Bündel Geldscheine. Er trat an die Wanne, streckte die Hand mit dem Geld aus und öffnete sie. Die Scheine segelten herunter und verteilten sich auf der Wasseroberfläche. »Zehntausend Mark für ein Killerpärchen«, sagte er.

Sie starrte ihn ungläubig an. Er räusperte sich. »Hast du von Bernd jemals die Namen Katja und Janosch gehört?«

Sie schüttelte den Kopf, konnte nicht denken, nur auf das schwimmende Geld starren. Einige Scheine sanken tiefer, legten sich auf ihre Haut.

»Dann hat Lisa richtig vermutet«, sagte er.

Eine Viertelstunde später stand sie im Wohnraum. So lange hatte sie gebraucht, um aus dem Wasser zu kommen und sich in einen Bademantel zu wickeln. Mit beiden Händen hielt sie ihn krampfhaft über Brust und Leib zusammen. Es war eine hilflose, unbewußte Geste, als könne der dicke Frotteestoff sie schützen.

Die nassen Geldscheine lagen auf dem Tisch. Martin saß vorgebeugt in einem Sessel, die Beine gespreizt, die Ellbogen auf die Knie gestützt und das Gesicht in den Händen verborgen. Tonlos berichtete er, was Lisa ihm erzählt hatte. Sie war schon wegen der Summe mißtrauisch geworden, aber nicht sicher gewesen, und dann war sie zu der genannten Pension gefahren.

»Die Frau sprach nur gebrochen Deutsch, der Mann kein Wort«, sagte Martin. »Lisa hat der Frau erklärt, Bernd sei nicht bereit, für die gesamten Kosten ihrer Reise aufzukommen. Lisa sagte, die Frau wurde sehr ausfallend. Da hat sie gemacht, daß sie rauskam. Das war gestern. Heute mittag ist Lisas Freund noch einmal zur Pension gefahren. Die beiden waren nicht mehr da. Aber ob sie tatsächlich weg sind, weiß kein Mensch.«

»Ist Lisa bereit, zur Polizei zu gehen?«

Martin nahm die Hände vom Gesicht. »Ist sie. Wir haben lang und breit drüber gesprochen. Lisas Freund meinte, kein Polizist der Welt kann einem Krüppel verbieten, sich Freunde einzuladen und sie großzügig zu beschenken, damit sie auch kommen können. Da hat er wohl recht.«

Sie ging langsam zur Couch, hatte das Gefühl, daß ihre Beine sie nicht mehr bis dorthin trügen. Aber irgendwie ging es. Ihr war übel, ihr Magen zuckte. Sie setzte sich und konnte den Blick nicht von den Geldscheinen lösen. »Wenn Lisa diese Leute tatsächlich vergrault hat, wird er sie zurückholen, nicht wahr?«

Martin schwieg.

»Aber vielleicht sind sie auch noch in der Nähe«, flüsterte sie. »Er wird uns niemals in Ruhe lassen. Nicht solange er lebt. Wir müssen etwas tun.«

Martin nickte mechanisch.

19

Sie schliefen nicht in dieser Nacht, saßen im Wohnraum, grübelten, suchten verzweifelt nach einer Lösung, kamen immer wieder auf Manfred Schneider zu sprechen und wußten beide, daß er sie nicht schützen konnte. Gegen Morgen war Martin sicher, daß es eine Möglichkeit gab, Bernd zuvorzukommen. Mit Helma Raab, meinte er, hätten sie eine erstklassige Zeugin für Bernds seelische Verfassung.

Sie fuhren sehr früh ins Geschäft. Bis Anna kurz vor neun erschien, betrachtete Martin im Büro die detaillierte Skizze vom Betriebssystem des Rollstuhls. Judith stand hinter ihm, schaute über seine Schulter, hörte sich seine Erklärungen an und hatte das Gefühl, daran zu ersticken.

»Es könnte klappen«, sagte Martin leise. »Wenn ich Batterie und Motor mit einem Schalter überbrücke. Es müßte ein leichtgängiger Schalter sein, sonst schafft der Servo es nicht.«

Er hob den Kopf, schaute sie nachdenklich an. »Willst du es wirklich?«

»Ich will mit dir leben!« sagte sie. »Ich will mein Baby bekommen. Er läßt uns doch keine Wahl. Er wird es wieder und wieder versuchen. Er hat es vom ersten Moment an versucht und wird nie damit aufhören, auch nicht, wenn wir weggehen. Und wo sollen wir hin? Wir wären doch nirgendwo sicher. Wenn er sich sogar Leute aus dem Ausland holt. Wir wüßten nicht einmal, vor wem wir Angst haben müßten.«

Sie straffte die Schultern, atmete tief durch und beruhigte sich ein wenig. »Schafft die Steuerung das? Der Rollstuhl ist ein riesiger Klotz im Vergleich zum Flugzeug.«

Martin beugte sich erneut über die Skizze und fuhr mit seinen Erklärungen fort. »Die Steuerung treibt nur den Servo an. Wenn ich den Akku an eine Zeitschaltuhr …« Er brach ab und erhob sich. »Wenn du es wirklich willst, bestell einen Tisch für zehn Uhr. Frau Raab geht um neun aus dem Haus. Eine Stunde müßte reichen.«

Sie nickte, nahm die Skizze vom Schreibtisch und legte sie

in den Tresor. Martin ging zur Tür. Mit aufgewühlter Miene schaute sie ihm nach. Den halben Vormittag saß sie reglos am Schreibtisch, vor sich einen Haufen Papier, Steuerunterlagen und anderes, denken konnte sie nicht. Mehrfach erschien Anna an der Tür und erkundigte sich zaghaft, ob alles in Ordnung sei. Jedesmal erwiderte sie, sie habe nur Schwierigkeiten, sich durch diese Zahlen zu kämpfen. Und sie befürchte, sie habe in Amsterdam entschieden zuviel Geld ausgegeben. Anna gab sich mit dieser Erklärung zufrieden.

Kurz vor Mittag kam Martin zurück. Er hatte alles Notwendige besorgt und gleich in die Wohnung gebracht. Der Tag zog sich entsetzlich in die Länge. Als sie kurz vor sieben das Geschäft verließen, als Anna sich wie üblich verabschiedete und zu einem Taxi ging, fühlte Judith, wie irgendwo in ihrem Innern etwas zerriß. Für sie war es der letzte Moment, in dem sie sich fühlen durfte wie ein Mensch. Sie schaffte es nicht, über die Nacht hinauszudenken.

Sie fuhren zu Martins Wohnung, zogen sich um und nahmen die Sachen ab, die er besorgt hatte. Unter anderem war es ihm gelungen, in einem Spielwarengeschäft eine Pistole aufzutreiben, die fast aussah wie echt. Sie wog kaum etwas in der Hand. Martin schärfte ihr ein, damit nicht zu nah an Bernd heranzugehen.

In seinem Wagen fuhren sie hinaus zur Villa. Helma Raabs Kleinwagen stand noch in der Einfahrt. Wenige Minuten nach neun verließ die Pflegerin das Haus. Sie warteten, bis ihr Wagen verschwunden war. Dann gingen sie hinein.

20

Er saß aufrecht im Bett, hielt die Fernbedienung des kleinen TV-Geräts in der Hand, das er sich zur Unterhaltung hatte aufstellen lassen. Mürrisch schaltete er zwischen den Kanälen hin und her. Auf dem Nachttisch neben ihm stand ein Glas Wasser bereit, daneben lagen die beiden Schlaftabletten, die

Helma Raab ihm genehmigte. Der Raum war erfüllt von der rasch wechselnden Geräuschkulisse der verschiedenen Fernsehsender. Das Gerät war zu laut eingestellt und verschluckte das Klappen der Haustür ebenso wie die Schritte, die leise in der Diele ertönten.

Er zuckte zusammen, als er die Bewegung bei der Tür registrierte. Überrascht schaute er auf. Judith kam herein. Sie trug ein elegantes Kleid, unter dem sich ihr Leib schwach vorwölbte. Hätte er nicht gewußt, daß sie schwanger war, wäre es ihm vielleicht gar nicht aufgefallen. Sie hatte Make-up aufgelegt und ihr Haar wie für einen festlichen Abend gerichtet. Die dünnen Plastikhandschuhe und ihre Blässe paßten nicht zu der Aufmachung, ebensowenig paßte die Waffe in ihrer Hand dazu.

Hinter ihr tauchte Martin auf, bekleidet mit einem Anzug, Hemd und Krawatte. Auch er hatte Plastikhandschuhe übergezogen. Daß Martin eine Tüte mit der Aufschrift eines Fachgeschäfts für Modellbau bei sich trug, sah Bernd nicht. Martin stellte die Tüte in der Diele ab.

Judith kam langsam näher und richtete die Waffe auf Bernd. Er ließ die Fernbedienung fallen und beugte sich zum Nachttisch. Martin stürmte herbei, stieß Judith zur Seite, hetzte um das Bett herum, riß ihm das Funktelefon aus der Hand und steckte es in eine Innentasche seines Jacketts.

Judith hielt die Waffe in der rechten Hand – wie eine Anfängerin, die noch niemals mit einer Pistole geschossen hatte. Daß sich ihr Versäumnis, die Waffe mit beiden Händen zu halten, nur im Gewicht des Spielzeugs erklärte, bemerkte er nicht. Er sah nur, wie stark ihre Hand zitterte, und grinste. »Du drückst nicht ab, du nicht!«

Sie deutete zum Nachttisch. »Nimm deine Tabletten.«

Lässig schüttelte er den Kopf. Sie legte die Pistole auf den Fernseher, ging zum Rollstuhl und schaltete den Motor ein. Es verblüffte ihn ein wenig, daß sie auf Anhieb mit dem Stuhl zurechtkam. Mit ausdrucksloser Miene schaute er zu, wie sie sein Gefährt aus dem Raum in die Diele und weiter in den Wohnraum dirigierte.

Martin folgte ihr und nahm in der Diele die Plastiktüte wieder an sich. Bernd sah nur, daß er sich nach etwas bückte. Dann kam Judith zurück und schloß die Tür hinter sich.

»Nimm deine Tabletten«, verlangte sie erneut.

»Du wiederholst dich«, sagte er und betrachtete sie mit anerkennendem Blick von der eleganten Frisur bis zu den Pumps. »Für wen hast du dich so schick gemacht? Doch nicht etwa für mich?«

Sie nahm die Pistole vom Fernseher, schaltete das Gerät aus, kam zum Bett und hielt ihm die Waffe an den Hinterkopf. Er spürte den Druck der Mündung, doch sein dichtes Haar verhinderte, daß er erkannte, aus welchem Material die Pistole gefertigt war.

Mit der Linken nahm Judith das Wasserglas. Er griff selbst nach den beiden Tabletten und schob sie sich mit gelangweilter Miene in den Mund. Dann nahm er ihr das Glas aus der Hand. »Kürzen wir die Sache ab, bevor sie langweilig wird. Du hast mir wahnsinnige Angst gemacht.«

Er zitterte demonstrativ mit der freien Hand. »Zufrieden? Dann schalte das Ding wieder ein. Ich will weiter fernsehen. Das ist ein bißchen spannender.«

Er trank etwa die Hälfte vom Wasser, schaute ihr dabei in die Augen und stellte das Glas auf dem Nachttisch ab. Sie fuhr ihm blitzschnell mit einem Finger in den Mund, tastete unter seine Zunge, kontrollierte die Backentaschen, ob er die Tabletten tatsächlich geschluckt hatte.

»Übertreib's nicht«, sagte er unwillig, als sie die Hand zurückzog. »Sag deinem Lover, er soll mir den Stuhl wieder neben das Bett stellen. Und schalt verdammt noch mal den Fernseher wieder ein, den brauche ich morgen früh.«

Sie kümmerte sich nicht um ihn, verließ sein Zimmer und ging hinüber in den Wohnraum. Martin kniete vor dem geöffneten Motorkasten des Rollstuhls und war gerade dabei, ein zweiadriges Kabel mit Krokodilklemmen an blanken Kabeln im Motorraum zu befestigen. Judith schaute auf die große Batterie des Rollstuhls und den Motor. Dann ließ sie den Blick über den Fußboden wandern. Neben Martin lag die Funksteuerung der Fokker. Sie war bereits mit Klebeband an eine Zeitschaltuhr gekoppelt, der linke Antriebshebel war, ebenfalls mit Klebeband, in On-Stellung fixiert. Auch der Servo war vorbereitet und mit einem Wippschalter versehen. Neben dem Servo lagen ein Schraubendreher und mehrere dünne Nägel auf dem Boden.

Martin arbeitete konzentriert. Sie wollte ihn nicht stören und ging wieder zurück zu Bernd. Er betrachtete sie mit müdem Grinsen und erkundigte sich: »Willst du wirklich warten, bis sie wirken? Das finde ich zwar nett, aber es ist nicht nötig.«

Seine Stimme klang schläfrig. Er schloß die Augen. Sie konnte nicht mit ansehen, wie er einschlief, ging erneut in den Wohnraum. Martin legte den Servo auf den Motorkasten und verband den Wippschalter mit dem zweiadrigen Kabel.

»Wie weit bist du?«

»Fast fertig.« Er prüfte, ob der Servo richtig lag. »Ich kann ihn nicht festkleben, das gäbe vielleicht Rückstände. Die Klemmen werden keine Spuren hinterlassen.«

Sie nickte mechanisch. »Er glaubt, wir bluffen.«

Martin richtete sich auf, schloß die Motorklappe und steckte die dünnen Nägel in die Schraubgewinde.

»Das müßte halten«, meinte er. »Wir machen einen Test. Steck die Uhr ein.«

Sie hob die Funksteuerung vom Boden auf und ging zur Terrassentür. Daneben befand sich eine Steckdose auf der Wand. Sie steckte die Zeitschaltuhr ein. Augenblicklich sprang der Motor des Rollstuhls an. Das satte Brummen zerrte an ihren Nerven. Der Stuhl setzte sich in Bewegung, rollte auf sie zu. Martin behielt den Servo im Auge.

»Reicht, reicht«, murmelte er hektisch. »Zieh wieder aus. Wenn's nicht zu sehr holpert, wird er liegenbleiben.«

Der Rollstuhl war bis auf einen knappen Meter heran. Sie zog die Zeitschaltuhr aus der Steckdose und brachte sie Martin. Dann ging sie noch einmal zurück in Bernds Zimmer. Er schlief, und er wachte auch nicht auf, als sie gegen seine Wange klopfte. Sie schaute auf ihn hinunter, kämpfte gegen die Tränen an, biß sich auf die Lippen und schüttelte den Kopf. Ihre Stimme war mehr ein Schluchzen. »Warum konntest du mich nicht einfach gehen lassen? Ich wünschte, ich könnte dich hassen. Aber ich habe nur Angst.«

Als sie diesmal zurück in den Wohnraum kam, hatte Martin einige Bücher unter die Steckdose gelegt und die Zeitschaltuhr eingestellt. Er steckte sie ein. Dann lenkte er den Rollstuhl mit dessen eigener Steuerung in die Diele und weiter in Bernds Zimmer.

21

Kurz vor elf in der Nacht saßen sie vor ihren gefüllten Tellern im Restaurant. Judith stocherte ohne Appetit auf ihrem Teller herum. Auch Martin mußte sich zum Essen zwingen, lächelte ihr mehrfach aufmunternd zu und forderte leise: »Nimm wenigstens ein Häppchen.« Er schaute auf seine Uhr. »Ich muß gleich zahlen.«

Sie nahm ein wenig auf die Gabel, führte die Gabel zum Mund und ließ sie wieder sinken. »Mir ist übel.«

»Ich weiß«, sagte er.

Erneut schaute er verstohlen auf seine Uhr. In fünf Minuten würde sich im Wohnraum der Villa die Uhr einschalten und den Servo in Betrieb nehmen. Martin hob einen Arm und winkte den Oberkellner heran. Dieser kam zum Tisch und betrachtete die vollen Teller.

»Ist etwas nicht in Ordnung, Herr Keil?«

»Nein, es ist köstlich«, versicherte Martin. »Nur«, er lächelte Judith an, »bei Frau Schwaiger schlägt der Appetit zur Zeit Purzelbäume.«

Der Oberkellner nickte verstehend. Martin griff in sein Jackett. »Bringen Sie bitte die Rechnung.« Dann stutzte er, schaute Judith an. »Schatz, habe ich dir meine Brieftasche gegeben?«

Sie lächelte verkrampft. »Nein. Vermutlich hast du sie wieder im Auto liegen lassen.«

Martin erhob sich mit bedauerndem Schulterzucken, lächelte den Oberkellner an und ging zur Tür. Im Geist saß er die Zeitschaltuhr und die Funksteuerung auf den Büchern neben der Terrassentür liegen und den Rollstuhl am Rand des Swimmingpools stehen. Die Abdeckung des Pools hatten sie um etwa zwei Meter zurückgeschoben.

Jetzt! Die eingestellte Zeit war erreicht. Er glaubte auf die Entfernung von mehreren Kilometern das schwache Klicken zu hören. Und das Brummen des Rollstuhlmotors im Garten. Er ging mit steifen Schritten zu seinem Wagen und sah im Geist, wie sich der Rollstuhl in Bewegung setzte, wie der Servo auf dem Motorkasten leicht vibrierte, wie Bernd schlafend und in sich zusammengesunken im Sitz hing. Sein Kinn berührte fast die Brust. So hatte er ihn zuletzt gesehen, als sie den Rollstuhl in Position brachten.

Bernds Kopf pendelte vor Martins geistigem Auge hin und her, als der Rollstuhl die Kante des Swimmingpools erreichte. Und dann kippte der Stuhl in den Pool.

Und er stand neben seinem Wagen, die Fahrertür war offen. Er hatte die dünnen Handschuhe übergezogen, hielt Bernds Funktelefon in der Hand und drückte mit einem Nagel die Tasten. Es war die Nummer des Restaurants, in dem Judith jetzt alleine am Tisch saß und fast zerbrach an dem, wozu Bernd sie gezwungen hatte. Martin wußte, daß sie daran zerbrechen würde, und er wußte nicht, wie er das verhindern sollte. Er hoffte nur, daß sie irgendwann von ihren eigenen Worten soweit überzeugt wäre, daß sie damit leben konnte: »Er läßt uns doch keine Wahl.«

Der Oberkellner meldete sich am Telefon. Martin räusperte sich und erklärte mit dumpfer Stimme: »Richten Sie meiner Frau und ihrem Begleiter aus, daß ich jetzt Schluß mache.«

»Wie bitte?« kam es irritiert aus dem Hörer. Mit deutlich pikierter Stimme erkundigte sich der Oberkellner: »Wer spricht da?«

»Schwaiger«, sagte Martin. »Ich weiß, daß meine Frau bei Ihnen ist – und nicht allein.«

»Moment bitte«, erklärte der Oberkellner.

Martin schaltete das Telefon aus, legte es zurück ins Auto, riß sich die Handschuhe herunter und nahm die Brieftasche aus dem Ablagefach. Er rannte zurück ins Lokal. Der Oberkellner stand bei Judith am Tisch. Judith sprang auf, als er näherkam. Sie hielt sich an den vereinbarten Text, auch wenn ihre Stimme klang, als bräche sie im nächsten Moment zusammen.

»Bernd hat angerufen. Ich muß sofort nach Hause.«

»Natürlich«, sagte Martin, legte zwei Geldscheine auf den Tisch, erklärte: »Stimmt so«, und zog sie am Arm hinter sich her auf die Tür zu.

22

Die Fahrt zurück war ein Alptraum. Sie sprachen nicht. Judith knetete das Telefon in ihrem Schoß mit beiden Händen. Sie trug wieder Handschuhe, starrte wie gebannt durch die Frontscheibe nach draußen. Kaum hatte er den Wagen in der Einfahrt zum Stehen gebracht, sprang sie schon ins Freie und lief auf die Hausecke zu. Er folgte ihr rasch, überholte sie. Der Garten lag im Dunkeln. Die freiliegende Wasserfläche des Pools schimmerte matt wie ein geschwärzter Spiegel.

Judith stockte und näherte sich zögernd dem Spalt. Es war nichts zu erkennen, absolut nichts. Martin riß sich das Jackett herunter, streifte die Schuhe ab und sprang mit den Füßen voran ins Wasser. Es schien ihr eine Ewigkeit, ehe er das erste Mal prustend auftauchte. Mit einem gierigen Atemzug sog er die Lungen voll, legte den Servo und den Wippschalter auf den Beckenrand und tauchte wieder unter.

Sie starrte zu den Sträuchern hinüber und murmelte: »Soll ich weiter aufmachen? Du siehst doch nichts.«

Dann blickte sie kurz aufs Wasser. Es bewegte sich. Martin tauchte erneut auf und schnappte nach Luft. »Ich hab's gleich«, stieß er atemlos hervor und war bereits wieder verschwunden, als sie fragte: »Kannst du ihn sehen?«

Sie sah nur die Wellenbewegung, die Martin unter Wasser verursachte. Dann schoß er förmlich aus dem Pool und griff mit einer Hand nach den Randsteinen. In der anderen hielt er den Schraubendreher. Er reichte ihn ihr, griff in die Brusttasche seines Hemdes und zog die dünnen Nägel heraus. Auch die nahm sie ihm aus der Hand, hob den Servo auf.

»Vergiß die Steuerung nicht«, mahnte er.

»Kannst du ihn sehen?«

Schweratmend schüttelte er den Kopf. »Man sieht gar nichts. Bring die Sachen ins Auto, dann kannst du die Abdeckung aufmachen und das Licht einschalten. Ich hole ihn dann raus. Ich brauche nur ein bißchen Luft.« Er zog sich aus dem Wasser und setzte sich auf den Rand.

Sie ging mit vollen Händen zur Terrasse und verschwand für einen Moment im Wohnraum. Als sie zurückkam, hielt sie zusätzlich die Steuerung in den Händen und ging um das Haus herum zu seinem Wagen.

Martin atmete tief durch und schaute ins dunkle Wasser. Er sah sie zurückkommen und ließ sich wieder in den Pool hinunter. Sie ging über die Terrasse in den Wohnraum. Handschuhe trug sie nicht mehr.

Die Außenbeleuchtung flammte auf und tauchte die Terrasse in helles Licht, das weit in den Garten hineinreichte. Langsam geriet die Abdeckung des Pools in Bewegung und schob sich nach hinten.

Martin hielt sich noch an den Randsteinen und schaute ihr nach, wie sie den Wohnraum durchquerte und die Diele betrat. Dann verschwand sie in Richtung Arbeitszimmer.

Die Oberfläche des Pools spiegelte das Licht. Das Wasser verzerrte die Konturen des Rollstuhls, aber sie waren deutlich zu erkennen. Martin tauchte ein in der Sekunde, als sie am Schreibtisch stehend den Telefonhörer aufnahm und den Notruf wählte.

Und im Wasser war nichts außer dem Rollstuhl. Martin tauchte auf, ungläubig und nicht begreifend. Er klammerte sich an den Randsteinen fest. Sie waren naß. Auf diesen Steinen hatte er kurz zuvor gesessen.

Auf der gegenüberliegenden Seite des Pools gab es eine zweite nasse Stelle. Er sah sie erst jetzt, wo es hell genug war. Er sah auch die breite Schleifspur, die zum Rasen führte. Und er sah ein wenig aufgeworfene Erde bei den Zweigen eines Zierstrauchs. Er begriff nicht, was die aufgeworfene Erde bedeutete, aber instinktiv erfaßte er die Gefahr und hechtete mit einem Satz aus dem Wasser, stolperte triefend über den Rasen auf die Terrasse zu und wußte, daß er zu spät kam.

Sie stand mit dem Rücken zur offenen Tür und sah nicht, daß die Tür langsam zuschwang. Er saß dahinter, mit dem nassen Rücken gegen die Wand gelehnt, die nutzlosen Beine von sich gestreckt. Mit beiden Händen hielt er die russische Armeepistole und richtete sie auf ihren Rücken.

Seine Stimme klang rauh. »Hallo, Judith.«

Sie zuckte zusammen, drehte sich ruckartig zu ihm um, starrte ihn mit weit aufgerissenen Augen an. Im selben Moment drückte Bernd ab. Vom Einschlag der Kugel wurde sie zurück gegen den Schreibtisch geworfen. Unter ihrer Brust zeichnete sich auf dem Kleid ein Blutfleck ab, der rasch größer wurde. Der Telefonhörer fiel ihr aus der Hand, sie hob den Arm noch, wollte nach der Wunde tasten. Das schaffte sie nicht mehr. Ihre Beine gaben nach. Sie brach zusammen und fiel vornüber mit dem Gesicht auf den Teppich.

Dicht über ihrem Kopf baumelte der Hörer an der Schnur. Eine metallisch klingende Stimme schnarrte: »Polizeinotruf.«

Die Tür wurde heftig aufgestoßen und schlug gegen seine Beine. Martin stürzte in den Raum, ohne Bernd zu bemerken. Er ließ sich auf die Knie fallen und rutschte durch seinen Schwung das letzte Stück zu ihr hin. Daß er dabei unentwegt »Nein, nein, nein« stammelte, war ihm selbst nicht bewußt. Er glaubte, den Verstand zu verlieren, griff seitlich an ihren Hals, suchte den Puls und sah aus den Augenwinkeln, wie die Tür zur Diele langsam zugedrückt wurde. Und dann sah er ihn, ein genüßliches Grinsen auf dem Gesicht.

»Was ist das für ein Gefühl?«

Aus dem Telefonhörer drang erneut die Männerstimme. Martin achtete nicht darauf und verstand nicht, was der Polizist am anderen Ende der Leitung sagte oder fragte. Er hörte nur Bernds Stimme, den Genuß darin, den Haß und den Triumph.

»Freut mich, daß es geklappt hat. So hätte Janosch das erledigen sollen. Zuerst sie, dann dich. Ich dachte, so hast du mehr davon.«

Martin drehte ihm wieder den Rücken zu, tastete erneut an Judiths Hals und fühlte das schwache Pochen in den Fingerspitzen. Er war nicht sicher, ob es sein eigener Puls oder ihr Herz war. Er legte sich über sie, so daß er ihren Körper für Bernd völlig verdeckte. Er glaubte kaum merklich ein Heben und Senken unter sich zu fühlen, brachte den Mund an ihr Ohr und flüsterte. »Bleib bei mir.«

»Wie rührend!« höhnte Bernd hinter ihm. »Willst du so begraben werden? Genieß es noch einen Moment, gleich bist du bei ihr.«

Martin hörte die Sirenen. Sie kamen rasch näher und schienen Bernd zu irritieren.

»Das gibt's doch nicht«, stieß er überrascht hervor. »Haben die an der Ecke gewartet?« Er hob die Pistole und drückte ab. Martin spürte einen brennenden Schmerz im Nacken und zuckte zusammen. Etwas lief warm an seinem Hals herunter. Draußen näherten sich eilige Schritte.

Bernd spähte angestrengt auf Martins Kopf und erkannte, daß er ihn nur mit einem Streifschuß am Nacken getroffen hatte. Die Schritte polterten durch den Wohnraum. Er hob die Pistole noch einmal, visierte Martins Kopf, krümmte den Finger am Abzug. Die Tür schlug ihm heftig gegen die Beine, er verriß die Waffe, die Kugel bohrte sich in die Zimmerdecke.

23

Sie hatten ihn in den Wohnraum verfrachtet. Im Klapprollstuhl saß er neben dem Couchtisch und versuchte zu erkennen, was im Arbeitszimmer vor sich ging. Viel sah er nicht, nur den Notarzt, der fieberhaft arbeitete, und Martin neben Judiths Kopf am Boden.

Aber er hörte sie. »Sie bleibt uns weg«, sagte der Arzt und verlangte: »Reden Sie mit ihr. Los doch.«

Wie hypnotisiert stierte er durch die offene Tür. Für Schneider hatte er keine Augen und keine Ohren. Es kümmerte ihn nicht, daß der Kommissar vor Wut fast überkochte und sich mit einer Faust in die offene Hand drosch. Jeder Schlag begleitete ein Wort. »Sie haben Frau Hohlstett losgeschickt, um einen Killer anzuheuern. Und als das nicht klappte, weil Frau Hohlstett Ihr Spielchen durchschaute …«

Er kümmerte sich nicht um den tobenden Kerl, der wie ein Kreisel seine Runden durch den Wohnraum drehte. Im Arbeitszimmer lag Martin wieder halb auf ihr. Dem Anschein nach flüsterte er ihr etwas zu.

Schneider schlug sich weiter mit der Faust in die Hand: » … haben Sie im Restaurant angerufen und die beiden mit einem gemeinen Trick hergelockt. Dafür gibt es einen Zeugen: den Mann, der uns alarmiert hat. Also erzählen Sie mir keinen Blödsinn.«

Bernd zeigte durch die offene Tür in die Diele und fauchte: »Schaffen Sie den Kerl von meiner Frau weg.«

Im Arbeitszimmer richtete der Notarzt sich auf und winkte zwei Sanitäter mit einer Trage heran. »Jetzt können wir es riskieren«, sagte er. »Der Kreislauf ist stabilisiert. Schaffen wir sie raus.« Er schaute Martin an. »Sie kommen mit. Erzählen Sie ihr noch was, irgendwas.«

Judith wurde auf die Trage gehoben. Martin griff nach ihrer Hand und ging neben der Trage her in die Diele.

»Er soll seine Hände von meiner Frau lassen!« schrie Bernd, griff in die Speichen des Rollstuhls und wollte hinaus in die Diele. Schneider war mit zwei großen Schritten bei ihm und riß ihn an der Schulter zurück. Drohend beugte er sich über ihn.

»Jetzt ist Schluß mit den Mätzchen, Schwaiger. Beten Sie, daß Ihre Frau überlebt.« Schneider richtete sich auf und trat gegen den Rollstuhl. »Sonst sorge ich persönlich dafür, daß Ihr Aufenthalt im Gefängnis noch angenehmer wird, als er in so einem Ding ohnehin ist.«

In der Diele kehrte Ruhe ein, das Arbeitszimmer lag verlassen da. Vor dem Haus wurden Motoren gestartet, die Sirenen heulten wieder auf. Bernd beruhigte sich ein wenig.

Bemühte sich noch einmal, zu erklären, wie es wirklich gewesen war.

»Die beiden wollten mich umbringen. Verdammt noch mal, glauben Sie mir doch endlich. Ich weiß nicht, was für einen Blödsinn diese Schauspielerin Ihnen verzapft hat. Ich habe sie nur gebeten, ein paar Besorgungen für mich zu machen. Fragen Sie die Hohlstett lieber mal, was die beiden ihr für diese Aussage bezahlt haben. Ich habe mich nur verteidigt.«

Schneider grinste böse und tippte sich bezeichnend an die Stirn.

»Aber es war so«, wiederholte er. »Sie tauchten hier auf, kurz nach neun. Meine Frau hielt mir eine Pistole an den Kopf und zwang mich, Schlaftabletten zu nehmen. Dann haben Sie mich bewußtlos in den Stuhl gesetzt und in den Pool gekippt.«

»Natürlich«, sagte Schneider, und seine Stimme troff dabei vor Sarkasmus. »Und das war kurz nach neun. Dann sind Sie ein paar Runden geschwommen, zurück ins Haus gekrochen, wo Ihre Frau glücklicherweise die Pistole vergessen hatte.«

Bernd atmete tief durch. Schneider grinste immer noch.

»Ich habe eine ganz dumme Frage«, sagte er. »Warum haben Sie uns nicht angerufen, wenn es so war, wie Sie mir weismachen wollen? Es wäre doch Zeit genug gewesen.«

»Das wollte ich ja gerade tun, als meine Frau reinkam. Gewählt hatte ich schon.«

»Richtig«, sagte Schneider und nickte kräftig. »Und das Gespräch wurde mitgeschnitten. Sie dürfen sich das gerne anhören, im Prozeß werden Sie dazu reichlich Gelegenheit haben.« Er machte eine kurze Pause, dann wiederholte er ruhig die Worte, die der Wachhabende mitgehört und an ihn weitergeben hatte. *»Freut mich, daß es geklappt hat. So hätte Janosch das erledigen sollen. Zuerst sie, dann du. Ich dachte, so hast du mehr davon.«*

Schneider nickte noch einmal und grinste flüchtig und unfroh dazu. »Und Frau Hohlstett sagte, der Mann in der Pension wurde von seiner Freundin Janosch genannt.«

Bernd schwieg sekundenlang, stieß mehrfach die Luft aus.

Er wußte selbst, daß es Lücken in seiner Geschichte gab. Und er konnte verdammt noch mal diese Lücken nicht füllen. Wußte nicht, wie sie es angestellt hatten, ihn in den Pool zu werfen und gleichzeitig in einem Restaurant zu sitzen.

»Tun Sie mir einen Gefallen«, sagte er so ruhig wie noch möglich. »Gehen Sie raus und kontrollieren Sie den Pool. Da muß eine Kriechspur sein. Ich bin im Wasser aufgewacht, und zum Glück habe ich wieder genug Kraft in den Armen. Sonst wäre ich elend ersoffen.«

Schneider nickte. »Da ist nicht nur eine Kriechspur. Da ist auch ein Loch. Und neben dem Loch lag ein Plastikbeutel. Ich vermute, unser Labor wird feststellen, daß sich im Beutel die Waffe befand, mit der Ihre Frau Sie angeblich bedroht und gezwungen hat.«

Schneider trat an die Terrassentür und schaute hinaus in den hell erleuchteten Garten. Die feuchten Stellen auf den Randsteinen hatte der Nachtwind inzwischen getrocknet.

24

Es war dunkel und warm. Es war ein angenehm sanfter Ort, an dem sie sich befand. Sie wäre gerne geblieben. Aber da war ein Zucken tief in ihrem Innern, ganz schwach nur, aber es war da und holte sie allmählich zurück. Irgendwo in ihrer Nähe waren Stimmen. Eine gehörte Martin.

»Und das Baby?« fragte er. Er meinte das Zucken, das wußte sie. Viel mehr wußte sie nicht.

»Machen Sie sich keine Sorgen«, antwortete eine fremde Stimme. »Dem Baby geht es gut. Es ist alles in Ordnung. Ich schätze, in ein paar Minuten wird sie aufwachen.«

Sie wollte nicht aufwachen, wollte nie wieder Angst haben, nie wieder Schmerzen, nie wieder einen Moment erleben wie den, als sie zum Telefon gegangen war, überzeugt, eine Mörderin zu sein, den eigenen Mann getötet zu haben, um in Ruhe leben zu können.

Aber dann blinzelte sie doch, und es wurde heller. Verschwommen erkannte sie die Konturen eines weißes Raumes. Alles war weiß, auch der Mann bei der Tür. Langsam wurden die Konturen schärfer, sie sah Martin bei dem Fremden stehen und betrachtete sein Gesicht.

Er bemerkte, daß sie aufgewacht war, und kam rasch zum Bett. Der Mann im weißen Kittel verließ den Raum und schloß die Tür hinter sich. Martin beugte sich über sie.

»Da bist du ja wieder.«

»Er war nicht im Wasser«, sagte sie.

Martin nahm ihre Hand und zog sie an seine Lippen. »Nein, war er nicht. Aber wir werden bald im Wasser sein, was hältst du davon? Wir packen zwei große Koffer und machen einen langen Urlaub.«

Er begann zu flüstern, beschrieb den Strand von Rügen, unbeschwerte Tage ohne Furcht, den wolkenlosen Himmel, an dem die Fokker ihre Kreise zog, das Haus in den Dünen, in dem sie sich lieben und zufrieden sein konnten, die Wellen und den Wind. Und mit jedem Wort beschwor er eine diffuse Erinnerung. Sie meinte, sein eindringliches Flüstern schon einmal gehört zu haben, genau so, mit genau diesen Worten. Sie suchte in ihrem Gedächtnis, aber ihr fiel nicht ein, wann er ihr das schon einmal gesagt hatte.

ENDE

Band 19 560

Petra Hammesfahr

Wer zweimal lebt, ist nicht unsterblich

Deutsche Erstveröffentlichung

Als Eva nach neun Monaten Ehe verschwindet, erfährt Manfred Lüders von der Polizei, mit wem er verheiratet war. Eva, eine hochkarätige Wissenschaftlerin, die des Landesverrats verdächtigt wird? Eva, die ihn nur geheiratet haben soll, damit sie mit seinem Namen ein Doppelleben führen konnte? Lüders kann es nicht glauben. Auch Kommissar Dietrich hat Zweifel. Aber beide fragen sich, wer der Mann war, mit dem Eva zuletzt gesehen wurde. Manfred Lüders denkt an einen Freund oder – Liebhaber, der Kommissar dagegen an den Mörder ...

BASTEI LÜBBE

Sie erhalten diesen Band im Buchhandel, bei Ihrem Zeitschriftenhändler sowie im Bahnhofsbuchhandel.

Band 13 852

Roberta Latow

Laras Erwachen

Deutsche Erstveröffentlichung

Mit ihren siebzehn Jahren ist Lara Stanton schon eine ungewöhnlich hübsche Frau. Als Tochter einer vom Erfolg verwöhnten New Yorker Bankiersfamilie hat sie alles, was sie begehrt. Was ihr noch fehlt, spürt sie erst, als sie ihren Cousin David, den sie schon seit langem verstohlen anhimmelt, mit zwei exotischen Schönheiten im Bett erwischt: Sex.
Für ihr erstes Erlebnis empfiehlt ihr der rührige David ihren alten Schulfreund Sam Fayne: Er ist nett, kein Zweifel, aber wird er Lara auch die sinnliche Erfüllung bringen? Die Bankierstochter lernt bald, daß es viele Wege zu jenem Glück gibt, nach dem sie so schnell süchtig geworden ist...

BASTEI LÜBBE

Sie erhalten diesen Band im Buchhandel, bei Ihrem Zeitschriftenhändler sowie im Bahnhofsbuchhandel.

Band 13 835

A. J. Holt

Internet Kill

Deutsche Erstveröffentlichung

Als Computerspezialistin genießt Jay Fletcher beim FBI großes Ansehen. Als Special Agent jedoch gerät sie in Verruf, weil sie es mit den Vorschriften nicht so genau nimmt. Also wird sie abgeschoben, in die Provinz, nach Santa Fé.
Aber Jay Fletcher kann ohne die Jagd nach den großen Fischen im Meer des Verbrechens nicht mehr leben. Mittels Internet gelingt es ihr, sich in die Fahndungen nach einem Serienkiller einzuschalten, dessen grausige Taten in puncto Raffinesse und Kaltblütigkeit alles in den Schatten stellen, was die Polizei bisher zu bekämpfen hatte . . .

BASTEI LÜBBE

Sie erhalten diesen Band im Buchhandel, bei Ihrem Zeitschriftenhändler sowie im Bahnhofsbuchhandel.